Zu diesem Buch

Nicht der geniale Komponist allein, auch der Mensch Mozart steht im Mittelpunkt dieses Romans: seine rastlose Reise, die ihn seit früher Kindheit durch die Länder Europas führt, an die Höfe der Mächtigen, zu überzeugten Musikliebhabern, aber auch in die Salons gelangweilter Ignoranten. Das Verhältnis zum Vater und seine Beziehung zu den Frauen, die stets zwischen Kapriole und tief empfundener Zuneigung schwankte. Er gerät in Intrigen um Geld, Ansehen und Macht. Da ist auch Stanzl, die Langersehnte, sie begleitet ihn von Quartier zu Quartier, gebärt ihm Kinder, die sie wieder verlieren, seine Muse ist sie nicht. Inspirationen hat er im Übermaß. Zauberhafte Kompositionen nehmen Gestalt an, die die musikbegeisterte Welt in Erstaunen versetzen. Aber die Augenblicke des Erfolgs verblassen immer mehr vor materieller Not und körperlichem Verfall. Glanz und Elend eines Genies.

Siegfried Obermeier, geboren 1936 in München, war Redakteur der Kunstzeitschrift «artis», arbeitete am neuen «Großen Meyer» mit, schrieb Erzählungen, Essays, Glossen, veröffentlichte mehrere Bücher und gab «Das geheime Tagebuch König Ludwigs II. von Bayern» heraus.

In der Reihe der rororo-Taschenbücher erschienen bereits seine historischen Romane «Mein Kaiser – Mein Herr» (Nr. 5978) über die Zeit Karls des Großen, «Kreuz und Adler. Das zweite Leben des Judas Ischariot» (Nr. 12809), «Walther von der Vogelweide. Der Spielmann des Reiches» (Nr. 13090), «Richard Löwenherz. König – Ritter – Abenteurer» (Nr. 13115), «Caligula. Der grausame Gott» (Nr. 13140), «Torquemada» (Nr. 13382), über den Großinquisitor, «Im Schatten des Feuerbergs. Der Roman Siziliens» (Nr. 13577) und der Ritterroman «Im Zeichen der Lilie» (Nr. 13676). Siegfried Obermeier lebt in Oberschleißheim.

Siegfried Obermeier

«Würd' ich mein Herz der Liebe weihn ...»

Wolfgang Amadeus Mozart
Roman seines Lebens

rororo

Rowohlt

«Für meine liebe Frau»

Veröffentlicht im
Rowohlt Taschenbuch Verlag GmbH,
Reinbek bei Hamburg, Juni 1997

Umschlaggestaltung: Büro Hamburg
(Foto: «Der vierzehnjährige Mozart»;
Gemälde von Giuseppe Cignaroli,
Archiv für Kunst und Geschichte, Berlin)
Satz Garamond (Linotronic 500)
Gesamtherstellung Clausen & Bosse, Leck
Printed in Germany
1690-ISBN 3 499 13891 3

Prolog

Sie hatte sich ins Freie gesetzt, weil sich heute die Oktobersonne noch einmal besonders anstrengte, um einen falschen Sommertag herbeizuzaubern. Die hübsch von gestutzten Büschen und Bäumen gesäumte Wiese im Kurpark war noch sommergrün, aber das Gesträuch hatte schon Herbstfarben angelegt, Gold-, Ocker- und Brauntöne, dazwischen spannten sich die Silberfäden des Altweibersommers; alles war auf Abschied gestimmt, auf Tod und Absterben, da konnte auch der falsche Sommertag nicht darüber hinwegtäuschen.

Müde war sie nach dem Mittagsmahl, müde genug zum Einschlafen, aber über die sommergrüne Wiese sahen ihre schläfrigen, schon halbgeschlossenen Augen etwas Buntes, Getupftes heranrollen, wie einen Ball auf abschüssiger Straße, größer und größer werdend, und dann war es die Fanny mit ihrem nun wirklich übertrieben kecken Kleid, wie ein Waschermadl, nein, das gehört sich nicht für die Zofe der Frau Hofcompositeur. Jetzt wurde es doch nichts mehr mit dem Schlaf, schon die laute Stimme des Mädchens zerriß die zarten Fäden wie Spinnweben. Constanze richtete sich auf.

«Was ist denn, Fannerl, mußt mich ausgerechnet jetzt stören, wo ich ein bisserl eingeduselt bin?»

Das imponierte der Fannerl gar nicht; sie hörte überhaupt nicht mehr auf Vorwürfe, die nur so hingesagt waren, weil es der gnädigen Frau langweilig war ohne den Süßmayr, der sich weiß Gott wo herumtrieb. Er war ja in Baden immer dabei – mit Wissen und auf Wunsch des gnädigen Herrn, der vor lauter Komponieren nicht ahnte, was hier manchmal vorging.

«'tschuldigung, gnä' Frau, ich hab' mir gedacht, Sie freuen sich über einen Brief des gnädigen Herrn – hab' ich mir gedacht.»

Constanze seufzte. Ja, das paßte zu dieser einfältigen Person, daß sie die Gekränkte spielte, und natürlich mit Erfolg, weil sie ja einen Brief dabeihatte vom Wolferl, von ihrem Mozart, von Wolfgang Amadé, dem kaiserlich-königlichen Kammer-Compositeur am Hof zu Wien. Ihr Mannderl, ihr Wolferl. Der ihre. Das Buberl. Der getreue Gatte.

Sie zögerte ein bißchen, den Brief entgegenzunehmen. Die Fanny hielt unterdes Maulaffen feil, streckte den Brief hin, wartete. Sie zögerte, weil ihr der Wolfgang bei seinem letzten Besuch gar nicht gefallen hatte. War seine kleine Gestalt nicht noch kleiner geworden? Die großen kurzsichtigen Augen blickten trüb und verhärmt, verletzt, verstört. Was ist los, Wolfgang hatte sie ihn gefragt, hast du Sorgen? Da war die verhärmte, verstörte Miene von ihm abgefallen, wie durch einen Bühnenzauber von Schikaneder, dem Tausendsassa. Nichts ist, hatte er gesagt, was soll schon sein? Der ewige Ärger mit dem Orchester, an den ich mich einfach nicht gewöhnen kann. Nein, ich kann's nicht. Leute wie Stadler und Zeitgeb sitzen zwar in der Hofkapelle, aber leider nicht in Schikaneders Freihaus-Theater auf der Wieden. Dort leider nicht! Da sitzen nur Hornochsen, die zwar recht gut fressen und scheißen können, aber von Musik so viel verstehen wie der Großmufti, dem schon damals das Hirn am Schreibtisch eingetrocknet ist. Sie kicherte, wie immer, wenn Wolfgang vom Großmufti sprach, vom Salzburger Fürsterzbischof, der so geizig war, daß er nur noch ganz kurze Messen, Missae breves, gestattete.

Du wirst es schon richten, hatte sie zu ihm gesagt, hast es doch immer geschafft. Du bist mit Seiner Hochfürstlichen Gnaden fertig geworden, wirst auch mit Schikaneders Musikanten fertig. Warum so verdrossen, Wolferl? Schaust auch ein bisserl blaß aus. Wirst halt nicht genug und nicht regelmäßig essen, wenn ich weg bin. Da hat er unwillig den Kopf geschüttelt. Essen, essen, da habe ich schon an Wichtigeres zu denken. Außerdem macht's mir keinen Spaß, allein zu speisen. So einschichtig in der großen Wohnung!

Da muß bald wieder eine Ordnung her, hatte sie gesagt, und wenn ich zurück bin, holen wir den Karl und den Franzl wieder ins Haus, und dann wird alles seine Ordnung haben. Da hat er wieder den traurigen Blick bekommen, wie ein verschrecktes Hunderl. Ja, Stanzi, wenn's nur schon soweit wäre.

Da stand sie ja immer noch mit dem Brief in der Hand, die Fannerl, mit einer Schnute, die das Gekränktsein stumm verkündete, mit ihrem bunten Waschermadl-Kleid, das sich so gar nicht schickte für die Zofe der Frau Hofcompositeur.

Constanze war zu faul, um Fanny darauf anzusprechen, zu müde, um die Hand nach dem Brief auszustrecken. Warum fliegt er mir nicht einfach in die Hand? Der Schikaneder könnt's; dem fallen lauter solche Sachen ein.

«Wollen's ihn jetzt nicht haben, den Brief?» fragte Fanny, und ihr pausbäckiges Gesicht war vom Gekränktsein zum einfältigen Staunen hinübergewechselt.

«Freilich will ich ihn haben, was denkst denn du? Bist ein dummes Madl, Fanny, das muß ich dir schon sagen. Du weißt genau, wie ich mich auf die Briefe vom gnädigen Herrn jedesmal freue. Ist ja schon arg genug, wenn ich hier in Baden kuren und Mann und Kinder allein lassen muß. Aber soll ich wider meinen Arzt reden, der Medizin studiert hat und wissen muß, ob ich eine Kur brauche oder nicht?»

Überhaupt hatte sie es nicht nötig, sich vor dem Rotzmadl da zu rechtfertigen. Sie streckte die Hand aus und griff nach dem Brief.

«Was stehst noch da? Tu dich ein wenig um, vielleicht triffst du den Süßmayr oder die Sophie irgendwo in der Gegend. Dann schicke sie her und sage, der gnädige Herr hat geschrieben. Oder sag' nichts davon. Hol nur die Sophie.»

«Und wenn ich dem Herrn Süßmayr vorher begegne?»

«Dann grüßt du ihn und sagst nichts weiter. Ich möchte jetzt nur mit meiner Schwester sprechen, verstanden? Bist heute wieder schwer von Begriff, Fannerl. Also nur die Sophie – keinen sonst!»

Ist eh eine Schand, daß das Madl noch keinen Mann hat. Freilich, die Aloysia war die hübschere von uns Weber-Töchtern, aber die Sopherl ist die sanfteste, netteste, das muß ich zugeben. Sagen tu ich's ihr nicht, sie meint sonst, sie ist was Besonderes. Ich hab' sie sehr gern, Mozart mag sie auch, und ich kenne ein paar, die sie mit Freuden heiraten würden. Zehn könnt' sie an jedem Finger haben – zehn! Warum ist sie nur so heikel? Mit achtundzwanzig darf eine Frau nicht mehr wählerisch sein. Aber Wolfgang hat jedesmal eine Entschuldigung für sie, wenn ich ihn darauf anspreche. Das Madl hängt an uns, sagt er dann, besonders an dir, Stanzl. Sie ist wie ein Kind, das sich nicht aus der Familie lösen will, und ihre Familie, das sind wir und die Webermutter; an der hängt sie auch und will die alte Wittib nicht allein lassen. Sie hat ein gutes Herz, Stanzl, ein besseres jedenfalls als die Josepha, das Mistvieh, und die Luise, das falsche Luder.

Constanze kannte dieses Lied, ein altes Lied, oft gesungen, aber nicht besonders ernst gemeint. Da haben wir ja Glück gehabt, die Sophie und ich, daß wir dir zur Nase stehen und daß du überhaupt eine Weberische geheiratet hast.

Constanze richtete sich auf und zwickte die Augen zusammen. Da lief sie ja schon herbei, die Sophie, recht eilig und besorgt. Wenn die uns nicht hätte... nein, Constanze verbesserte sich sogleich: wenn wir sie nicht hätten. Aber sagen tu ich's ihr nicht, sonst meint sie gleich, es geht nicht ohne sie.

«Stanzl – was ist los? Die Fanny sagt, ich soll sofort...»

«Die Fanny, die Fanny, die richtet immer alles verkehrt aus. Nicht mit Absicht, freilich, aber aus Dummheit, denk' ich. Ja, Sophie, schau' her –»

Sie streckte der Schwester den Brief entgegen.

«Von Wolfgang?»

«Ja, gerade gekommen, und mir ist ein bißl bang, was drinsteht. Ich kenn' das Gefühl sonst gar nicht, kann's kaum erwarten, seine Briefe aufzureißen – kennst mich ja! Der letzte ist mitten entzweigegangen, weil ich so ungeduldig war, ratsch – mittendurch, aber diesmal, ich weiß nicht, diesmal hätte ich dich gerne dabei, wenn ich ihn aufmache.»

Sophie, noch atemlos, lächelte.

«Aber Stanzl, wie redest denn daher? Was soll denn sein? Steht doch seine Schrift auf dem Umschlag? Ich mein: wenn etwas wäre, dann hätte doch ein anderer... verstehst?»

«Ich bin eine dumme Gans! Weiß auch nicht, was in mich gefahren ist. Also –»

Sie zog eine Nadel aus ihrem Brusttuch und brach behutsam das kleine rote Siegel. Gemeinsam beugten sich die Schwestern über das Schreiben, und sie waren sich dabei so ähnlich, daß man sie für Zwillinge hätte halten können; Sophie war ja auch nur ein Jahr jünger als Constanze. Sie waren so recht welsche Schönheiten mit ihrem tiefbraunen kurzgelockten Haar und den großen dunklen Augen. Constanze, die schon fünf Geburten hinter sich hatte, wirkte etwas älter und reifer, aber das war nur aus nächster Nähe zu erkennen. Sie lehnte sich zurück und zog den Brief an sich.

«Nein, Sophie, zuerst lese ich ihn allein» – sie lächelte vielsagend – «wer weiß, was da alles drinsteht. Du kennst ja unseren Wolfgang und weißt, wie leicht ihm die Feder ausrutscht.»

Sophie rückte sofort ein wenig beiseite, aber sie war nicht beleidigt, nur etwas ungeduldig.

«Also spute dich, Stanzl, schau' den Brief schnell durch, und dann liest du mir vor, was ich hören darf.»

«Tu nicht so gespreizt! Schließlich ist der Brief an mich gerichtet – merk' dir das!»

Sophie, die ihrer Schwester nichts übelnahm, lachte leise. «Ich nehm' ihn dir nicht weg, deinen Wolferl. Fang' jetzt endlich zu lesen an!»

Constanze blickte Sophie kurz strafend an, wie sich das aus erzieherischen Gründen für eine ältere Schwester gehört. Ihr Gesicht entspannte sich, und, leise die Lippen bewegend, las sie den Brief aufmerksam durch.

«Also?» fragte Sophie ungeduldig.

Die aber ließ sich Zeit, wehrte eine Wespe ab, die herbstmüde um ihren Kopf taumelte, steckte umständlich die Schmucknadel in ihr Brusttuch zurück und sagte schließlich:

«Eigentlich nichts Besonders. Ich weiß gar nicht, warum ich bei diesem Brief so bang gewesen bin. Also hör' zu:

Gestern, Donnerstag den dreizehnten, ist Hofer mit mir hinaus zum Karl –»

Sophie unterbrach sie.

«Ihr könntet den Buben endlich wieder zu euch nehmen! Eure Wohnung ist doch groß genug, daß er genügend Platz hätte. Jedesmal kommen ihm die Tränen, wenn er nach Perchtoldsdorf zurück muß. Wenn's bei euch nicht geht, unsere Mutter tät sich freuen, wenn sie den Enkel bei sich hätte.»

«Hast ihn lange genug gehabt», sagte Constanze unwillig und fügte giftig hinzu: «Willst jetzt hören, was der Wolfgang schreibt, oder mir eine Strafpredigt halten?»

«Bin ja schon still …»

«Also:
wir speisten draußen, dann fuhren wir heim; um sechs Uhr holte ich Salieri und die Cavalieri mit dem Wagen ab und führte sie in die Loge – dann ging ich geschwind die Mama und den Karl abzuholen…»

«Was? Der Salieri war dabei?» Sophie schnitt ein Gesicht, als hätte sie in eine Quitte gebissen.

Constanze las weiter.

Du kannst nicht glauben, wie artig beide waren – wie sehr ihnen nicht nur meine Musik, sondern das Buch und alles zusammen gefiel Sie sagten beide, eine Opera, würdig bei der größten Festivität vor dem größten Monarchen aufzuführen – und sie würden sie gewiß sehr oft sehen, denn sie haben noch kein schöneres und angenehmeres Spektakel gesehen. Er hörte und sah mit aller Aufmerksamkeit, und von der Symphonie bis zum letzten Chor, war kein Stück, welches ihm nicht ein bravo oder bello entlockte, und sie konnten fast nicht fertig werden, sich über diese Gefälligkeit bei mir zu bedanken. Sie waren…

Da hielt es Sophie nicht länger aus. «Aber das ist es ja! Und der gute Wolfgang merkt es nicht! Freilich tun sie ihm schön ins Gesicht, weil es in Wien doch ein paar honorige Leut' gibt, die Einfluß haben und seine Musik hoch über die der anderen stellen. Da kann er leicht ‹bravo› oder ‹bello› sagen, weil sich das gut anhört und nichts kostet. Wie aber redet er mit den Musikern der Hofkapelle? Da wird Mozart als schwierig hingestellt, als Leuteschinder, der Unmögliches verlange und dessen Musik sowieso nicht jedermanns Gusto treffe. Alle Welt weiß, wie Kaiser Joseph Salieri geschätzt hat und wie sehr ihm ‹Die Danaiden› gefallen haben. Ja, das ist eine Oper, soll Seine Majestät ausgerufen haben. Dieses Ansehen möchte Salieri auch unter Kaiser Leopold genießen, und das geht nur, wenn er andere schlechtmacht, vor allem den, der tausendmal besser ist, nämlich unseren Mozart.»

Constanze schaute ihre Schwester nachsichtig und liebevoll an. «Du verteidigst ja den Wolferl wie eine Mutter ihr Kind. Aber gar so schlimm ist es wieder nicht. Der Salieri hat ihm auch viel Gutes getan; denk' nur daran, wieviel Mozartmusik er heuer in Prag aufgeführt hat, darunter drei Messen. Er hätte ja auch was anderes vorschlagen können – nein, Sophie, ich glaub', du siehst das zu schwarz. Salieri hat Angst um sein Brot, wie jedermann, und versucht halt auch, ein Stück von dem Kuchen zu ergattern, weil er eine Familie zu ernähren hat.»

Sophies dunkle Augen blitzten angriffslustig. «Eine Familie! Dazu gehört wohl auch die Cavalieri!?»

«Mein Gott, Sophie, Salieri ist nicht der erste Mann, der eine Geliebte unterhält. Was weiß ich schon von Mozarts gschlamperten Verhältnissen, wenn ich nicht in Wien bin? Er hat ein paar recht hübsche Schülerinnen, die den großen Maestro anhimmeln und nebenbei aufs Schlafzimmer schielen. Solange die Familie nicht drunter leidet, kümmert's mich nicht. Wolfgang arbeitet viel, da gönn' ich ihm auch das Vergnügen, ein bisserl zu pantscherln, wo ich eh dauernd schwanger bin. So ist das Leben halt.»

Sophie zog es vor, die schwesterlichen Lebensweisheiten unkommentiert zu lassen. Sie blinzelte in die Sonne und gähnte ganz ungeniert. «Jetzt möcht' ich aber wissen, wie der Brief weitergeht – wenn's für meine Ohren erlaubt ist.»

«Ich les' dir den Brief von vorne bis hinten so vor, wie er ist. Also: *Nach dem Theater ließ ich sie nach Hause führen, und ich soupierte mit Karl bei Hofer. Dann fuhr ich mit ihm nach Hause, wo wir beide herrlich schliefen. Dem Karl habe ich keine geringe Freude gemacht, daß ich ihn in die Oper abgeholt habe. Er sieht herrlich aus – für die Gesundheit könnte es kein besseren Ort haben, aber das übrige ist leider elend! – einen guten Bauern mögen sie wohl der Welt erziehen! – aber genug, ich habe, weil Montag erst die großen Studien beginnen – daß Gott erbarm! –, den Karl bis Sonntag nach Tisch ausgebeten. Ich habe gesagt, daß du ihn gerne sehen möchtest – morgen, Sonntag, komme ich mit ihm hinaus zu dir – dann kannst du ihn behalten, oder ich führe ihn Sonntag nach Tisch wieder zu Hecker…*»

«Da gibt's wohl nichts zu überlegen!» platzte Sophie dazwischen. «Du wirst doch den Buben nach ein paar Stunden nicht wieder davonjagen? Hast ja gehört, wie Wolfgang schon meint, daß sie da draußen einen Bauern aus ihm machen. Also mir wäre das nicht recht.»

«Der Wolfgang übertreibt. Künstler übertreiben gern, das weiß jeder. Es ist ihr Beruf zu übertreiben, das kannst du in jeder Opera sehen.»

Schweigend las sie weiter, lächelte, kicherte, ließ den Brief sinken. «Da regt er sich auf, daß die Kinder in Perchtoldsdorf draußen nichts anderes tun als essen, trinken, schlafen und spazierengehen, und dann – das mußt du hören, wie er über die Hofers herzieht, weil er einmal gezwungen war, bei ihnen zu übernachten. Hier:

... welches mich sehr seckierte, weil sie mir zu lange schlafen. Ich bin am liebsten zu Hause, weil ich meine Ordnung schon gewöhnt bin...

Was sagst du dazu?»

«Daß die Josepha faul und gschlampert ist, hat Wolfgang schon gemerkt, als sie noch bei uns daheim war. Er mag sie nicht, wenn er auch in unserer Gegenwart nicht darüber redet, aber ich merk's ihm doch an.»

«Ja, da kannst du schon recht haben. Unter uns: ein faules Luder ist sie ja schon. Erinnerst du dich, wie sie sich immer gedrückt hat, wenn sie der Mama zur Hand hätte gehen sollen? Da mußte dann unbedingt eine Stickerei zu Ende geführt werden, oder sie war akkurat um diese Zeit bei einer Freundin angesagt. Aber als Sängerin schätzt er sie schon, glaube ich.»

«Das hält er auseinander. Ihre ‹Königin der Nacht› hat er ausdrücklich gelobt, erinnerst du dich?»

Constanze nickte zerstreut, denn sie beschäftigte sich schon wieder mit dem Brief. «Steht nichts Wichtiges mehr drin, außer: ‹die Sophie küsse ich tausendmal!›»

«Wenn er's nur täte», sagte Sophie mit einem falschen Augenaufschlag und seufzte vernehmlich.

«Ich habe nichts dagegen, wenn Wolfgang seine Schwägerin küßt; das ist unter Verwandten durchaus üblich. Mich freut dieser Brief, obwohl nichts Besonders drinsteht. So gesund und hoffnungsfroh sehe ich ihn gern, meinen Mozart. Jetzt geht's aber auch wirklich aufwärts. Wenn die ‹Zauberflöte› weiterhin so gut läuft, dann kommen andere Aufträge ganz von selber, und vielleicht merkt dann auch der Hof, was Wien an ihm hat. Du, Sopherl, ich freu' mich richtig, wenn ich dran denk', daß sein Vater achtundsechzig Jahre geworden ist. Da hat der Wolfgang gerade die Hälfte hinter sich gebracht, und das Altwerden, sagen die Doctores, hängt nicht nur von der Gesundheit ab, das kann man auch von den Eltern erben. Hofkapellmeister muß er werden, Sophie, und wenn ich den Kaiser auf Knien drum bitte.»

«Und ich stift' der Muttergottes eine sechspfündige Kerze. Ich freu' mich schon auf morgen.»

Constanze las schweigend den Brief noch einmal. Dann schauten beide Schwestern lächelnd der Fanny zu, die mit einem kläffenden Spitz auf der Wiese herumtollte. Constanze schloß die Augen. Es wird alles ins Lot kommen, dachte sie schläfrig, an Mozart können die nicht vorbei. Ich bin froh, daß ich ihn geheiratet hab' – richtig froh. Er ist ein lieber Mann, kennt nur seine Arbeit und seine Familie. Wenn ich da an den Da Ponte denk', den Hallodri, den vermaledeiten. Ein geweihter Priester, der überall herumhurt; kein Wunder, daß gerade er den Text zum ‹Don Giovanni› geschrieben hat. Da weiß ich, was ich hab, und wir können in Frieden alt werden – in Frieden alt…

Sie nickte ein, und Sophie zog ihr sachte den Brief aus der Hand. Aha, dachte sie, das hat sie mir nicht vorgelesen: *Aber daß du mir zwei Tage nicht geschrieben hast, ist unverzeihlich*. Und da mag sie die Josepha ein faules Luder nennen.

Sie blickte die schlafende Constanze zärtlich an und sagte leise: «Bist selber ein faules Luder, Schwesterherz.»

Buch 1

Menuetto e allegro

1.

Klapp-klapp-klapp, ting-ting-ting-ting, wie gut er diese Geräusche kannte. Sie hatten seine Kindheit begleitet auf den endlosen Reisen mit der Postkutsche, hatten den Takt geschlagen zu der Musik, die ihm durch den Kopf schwirrte, seit er denken konnte. Klapp-kapp-klapp skandierten die Hufe der Rösser, ting-ting-ting klirrte das Zaumzeug, und das waren die Regelgeräusche, in die sich viel Unregelmäßiges mischte, wie das Ächzen des hochaufgetürmten Gepäcks, das Knarren der Wagenfedern, die Flüche des Kutschers, das Geschwätz der Reisenden.

Ihm war so bang ums Herz, denn er kam aus der freien Luft Münchens, wo man seinen «Idomeneo» im Hoftheater aufgeführt hatte, mitten im Carneval eine Opera seria, und alle waren davon angetan gewesen, hatten ihn gefeiert und hochleben lassen. Frei wie ein Falke hatte er sich gefühlt und dabei fast vergessen... Nein, das stimmte nicht! Er vergaß es nie und nimmer, daß er eine unsichtbare Kette um seinen Hals trug, und daran war ein fester Strick gebunden, und dieser Strick reichte bis Salzburg und endete in den Händen Seiner Hochfürstlichen Gnaden, des Fürsterzbischofs Hieronymus Graf Colloredo. Wenn Mozart an diesen Namen dachte, dann war es, als schütte man ihm kochendes Wasser über den Kopf.

Ich werde zum Kaiser gehen! Er muß mir eine Audienz gewähren, ich werde sagen, Majestät, die freie Luft Ihrer herrlichen Residenzstadt hat es mir angetan, ich bitte untertänigst um ein Amt – irgendeines –, damit ich hierbleiben kann. Seine Hochfürstliche Gnaden, der Fürsterzbischof wird Ihnen bestätigen können... – nichts wird er tun! Schlechtmachen wird er mich! Vielleicht anders herum?

Eure gottselige Mutter, Ihre Majestät, die Kaiserin Maria Theresia hat mich als Sechsjährigen auf Allerhöchstderoeigenem Schoß gehalten – dem ja auch Ihr entsprungen seid, Majestät –, und ich habe ihr das Gesicht abgeleckt, abgeküßt, abgebusselt und bin dabei auch an Höchstderoselbst Doppelkinn geraten, das damals schon ein dreifaches war, glaube ich. Ist das keine Referenz, Majestät? Die Nannerl war auch dabei, und zur Belohnung für unser schönes Klavierspiel erhielten wir feine Galakleider. Es ist überhaupt so, Majestät, daß die Fürsten wenig vom baren Gelde halten – ja, sie verachten es sogar, weil es unfein ist, sich damit die Hände zu beflecken. Und so ist es halt eine besondere Auszeichnung, wenn der Künstler nicht mit Geld entlohnt wird, sondern mit Uhren, Dosen, Ketten, Medaillen, Kleidung – oder einem Titel, weil der gar nichts kostet. Nun, für einen Titel waren wir noch zu jung, und darum erhielt ich von Ihrer Kaiserlichen Majestät – Eurer Majestät gottselige Mutter – einen lilafarbenen Frack mit goldenen Borten. Als Ihre Majestät dann von Christoph Wagenseil, Ihrem geschätzten Musiklehrer, einen diskreten Wink erhielten, daß man von einem Frack nicht herunterbeißen kann wie von einem Stück Brot, Musiker aber dennoch etwas zum Essen brauchen, ließ die Majestät meinem Vater hundert Dukaten überreichen. Da staunen Eure Majestät? Sie kümmerten sich damals um solche Bagatellen nicht, hatten Pflichten als Kronprinz und künftiger Mitregent, aber dero höchsteigene Schwester Marie Antoinette waren zugegen und ich habe ihr einen Heiratsantrag gemacht. Selige Kindheit, Majestät, wo man noch glaubt, alle Menschen seien gleich, bis sich dem staunenden Heranwachsenden so nach und nach die Wahrheit enthüllt. Sind das jetzt keine Referenzen, Majestät? Habe auf dem Schoß Ihrer Mutter gethront und um die Hand des Schwesterchens gebeten. Da gehört man doch schon fast zur Familie, nicht wahr? Eure Majestät runzeln die Stirn? Das sind Kindereien? Gewiß, Majestät, aber das ganze Leben ist eine Kinderei. Die meisten fahren in die Grube, noch ehe sie das durchschaut haben. Eure hochselige Mutter waren übrigens so gnädig, uns ein zweites Mal zu empfangen, fünf Tage später in jenem glückseligen Oktober. – Aber dann – nun bitte ich Eure Majestät, wegzuhören – schlug das Schicksal zu, weil es wohl glaubte, zuviel des Guten könne die Mozarts übermütig werden lassen. Kaum hatte mir die Nannerl aus dem lilafarbenen Frack geholfen, überfiel mich ein Schüttelfrost, und dann kamen die Hitzen, die mich ausglühten von innen heraus, und auf meinem Körper erschienen talergroße Flecken, die weh taten, als hätte ich mich gestoßen. Der Papa war sehr besorgt und untersuchte meinen kleinen Körper gründlich. Die roten Flecken blühten auf wie Christrosen und bedeckten schließlich Beine, Arme und den Hintern. Jawohl, Majestät, auch den Hintern, der bekanntlich drei Funktionen hat. Darf ich aus Allerderohöchsten Antlitz eine Frage lesen? Nun, so erlaube ich mir, meine Bemerkung weiter auszuführen, wie das Thema einer Symphonie – aber molto breve. Also, einmal ist der Hintern zum Sitzen da, dann zum Scheißen, und zum dritten befassen sich gelegentlich die Eltern oder der gestrenge Herr Lehrer damit. Also, mein Vater war sehr besorgt und verabreichte mir Markgrafenpulver, doch die Flecken wurden größer, und das Fieber brannte in meinen Adern wie ein Höllenfeuer. Ich phantasierte, Majestät, aber nicht so, wie ich hätte sollen, nämlich auf dem Klavier vor Allerhöchsten Herrschaften, die mich – angeregt durch das erhabene Vorbild Eurer Majestät Mutter – in ihre Salons luden. Der arme Papa mußte Tag für Tag neue Absagen erteilen, und es fiel ihm doch immer so schwer, den höchsten Herrschaften etwas zu verweigern. Man bedauerte uns und schickte den Doktor Bernhard ins Haus, der dem Fieber mit einem kleinen Aderlaß zu Leibe rückte und eine Scharlacherkrankung konstatierte. Doch mein Rachen war kaum entzündet, die Krankheit verlief sehr gnädig, und mein Vater ließ drei Messen lesen. Da werden Eure Majestät insgeheim etwas zum Lächeln haben, denn es ist ja Ihr Bestreben, aus dem katholischen Flitterstaat – so beliebten Majestät sich kürzlich auszudrücken – ein aufgeklärtes und fortschrittliches Staatswesen zu machen. Mir soll's recht sein, Majestät, ich komponiere Symphonien, Konzerte, Serenaden und auch Opern genausogern wie Messen. Bin jederzeit gerne zu Diensten, Majestät.

Die Postkutsche nahm den Weg über Purkersdorf, Hadersdorf und Mariabrunn und hielt nahe der Hofburg. Der Hintern und das Kreuz taten ihm so weh, daß er aus dem Wagen stolperte wie ein Gelähmter. Und nun mußte er sich nach einem Gepäckträger umschauen, denn der fürsterzbischöfliche Troß war im Haus des

Deutschritterordens in der Singerstraße untergebracht, und dahin war der Konzertmeister und Hoforganist Wolfgang Amadé Mozart befohlen. Der unsichtbare Strick zerrte ihn weiter, hinter dem Karren her, auf dem seine Utensilien lagen, ein Henkerskarren, der ächzend und polternd über das Pflaster rumpelte und er hinterher, untertänig und brav. Es ging über die Brünnerstraße zum Graben, dann in die Singerstraße, und über allem ragte der himmelhohe Turm des Steffl, ein drohender Finger, als wollte er sagen: Er ist ungehorsam gewesen, Mozart, wir haben lange auf Ihn gewartet – zu lange.

Man wies ihm ein Zimmer zu, eine Kammer, nicht allzu groß, aber er durfte sie allein bewohnen – immerhin.

«Sie sollen sich gleich beim Grafen Arco melden», richtete der Diener aus, und ein freches Grinsen lag auf dem breiten bäurischen Gesicht.

«Grins' nicht wie ein Tölpel!» sagte Mozart und warf ihm ein Fünfkreuzerstück hin. Der Bursche fing es auf.

«Untertänigsten Dank, Herr Konzertmeister!»

Mozart setzte sich aufs Bett. Der Arco soll ruhig warten, ich bin kein Sklave, der aufs Wort folgt. Er war von der langen Fahrt müde und zerschlagen und wollte ein Stündchen ruhen. Er riß die Perücke herunter, daß der Puder aufwölkte, und ließ sich aufs Bett fallen. Musik tönte in seinem Kopf, bedrängte ihn, doch er zwang sich wegzuhören, mußte es um so öfter tun, je älter er wurde.

Ich sollte Graf Arco aufsuchen, dachte Mozart, aber ich liege hier und denke an Bach, an Johann Christian, der mir als Achtjährigem in London über so manches die Augen öffnete.

London! Ein sanfter Sprühregen fiel auf die Stadt mit den vielen Kaminen, in den feuchten Straßen stand gelblich-grau der von den tiefhängenden Wolken niedergedrückte Rauch, und wo immer sich Wolfgang mit seiner Familie in London aufhielt, hatte er den Brandgeruch in der Nase. London gefiel ihm nicht, die Menschen gefielen ihm nicht. War es wirklich so? Oder war es, weil der Herr Vater sagte, er fühle sich hier unbehaglich und könne den Eindruck nicht loswerden, er verkehre mit Marionetten. Für Leopold Mozart war London tatsächlich ein Schock. Sie kamen aus dem geistsprühenden Paris, wo niemand seine Meinung und seine Stimmung unterdrückte, wo gestritten und gelacht, geweint und gejubelt wurde – alles aus vollem Herzen und mit ganzer Seele, während hier die Menschen in steifen Kleidern mit steinernen Gesichtern herumliefen und wo ein müdes Lächeln schon als ungehöriger Ausbruch eines zügellosen Temperaments galt.

Die Familie Mozart wohnte im Cecil Court, und die fromme Frau Mama meinte glücklich, es sei ein gutes Zeichen, wenn Musiker sich in der Obhut der heiligen Cäcilie befänden. Und wie schnell sie recht bekam, die Frau Mama! Schon drei Tage nach ihrer Ankunft lud man sie zu Hofe, und Wolfgang durfte sich allein und zusammen mit der Nannerl auf dem Klavier produzieren.

Georg III., der junge König, saß etwas verkrampft in seinem Sessel, während Königin Sophie Charlotte die Wunderkinder anlächelte und mit ihnen einige freundliche Worte wechselte. Als geborene Prinzessin von Mecklenburg-Strelitz sprach sie deutsch, wie übrigens auch der König, doch er mußte englisch reden, weil das Parlament darauf bestand. Er sagte nur «wonderful, wonderful» und blickte geistesabwesend zur Decke. Es war bekannt, daß der junge König die Musik von Händel allem anderen vorzog. Er war noch ein Kind, da hatte sich der gewaltige faßdicke Händel nach einem Konzert zu dem kleinen Thronfolger hinabgebeugt und in seinem sächsisch gefärbten Deutsch gesagt: «Du wirst meine Musik beschützen, wenn ich tot bin, kleiner Prinz.» Und das hat Georg niemals vergessen, auch nicht, als er König geworden war.

Ansonsten verlief alles nach dem vom Herrn Vater eingeübten Zeremoniell, einer Art Dressurakt, bei dem, wie er wußte, nichts schiefging. Er war kein strenger Dompteur, der Herr Vater, aber die Kinder machten es ihm leicht, und kaum jemals gab es einen Grund zur Ermahnung.

«Gnädige Majestäten», sagte Leopold Mozart, «mein Sohn Wolfgang ist imstande, nach jeder Art von Noten fehlerfrei zu spielen, und so bitte ich untertänigst, ihm solche nach Eurem gnädigen Belieben vorzulegen.»

Der König gab einen Wink, und Wolfgang spielte sicher und virtuos – ja, man hatte den Eindruck, er streife das Notenblatt nur mit einem flüchtigen Blick.

So wie Wolfgang von frühester Kindheit an die Musik zugeflogen war, so eignete er sich jetzt die englische Sprache an. Die Nannerl tat sich da etwas schwerer, weil ihr die freche Unbefangenheit fehlte. Und wie er die Leute herumkommandierte! Doch Wolfgang tat es auf so liebenswürdige Art, daß ihm niemand böse war.

Dann der Besuch bei Johann Christian Bach. Die Mozarts kannten seinen Namen, und er wußte, wer Wolfgang Amadé war. Leopold verstand sich mit ihm sofort. Der jüngste Sohn des großen Bach hatte das volle Gesicht seines Vaters geerbt, wirkte aber mit seinen schmalen ausdrucksvollen Augen und dem feinen sensiblen Mund, der so häufig lächelte, weniger derb, sah eher aus wie ein schöngeistiger Poet. Kaum zwei Jahre in London, war er zum Konzertmeister der Königin ernannt worden und wirkte als Opernkomponist für das *King's Theatre*. Die Londoner mochten ihn, und er galt insgeheim als Nachfolger des vergötterten, vor fünf Jahren verstorbenen Händel.

Seine klugen Augen blickten auf den kleinen Wolfgang hinab, er schwieg lange, lächelte und sagte: «Wolfgang Amadé – schon dein Name klingt wie Musik.»

Er wandte sich an den Herrn Vater: «Signore Mozart, wie gefällt es Ihnen hier? Die Londoner können recht spendabel sein, nicht wahr?»

«Wir können nicht klagen; auch Sie, Herr Bach, scheinen hier Ihr Glück gemacht zu haben.»

«Zumindest bin ich dabei. Die Engländer haben vor allem einen Vorzug: Sie nehmen den Menschen, wie er ist, und bei einem Künstler kümmert sie weder Aussehen noch Herkunft, noch Religion. Um Organist am Mailänder Dom zu werden, mußte ich meine Konfession wechseln, aber hier schert sich niemand darum, ob der Bach protestantisch oder katholisch ist – hier zählt das, was man kann.»

Wolfgang hatte mit leuchtenden Augen zugehört. «Spielen Sie etwas, Meister Bach...»

«Aber Wolfgang!» tönte der Vater.

«Lassen Sie nur...»

Bach setzte sich ans Klavier und spielte eine seiner betörenden Sonaten. Wolfgang hörte zu, und Bach sah, wie die Musik in den

Buben eindrang, ihn ausfüllte, ihn zum Schwingen brachte, wie ein sensibles Instrument.

«Warum stocken Sie manchmal bei den Achtelpausen, Herr Bach?»

Der Herr Vater wurde zornig. «Wie kannst du so etwas sagen? Ich habe davon nichts bemerkt.»

Bach stand auf und hob beide Hände. «Der Junge hat recht. Ich habe eine leichte Fingerlähmung und muß gelegentlich für einen Augenblick rasten. Außer dir, Wolfgang, hat das bis jetzt niemand herausgehört – ich beglückwünsche dich.»

Nun war auch Leopold besänftigt, und seine etwas traurigen, redlichen Augen blickten stolz auf den Sohn. «Er hat das absolute Gehör, da kann ihm keiner das Wasser reichen.»

«Sie haben eine zweite Audienz bei den Majestäten?»

«Ja, wir spielen am 19. Mai ein weiteres Mal am königlichen Hof.»

«Darf ich dir dazu einen guten Rat geben, Wolfgang?»

«Ich bitte darum, Herr Bach.»

«Spiele etwas von Händel! Verlange nach einer Orgel, und lege dich ins Zeug! Seine Majestät wird dann sofort aufblühen, glaube mir.»

London war nicht nur eine musikalische, musikbegeisterte Stadt, sondern hier blühten auch die Wissenschaften, hier wurde geforscht, experimentiert und in Frage gestellt.

Anfang Juni wurde im Cecil Court ein Besucher für die Mozarts gemeldet, es war der Gelehrte Daines Barrington von der Royal Society. Verbindlich, wie es Leopold Mozarts Art war, führte er den Gast in den Salon und bot ihm Platz an.

Der Gelehrte stellte sich vor und sagte: «Herr Mozart, ich bin beauftragt, Ihren Sohn als Musikphänomen zu untersuchen, falls Sie es gestatten.»

«Wie soll das vor sich gehen, mein Herr?» fragte Leopold mißtrauisch.

Barrington lächelte. «Vielleicht habe ich mich falsch ausgedrückt. Ich werde nicht Hand an ihn legen, wie ein Arzt – nein, es wird eine Art künstlerische Unterhaltung werden, mit dem Klavier, einigen Noten…»

Leopolds strenges Gesicht entspannte sich. «Wenn es weiter nichts ist...»

Barrington hob die Hände. «Es ist weiter nichts...»

Wolfgang wurde geholt, er tänzelte herein wie ein übermütiges Kind, zog eine Schnur hinter sich her und lockte damit seine Katze. Sobald sie die Schnur mit ihren Pfoten greifen wollte, zog der Bub sie mit einem schnellen Ruck weg, ließ sie in die Luft schnellen und lachte herzlich, wenn die Katze hinterhersprang.

«Du kannst nachher weiterspielen», sagte der Herr Vater geduldig, «aber jetzt sollst du diesem Herrn einige Fragen beantworten. Mr. Barrington kommt von der Royal Society und wird dich auf Herz und Nieren prüfen.»

Wolfgang mußte sich das Lachen verbeißen. Das soll eine Prüfung sein? Das sind Spielereien, hochgelehrter Mister Barrington, aber wenn Sie Ihren Spaß daran haben...

Auf Wunsch des Gelehrten sang Wolfgang nach Noten, mit freier Klavierbegleitung, komponierte etwas über das Wort *Affetto* und gleich darauf einen Zorngesang über das Wort *Perfido*. Was immer Barrington verlangte, Wolfgang führte es perfekt und so professionell aus, als sei er in seinem Metier alt geworden.

Nach einer guten Stunde war die Prüfung zu Ende, und der Herr Vater sagte: «Jetzt kannst wieder spielen», worauf Wolfgang einen Stock ergriff und, auf ihm laut «hü!» und «hott!» schreiend, im Zimmer herumritt.

«Benimm' dich, Wolfgang!»

Der lachte spitzbübisch, sagte spöttisch: «Zu Befehl, Herr Vater», und ritt mit Hü- und Hott-Geschrei hinaus.

Mr. Barrington verabschiedete sich schnell.

Dann wurde der Vater krank, und der Arzt schüttelte den Kopf, als er eine schwere Rachenentzündung diagnostizierte.

«Unser Londoner Klima hat seine Tücken, Herr Mozart. Sie sollten eine Weile draußen vor der Stadt leben, wo die Luft frischer ist. Das wird Ihre Genesung beschleunigen.»

«Jetzt, wo wir im besten Erfolg sind und das Geld uns nachläuft...», krächzte der Kranke, zog die Decke über seinen Kopf und drehte sich zur Wand.

Aber es half nichts, sie mußten nach Chelsea hinaus, das zwischen Kensington und Westminster lag. Sie nahmen eine Wohnung am Themseufer, wo der Herr Vater freier atmen konnte, wo untertags die Möwen kreischten und sich kopfüber ins Wasser stürzten auf der Suche nach Beute. Wolfgang nützte diese Ruhepause zum Komponieren und schrieb – ganz ohne Mithilfe des Vaters! – seine ersten beiden Symphonien.

Ein herrlicher Sommer war das, trotz der Krankheit des Vaters, ein Sommer ohne Pflichten, ein Familiensommer, da er endlich Zeit hatte, die beiden Frauenzimmer ein wenig zu necken: die würdevolle Frau Mama und die Nannerl, die mit ihren dreizehn Jahren – wenn sie gerade einen Gusto darauf hatte – die Erwachsene spielte und den kleinen Bruder als Kind behandelte, was ihn aber eher amüsierte als ärgerte. Ja, ja, der Nannerl wuchsen jetzt schon zwei kleine Brüstchen, und die streckte sie extra vor, damit jeder sehen konnte, daß sie schon eine Frau war. Sie konnte dann recht patzig sein und wehrte sich auf ihre Art gegen den von der Mutter verhätschelten Bruder.

«Eine Opera will er komponieren, der kleine Dreckspatz, als sei das nichts anderes als mit der Katze spielen. Da täte ich schon noch ein bisserl warten, Brüderchen, bis du das Zeug dazu hast.»

Wolfgang stampfte mit dem Fuß auf. «Dumme Gans! Vorgestern habe ich meine Es-Dur-Symphonie fertig geschrieben, da wird es auch zu einer Opera reichen!»

«Hört auf zu streiten – ich kann das nicht hören!» gebot der Herr Vater, der mit einem dicken Schal um den Hals am Fenster saß.

Anfang Oktober war Leopold Mozart wieder gesund, aber die über dreimonatige Abwesenheit der Familie Mozart hatte genügt, sie bei den Londonern in Vergessenheit geraten zu lassen. Der Papa versuchte noch so allerlei, ließ die Kinder gegen Eintrittsgelder spielen, doch der Erfolg war spärlich. Die Preise wurden mehrmals herabgesetzt, zuletzt war es nur noch verdeckte Bettelei.

2.

«Armer Papa...», flüsterte Mozart, gähnte und streckte die Arme. Ob ich jetzt zum Grafen Arco gehe? So billig wie damals werde ich mich niemals mehr verkaufen, lieber verhungere ich, ja, lieber verhungere ich!

Er blickte sich um. Das Zimmer war im Grunde recht schäbig – klein und schäbig. Der Stuhl vor dem Waschtisch wackelte, der neben dem Bett hatte verschlissene Polster. Da haben sich schon viele Ärsche daran gewetzt, dachte Mozart, und ich verspüre keine Lust, mit dem meinen weiterzuwetzen. Eine Melodie zog durch seinen Kopf, lenkte ihn ab. Etwas wie ein Menuetto, leicht und beschwingt. Mozart schielte nach dem Notenpapier, das aber noch in seinem Gepäck versteckt war. Die Melodie entwickelte sich, er pfiff sie vor sich hin. Hatte es nicht an der Tür geklopft? Der zweite Satz konnte sich zu einem Allegro entwickeln – wieder klopfte es.

«Herein! Ach, Herr von Kleinmayr – was verschafft mir die Ehre?»

Kleinmayr – Keinmayr – Schweinmayr – Saumayr blitzte es ihm durch den Kopf. Schicken sie mir jetzt schon die Juristen an den Hals? Saumayr – Schlaumayr – Haumayr – Blaumayr... Der Hofjurist des Großmufti. Kein Schlaumayr, kein Schweinmayr, eher ein Keinmayr...

«Entschuldigen Sie, Herr von Mozart...»

«Lassen Sie das ‹von› lieber weg – Sie wissen ja, was ich vom Adel halte.»

Der kleine dürre Mann lächelte säuerlich. «Ich bin zufällig Ihr Nachbar, Herr von – Herr Mozart, und da wollte ich Sie schnell einmal begrüßen. Es freut mich, daß Sie hier sind, das bringt Farbe in den grauen Alltag.»

Das war nett und freundlich hingesagt und gewiß auch ehrlich gemeint, denn der Herr von Kleinmayr war eine gute Haut und versuchte immer ausgleichend zu wirken.

«Sehr charmant von Ihnen, aber Sie werden ja wissen, daß ich bei Seiner Hochfürstlichen Gnaden im Augenblick Persona non grata bin.»

«Habe davon gehört, doch das wird sich einrenken.»

Mozart lächelte spöttisch. «Hoffentlich! Übrigens sagt man, wenn's in Wien regnet, spannt der Erzbischof in Salzburg den Schirm auf.»

Kleinmayr schaute unbehaglich drein. «Sie drücken immer alles so drastisch aus, Herr Mozart. Graf Colloredo ist ein aufgeklärter, fortschrittlicher Fürst, das müßte Ihren Vorstellungen doch entgegenkommen.»

«Was hab' ich davon? Bringt es einen Kreuzer mehr in meine Tasche? Aufgeklärt, fortschrittlich – das mag schon sein, aber wir unten spüren davon nichts. Wenn ich die Möglichkeit habe, durch Aufträge fremder Herren etwas dazuzuverdienen, dann mißgönnt er es mir schon und rechnet mir wie ein Kleinkrämer den überzogenen Urlaub vor. Gäbe er mir ein höheres Salär, müßte ich kein Zubrot verdienen!»

Kleinmayr wandte sich zum Gehen. «Ich merke schon, Sie sind heute nicht in der besten Laune – wir sehen uns dann morgen bei der Mittagstafel.»

«Und wo essen wir zu abend?»

«Seine Gnaden überläßt uns das nach eigenem Belieben, jeder bekommt drei Dukaten und kann sich dann selber verpflegen.»

«Drei Dukaten? Das reicht ja in Wien gerade für fünf oder sechs Mahlzeiten, und so wie es aussieht, werden wir monatelang hier sein.»

«Ihre Vorwürfe müssen Sie woanders anbringen, mein Lieber.»

Mozart lächelte ihn an, doch seine großen kurzsichtigen Augen blieben ernst. «Nichts für ungut, Herr von Kleinmayr – und adieu!»

Er ließ sich bei Graf Arco melden, der als Kämmerer, Kriegsrat und Oberster Küchenmeister des Fürsterzbischofs amtierte. Arco, der ihm sonst eher freundlich gesonnen und bemüht war, einen Ausgleich zu suchen, ließ ihn höllisch lange antichambrieren, hatte aber offenbar einen Besucher gehabt, der nun den Raum verließ.

Arco lächelte ihm freundlich entgegen. «Wieder im Land, Herr Mozart? Habe vom Erfolg Ihres ‹Idomeneo› gehört und möchte – was mich betrifft – gratulieren. Was aber unseren gnädigen Herrn angeht, so bin ich beauftragt, Ihnen seinen Unwillen zu übermitteln. Mozart nimmt sich zu viel heraus, ich werde das nicht weiter dulden, haben Seine Gnaden geäußert und waren dabei sehr exaltiert.»

«Ich werde damit leben müssen, Graf Arco.»

«Eine Entschuldigung wäre vielleicht angebracht.»

«Entschuldigung? Wofür?»

«Für die eigenmächtige Verlängerung des Urlaubs.»

«Aber Herr Graf, Sie wissen doch so gut wie ich, daß mir der Erzbischof Urlaub gewährt hat, wenn eine Opera meine Anwesenheit erfordert. Hätte ich dem Kurfürsten von Bayern sagen sollen: Tut mir leid, Durchlaucht, aber mein Herr ruft mich zurück, schaut nur, wie Ihr mit meiner Opera zurechtkommt.»

«Nein, Mozart, das nicht, aber Sie hätten dem Kurfürsten die Situation erklären und beim Erzbischof um Verlängerung des Urlaubs eingeben müssen.»

«Submissest und in aller Demut...»

Arco zuckte die Schultern. «Wie Sie das auffassen, ist Ihre Sache.»

Er dachte an Frankreich und wie sie ihn dort behandelt hatten. Versailles war ein Märchenschloß, in dem sich prachtvoll gekleidete Puppen bewegten, vervielfacht durch zahllose Spiegel, die den Goldglanz der Möbel, das Licht der schweren Kandelaber, den Wirbel von Brokat und Seide unendliche Male wiederholten. Dann trat der König auf, und es war, wie wenn im Theater der Hauptdarsteller die Bühne betritt. Wolfgang sah nur den Glanz, nicht die Schminke, die das ehemals schöne, jetzt von Lastern verwüstete Gesicht des Vierundfünfzigjährigen maskierte. Die Wunderkinder spielten, und als der König halblaut rief: «Un miracle!», raunte es durch die in bunte Seide und goldglänzenden Brokat gekleidete Puppenschar wie ein Echo: Un miracle – un miracle – miracle – acle... Und dann entschwanden die Wunderkinder ins feuchte, steife London, und als er fünfzehn Jahre später mit der Frau Mama wiederkam, war das

Wunder zerronnen. Der Vielgeliebte war tot, die Pompadour war tot, die unglückliche Königin war tot. Alle tot. Nur Baron Grimm lebte noch, ihr damaliger Protegé. Doch der konnte nicht viel tun, sein Einfluß war mit den Toten dahingegangen. Immerhin verschaffte er ihm eine Audienz bei der Herzogin von Chabot. Wolfgang konnte inzwischen genügend Französisch, um eine Unterhaltung zu führen.

Ein eisiger Aprilwind fegte durch Paris, und er war froh, endlich unter ein Dach zu kommen, freute sich auf ein warmes Kaminfeuer, auf lächelnde Gesichter, ein Glas Wein, einen Imbiß.

Nun war er im Haus, und der Diener sagte: «Warten Sie hier, Monsieur, ich gebe Madame la Duchesse augenblicklich Bescheid.»

Der Raum war kalt, Mozart steckte seine Hände in die Hosentaschen, fühlte ihre Kälte schaudernd an den Schenkeln, zog sie wieder heraus und blies darauf. Er mußte an die Frau Mama denken, die in einem armseligen Quartier nichts anderes tat, als auf ihn zu warten, sich nie beklagte, aber er sah es ihr an, wie sie die Stunde der Abreise herbeisehnte. Und er mußte hier antichambrieren wie ein Stoffhändler, und alles kostete Geld, viel Geld, aber es war nichts zu verdienen, er gab nur Geld aus, nahm keines ein.

Nun erschien die Duchesse in der Pracht eines zartrosa Hauskleides, lächelte strahlend, wobei eine Zahnlücke sichtbar wurde, und sagte emphatisch: «Maître Mosaar – n'est pas?»

Mit ihr waren einige Herren gekommen, die sie ihm nicht vorstellte.

«Kommen Sie, Maître, kommen Sie, da drüben steht ein Klavier. Sie werden bessere Instrumente gewöhnt sein, aber die zwei anderen sind verstimmt. Also nehmen Sie damit vorlieb, cher Maître, n'est pas?»

Mozart streckte seine violett angelaufenen Hände vor. «Tut mir leid, Madame la Duchesse, aber bei dieser Kälte kann ich nicht spielen.» Hörte sie überhaupt, was er sagte? «Haben Sie kein geheiztes Zimmer?» setzte er noch schüchtern hinzu.

Sie hörte es offenbar nicht, lachte nur perlend, zeigte die Zahnlücke, sagte mit hoher pathetischer Stimme: «O oui, Monsieur, vous avez raison.»

Sie gab ihm recht, Mozart war erleichtert, lächelte, nickte, doch nichts geschah. Die Herzogin setzte sich an einen Tisch und begann in aller Ruhe zu zeichnen, während die Herren um sie herum Platz nahmen und zuschauten. Sollte er ihr zurufen: Madame, vor fünfzehn Jahren haben mir die Töchter des Königs die Hände geküßt! Und der König hat mir die Wangen gestreichelt und gesagt: un miracle! Und die Pompadour hat mir zum Geburtstag Kleider, Geld und einen Kuchen geschenkt, der fast bis zur Decke reichte.

Schäbige Behandlung erweckte in Mozart Trotz. Er ging nicht zum Klavier, rührte sich nicht vom Fleck. Die Fenster standen offen, die Türen auch, der Zugwind fauchte um seine kleine Gestalt, als wolle er ihn wieder hinauswehen auf die Straße, wo seinesgleichen hingehörten. Aber nein, die Duchesse war höflich gewesen und hatte ihm mit strahlendem Lächeln recht gegeben. Jetzt wurden auch seine Füße kalt, und sein schmaler Körper begann zu frösteln. Den Mantel hatte ihm der Diener abgenommen, sollte er ihn wieder holen?

Die Herzogin zeichnete, die Herren schauten zu, und alle taten, als sei er nicht vorhanden. Nun kam der Ärger und mit dem Ärger sein nervöses Kopfweh. Hätte nicht Baron Grimm den Besuch – wohlmeinend – vermittelt, Mozart wäre längst zur Türe hinausgegangen, aber mit dem Grimm durfte er es sich nicht verderben. Wenn hier überhaupt etwas zustande kam, dann nur durch Grimm.

Grimm – schlimm – nimm – sim-sala-bim, begann er flüsternd zu reimen, um sich abzulenken. Sim-sala-bim – schlimm – nimm – Grimm. Dann zog ihm ein kleines Menuett durch den Kopf, angeregt von einem Lied, das er kürzlich von einem Straßensänger gehört hatte. Ohne lange zu überlegen, ging er zu dem Pianoforte und spielte das Menuett, führte es weiter aus, phantasierte, um dann nach einer Weile festzustellen, daß niemand auf sein Spiel achtete. Die Duchesse zeichnete ungerührt weiter, die Herren unterhielten sich, einer lachte ganz laut. Vielleicht wollten die Leute etwas Ernsthaftes hören, etwas Virtuoses. Er spielte mit furiosem Anschlag die Fischer-Variationen, blickte zum Tisch hinüber – keine Reaktion! Da brach er die Musik ab und knallte den Deckel des Pianoforte zu. Peng! Aha, jetzt reagierten die Herrschaften. Die Duchesse hörte zu zeichnen auf, die Herren zu reden.

«Bravo, Maître, bravo!» Die Duchesse klatschte, einer der Herren sagte etwas Schmeichelhaftes. Mozart war verblüfft, wurde unsicher. Er entschuldigte sich für den Abbruch, das Klavier sei zu schlecht und er würde gerne wiederkommen, wenn ein anderes vorbereitet sei.

«Aber nein, Maître, Sie dürfen jetzt keinesfalls gehen! Mein Gemahl, der Herzog, würde es mir niemals verzeihen, wenn ich Sie gehen ließe, ohne daß er Ihr Spiel gehört hat.»

Von neuem mußte er warten, die warm gewordenen Finger wurden wieder kalt. Der Herzog erschien, die Liebenswürdigkeit in Person, gab Mozart die Hand und sagte:

«Kümmern wir uns nicht um die anderen; Sie spielen jetzt nur für mich, cher Maître, nur für mich.»

Mozart freute sich: endlich ein Kenner, ein Liebhaber unter lauter Ignoranten. Und er brachte das elende Pianoforte zum Klingen, als sei es das beste Instrument von Paris. Der Duc de Chabot äußerte seinen Beifall und seine tiefe Zufriedenheit. Dann: «Adieu, cher Maître» und nichts sonst.

Um zu sparen, ging Mozart den weiten Weg zu Fuß nach Hause, durch die vom Aprilregen aufgeweichten, manchmal knöcheltief verschlammten Straßen. Er klagte der Mama sein Leid.

«Es wird schon werden – mit Gottes Hilfe», sagte sie geduldig.

Fast sah es so aus, als am 15. Juni seine Pariser Symphonie aufgeführt wurde. Sie war ein lebhaft beklatschter Erfolg und wurde am 15. August wiederholt, doch da war sie schon das Requiem zum Tod der Anna Maria Walburga Mozart, die am 3. Juli verstorben war an – ja, was führte zum Tod der lieben und geduldigen Gattin und Mutter einer musikbesessenen Familie? Hatte sie doch die winterlichen Nöte mit allerlei Weh im Kopf und im Kreuz gut überstanden und im Frühjahr recht muntere Briefe nach Salzburg geschrieben, so daß Leopold Mozart beruhigt sein konnte. Und dann kam die warme Zeit, und Paris begann zu stinken. Alle Städte stanken im Sommer, Salzburg auch, aber in Paris war es besonders schlimm. Nicht, daß die Frau Mama sich beklagte – o nein! sie schrieb sogar nach Hause:

Es ist mir sehr leid, von diesem Haus wegzugehen, es sind brave Leute, mit denen ich deutsch reden kann.

Ja, das war ihr schon wichtig, denn ein kleiner Tratsch verkürzte die Tage – Tage, die sehr lang wurden, weil Wolfgang von früh bis spät unterwegs war. Noch am 12. Juni schrieb sie nach Salzburg:

Hier haben wir den schönsten Sommer, recht angenehm, Gott sei Dank, noch kein Gewitter gehabt.

Ein paar Tage später kam das Gewitter doch, und als es vorbei war, stand der Schlamm knöcheltief in der Gasse vor dem Haus, und fette Ratten zerrten an den halbverwesten Kadavern von Katzen und Hunden. Was half da schon das Ausräuchern mit Spezereien bei geschlossenen Fenstern? Manchmal mußte man sie doch öffnen, um nicht zu ersticken, und dann kamen in Schwärmen die metallisch schillernden Aasfliegen, die eben noch ihre Eier in faulendes Fleisch gelegt hatten. Und die setzten sich aufs Brot, auf den Käse, fielen in den Wein und ins Trinkwasser. Plötzlich kam das Fieber, und es wurde so hoch, daß Wolfgang den Priester holte. Die Frau Mutter beichtete, nahm den Leib des Herrn, und wenig später schwanden ihr die Sinne. Sie phantasierte, wälzte sich wie eine Rasende im Bett und war nicht mehr ansprechbar. Wolfgang nahm ihre Hand, die so schmal geworden war und ausgeglüht vom Fieber, und dann wurde die Hand kalt, und die Seele der Frau Mutter hatte sich vom Körper gelöst, war über die stinkenden Gassen zum Himmel geflogen, wo es keine Mühsal mehr gab, keine schlammigen Straßen, keine Ratten, keine Schmeißfliegen, kein Bangen um Wolfgang, der in Paris vergeblich hinter dem Erfolg herjagte.

Es war Gottes Wille, sagte sich Wolfgang, und ein guter Christ muß sich dreinfügen. Er tat es, wagte aber nicht, die traurige Botschaft nach Salzburg zu berichten. Ihm war, als hätte er die Mutter getötet, weil er ihr kein besseres Quartier bieten konnte, weil sie in einer stinkenden Gasse wohnten, anstatt in einem der schönen Adelshäuser mit den großen gepflegten Gärten. Er traute sich einfach nicht. Während die Seelnonnen sich um den Leib der Mutter bemühten, schrieb Wolfgang an den Abbé Bullinger, mit der Bitte, er möge seinem Freund Leopold Mozart die traurige Nachricht beibringen.

Schon während er diesen Brief schrieb, begann es in seinem Kopf zu tönen, tragische Molltöne klangen auf, bildeten Tonfolgen, formten sich zu Sätzen. Was in seinen Briefen so gefaßt, so gottergeben klang, war Selbstbetrug, war Konvention. Mozart begehrte auf, er konnte diesen schweren Schlag nicht einfach hinnehmen, und so schrie er seine Klage, seinen Protest in der ihm gemäßen Sprache heraus – einer Sprache, in der keine Konvention galt, die keine Verstellung verlangte, die jeden Selbstbetrug ausschloß. So entstand die a-Moll-Sonate mit dem dunkel klagenden Ton der Oktavbässe, und damit drückte Wolfgang aus, was er wirklich empfand.

Sein banges Gefühl, sein Widerwille gegen diese zweite Parisreise hatte sich nun in schroffe Abneigung verwandelt. Er wollte, er mußte weg von hier, und er teilte dem Baron Grimm seine Gefühle unverstellt mit. Der elegante und feinsinnige Chevalier – aus Grimm war längst ein Franzose geworden – blickte Mozart spöttisch an.

«Monsieur Mozart, Sie packen es hier falsch an. Sie sind zu wenig aktiv, zu gutgläubig, leicht zu täuschen, obwohl Sie andererseits sehr danach streben, anerkannt zu werden, erfolgreich zu sein. Um sich in Paris durchzusetzen, muß man listig-zurückhaltend und tollkühn zugleich sein. Dann würde schon die Hälfte Ihres Talents hinreichen, um hier zu reussieren.»

Mozart wollte heftig erwidern, doch er schluckte es hinunter. Was weiß denn dieser alte Esel schon? Der kann mich auch nur noch an Louis-Quinze-Leichen weiterempfehlen, wie an die Duchesse de Chabot. Sie sind passé, Herr Grimm – und das ist schlimm!

«Sie mögen freilich recht haben, Chevalier Grimm, aber ganz so einfach ist es doch nicht.»

«Nichts ist einfach im Leben, mon cher, aber wir dürfen es uns auch nicht allzu schwermachen.»

Rede nur zu, rede nur – adieu Paris, adieu Baron Grimm!

3.

Und dann der Herr Vater! Der hatte seine geliebte Frau verloren und mußte nun beim Großmufti auch noch zu Kreuze kriechen. Das Ergebnis seines Canossaganges erfuhr Wolfgang noch in Paris:

Ich verzweifelte fast durchzudringen, weil nach dem Schritt, den wir getan, von dem Hochmut des Fürsten wenig zu hoffen und ihm Dein schnelles Abschiedsgesuch zu sehr aufs Herz gefallen war

Da hatte Wolfgang den Brief zu Boden geworfen und war aufgesprungen. In Anwesenheit der Frau Mama hätte er sich eine solche Geste – ein väterlicher Brief war etwas Heiliges! – nicht erlaubt, aber jetzt, da sie schon fast acht Wochen auf dem Friedhof von St. Eustache lag, ließ er seinen Gefühlen freien Lauf. Aufs Herz gefallen! Nun, das mochte dem Herrn Papa so in die Feder gerutscht sein, aber das richtige Wort stand ja im selben Satz. Es war gekränkter Hochmut des eitlen und adelsstolzen Pedanten. Wie konnte dieses Nichts von Mozart, diese zwar ganz passable Musik absondernde Handvoll Dreck es wagen, zuerst um seine Entlassung zu bitten, um sich dann, als man ihm in Paris nicht gleich zu Füßen lag, unter die Salzburger Fittiche zu flüchten!

Nun, Herr Großmufti, ich wäre lieber verhungert, als zu Euch zurückzukehren, aber der Herr Papa hat Seiner vermaledeiten Gnaden geschmeichelt und – ja, was eigentlich? Mozart hob den Brief auf und hielt ihn ganz nahe an seine Augen, die immer schlechter wurden.

Allein durch mein tapferes Aushalten bin ich nicht nur durchgedrungen; der Erzbischof hat nicht nur alles akkordiert, für mich und für Dich – Du hast 500 Gulden –, sondern hat sich noch entschuldigt, daß er Dich jetzt unmöglich zum Kapellmeister machen könne.

Na, na, werter Herr Papa, da haben Sie aber übertrieben. Der

Großmufti und sich entschuldigen? Aber was stand da noch? Mozart las es zweimal, dreimal, ein viertes Mal, weil er es nicht glauben konnte.

Der Erzbischof hat sich bereit erklärt, daß er, wenn Du eine Opera schreiben willst, Dich, wo immer es ist, hinreisen lasse …

Da hat der Großmufti sich just selber überwunden! Falls er hält, was er da versprochen hat, denn es kann ja nur eine hochfürstliche Laune gewesen sein.

Doch Mozart war erleichtert, und langsam füllte sich sein Herz mit Freude, und je länger er daran dachte, desto größer wurde sie. Eine Opera schreiben! Frei sein! Was sollte er jetzt noch in Paris, das wie ein aufgeplatzter Kadaver unter der Sonne lag und derart vor sich hin stank, daß die Menschen mit parfumgetränkten Tüchern vor der Nase durch die Straßen liefen. Nach diesem Brief empfand Mozart den Gestank doppelt so arg. Er drängte die unentwegt durch seinen Kopf tönende Musik beiseite und entwarf in Gedanken einen Brief. Dabei kamen ihm allerlei Zweifel und Bedenken und ehe er sie alle vergaß, wollte er sie niederschreiben.

Mon très cher Père!

Mozart hielt inne, betrachtete den zerfransten Federkiel und warf ihn zu Boden. Er schnitt sich sorgsam einen neuen zurecht. Er tauchte seine Hände in den Wasserkrug, doch das Wasser war lauwarm und roch schon seltsam; außerdem schwammen da vier tote Fliegen und eine halbtote Wespe. Er hob den alten Federkiel vom Boden auf, fischte die Wespe heraus und warf sie aus dem Fenster. Die Hitze machte einen ganz konfus, dabei war es schon Anfang September. Aber es mußte gesagt sein, und er wird es sagen! Nicht, daß es dann im Salzburg heißt: Ja, wenn ich das gewußt hätte.

Er setzte sich wieder hin, trocknete die Hände an seiner Hose ab und schrieb:

Nur eines bitte ich mir zu Salzburg aus, und das ist: daß ich nicht bei der Violine bin, wie ich sonst war – ich gebe keinen Geiger mehr ab –, beim Klavier will ich dirigieren, die Arien accompagnieren; es wäre halt doch gut gewesen, wenn ich hätte können eine schriftliche Versicherung bekommen auf die Kapellmeisterstelle, sonst habe ich etwa die Ehre, doppelte Dienste zu verrichten – nur für einen be-

zahlt zu sein – und auf die Letzt setzt er mir wieder einen Fremden vor.

Allerliebster Vater! Ich muß es Ihnen bekennen, wenn es nicht wäre, um das Vergnügen zu haben, Euch beide wiederzusehen, so könnte ich mich wahrhaftig nicht dazu entschließen…

Nein, das stimmte nicht! Es war eine Lüge, aber er ließ sie stehen. Nichts band ihn an diese Stadt, und er war längst entschlossen, Paris in den nächsten Tagen zu verlassen, nicht nur weil es stank und weil er hier kein Brot fand, auch nicht allein des Briefes wegen, der ihn nach Salzburg rief – nein, da gab es noch einen Grund, doch den behielt er für sich. Er wollte Luise in Mannheim wiedersehen, hatte immer an sie gedacht – seine Luise, die sich als Sängerin Aloysia Weber nannte und die schon als Sechzehnjährige im kurpfälzischen Hoftheater auf den Brettern stand.

Mozart war noch der kleine Wolfgang, als er vor dem Kurfürsten im Schwetzinger Schloß spielte, und hatte den damals Vierzigjährigen als schönen stattlichen Mann in Erinnerung, der sich sehr leutselig, aber auch sehr hochfürstlich gab. Und jetzt? Das Doppelkinn quoll in zwei satten Wogen über den engen Kragen, und was seine Hochfürstliche Durchlaucht vor sich hertrug, war auf gut deutsch gesagt eine gewaltige Wampe. Und flugs sang er im Kopf eine Arie:

«Ach wärst du nicht so fett
Dann fänd' ich dich ganz nett
Mußt halt immer tüchtig scheißen
Dann könnte ich dich besser preisen…»

Da hörte er die sonore Stimme des hohen Herrn. «Jetzt ist es fünfzehn Jahre, daß Er nicht hier gewesen ist.»

«Es wäre mein größter Wunsch, eine Opera für Mannheim zu komponieren.»

«Das könnte leicht geschehen.»

«Verbindlichsten Dank, Euer Durchlaucht.»

«Wenn Er Lust hat, kann Er unterdessen die Kinder der Gräfin Heydeck am Piano unterrichten.»

«Das wäre mir eine hohe Ehre, Euer Durchlaucht», stammelte Mozart und versuchte sich zu erinnern, was an der Gräfin Heydeck

Besonderes sei. Es fiel ihm aber nicht ein, und er wurde gnädig verabschiedet.

Als er Cannabich von der Audienz erzählte, schlug der sich an den Kopf. «Aber Mozart, ich hab's Ihnen doch ein paarmal gesagt! Sollte die Gräfin auftauchen, dann tun Sie so, als begrüßten Sie die Landesmutter. Das ist die frühere Schauspielerin Seyffert, er hat sie zur Gräfin erhoben, und sie hat ihm dafür eine Schar Kinder geboren. An denen hängt er um so mehr, als die Kurfürstin bis jetzt unfruchtbar geblieben ist.»

«Dann soll ich den Bälgern also Unterricht geben?»

«Besser wäre es schon.»

«Lieber unterrichte ich Ihre Tochter, Herr Cannabich.»

Der drohte mit dem Finger. «Aber nur am Klavier! Lassen Sie meine Rosina zufrieden, sie ist schließlich gerade vierzehn geworden.»

Mozart errötete. «Wo denken Sie hin! Aber ich bin schließlich ein Mann und habe Augen im Kopf.»

«Die können Sie auch an reiferen Fräuleins weiden. Mozart, ich führe Sie bei der Familie Weber ein – da hat es vier Töchter!»

Wolfgang aber dachte derzeit noch an ein anderes Mädchen, an Maria Anna Mozart, seine chère Cousine, an das Bäsle in Augsburg. Aus Mannheim schrieb er ihr genialisch wirre, verrückte, verliebte Briefe. Sie war ihm noch so gegenwärtig, das «Bäsle-Häsle», mit dem er getändelt und gebandelt, geschnäbelt und gepantscherlt hatte. Ihre kecke Hingabe, ihr spitzes Zünglein, ihre lustige Frechheit steckten ihm noch in den Gliedern – aber sein Herz? War Maria Anna ihm ins Herz gedrungen? Wolfgang machte sich darüber keine Gedanken, aber in Augsburg hatte er es nicht gelassen, sein Herz, auch wenn das «allerliebste Bäsle-Häsle» es glauben mochte, wenn sie seinen Brief – einen solchen Brief! – las.

Sie schreiben, ja Sie lassen sich heraus, Sie geben sich bloß, Sie lassen sich verlauten, Sie machen mir zu wissen, Sie erklären sich, Sie geben deutlich an den Tag, Sie verlangen, Sie begehren, Sie wünschen, Sie wollen, Sie mögen, Sie befehlen, Sie deuten mir an, Sie benachrichtigen mich, Sie machen mir kund, daß ich Ihnen auch mein Portrait schicken soll, schroll; eh bien, ich werde es Ihnen ge-

wiß schicken, schicken. Oui, par ma la foi, ich scheiß Dir auf d'Nasen, so rinnt's dir auf d'Koi, apropos – haben Sie den Spuni Cuni fait auch? – Was? – ob Sie mich noch immer liebhaben – das glaub' ich. Deßto besser, besser deßto. Ja, so geht es auf dieser Welt, der eine hat den Beutel, der andere das Geld, mit wem halten Sie es? Mit mir, nicht wahr? Das glaub ich …

Mozart warf aufs Papier, was ihm durch den Kopf ging, deutete an, reimte, verdrehte, kobolzte sich durch den Brief, den er mit «Sauschwanz Wolfgang Amadé Rosenkranz» unterschrieb.

Nach sechswöchigen Gasthofaufenthalten zogen die Mozarts in das Haus des Hofkammerrates Serrarius, bei voller Bedienung, einschließlich Brennholz und Licht, wofür Wolfgang dem Fräulein Tochter Klavierunterricht erteilte. Noch immer wartete er auf eine Nachricht vom Hof, auf den Auftrag zum Komponieren einer Opera, vielleicht sogar auf eine Anstellung. Doch die Tage zogen sich hin, und nichts tat sich. Mozart füllte die zäh verfließende Zeit mit Unterrichtgeben. Den Sohn des Violinisten Danner unterrichtete er in Komposition, einen holländischen Offizier im Generalbaß, höhere Töchter am Klavier.

Und da waren noch die Kinder der gewesenen Schauspielerin Josepha Seyffert, die der große Frauenfreund Karl Theodor – wie schon andere vor ihr – nobilitiert hatte. So war sie jetzt Ihre Erlaucht, die Gräfin Heydeck geworden. Von ihren vier Kindern unterrichtete Mozart den Sohn und die älteste Tochter. Behutsam versuchte Wolfgang die Gräfin Heydeck für seine Zwecke einzuspannen, doch sie wehrte diese Versuche freundlich, aber bestimmt ab.

«Darein misch ich mich nicht, Herr Mozart. Sie wissen, wie wichtig dem Kurfürsten alle musikalischen Angelegenheiten sind – da wenden Sie sich besser an den Grafen Savioli, dem untersteht als Generalintendanten alles diesbezügliche.»

Der Graf Savioli versprach, vertröstete, bat um Geduld. Von dem Konzertmeister Cannabich kam guter Zuspruch und der Rat: «Mir wäre es sehr lieb, wenn Sie den Winter über bei uns blieben, aber ich sähe es noch lieber, wenn Sie hier in Diensten wären und für immer bei uns blieben.»

«Mir wäre das auch lieb, Cannabich, das dürfen Sie mir glauben.»

«Ich werde Sie ein wenig ablenken, lieber Mozart, und schlage vor, daß wir jetzt die Weberischen besuchen.»

Draußen tobte ein Regensturm, aber hier, im Weinland, blieben auch die Winter mild und meist schneefrei. Weihnachten stand vor der Tür; Mozart, wie immer fatalistisch und optimistisch zugleich, erhoffte sich vom neuen Jahr etwas Besseres, widrigenfalls mußte man halt nach Paris weiterziehen.

«Wir hätten für diesen Besuch ein schöneres Wetter abwarten sollen.»

«Sie sind nicht aus Kuchenteig, Mozart, und werden schon nicht auseinanderlaufen. Wir beide stecken unsere Köpfe unter meinen großen Schirm, außerdem sind wir gleich da.»

Doch der Schirm half auch nicht viel, der Sturm drehte ihn mehrmals um, und Mozart schützte mit beiden Händen seine Perücke, aus der mit Regen vermischter Puder in Strähnen auf seinen Mantel lief. Sie stellten sich in einem Ladengewölbe unter.

«Da werden wir ja sauber aussehen! Die Familie Weber wird uns für Landstreicher halten und vor die Tür jagen.»

Cannabich lachte. «Ach, Mozart, Sie kennen diese Familie nicht! Wir beide haben einen Hang zu bürgerlicher Ordnung, sind wohl auch so erzogen worden. Im Hause des Franz Weber herrschen andere Gesetze. Er gab eine gutbezahlte Amtmannstätigkeit auf, ging nach Mannheim und bringt sich hier mehr schlecht als recht durch – als Souffleur, Sänger und Notenkopist. Seine Frau hat ihm sechs Kinder geboren, vier davon sind noch im Haus – die Töchter Josepha, Luise, Constanze und Sophia, die Jüngste. Sie dürfte jetzt fünfzehn oder sechzehn Jahre alt sein. Sie als Musiker werden sich eher für Luise interessieren, die schon recht tüchtig singt. Also los jetzt, gehen wir weiter, der Regen hat nachgelassen.»

Der Glockenstrang am Weberschen Haus war gerissen, also pochten sie an die Tür. Es roch deutlich nach verbrannter Milch, und der Klang erregter Stimmen drang nach draußen.

Cannabich schmunzelte wissend. «Sie streiten wieder. Das dürfen Sie aber nicht ernst nehmen...»

Er pochte ein zweitesmal, diesmal mit dem Schirmgriff und sehr heftig.

«Ja – ja – ja!» tönte es von drinnen ungeduldig. Die Tür flog auf, eine junge Frau stand da, mit dunklen, unordentlichen Haaren und einem verrutschten Brusttuch.

«Ah, der Herr Cannabich, willkommen, willkommen!»

Sie öffnete weit die Tür, und Mozart betrat hinter seinem Freund das Haus.

«Ich bin Josepha, die Älteste», sagte das Mädchen beiläufig.

Mozart verneigte sich: «Wolfgang Amadé Mozart, Compositeur.»

Der Geruch nach verbrannter Milch war jetzt so stark geworden, daß er Übelkeit verursachte. Sie betraten eine große Wohnstube.

«Herr Weber, das ist mein Freund Mozart aus Salzburg, ein genialer Compositeur, er hat einen kleinen Auftrag für Sie.»

Mozart wollte die Mappe öffnen, doch Weber winkte ab.

«Nur nichts überstürzen, Herr Mozart – gut Ding braucht Weile.»

Der kleine hagere Mann trug einen fleckigen Hausmantel, sein verlebtes zigeunerhaftes Gesicht mit der schmalen, scharf vorspringenden Nase und den dunklen stechenden Augen wirkte auf Mozart fremdartig und befremdlich; ganz spontan empfand er eine leise Abneigung. Weber sah keinem in die Augen, sein Blick ging am anderen vorbei oder heftete sich auf dessen Schultern.

Er begann seine Familie vorzustellen:

«Meine Frau Maria Cäcilia, die Josepha kennen Sie ja schon, und das ist Constanze. Sophie ist gerade außer Haus. Wo ist die Luise?»

«In der Küche, weil die Milch –»

«Schon gut», sagte Frau Weber seufzend, «ich werde sie holen.»

Weber fegte ein paar Blätter von Stühlen und Tisch, und die flatterten zu Boden, wo schon andere lagen. «Setzen Sie sich, meine Herren. Gleich wird es ein Täßchen Kaffee geben.»

Er wandte sich zu Wolfgang und richtete seine dunklen Augen auf dessen rechte Schulter. «Nun, Herr Mozart, was hat Sie ins schöne Mannheim geführt?»

Noch ehe Wolfgang antworten konnte, erschien Frau Weber in der Tür. «Meine Tochter Aloysia – wir nennen sie Luise.»

Ihre Stimme klang laut und schrill. Das Mädchen knickste und blickte auf Mozart.

Er stand auf, verneigte sich und murmelte: «Mozart – Wolfgang Amadé...»

Große dunkle Augen musterten ihn neugierig. Des Vaters zigeunerhaftes Aussehen und das fraulich dickliche Gesicht der Madame Weber hatten sich bei Luise auf ideale Weise zu einem Bild artifizieller Schönheit vermischt, als habe ein Bildhauer von allem nur das Beste genommen. Die großen Augen beherrschten das feine ovale Antlitz mit der hohen, wohlgeformten Stirn; der kleine vollippige Mund, das zartgerundete Kinn wirkten auf eine besondere Art anrührend. Dieses herrliche Köpfchen saß auf einem langen schlanken Hals, und Mozart, für weibliche Reize hochempfindlich, dachte sofort: Keine der anderen kann es mit dir aufnehmen, schöne Luise, liebliche Aloysia – Luise – Aloysia...

«Wie sind Sie zu dem französischen Amadé gekommen, Herr Mozart?» fragte eine glockenhelle, wohlklingende, geschulte Stimme.

In Wolfgangs Kopf stürmte es, als zöge die wilde Jagd mitten hindurch. Mein Gott, war das Mädchen schön!

Er räusperte sich. «Ich hab' – ich habe Sie nicht verstanden, mein Fräulein.»

Luise lächelte strahlend, bühnenreif. «Ihr Name, Herr Mozart, Ihr Name Amadé...»

«Ach, der Name, der Name... Das hieß einmal Theophilus, also Gottlieb, und daraus wurde Amadé. Sie singen, habe ich gehört?»

«Der Kaffee ist fertig!» tönte es schrill aus der Küche.

Man setzte sich an den Tisch, Wolfgang spürte, wie unter seinen Füßen die Notenblätter raschelten. Das ist doch Verschwendung! Aber er getraute sich nicht, sie hervorzuholen.

«Ja, ich habe am kurpfälzischen Theater schon einige Partien gesungen. Wollen Sie etwas hören?»

Sie sprang auf.

«Jetzt trink zuerst deinen Kaffee!» sagte Frau Weber scharf und sah gar nicht mehr gemütlich aus.

Luise stampfte mit dem Fuß auf. «Den kannst du zum Fenster hinausschütten! Singen ist mir wichtiger! Ich möchte singen! Herr Mozart wird dazu spielen...»

«Eitle Ziege!» zischte Josepha. «Du willst dich nur vor unserem

Gast produzieren, damit jeder sieht, was du uns voraushast. Ich kann übrigens auch singen, Herr Mozart, vielleicht nicht einmal schlechter als Luise, aber ich biete mich nicht feil wie auf dem Jahrmarkt.»

«Was – was hast du gesagt?» fauchte Luise, und Wolfgang schien sie in ihrem Zorn noch reizvoller. Sie riß ihre Schwester an den Haaren hoch. «Wiederhole das vom Feilbieten auf dem Jahrmarkt – sag's noch einmal!»

«Schluß jetzt!» schrie Frau Weber und haute auf den Tisch, daß der Kaffee aus den Tassen schwappte. «Wir haben Gäste, und ich bitte mir aus, daß in ihrer Anwesenheit nicht gezankt wird.»

Luise gab ihre Schwester frei und setzte sich auf ihren Platz. Ihr Zorn war verraucht, über das schöne Gesicht flog ein sanftes Lächeln. «Jetzt sehen Sie einmal, wie's bei uns zugeht, Herr Mozart. Wir trinken jetzt brav unseren Kaffee, und dann gehen wir ins Nebenzimmer, wo das Piano steht, und werden uns mit Musik und Gesang vergnügen – nur wir beide, nicht wahr?»

Mozart war es heiß geworden, er suchte nach einer geeigneten Antwort. «Nun – wenn Ihre Eltern es – ich meine, wenn sie es gestatten – aber was mich betrifft – so – so...» Er wußte nicht mehr weiter, und das war ihm, dem Schlagfertigen und Wortgewandten, noch nie geschehen.

«Trinken Sie erst einmal Ihren Kaffee», sagte Madame Weber mütterlich, hob ihre Tasse und schlürfte vernehmlich.

Der Kaffee schmeckte wegen der angebrannten Milch grauenvoll, aber Mozart schluckte ihn tapfer hinunter. Luise nippte nur an ihrer Tasse und stand gleich wieder auf.

«Kommen Sie, Wolfgang Amadé – so darf ich Sie doch nennen? –, kommen Sie, wir werden ein wenig musizieren.»

Niemand wandte etwas ein, und sie zog den Gast in das kleine, finstere, zum Hof hin gelegene Musikzimmer. Das Piano war etwas verstimmt, aber es ging. Mozart spielte brav herunter, was Luise ihm hinlegte. Nach seiner gewohnten Art hatte er das Blatt blitzschnell überflogen, behielt die Noten im Kopf und ließ seinen Blick nicht von Luise, während er ihren Gesang begleitete. Nach der dritten Arie fragte sie:

«Nun, Herr Wolfgang Amadé?»

«Sie singen wie ein Engel, Mademoiselle. Ich könnte Ihnen noch stundenlang zuhören…»

«Ich muß meine Stimme schonen; jetzt spielen Sie mir etwas vor aus Ihren Werken, frei von der Leber weg.»

Mozart spielte ein Potpourri, nahm Altes auf, erfand Neues dazu, legte sich ins Zeug, als hinge eine Kapellmeisterstelle von seinem Vortrag ab. An der offenen Tür hatte sich inzwischen die Familie Weber versammelt, dahinter ragte die große Gestalt des Freundes Cannabich, der mit halbgeschlossenen Augen entzückt lauschte.

«Sie sind ja ein wahrer Zauberer», sagte Franz Weber, und man hörte den Respekt heraus.

«Er ist ein genialer Compositeur», fügte Cannabich hinzu, «und das war er schon als Kind – ein Wunder der Musik.»

Mozart sprang auf und schloß das Klavier. «Sie bringen mich in Verlegenheit, Cannabich. Ich bin kein Wunder, habe nur Talent.» Er schnupperte, lachte und skandierte:

«Der Mozart hat Talent
Die Webersche Milch ist anbrennt
Die Luise kommt gerennt
Singt Arien vehement
Der Mozart ganz galant
Reicht Luisen seine Hand.»

Er nahm ihre Hand und küßte sie. «Sie sind eine begnadete Sängerin, Luise, und ich habe da schon eine Idee…»

4.

Wie auf Wolken wandelte Wolfgang nach Hause, ging schnurstracks zur Frau Mama und sagte: «Eine Stimme habe ich heute gehört, da wären Ihnen die Tränen gekommen, chère Mama...»

Sie blickte ihren Sohn neugierig an. «Mir kommen nicht so leicht die Tränen. Es war eine Frauenstimme, nehme ich an?»

«Woher wissen Sie?»

«Mein Gott, Wolfgang, ich kenne doch meinen Sohn! Wenn du so verträumte Kuhaugen machst, dann kann es sich nur um etwas Weibliches handeln, das dir den Sinn vernebelt hat.»

«Außerdem ist sie wunderschön...»

«Ich glaub's ja. Aber wer ist sie?»

«Luise Weber, eine Tochter des Notenkopisten Franz Weber. Er hat vier Töchter, sie ist die zweitälteste, aber bei weitem die schönste. Ein wahres Engelsgesicht. Ich möchte sie zur Prinzessin von Oranien mitnehmen, wo ich Anfang des neuen Jahres vorsprechen werde – habe dir ja davon erzählt. Die Prinzessin wird entzückt sein – verrückt sein – entzückt sein – bestrickt sein...»

«Verrenn' dich nur nicht! Verrückt bist du. Überlege dir das noch einmal! Die Prinzessin hat sie schließlich nicht eingeladen.»

Mozart wippte ungeduldig auf den Zehenspitzen; seine schwachsichtigen blauen Augen, sonst versonnen und gutmütig, blickten trotzig. «Dann lade ich sie eben ein! Die Prinzessin schätzt mein Spiel, warum soll ich es nicht erweitern und ihr noch Gesang dazu bieten. Schließlich hat Luise Weber schon vor dem Kurfürsten gesungen, ist geschätzt und anerkannt.»

«Du läßt es dir ja doch nicht ausreden.»

«Da haben Sie wohl recht, liebe Mutter, ich bin erwachsen und weiß, was ich tue.»

Frau Mozart seufzte und ließ ihre Handarbeit sinken. «Du bist in vielem noch ein Kind, Wolfgang, auch dein Trotz wirkt kindlich. Aber mach', was du willst, ich rede dir ungern drein, das weißt du.»

Wolfgang fiel seiner Mutter um den Hals und küßte sie auf beide Wangen. «Weil du die beste Mama von der Welt bist!

Frau Mozart, ganz apart, scharrt und harrt,
ist vernarrt in Wolfgang Amadé – o je – o je,
das tut oft weh, steh auf und geh – herrjemineh!»

«Du solltest beim Komponieren bleiben, Wolfgang, das Dichten liegt dir nicht so sehr.»

Mozart hörte nicht hin. «Werde jetzt der Prinzessin einen Brief schreiben und uns ankündigen.»

Frau Mozart seufzte: «Tu das, mein Sohn.»

Er könne mitbringen, wen immer er wolle, schrieb die Prinzessin zurück, und sie sei schon recht neugierig, welcher Mann aus dem Knaben geworden sei, der seinerzeit in Den Haag so göttlich gespielt habe.

Mozart unternahm diese Reise um so lieber, als er nun seine Hoffnungen auf eine Stellung in Mannheim oder den Auftrag zu einer Opera begraben mußte. Am letzten Tag des Jahres war nämlich Kurfürst Max III. von Bayern gestorben, und Karl Theodor war sofort nach München abgereist, denn als unbestrittener Nachfolger seines kinderlosen Vetters fiel ihm nun ganz Bayern in den Schoß und machte ihn zu einem der mächtigsten deutschen Reichsfürsten.

Cannabich sagte traurig: «Das bedeutet für unser Mannheim den Tod. Karl Theodor wird nach München gehen und seine besten Musiker, Schauspieler, Sänger und Tänzer mitnehmen.»

«Dazu werden Sie wohl auch gehören.»

«Ich hoffe schon, und in München werde ich mehr für Sie tun können als hier. Ihre Opera, Mozart, ist nicht aufgehoben, nur aufgeschoben.»

Mozart blickte den Freund dankbar an. «Wer Menschen wie Sie zum Freund hat, kann sich glücklich preisen.»

Mozart hatte gehofft, daß Luises ältere Schwester Josepha als Anstandsdame nach Kirchheim mitfahren würde, aber sein Wunsch erfüllte sich nicht, weil Franz Weber die gute Möglichkeit nutzte, für ein paar Tage seiner Weiberwirtschaft zu entkommen.

Bei schönem Winterwetter fuhren sie los und saßen recht bequem in der mit dem nassauischen Wappen geschmückten Kutsche. Weber überließ die Unterhaltung den beiden jungen Leuten, doch Mozart sah, daß er die Reise sichtlich genoß und manchmal still in sich hineinlächelte. Ist vielleicht gar kein übler Kerl, dachte er, aber seine unsicheren, schlecht bezahlten Berufe haben ihn hart gemacht.

Dafür ging Luises Mundwerk um so munterer. Als hätte sie sich selber bei einer Ungehörigkeit ertappt, hielt sie plötzlich inne. «Mein Gott, ich rede zuviel! Sie hätten mich ermahnen sollen, lieber Papa.»

Weber sah sie mit seinen dunklen Augen schläfrig an. «Ermahnen? Wozu führt das bei euch Frauenzimmern? Zu Verstocktheit und Insurgenz. Nein, nein, Luise, erzieht euch gegenseitig nur selber. In mir und unserer Mama habt ihr zudem die besten Vorbilder.»

Bei diesen Worten lächelte er Mozart verschwörerisch an, doch sein Blick ging haarscharf an ihm vorbei.

Nach einer kurzen Mittagspause fuhren sie weiter und kamen gegen vier Uhr in Kirchheim-Bolanden an. Sie bezogen ihre schon reservierten Zimmer im Gasthof zur Post, und Mozart sandte sogleich eine Nachricht von ihrer Ankunft ins Schloß. Vor dem Abendessen unternahmen sie noch einen ausgedehnten Spaziergang durch das kleine verschlafene Residenzstädtchen der Duodezfürsten von Weilburg und setzten sich dann an die reichgedeckte Abendtafel.

Mozart hoffte innig, daß Papa Weber nach dem Essen müde sein würde und ihn mit Luise eine Weile allein ließe, doch genau das Gegenteil trat ein. In bester Laune leerte der Notenkopist ein Glas Wein nach dem anderen und wurde dabei immer munterer. Luise war es, die sich als erste zurückzog.

«Brav, mein Kind, morgen mußt du frisch und ausgeschlafen sein.»

Sie hauchte dem Papa einen Kuß auf die Wange und sah Mozart dabei schmachtend an, als wolle sie sagen: dieser Kuß gehört dir,

Wolfgang Amadé. So jedenfalls verstand er es. Er fühlte dabei einen leichten Schlag, als hätte man ihn mesmerisiert.

Die schäbige Gaststube wurde hell um ihn, als sei ein himmlischer Lichtstrahl eingefallen; Mozart blickte Luise nach, als sie anmutig die schmale Treppe zu ihrem Zimmer hinaufging – stieg – schritt – schwebte...

Dem Papa war diese Reaktion nicht entgangen, und leise lächelte er, als Wolfgang ihm ein neues Glas eingoß und gleich darauf nach hinten rief: «Herr Wirt, noch eine Flasche!»

«Ja, sie ist schon ein erstaunliches Mädchen, meine Luise», sagte Weber langsam und hob sein Glas. «Ich trinke auf das Wohl unserer Kinder. Nein, Sie brauchen nicht mithalten, Herr Mozart, ich beziehe Ihren Vater mit ein, als höbe er mit mir den Becher. Also – auf Luise, Constanze, Sophie, Josepha und natürlich auf Wolfgang Amadé!»

Er trank, setzte das Glas ab, schaute Wolfgang in die Augen, ganz kurz nur, aber diesmal tat er es. «Unterhalten wir uns noch ein wenig, mein Freund, Sie haben schon so viel erlebt, während ich alter Knabe aus Deutschland nicht hinausgekommen bin. Waren Sie jemals in Italien?»

«Aber ja! Dreimal bis jetzt, und diese Reisen waren für mich immer sehr lehrreich.»

Weber drohte scherzhaft mit dem Finger. «Haben Sie da nicht etwas verschwiegen? Nicht nur lehrreich, auch erfolgreich. Ich weiß nicht, ob es einen anderen Menschen in Europa gibt, dem Seine Heiligkeit den Orden vom Goldenen Sporn als Vierzehnjährigem verliehen hat. Das ist eine ungeheuerliche Ehre, wenn auch eine durchaus verdiente, Herr von Mozart.»

Wolfgang runzelte die Stirn, seine großen blauen Augen wurden abweisend.

«Ehre, wem Ehre gebührt!» setzte Weber noch mit Emphase drauf.

«Herr Weber, ich mag das nicht. Ich bin kein ‹von› Mozart. Das einzige von, das ich gelten lasse: ich bin ein Kind von meinen Eltern, ansonsten aber bin ich Mozart, ganz ohne ein Beiwort, der Mozart, den Gott mit Talent beschenkt, das er nun fleißig und nach Kräften nutzt.»

Weber neigte übertrieben sein Haupt. «Verzeihung, mein Lieber, ich wußte nicht, daß Sie da so empfindlich reagieren. Eigentlich wollte ich Sie nur über Italien befragen und Ihnen sagen, wie ich Sie um diese Reisen beneide. Wenn ich mir noch etwas wünsche im Leben, dann wäre es, Verona, Mailand, Florenz und Rom zu besuchen – nur, ich weiß selber, wie vermessen solche Wünsche sind. Es ist ein Traum und wird wohl einer bleiben.»

Mozart, schon im Begriff, sein Glas zu erheben, ließ die Hand wieder sinken. Der gute Weber war ihm plötzlich sympathisch geworden. Da sitzt ein geplagter Familienvater, der sich und die Seinen mit fleißiger Arbeit erhält und träumt von Italien. Warum nicht? Das spricht doch für ihn, nicht wahr? Jeder geistig nach Höherem strebende Mensch, und gar wenn er musikalische Interessen hat, wünscht sich eine Reise ins Geburtsland der Opera, möchte den Boden betreten, über den Palestrina, Monteverdi und Allegri geschritten sind, den sie geweiht und geheiligt haben. Ach, wie gut verstand er den braven Weber, gab es denn keine Möglichkeit, ihm zu helfen?

Mozart trank sein Glas leer, fühlte, wie der Wein ihn beschwingte und erwärmte und seine Sympathie für den Papa Weber und seinen verständlichen, ja sogar berechtigten Wunsch anfachte. Aber wie ihm helfen? Heilige Cäcilie, steh mir bei! Die Musik ist unser aller Mutter, sie säugt uns an ihren Brüsten, nur mit ihr und durch sie – freilich, warum war er da nicht gleich draufgekommen?

«Es gäbe da schon eine Möglichkeit, Herr Weber. Gute Stimmen sind immer gefragt in Italien, ja gerade dort, weil die besseren immer wieder ins Ausland gehen. Keine Bühne in ganz Europa, wo nicht italienische Sänger auftreten, nun, das wissen Sie so gut wie ich. Es gibt da auch noch alte Beziehungen, vor allem nach Verona zu den Lugiati, einer Familie, die ein besonderes Faible für Musik hat. Ich habe dort öfter gespielt, und dazu war halb Verona geladen. Ja, Luise könnte in Verona auftreten; ich hätte nicht die geringsten Bedenken, daß sie dort ihren Weg machen wird. Ich müßte natürlich dabeisein, die Leute kennen mich dort, schätzen mich... Nun, was sagen Sie dazu, Herr Weber?»

«Nun, Herr Mozart, das kommt für mich ganz überraschend, ich selbst hätte niemals gewagt – also, was Luise betrifft, bin ich zwar

Ihrer Meinung, sie wird ihren Weg auch hier in Deutschland machen, aber Italien, Verona, das sind freilich Möglichkeiten –» Weber legte seine Hand auf Mozarts Arm, eine warmherzige, vertrauliche Geste, die sich Wolfgang gerne gefallen ließ, um so mehr, als ihm heute dieser Mensch richtig sympathisch geworden war.

«Allerdings müßten Sie vorher Ihren Herrn Vater konsultieren, nicht wahr? Der Plan ist recht schön, gewiß, und was Luises Papa betrifft, so sehen Sie ihn davon sehr angetan, aber ich sitze vor Ihnen, während Ihr Herr Vater in Salzburg ein Recht darauf hat, zu erfahren, was hier geplant wird.»

«Nichts geschieht ohne die Zustimmung meines Vaters, da können Sie versichert sein, Herr Weber. Ich werde ihn bitten, sich mit der Familie Lugiati in Verbindung zu setzen, und bin mir schon jetzt seiner Zustimmung gewiß. Was wird Luise dazu sagen?»

«Was wird sie schon sagen?» meinte Weber leichthin, «sie wird sich freuen, wie wir.»

Weber verabschiedete sich bald und stieg leicht schwankend die Treppe hinauf.

Wolfgang aber entwarf im Kopf schon den Brief an seinen Vater, und die Sätze flogen ihm zu, wie sonst nur die Musik, formten sich in seinem Kopf, und er fand, es waren logische Sätze, überzeugende Sätze, inhaltsschwere Sätze, formuliert in gewichtigen, richtigen Worten.

Richtig und gewichtig, das ist es, nicht flüchtig und nichtig, Worte von Rang, Klang und Belang, richtige Worte, wichtige Worte. Eine flüchtige Melodie breitete sich über die Wortspielereien wie eine flaumleichte Decke, hüllte sie ein, machte sie richtiger, wichtiger und gewichtiger.

Ich habe die Webers so lieb, würde er schreiben, besonders Mamsell Aloysia ist – nein, nicht mit der Tür ins Haus fallen, das mag der Herr Vater nicht, aber das «lieb» kann bleiben. Also: Ich habe diese von Sorgen geplagte, nein, das klingt zu scharf – ich habe diese bedrückte Familie so lieb, daß ich nichts mehr wünsche, als sie glücklich zu sehen – vielleicht kann ich es auch. Sie sollten nach Italien gehen, habe ich geraten. Mamsell Aloysia könnte dort – nein, später. Also: Da wollte ich Sie bitten, lieber Papa, daß Sie an unseren guten Freund Lugiati schreiben und sich erkundigen, was man einer Primadonna in Verona bezahlt. – Das ist sie doch, eine prima Donna, eine Donna prima? Sie kann es jedenfalls dort werden, die Stimme dazu hat sie. Also: Für ihr Singen stehe ich ein. Sie wird uns alle Ehre machen. Wird sie es? Sie wird – sie wird! Weiter: Sie hat in dieser kurzen Zeit schon viel von mir profitiert, so daß unser Plan gute Aussicht auf Erfolg hat. Da werden Sie mir gewiß recht geben, cher Papa. Auf dem Weg nach Italien werden wir Euch dann in Salzburg besuchen, und die Nannerl wird an der Mademoiselle Weber eine liebe Freundin finden. – Genügte das? Nein, der Papa würde fragen, ob Wolfgang sich für die Familie Weber aufopfern wolle, ohne an sich selbst, an Mutter, Nannerl und den Vater zu denken. Also: Ich bitte Sie, machen Sie es möglich, daß wir nach Italien kommen, denn Sie kennen ja mein größtes Anliegen: Opern zu schreiben.

Das war nun bei Gott nicht gelogen, es stimmte wirklich – er wollte Opern schreiben. Mit dem Kurfürsten war es nun nichts, der mußte sich in München einrichten, in seiner neuen Residenzstadt, die er nicht mochte, wie man hörte. Nun, jeder hat seine Last zu tragen, aber ich, dachte Mozart, ich danke dem Schöpfer, daß ich Musiker geworden bin, und ein guter dazu, und wenn ich diese Opera nicht hier in Mannheim für Karl Theodor von der Pfalz schreibe, dann eben in München für den Kurfürsten von Bayern.

Auch Franz Fridolin Weber träumte einen Traum, und dieser nahm da seinen Anfang, wo Wolfgang Amadé Mozart bei ihm erschienen war, zum ersten Mal unterwegs ohne seinen Vater. Diese Rolle, so dachte, hoffte und wünschte er, die Rolle des Leopold Mozart werde ich übernehmen, die der Nannerl meine Luise und die der Madame Mozart könnte Josepha spielen.

Er hatte unruhiges Blut in sich, dieser Franz Fridolin Weber, Künstlerblut, Musikerblut, Gauklerblut.

Und wie sollte es weitergehen? Er dachte sich das so: Madame Mozart fuhr heim nach Salzburg: Wolfgang sagte, er habe darüber schon seinem Vater geschrieben. Gut. Sehr gut. Schließlich war Leopold Mozart Vizekapellmeister beim Erzbischof, hatte ein festes Amt bei Hof – gut so, recht so, es sei ihm von Herzen vergönnt. Aber seinen Sohn würde er nicht mehr begleiten können, diese Rolle übernahm nun er, Fridolin Weber aus Mannheim. Und die Nannerl war zu alt für die Rolle des Wunderkindes; da konnte jetzt Luise mit ihrer herrlichen Stimme einspringen, und Josepha, die als Hausfrau noch die begabteste war, würde, wie vordem Mutter Mozart, als Wirtschafterin mit dabeisein. Und er selber? Mit seiner Erfahrung und seiner Ausbildung würde es ihm ein leichtes sein, die Verhandlungen mit den Theaterdirektoren, den Konzertmeistern und, wenn es sein mußte, mit den Fürsten selber zu führen; und er würde dafür sorgen, daß seine «Kinder» nicht zu kurz kämen, daß man ihnen bezahlte, was sie wert waren. Ein Traum? Keineswegs! Begann doch die Konzertreise schon morgen im Schloß von Kirchheim, und sie würde sich dann fortsetzen nach Verona, Mailand, Rom, dann vielleicht durch die Schweiz nach Frankreich und Holland... Er war ja überall längst bekannt dieser Wolfgang Amadé, und wenn er jetzt nicht mehr als Wunderkind auftreten konnte, dann wurde es wettgemacht durch die schöne junge Sängerin an seiner Seite – durch Mademoiselle Aloysia Weber.

Lange Jahre hatte Fridolin Weber dieses Gefühl nicht mehr gekannt, nämlich sich auf den nächsten Tag, auf die Zukunft zu freuen. Wie denn auch? Wenn ein Packen fehlerhafter, schlechtgeschriebener Noten einen erwartete – Tag für Tag, worauf sollte man sich da freuen? Aber jetzt... Aber jetzt...

5.

Sie war recht gnädig, die Fürstin von Nassau-Weilburg, hörte auch mit Vergnügen die junge silberhelle Stimme der Mamsell Weber, lud die beiden freundlich zu Tisch, aber es war halt viel Zeit inzwischen vergangen. Ein Wunderkind ließ sich abbusseln, anfassen, hochheben, das rührte ans Herz, zusammen mit der schönen Musik. Aber dieses froschäugige, quirlige Männchen, ein halber Knabe noch und doch schon zweiundzwanzig Jahre alt, der seine Begleiterin anschmachtete wie ein pubertierender Jüngling – die alte Stimmung stellte sich nicht mehr ein.

Mozart spürte davon nichts. Sein Herz war voll, übervoll, und wenn die Luise sang, dann zersprang es ihm fast. Diese Stimme ging ihm durch und durch, und er sah, daß sie auch den hohen Herrschaften gefiel. Um so mehr erstaunte es ihn, daß die Entlohnung so mager ausfiel. Sieben Louisdor für ihn, fünf für Luise. Aus der spendablen Prinzessin von Oranien war die knickerige Duodezfürstin von Nassau-Weilburg geworden. Mozart berührte es nicht weiter. Das war ja nur der Anfang, das Geld und die Triumphe warten anderswo.

Jetzt schon zurück nach Mannheim? Nein! Sie machten einen Abstecher nach Worms, blieben fünf Tage und ließen es sich wohl sein. Mozart schrieb launige Briefe an die Frau Mama, reimte und kobolzte mit Wörtern und Sätzen, wie immer, wenn er guter Dinge war.

«Madam Mutter!
Ich esse gern Butter.
Wir sind Gottlob und Dank
Gesund und gar nicht krank.

Wir fahren durch die Welt,
Haben aber nit viel Geld,
Doch sind wir aufgeräumt
Und keins von uns verschleimt...»

Die Madam Mutter aber fand dies alles gar nicht so lustig. Sie hatte sich über die Weberischen ihre eigene Meinung gebildet und schrieb ihrem Mann in aller Eile:

Sobald er aber mit den Weberischen bekannt worden, so hat er gleich seinen Sinn geändert, mit einem Wort: bei anderen Leuten ist er lieber als bei mir.

Ja, sie beklagte sich in aller Form über den verliebten, wankelmütigen, unzuverlässigen und schwer durchschaubaren Sohn, so daß Leopold Mozart sich die Lage in Mannheim zusammenreimen konnte. Diesem Sohn mußte der Kopf gewaschen, er mußte an beiden Beinen auf die Erde zurückgezogen werden.

Ja, Wolfgang ging mit dem Kopf in den Wolken. Dabei wußte er nicht mehr, wo er unten auf der Erde hintrat: der Mutter aufs Gemüt, dem Vater aufs Herz. Seine Augen schauten visionär in die Zukunft, wo ihn ein von seinem Ruhm verblüffter und eingeschüchterter Erzbischof mit Luise im Salzburger Dom traute. Aloysia Mozart, Europas glänzende Koloratursängerin, *Primadonna assoluta*, und Wolfgang Amadé, der hochgeschätzte Compositeur, dessen Opern und Symphonien in allen Konzerthäusern erklangen. Paris? Was sollte er noch in Paris? Der alte Baron Grimm hatte bis jetzt nichts hören lassen, und schließlich würde es auch nach anderthalb Jahrzehnten nicht mehr das Paris von damals sein. Ein anderer König, eine andere Königin; keine Madame Pompadour – die alten Gönner waren mit dem alten König ins Grab gesunken.

Und daran hielt er auch heute noch fest, jetzt in Wien, im Gefolge des Fürsterzbischofs von Salzburg: Die Parisreise war ein Fiasko, und sie hatte der Mutter das Leben und ihn viel Geld gekostet. Sein erster Gedanke beim Erwachen war: Wien darf kein Fiasko werden! Nach Salzburg gehe ich jedenfalls nicht zurück.

Noch verschlafen, im Nachthemd, mit wirren Haaren, setzte er sich an den Tisch und entwarf ein Abschiedsgesuch, scharf, aggressiv, anklagend – es floß ihm nur so aus der Feder. Stichworte vorerst nur, aber plötzlich stockte er. Nein, im Augenblick durfte er sich keine Blöße geben, schließlich mußte auch der Erzbischof eine Gelegenheit haben, sich zu «bewähren».

Mozart schaute aus dem rückwärtigen Fenster. Da ragte der Stefflturm in den mit weißen Wolken getupften Himmel, und die flaumigen Ballen jagten dahin, als hätten sie es besonders eilig, als erwarte man sie irgendwo ganz dringend.

Auch er, der fürsterzbischöfliche Hoforganist, wurde erwartet, einmal zur Mittagstafel, dann zur weiteren Disposition Seiner Hochfürstlichen Gnaden. Punkt zwölf Uhr hatten sie aufzumarschieren. Mozart hatte sich einige musikalische Notizen gemacht und schaffte es gerade noch, pünktlich einzutreffen, Schlag zwölf, wie es die Pummerin vom Steffl weithin schallend und hallend verkündete.

Seine Hochfürstlichen Gnaden speisten meist auswärts, und am Honoratiorentisch saß Graf Arco mit einigen höheren Hofbeamten, darunter Herr von Kleinmayr. Mozart erhielt einen Platz am Tisch der Kammerdiener, Zuckerbäcker, Silberputzer und Leibköche, wobei die Kammerdiener den Ehrenplatz an der Spitze der Tafel innehatten. Der Geiger Antonio Brunetti saß neben ihm und schien nichts dabei zu finden.

Mozart stutzte. So also schätzte man ihn ein? Aber so war es ja auch in Wirklichkeit: die weltliche Musik, die er komponierte, wurde fast ausschließlich als Tafelmusik verwendet. Folglich, dachte Wolfgang, ist es nur recht und billig, daß ich neben den beiden Leibköchen sitze. Atzung des Leibes, dazu der Ohrenschmaus – zum einen hinein, zum anderen hinaus. Wenigstens wird Musik nicht verdaut und geschissen, wie es den schön zubereiteten Speisen geschah, die – als Augenschmaus aufgetragen – nach ihrem Weg durch Mägen und Därme am stillen Örtchen als üble Masse wieder ausgeschieden wurden.

Mozart nahm gegenüber dem grinsenden Hofzuckerbäcker Platz. Da geht es meinen Noten doch etwas besser, sie wandeln sich nicht in stinkenden Abfall, wenn sie auch meist durch musiktaube Ohren in leere Gehirne dringen, um dort spurlos zu verhallen, wie das beim Großmufti geschieht.

«Nun, Herr Hoforganist, hat Seine Gnaden schon Aufträge für Ihn gehabt? Aber mit der Musik ist es halt das Fatale: sie ist so überflüssig wie ein Kropf!» Der Koch stieß seinen Kollegen lachend mit dem Ellenbogen an. «Das ist bei uns was anderes – was wir herstellen, ist so nötig für den Leib, daß er eingeht, wenn er es länger nicht bekommt. Wer aber geht ohne Musik ein? Na? Niemand! Weil sie überflüssig ist wie ein Kropf.»

Mozart schwieg. Und du bist ein blöder Tropf, ein Saukopf, ein leerer Topf, auf der Flasche der Dummheit ein Pfropf...

«Aha, der Herr Hoforganist sprechen nicht mit uns. Weil Ihm nichts dazu einfällt oder weil Er zu hochnäsig ist?»

Mozart legte den Suppenlöffel beiseite. Das Zeug war sowieso fast ungenießbar. Er lächelte hochmütig.

«O doch, meine Herren, etwas fällt mir dazu ein. Nämlich dies: Wenn ich beim Grafen Thun oder beim Fürsten Kaunitz eingeladen bin, um etwas zu spielen, dann bleiben Leute wie Sie draußen. Die Köche in der Küche, die Kammerdiener vor der Tür. Das ist das Gute an der Musik.»

Brunetti, der Geiger, grinste still in sich hinein; er war sonst ein serviler Bursche, aber was Mozart sagte, gefiel ihm nicht schlecht.

Da hatte er aber ins Schwarze getroffen! Die Köche schwiegen, und einer der Kammerdiener sagte: «Ihm wird der Hochmut schon noch ausgetrieben werden, Mozart, darauf kann Er sich verlassen.»

Mozart lächelte sanft und sagte versöhnlich: «Ja, meine Herren, die Wahrheit schmeckt bitter, ich habe das oft genug erfahren müssen.»

Am Nachmittag erschien der Erzbischof, und die Herren Musici wurden zur Audienz befohlen.

Hieronymus Graf Colloredo, Fürsterzbischof von Salzburg, kam in unauffälliger Kleidung. Man hätte ihn für einen einfachen Priester halten können, wären nicht die violetten Streifen an seinem Beffchen gewesen, hätten nicht manchmal die purpurnen Strümpfe unter der schwarzen Soutane hervorgeschaut.

Sieh da, der Großmufti, dachte Mozart ohne Respekt; hören wir uns einmal an, was er zu fordern, anzuordnen, zu befehlen gedenkt.

Colloredo war ein schlanker, mittelgroßer Mann, in dessen Antlitz zwei Charakterzüge miteinander im Streit lagen. Die hohe Stirn und die wachen klugen Augen nahmen für ihn ein, ließen einen Menschen von Freisinn und Verstand vermuten, doch darunter hing eine fleischige bäurische Nase auf einen verkniffenen pedantischen Mund herab, das Kinn wölbte sich eigensinnig vor und war recht kräftig ausgebildet. Diese Gegensätze lagen miteinander im Kampf.

Ohne Zweifel war der Fürsterzbischof ein kluger, ein sehr kluger Mann. Seine liberale Einstellung traf sich mit der des Kaisers auf wunderbare Weise. Er zählte zu den ganz wenigen hohen Geistlichen, mit denen Joseph II. keinen Ärger hatte, dem seine kühnen Reformen niemals zu weit gingen. Dem gegenüber stand sein Starrsinn, der nicht selten kleinliche Züge annahm, und ein musisches Banausentum, das er zwar zu verbergen suchte, das aber immer wieder zutage kam. Im übrigen war er liberal nur auf dem Papier, wenn es um Kirchenreformen ging, mit denen zudem noch Geld einzusparen war. Sonst war er ein rechter Despot, der kein Widerwort vertrug, Insubordinationen sehr übelnahm und selten vergaß.

Nun ruhten seine Augen streng auf dem kleinen Hoforchester, musterten Mozart mit einem säuerlichen Lächeln.

«Zurück aus München, Mozart? Ich höre, Seine Opera wurde dort gut aufgenommen – das freut mich für Ihn. Nur soll Er nie vergessen, daß ich in meinem Dienst keine Extratouren dulde! Ich kann von jedem meiner Untertanen als Landesfürst den mir schuldigen Gehorsam fordern, aber wer an meinem Hof sein Brot erwirbt, von dem verlange ich, daß er mir allein dient – uneingeschränkt! Das gilt für Sie alle, und daher bitte ich mir aus, daß mein Orchester nur dort spielt, wo ich es brauche, und nicht auf eigene Faust Engagements annimmt – wo auch immer. Haben wir uns verstanden, meine Herren?»

Die Männer nickten und murmelten zustimmend. Mozart schwieg und hatte auch nicht genickt. In seinen blauen Augen stand ein kindischer Trotz, der dem Fürsterzbischof nicht entging.

«Hat Er dagegen etwas einzuwenden, Mozart?»

«Nein, Euer Gnaden, nur eine Frage hätte ich dazu.»

«Nun?»

«An Tagen, wo Euer Gnaden mich nicht benötigen, werde ich doch bei meinen Wiener Freunden spielen dürfen?»

«Es wird nicht viele freie Tage geben, solange wir in Wien sind. Er kann bei Freunden spielen, muß aber vorher um Erlaubnis bitten. Im übrigen beginnt Ihr Dienst, meine Herren Musici, schon heute abend im Palais des Fürsten Golicyn. Sie haben sich dort Punkt sieben Uhr einzufinden.»

Darauf also läuft es hinaus, dachte Mozart grimmig, das Hündchen muß beim Herrn Großmufti um gut Wetter bitten, und wenn es Glück hat, läßt er es für kurze Zeit von der Leine.

Den Fürsten Golicyn hatte er schon in Schönbrunn kennengelernt, als er vor Maria Theresia spielte, und er hatte ihn auch später mehrmals getroffen, wobei der Fürst – er versah in Wien das Amt des russischen Botschafters – ihn immer wieder aufforderte, seine Kunst in Rußland zu zeigen. Aber dem Herrn Papa war es dorthin zu weit, und so wurde nichts daraus.

Nachher sagte Brunetti: «Mozart, hör' zu, ich muß dir noch erklären, wie das an solchen Tagen abläuft. Also, ein Lakai begleitet uns zum jeweiligen Haus, meldet uns dort an, und dann müssen wir warten, bis wir gerufen werden.»

Sie waren auf dem Weg zu ihren Zimmern. Mozart blieb abrupt stehen. «Dann schleicht ihr euch über die Bedientreppe ins Haus und beginnt euer Spiel, wenn man euch gnädig zuwinkt. So ist es doch? Brunetti, ich schäme mich für dich! Wir sind doch Musiker und keine dressierten Affen!»

Brunettis ausdrucksvolles südländisches Gesicht verschloß sich. «Ich will meine Stellung nicht verlieren, darum füge ich mich. Bei dir ist das etwas anderes, du bist ein Compositeur, ein begnadeter Pianist, den alle Welt kennt. Ich bin nur ein einfacher Geiger und strecke mich halt nach der Decke. Deshalb lasse ich mich noch lange keinen dressierten Affen nennen!»

«Entschuldige, das war nur ein Vergleich, der mir gerade einfiel. Auf mich braucht ihr jedenfalls nicht zu warten, wenn der Diener euch wie Hündchen an der Leine zum Palais des Fürsten bringt. Ich kenne das Haus, kenne den Fürsten und finde allein hin!»

Brunetti wandte sich wortlos ab und ging in sein Zimmer.

Das geht schon gut an, dachte Mozart, ärgerte sich wieder einmal über das zerschlissene Stuhlpolster und den blinden Spiegel. In dem fleckigen Glas war sein Gesicht kaum noch zu erkennen, wirkte wie blatternarbig, dunkel und fremd. Er wandte sich ab und rief laut:

«Lange sehe ich mir das nicht mehr an! Das nicht, und das nicht!»

Er gab dem Stuhl einen Tritt, daß er umfiel, und warf sich der Länge nach aufs Bett. Kaum in Wien und schon so viel Ärger! Morgen wollte er liebe Freunde besuchen, Menschen, die ihm kein Bauchgrimmen verursachten wie der Großmufti und seine Bande devoter Lakaien – begonnen beim Grafen Arco bis hinunter zum Leibkammerdiener Angelbauer. Die Familien Mesmer und Fischer fielen ihm ein. Ja, dort würde man sich freuen über sein Kommen, ebenso im Haus der Grafen von Thun. Die Gräfin hatte ihm heute ein Billett geschickt, mit der dringenden Bitte, sie nicht gar zu lange warten zu lassen. Und dann die Weberischen – auch die sollte er jetzt besuchen. Sie waren von Mannheim nach München und dann nach Wien gegangen. Franz Weber war nun schon zwei Jahre tot, Luise mit dem Schauspieler Josef Lange verheiratet. *Tempi passati – tempi passati*, dachte Mozart, aber schließlich bin ich mit den Weberischen nicht zerkriegt, keineswegs. Bin mit niemandem zerkriegt, bin überall willkommen. Ja, Herr Großmufti, bei diesen Leuten bin ich gerne gesehen und deren Häuser betrete ich nicht über die Dienertreppe!

Dann kamen sie doch, um ihn abzuholen; Angelbauer war es, der an die Tür klopfte. Mozart öffnete sie einen Spalt.

«Weiß schon, um was es geht. Scher' dich weg, ich finde den Weg allein!»

«Aber Herr Mozart...»

Doch Wolfgang knallte die Türe vor seiner Nase zu und schob gut vernehmbar den Riegel vor. Die Schritte entfernten sich.

Denen werde ich ein Liedchen aufspielen! Er kannte den Weg zum Palais des russischen Botschafters genau, wartete bis zur letzten Minute und rannte im Laufschritt los. Der Pförtner erkannte ihn, deutete grinsend nach oben.

«Die Herren Kollega sind schon eingetroffen.»

Dann trat ihm Angelbauer in den Weg, faßte ihn am Arm.

«Weg mit der Hand!» fauchte Mozart und sah die vertraute Gestalt des Fürsten durch die offene Tür im Musikzimmer. Angelbauer winkte einen der fürstlichen Diener herbei, doch Mozart kümmerte sich nicht darum. Er ging schnurstracks auf den Fürsten zu, der ihm lächelnd entgegensah.

«Mozart! Welch eine Überraschung! Wie lange sind Sie schon in Wien?»

«Vorgestern eingetroffen, Durchlaucht, und nun voll Freude, Ihnen als erstem aufspielen zu dürfen.»

«Die Freude ist ganz meinerseits, wie immer, wenn Sie kommen. Ich brauche Ihnen nicht zu sagen, wie sehr wir Sie hier alle schätzen.»

«Nicht alle, Durchlaucht, nicht alle.»

Golicyn wußte sofort, wer gemeint war, doch als gewiegter Diplomat nannte er keine Namen. Er lächelte leise. «Ich verstehe. Aber denken Sie daran, Mozart, daß mit dem höheren Amt nicht unbedingt die höhere Einsicht kommt.»

Nun mußte auch Mozart lächeln. «Stimmt, Durchlaucht, doch möchte ich Ihre Bemerkung noch erweitern. Die höhere Einsicht, oder präzise gesagt, das Verständnis für Musik, ist ganz unabhängig vom Amt. Das ist wie mit Gott, vor dem wir alle gleich sind, für die Musik gilt das auch, und so mag ein armer Notenstecher nicht weniger von ihr begeistert sein als ein tüchtiger Handwerker, ein braver Bürger oder –» Mozart verneigte sich vor dem Fürsten «– ein Diplomat im Dienste Seiner russischen Majestät.»

«Schön gesagt, Mozart, aber ich glaube, Ihren Kollegen wird die Zeit schon lang, und mir – offen gestanden – auch. In bezug auf Ihre Musik bin ich immer etwas ungeduldig.»

Diese Ungeduld ließ er sich gefallen, aber die des Herrn Papa war manchmal schwer zu ertragen, noch schwerer sein Unverständnis – wie damals in Mannheim – bei seinen Plänen mit den Weberischen. Als gehorsamer Sohn hatte er vorher um Erlaubnis gefragt.

Entsetzt tönte es zurück:

Dein Brief hat mich um so mehr niedergeschlagen, als ich mir vernünftige Hoffnungen machte...

Jeder macht sich Hoffnungen, und jeder seine eigenen. Der eine hofft dies, der andere das.

Großer, gütiger Gott! Die für mich vergnügten Augenblicke sind vorbei, wo Du als Kind nicht schlafen gingst, ohne auf dem Sessel stehend mir das oragna figata *vorzusingen, mich öfters und am Ende das Nasenspitzl zu küssen und mir zu sagen, daß, wenn ich alt sein werde, Du mich in einer Kapsel vor aller Luft bewahren wolltest, um mich immer bei Dir und in Ehren zu halten...*

Ach, Papa, lieber Papa. Ich bin doch kein Kind mehr, und die Küsse aufs Nasenspitzl müssen irgendwann ein Ende haben. Man sagt, daß die Kinder, wenn sie älter werden, sich langsam von den Eltern lösen sollen, um auf eigenen Beinen zu stehen, um für den Lebenskampf gerüstet zu sein – aber manchmal kehrt sich das auch um: die Eltern wollen nicht wahrhaben, daß es einmal vorbei ist mit der Kindheit und mit dem Küssen aufs Nasenspitzl und mit den kindlichen Träumen, den Papa in einer gläsernen Kapsel auf alle Ewigkeit zu bewahren. Dann die kindische Frage, verkleidet als Appell an meine Vernunft, ob es mir denn lieber sei, als gemeiner Tonkünstler zu sterben, vergessen von aller Welt und mit einer Stube voll notleidender Kinder, oder als berühmter Kapellmeister nach einem christlich hingebrachten Leben. Ach Papa, lieber Papa, als ob das so einfach wäre! Du kennst doch die Welt und müßtest wissen, daß sie nicht aus schwarz und weiß, heiß und kalt, oben und unten besteht, sondern daß es Grautöne gibt, etwas auch lau sein kann, wie es zwischen oben und unten eine Mitte gibt. Grau – lau – miau – miau!

«Schau – die Welt ist grau – und manchmal lau – miau – miau», sang Mozart vor sich hin, denn sein Geist wollte los von diesem Brief, ihn loslösen, aus dem Kopf jagen, doch der wollte nicht raus, schwirrte drin herum wie ein Kanari, der es vorzieht, im sicheren Käfig zu bleiben, auch wenn das Türchen weit offensteht. Das ließ sich nicht so leichthin wegkobolzen, aber das mit der Stube voll notleidender Kinder hatte ihn wirklich lachen gemacht. Der Herr Papa hatte da etwas vorausgedacht, von dem nie die Rede war. Schließlich wollte er Luise nicht heiraten, sondern mit ihr in Italien Karriere machen. Oder doch?

Mozart schaute in den blinden Spiegel über dem Waschtisch, und was ihm da undeutlich und wie blatternarbig entgegenblickte, war nicht mehr der fügsame Wolferl aus Mannheim, sondern einer, der wußte, was er wollte, und sich auch nicht scheute, es dem Vater mitzuteilen. Es muß halt einmal Schluß sein mit den Busserln aufs Nasenspitzl – Kuß – muß – Schluß – Gruß, das wäre einmal ein kurzer Brief, da könnte den lieben Papa glatt ein Schlagerl streifen. Nein – Respekt muß sein, ob groß, ob klein!

Der Brief des Herrn Vaters war lang, erstreckte sich über viele Seiten und ging dann vom allgemeinen – Kinder, christliches Leben, Vergnügen, Ehre, Nachruhm – zum besonderen über, wurde deutlich – überdeutlich.

Du gedenkst, sie als Primadonna nach Italien zu bringen. Sage mir, ob Du eine Primadonna kennst, die als Primadonna, ohne vormals in Deutschland schon öfters rezitiert zu haben, das Theater in Italien betreten hat?

Ein Zauderer war er immer, der gute Papa, wollte niemals alles in die Waagschale werfen. Kein Meister fällt vom Himmel, das stimmt schon, aber es gibt doch Ausnahmen, werter Papa – oder? Die gibt es doch?

Doch der nutzte die Feder als Dolch, den er in der Wunde noch umdrehte – wieder und wieder. Dann, wie atemlos vor Zorn, die unglaubliche Vorstellung, ich könne mit Herrn Weber und seinen zwei Töchtern in der Welt herumreisen.

Dein Brief ist nicht anders als wie ein Roman geschrieben.

Danke für das Kompliment, verehrter Papa. Heißt es doch, das Leben selbst schreibt die schönsten, die unglaublichsten Romane. Dann der Appell an seinen Stolz als großer Compositeur – ja, ja, er hörte ihn schon, diesen Appell, der sein Herz zum Zittern brachte, wie das Donnern einer großen Kanone den jungen Soldaten.

Das ist nur eine Sache für kleine Lichter, für Halbkomponisten, für Schmierer... Nenne mir einen großen Komponisten, der sich würdigt, einen solchen niederträchtigen Schritt zu tun? Fort mit Dir nach Paris! Und das bald. Setze Dich großen Leuten an die Seite – aut Caesar aut nihil!

Mein Gott, Papa, bester Papa! Entweder Caesar oder nichts – wie leicht sich das sagt oder schreibt.

Mozart hatte den Brief in Mannheim nur zwei Personen gezeigt: seiner Mutter und dem Herzensfreund Cannabich. Der war klassisch gebildet, las den Brief mit aller Aufmerksamkeit und sagte dann – sie duzten sich mittlerweile – nicht ohne Bewunderung:

«Wolfgang, da hat dein Herr Vater einen hervorragend komponierten Brief verfaßt, der alles enthält, was der Rhetoriker Quintilian von einer Rede fordert: sie langsam und in sanften Schüben auf einen Höhepunkt zu führen, um dann wieder das unter Donner Gesagte zu relativieren. Wie etwa hier:

‹Daß Du Vergnügen findest, Bedrängten zu helfen, hast Du von Deinem Vater geerbt. Du mußt aber vor allem mit ganzer Seele auf das Wohl Deiner Eltern denken, sonst geht Deine Seele zum Teufel.›

Dann hier:

‹Mache Dir Ruhm und Geld in Paris, dann kannst Du, wenn Du Geld hast, nach Italien gehen und allda Opern zu schreiben bekommen. Durch Briefe an die Impresarien wird es hart gehen, obwohl ich es immer probieren werde. Dann kannst Du auch Mademoiselle Weber vorschlagen: mündlich kann man mehr tun.›»

Cannabich ließ den Brief sinken.

«Großartig, die alten römischen Stilisten hätten deinen Vater gelobt. Nachdem er dir gedroht und zornig gewettert hat: ‹Fort mit Dir nach Paris!›, läßt er die Zügel wieder locker, zeichnet Möglichkeiten auf, regt Auswege an. Aber du darfst dir keine Illusionen machen: Hinter all dem steht sein harter Wille, dich aus Mannheim und von den Weberischen wegzuziehen und auf den Weg nach Paris zu bringen.»

«So habe ich es auch verstanden», sagte Mozart leise und resigniert. «Er setzt ja doch in allem seinen Kopf durch.»

Der Brief hatte ihn niedergeschmettert, seine Hoffnungen vernichtet, seine Pläne zerstört. Da mußte er sich erst wieder fangen, Luft holen, zu Atem kommen, sich mit etwas anderem ablenken, kobolzen, Worte sprudeln lassen, den Kasperl markieren. Zuerst einmal legte er sich ins Bett. Der Schlag war zu betäubend gewesen. Danach – das war er ihnen schuldig – mußten die Weberischen davon in Kenntnis gesetzt werden. Nein, zuallererst wollte er den Brief beantworten, um die Seelennot des Herrn Vaters zu lindern. Ihm wurde ganz wirr im Kopf, aber dann ging er doch nicht vorher zu den Weberischen, sondern schrieb mit klammen Fingern die Antwort an den Herrn Vater. Was macht man, wenn es donnert? Man duckt sich, und Wolfgang tat es.

Jetzt, da der Vater durch die Reisepläne mit den Weberischen ein dickes Kreuz gemalt, sie durchgestrichen, sie zerschmettert hatte wie einen faulen Kürbis, jetzt fiel Wolfgang wieder das Bäsle ein. Ihr kleines, freches, schnippisches Gesicht war unscharf geworden, je öfter er in Luises große dunkle Augen blickte. Nun aber Luise verloren war – vorerst nur! –, trat ihm das Bäsle wieder deutlicher vor Augen, und es regte sich etwas zwischen seinen Schenkeln, wenn er an das Schnäbeln und Tändeln dachte, und plötzlich war sie wieder da – ganz deutlich, die Maria Anna Thekla Mozart aus Augsburg, und da gab es dem Vater wirklich keine Rechenschaft abzulegen, weil es ihn nichts anging, was ein erwachsener Mann mit seiner Geliebten treibt. Schließlich könnte er schon verheiratet sein und etliche Kinder haben. Da wäre dann aus dem Herrn Vater ein Großpapa geworden, und er dächte anders über seinen Sohn. Da könnte er sich dann von den Enkeln aufs Nasenspitzl küssen lassen!

Jetzt aber wollte er das Donnergrollen aus Salzburg wegkobolzen, untertauchen in freche Wortkaskaden, nicht mehr brav, vernünftig und anständig sein, sondern den Dreck umrühren, wie es ihm Spaß machte – und Spaß machte es ihm – und sicher auch ihr!

Sie werden vielleicht glauben oder gar meinen, ich sei gestorben? Ich sei krepiert? Oder verreckt? Doch nein! Meinen Sie es nicht, ich bitte Sie, denn gemeint und geschissen ist zweierlei!... ich habe so viel zu tun gehabt, daß ich wohl Zeit hatte an das Bäsle zu denken, aber nicht zu schreiben...

Eine Lüge – gewiß aber eine Notlüge, denn er hatte nur selten an sie gedacht, aber jetzt holte er es nach, und wie! Nahe waren sie sich gekommen, und diese Nähe wollte er wiederherstellen. Nahe, näher, am nächsten, hinein in ihren Leib, ins Gekröse, in die Gedärme, ins Fleisch, ins Blut.

Nun aber habe ich die Ehre, Sie zu fragen, wie Sie sich befinden und sich tragen? Ob Sie noch offenen Leibes sind? Ob Sie etwa gar haben den Grind? Ob Sie mich noch ein bißchen können leiden? Ob Sie noch dann und wann an mich gedenken? Ob *Sie nicht bisweilen Lust haben, sich aufzuhenken? Ob Sie etwa gar bös waren? auf mich armen Narren; ob Sie nicht gutwillig wollen Fried machen, oder ich lass' bei meiner Ehr einen krachen! Doch Sie lachen – Victoria! – unsere Ärsche sollen die Friedenszeichen sein! Ich dachte wohl, daß Sie mir nicht länger widerstehen könnten. Ja, ja, ich bin meiner Sache gewiß, und sollt' ich heute noch machen einen Schiß, obwohl ich in vierzehn Tagen gehe nach Paris. Wenn Sie mir also wollen antworten, aus der Stadt Augsburg dorten, so schreiben Sie mir bald, damit ich den Brief erhalt, sonst wenn ich schon etwa bin weg, bekomme ich statt einem Brief einen Dreck. Dreck! – Dreck! O Dreck! O süßes Wort! Dreck! Schmeck! Auch schön! – Dreck, schmeck! Dreck! Leck – o charmante! Dreck, leck! Das freut mich! Dreck, schmeck und leck! Schmeck Dreck und leck Dreck!*

Mozart hielt inne. In diesen Worten war eine Melodie entstanden, die er sich jetzt leise vorsang: «Dreck – schmeck – Dreck und leck und schmeck und Dreck…»

6.

Der jüngere Bruder des Herrn Vater empfing sie recht herzlich. Franz Alois war ein vielbeschäftigter Buchbindermeister, denn Augsburg war eine lebhafte, geistig betriebsame Stadt; hier wurde viel gedruckt und viel gelesen, so daß dem Onkel die Arbeit nicht ausging.

Ja, und da war auch schon das Bäsle, und sie war groß geworden – wenn auch nicht sehr –, und es war auch einiges hingewachsen. Wolfgang ließ seine Augen munter schweifen, von oben nach unten, von unten nach oben. Das brachte die kecke kleine Person keineswegs in Verlegenheit. Mit einem kleinen Spottlächeln verschränkte sie ihre Arme und fragte: «Nun, Herr Cousin, haben Sie jetzt genug gesehen, oder soll ich mich auch noch umdrehen?»

Sie tat es, ehe er antworten konnte, und wackelte dabei ganz kurz mit dem Hintern. Das ging so schnell, daß niemand es bemerkte, dieses Hüftenwackeln, aber Wolfgang sah es und dachte, die weiß, was sie will, der kann keiner etwas vormachen.

Den Onkel interessierte vor allem das Befinden seines Bruders, und die Frau Mama hatte genug damit zu tun, alle seine Fragen zu beantworten.

«Kommen Sie, Herr Cousin, ich zeige Ihnen unterdessen das Haus.»

«Was gibt es da schon zu sehen?» versuchte ihre Mutter abzuwiegeln, doch das Bäsle gab keck zurück:

«Vielleicht doch einiges, was den Herrn Cousin interessieren mag.» Die Frau Tante seufzte: «Aber spute dich – hernach gibt's einen Kaffee.»

Sie nahm Wolfgang bei der Hand und zog ihn hinaus. «Wir schikken uns...», sagte sie kichernd.

«Wir zwicken uns...», reimte Wolfgang.

Sie ließ seine Hand los. «Unterstehen Sie sich!»

«Ich reime halt gern.»

«Und ich dachte, Sie sind Compositeur.»

«Ist ein Tondichter kein Dichter?»

Wieder nahm sie seine Hand, zog ihn durch den Salon, die Küche, die kleine Bibliothek, öffnete die Tür zu ihrem Zimmer.

«Da dürfen Sie nur hineinspitzen, denn es gehört sich nicht, daß ein junger Mann das Zimmer einer Dame betritt.»

«Aber wenn sie verwandt sind...»

«Nicht nahe genug. Ich bin nicht Ihre Schwester.»

Wolfgang küßte sie schnell auf den Nacken, und noch schneller drehte sie sich um, und – klatsch! – hatte er ihre Hand im Gesicht. Doch es war eine ganz sanfte Maulschelle, und Wolfgang nahm die Hand, die ihn geschlagen, eine feine, zarte und doch kräftige Hand und legte sie auf sein Herz.

«Fühlen Sie's? Spüren Sie's? Es schlägt schneller als sonst, und daran tragen Sie die Schuld.»

Mozart, kaum größer als seine Cousine, küßte die Hand, den Arm und schließlich den Mund, der sich aber schnell wegdrehte.

«Verwandte küssen sich nun einmal, das ist der Brauch von alters her, ich sehe keinen Grund, ihn aufzuheben.»

«Sie wissen auch auf alles eine Antwort, Herr Cousin. Nun, Sie haben mich geküßt, dem Brauch ist Genüge getan, und jetzt gehen wir in die Stube und trinken mit den Eltern Kaffee.»

Ein Buchbinder ist zwar ein Handwerker wie andere auch, aber er geht mit bedrucktem Papier um, und das hinterläßt seine Spuren. So war Onkel Franz ein gebildeter Mann, wohlgelitten in Augsburgs besseren Kreisen, wohlinformiert über Leute, die hier das Sagen hatten.

«Wir haben ein Empfehlungsschreiben an den Rat Langenmantel, mit dem Leopold in Salzburg studiert hat. Kennen Sie diesen Herrn, lieber Schwager?»

Ein Lächeln erhellte das gescheite, biedere Gesicht des Buchbinders. «Kennen wäre zuviel gesagt, Frau Schwägerin. Ein Buchbinder und ein Reichslandvogt, Wirklicher Kaiserlicher Rat und Stadtpfleger – diese Ämter hat Langenmantel inne –, das geht wohl nicht zusammen, dieser Herr steht für mich zu hoch auf der Leiter. Für Wolfgang aber ist wichtig, daß der Herr Rat ein Studienkollege seines Vaters war. Das hat Gewicht, das gibt den Ausschlag. Am besten, ihr wendet euch gleich morgen schriftlich an Seine Hochwohlgeboren.»

Seine Hochwohlgeboren scheißt genauso wie Kaiser, Bischof, Bürger und Bettelmann, dachte Wolfgang, den diese langen, klingenden – hohl klingenden – Titel keineswegs beeindruckten. Aber wie immer machte er gute Miene zum bösen Spiel – und nicht nur das.

Der Herr Papa hatte ihm nahegelegt – und das war so gut wie befohlen –, den päpstlichen Orden vom Goldenen Sporn anzulegen. Er tat es. Er tat es nicht gern, aber er tat es. Er tat es und hängte sich das rotweiße Band mit dem goldenen, weiß emaillierten Strahlenkreuz um den Hals. Aber er ärgerte sich, und sein Ärger wuchs, als man den Onkel einfach im Vorzimmer warten ließ wie einen Kammerdiener, während der Stadtpfleger Wilhelm Langenmantel von Wertheim und Ottmarshausen ihn gnädig empfing. Gnädig – und herablassend, die Anrede Er benutzend, die denen ganz unten zugedacht war, den Lakaien und Silberputzern, den Kerzenschneuzern und Leibstuhlwärtern, den Malern und Compositeuren.

«Mit Vergnügen erinnere ich mich an Seinen Vater, das war ein braver und gescheiter Mann. Seine ‹Violinschule› ist hier in Augsburg bestens bekannt. Und Er selber ist unter die Compositeurs gegangen, höre ich?»

Das klang Wolfgang nicht wohl in den Ohren, und sein Nacken versteifte sich, als hätte der Stadtpfleger gefragt: Und Er ist unter die Landstreicher gegangen?

«Ja, Euer Gnaden, ich habe schon ziemlich viel komponiert. Vier Opern, gut dreißig Symphonien, ein Dutzend Messen, Konzerte, Serenaden, Quartette, Quintette...»

«Nun, nun, Er braucht die Stücke nicht alle aufzuzählen. Das Komponieren scheint Ihm ja leicht von der Hand zu gehen. Wie andere einen Brief schreiben, so schmiert Er eine Symphonie hin – einfach so! Respekt, Respekt! Jetzt begleit' Er mich nach oben, ich will Ihm meine Familie vorstellen, und dann kann Er uns gleich etwas zum besten geben.»

Eine Symphonie hinschmieren, dachte Wolfgang grimmig, während er hinter dem kaiserlichen Rat die Treppe emporstieg. Ich möchte dir am liebsten ein Sonett in den nackten Arsch gravieren, mit einer glühenden Nadel zur ewigen Erinnerung.

«Das ist mein Sohn Jakob mit seiner Gemahlin. An ihn muß Er sich halten, Mozart, denn Jakob ist der Intendant einer privaten Musikakademie und kann dafür sorgen, daß eines Seiner größeren Stücke zur Aufführung kommt.»

Wolfgang neigte sich leicht vor dem jungen Herrn. «Das wäre mir eine Freude.»

Jakob Langenmantel schaute belustigt auf den päpstlichen Orden auf Mozarts Brust, öffnete schon den Mund, um etwas anzumerken, aber da sagte sein Vater:

«Und nun Mozart, möchten wir etwas von Ihm hören. Da drüben steht ein gutes Klavichord des Meisters Andreas Stein, den wir die Ehre haben in unserer Stadt zu wissen.»

«Ich schätze nicht nur die Instrumente des Meisters über alle Maßen, ich kenne ihn persönlich aus Wien und werde ihm in den nächsten Tagen einen Besuch abstatten.»

«Da tut Er recht daran – also bitte!»

Langenmantel öffnete das Klavichord, und Wolfgang spielte einige Stücke.

«Bravo, Mozart, Er hat eine leichte und geschickte Hand. Nun, Jakob, läßt sich da etwas arrangieren?»

«Ich glaube schon, werde mich umtun. Morgen gebe ich ein Mittagessen für Sie, lade dazu einige Leute aus unserem Musikkränzchen ein, und dann sehen wir weiter.»

An Herablassung steht das Bürschchen dem Herrn Papa nicht nach, dachte Wolfgang belustigt; nur gut, daß man sich seine Freunde selber aussuchen kann. Der Onkel war gar nicht böse, daß er die ganze Zeit im Vorzimmer hatte warten müssen.

«Die Augsburger Patrizier haben ihren Stolz, diese Leute muß man nehmen, wie sie sind. Das bildet sich eben heraus, wenn man seit Jahrhunderten in einer freien Reichsstadt lebt, die nur dem Kaiser untertan ist, und wo viel, sehr viel Geld kursiert.»

«Das kann mir nur recht sein, vielleicht läßt sich davon einiges in meine Tasche leiten.»

«Versprich dir nicht zuviel davon, Wolfgang. Die Augsburger

sind reich, aber sehr sparsam. Ich muß es wissen, bin ich's doch auch.»

«Reich?»

«Nein, sparsam.»

«Darf ich das Bäsle noch kurz begrüßen?»

«Aber freilich, wir haben ja fast denselben Weg.» Es klang ein wenig gleichgültig, als habe der Herr Oheim wichtigere Dinge im Kopf.

Das Bäsle tat gelangweilt. «Ah, der Herr Cousin! Was verschafft uns die Ehre?»

Doch die kecken Augen blitzten und kapriolten und verrieten, daß die Gelassenheit ihrer Worte künstlich war.

«Liebe Verwandte soll man häufig besuchen, das steht schon irgendwo in der Bibel.»

Das Bäsle lachte kurz und etwas laut. «Davon ist mir nichts bekannt, das haben Sie sich zusammengereimt.»

Sie stand auf, streckte sich und zwar so, daß ihr schöner Busen deutlich zur Geltung kam.

«Wir gehen in den Garten!» rief sie den Eltern zu und faßte Wolfgang an der Hand.

«Leg' dir ein Tuch um», rief die Mutter hinterher, doch da waren sie schon draußen in dem kleinen Garten mit seinen putzigen Hekken und dem gepflegten Kräutergärtchen. Die Luft war kühl, es roch nach Herbst und Absterben, aber Wolfgang nahm nichts davon wahr. Er berichtete dem Bäsle von seinem Besuch beim Stadtpfleger.

«Sie wissen vermutlich, an welchen Höfen ich schon zu Gast war – in Wien, Paris und München –, aber die Audienz beim Herrn Kaiserlichen Rat stellte alles in den Schatten. Oh, er war so huldvoll und geduldvoll und erinnerte sich gnädig-pomädig an meinen Vater, seinen Studienkollegen, dabei blickten seine in Fettwülsten begrabenen Äuglein wie die einer gestochenen Sau – blau, schlau – nein, dumm wie ein Pfau, und dann wurde ich dem gespreizten Herrn Sohn vorgestellt, der seinem Vater an Blödheit in nichts nachsteht. Seine langhaxige Frau war einen Kopf größer und riß das Maul auf, als sie meinen Namen hörte. Mozart? In ihrem kleinen tauben Hirn hörte ich die Gedanken summen. Mozart – Wolfgang Amadé – mir fällt's nicht ein, und das tut weh – herrjeh –, und draußen fällt schon bald der Schnee – wer ist Wolfgang Amadé?»

Das Bäsle lachte gedämpft, und aus ihrem süßen Schnäbelchen kam ein frostiger Hauch, und da sagte sie schon:

«Mir ist kalt, gehen wir wieder ins Haus.»

«Mir ist warm, daß Gott erbarm», sagte Wolfgang und nahm sie in seine Arme. Sie zögerte, kuschelte sich dann tiefer hinein, und er küßte den kecken Mund, wieder und wieder und ließ seine Hand wandern, tändelnd wie ungefähr, und sie wehrte es ihm nicht, und er küßte sie wieder und wieder, und seine Hand fand kaum Widerstand, und sie küßten sich, und das Bäsle sank auf eine Bank, und sie wisperten, seufzten, kicherten, leise, leise, alte Weise, hin zum Ziel, altes Spiel.

«Marianna! Wolfgang!» Der ferne Klang aus dem Haus umschwirrte die Liebenden, suchte vergeblich ihre Ohren zu erreichen, und erst beim dritten Mal zwängte er sich zwischen die Münder und Leiber, riß sie auseinander.

«Das war die Mutter», sagte das Bäsle und richtete mit ein paar Griffen Kleidung und Frisur, mit weiblichen Griffen, schnell und gekonnt – zu gekonnt? Wolfgang sah es und sah es auch nicht, und sie tat an ihm, was sie an sich getan, und so gingen sie nebeneinander ins Haus – sittsam-züchtig –, Cousin und Cousine in ein harmloses Gespräch vertieft.

«War's euch draußen nicht zu kalt?» fragte die Mutter.

Wolfgang rieb sich nachdrücklich die Hände. «Doch, Frau Tante, darum sind wir ja gleich wieder herein ...»

Die beiden sahen sich an und prusteten los wie Kinder, die den Erwachsenen einen Streich gespielt haben.

«Bleiben Sie zu Mittag, Herr Mozart?»

«Ich würde gern, Frau Tante, aber ich kann die Mama nicht allein im Gasthof lassen.»

Die Frau Buchbindermeister nickte behäbiges Einverständnis. «So ist's recht, Herr Mozart, die Pflichten den Eltern gegenüber gehen allen anderen vor.»

Marianna begleitete ihn hinaus vor die Tür. Er küßte sie. Sie stemmte die Arme gegen seine Brust.

«Genug für heute, Herr Cousin! Ich bin ja nicht aus der Welt, und morgen ist auch noch ein Tag.»

«Und übermorgen – und übermorgen... Ach, ich tät so gerne morgen mit Ihnen wieder ins Gärtchen gehen, anstatt bei dem eingebildeten Signore Longotabarro (Langenmantel) zu speisen.»

Das Bäsle lachte, etwas zu laut, merkte es und drückte erschrokken die Hand auf den Mund. Kichernd verschwand sie im Haus.

Eine fahle Oktobersonne hatte sich durch Wolkenberge gegraben und schaute aus ihrem blauen Himmelsloch auf die herbstliche Welt. Da es weiter nichts zu sehen gab, zog sie sich rasch einen Wolkenschleier vors Gesicht.

Der Tag war noch jung, Wolfgang hatte keinen Gusto auf das «Weiße Lamm» und die mütterliche Obhut. Da kam ihm Andreas Stein in den Sinn, und da es Sonntag war und er nicht fürchten mußte, einen Fleißigen in seiner Arbeit zu stören, fragte er sich zum Meister durch.

Später erzählte er der Frau Mama von dem Besuch.

«Wen er melden dürfe, fragte der Diener, und ich sagte, Signore Trazom käme extra aus dem Ausland, um dem berühmten Meister seine Aufwartung zu machen.»

«Trazom?» fragte die Mutter und seufzte, «hast wieder einmal den Kasperl gespielt.»

Wolfgang küßte ihr spielerisch die Hand. «Aber nein, Mama, wo denkst du hin. Ohne Musik ist das Leben halt ein bisserl fad, und wo keine Musik ist, muß man die Fadheit mit ein paar Faxen vertreiben. – ‹Trazom? Trazom?› hörte ich dann die Stimme des Meisters von drinnen. Er kam heraus und sah mich an. Von Kopf bis Fuß, von Fuß bis Kopf, von Schuh bis Knopf.

‹Ich kenne Sie doch irgendwoher?› brummte der Meister und fragte: ‹Sind Sie nicht Mozart?› Ich hielt das Lachen zurück, schüttelte den Kopf und sagte, ich hieße Trazom, und reichte ihm das Empfehlungsschreiben unseres Herrn Vaters. Er trat ans Fenster, las es und fiel mir um den Hals. Er stellte mich den Seinen vor, und dann führte er mich an den Hammerflügel. Ach, Mama, das ist ein Instrument! Als hätte es die heilige Cäcilie in eigener Person erfunden und nicht der gute Meister Stein. Ein Klang – so rein wie Kristall. Ich spielte eine halbe Stunde in einem Stück durch und wurde dabei besonders von Nannette, dem Töchterchen, bewundert.»

«Wie alt ist denn das Töchterchen?» fragte die Mama mißtrauisch.

«Acht Jahre, Mama.»

«Aha – gut, berichte weiter.»

«Danach sagte Meister Stein: ‹Mozart, Sie spielen wie ein Engel. Solche Töne habe ich aus meinem Instrument noch nie vernommen.› Du siehst, der Mann versteht etwas von Musik, ganz anders als der Herr Stadtpfleger, den die Musen einmal gehörig küssen müßten, damit ihm die Ohren aufgehen. Aber bisher haben sie ihn nur am Arsch geleckt.»

«Überwirf dich nicht mit ihm, der Mann ist wichtig.»

Der von den Musen Ungeküßte hielt Wort. Am nächsten Tag wurde Wolfgang abgeholt und speiste bei der Familie Langenmantel zu Mittag. Danach wurde ein wenig musiziert, wobei Mozart es vermied, in die leeren dummen Gesichter der Tischgäste zu schauen.

Marionetten, geschnitzte Kasperlköpfe, dumme Fexen, die dem Herrgott die Zeit stehlen. Danach, bei einem Glas Wein, fragte der junge Langenmantel, der schon etliches getrunken hatte, mit schwankender Stimme:

«Superbe! Ah – Mozart, da wollte ich Sie noch was fragen. Sie trugen gestern da so einen funkelnden Stern auf der Brust. Das war doch der Goldene Sporn, oder? Ist der nun wirklich aus Gold?»

«Ich denke schon.»

«Was wird der wohl kosten? Zwei Dukaten, drei Dukaten?» Jakob Langenmantel sah sich um, seine Freunde feixten, und einer sagte: «Für drei Dukaten lasse ich mir den Orden aus Rom kommen, dann bin ich mit dem Herrn Mozart gleich.»

«Gute Idee», sagte der junge Langenmantel und grinste frech, «dann gründen wir gemeinsam den Orden der Goldenen Sporn-Ritter. Was sagen Sie dazu, Mozart?»

Da mischte sich vom Nebentisch, wo der alte Langenmantel im Kreis von Freunden saß, ein älterer Herr ins Gespräch: «Sie sollten sich schämen, Herr von Langenmantel! So einen Orden muß man sich verdienen, und der wäre bei Ihnen wirklich fehl am Platz.»

Der Kaiserliche Rat brummte nur: «Die Burschen hänseln sich doch bloß, und wir sollten sie lassen. Das junge Blut muß sich austoben.»

Dadurch ermuntert, stichelte der Herr Sohn weiter: «Wollen Sie mir den Orden nicht leihen, Mozart? Ich möchte ihn von einem Goldschmied prüfen lassen; vielleicht ist er nur aus Kupfer und keine fünf Heller wert.»

Seine eigenen Worte erheiterten ihn so, daß er aus vollem Hals lachte und wiederholte: «Der Ritterorden aus Blech! Wie gefällt Ihnen das, Herr Cavalier?»

Mozart sprang auf. «Mir scheint, Sie haben einen Sporn im Kopf, aber keinen goldenen! Ich vielleicht auch, aber mit dem Ihren möchte ich nicht tauschen.»

Der junge Langenmantel lachte verlegen und trank hastig ein Glas Wein aus. «Jedenfalls steht Ihnen der Orden sehr gut, und ich werde meine Dienerschaft anweisen, Ihnen mehr Respekt zu erweisen.»

Und mit so einem Geschmeiß muß ich mich abgeben, dachte Mozart, es ist fast sündhaft, mit diesem Gelichter die Zeit zu vergeuden.

Er stand auf und griff nach seinem Hut. Die Tischrunde verstummte. Mozart war ganz ruhig.

«Herr Langenmantel, davon abgesehen, daß ich alle Orden bekommen könnte, die man Ihnen, wenn überhaupt, jemals verleiht, so können Sie doch niemals werden, was ich bin, und sollten Sie noch zweimal auf die Welt kommen. Habe ich morgen das Vergnügen, Sie zu sehen?»

Der junge Langenmantel war blaß geworden. Auch er hatte sich erhoben. «Morgen bin ich nicht hier. Paßt es übermorgen?»

«Dann bin vielleicht ich nicht mehr da.»

Das verwirrte den jungen Herrn, und er stammelte: «Aber Sie werden doch...»

«Ich werde gar nichts! Und diese elende Bettelei hier habe ich satt. Leben Sie wohl!»

Das mit der Bettelei hatte Mozart nicht ohne Grund gesagt, denn während der ganzen Zeit war keine Rede von dem geplanten Konzert gewesen, nur hatte Jakob Langenmantel einmal angedeutet, die Kasse des «Musikkränzchens» habe die Schwindsucht.

Wolfgang drängte auf Abreise, die Mama war dagegen.

Andreas Stein erreichte durch seine Vermittlung mehr, als die Mozarts zu hoffen wagten. Er kannte die Leute, auf die es hier ankam, kannte sie alle, die Augsburger Patrizier, ob sie nun Fugger oder Welser, Rehm oder Hohenwart hießen.

Der junge Langenmantel mußte sich bei Mozart entschuldigen, und in die «Augsburgische Staats- und Gelehrtenzeitung» wurde die Anzeige gesetzt:

«Etwas für Kunst- und Musikliebende!

Ehre für uns, lieber Patriot! Einen Tonkünstler, einen Landsmann hier zu haben, um den uns ganz England, Frankreich und Italien beneidet. – Wer ein wenig mit politischen Blättern bekannt, wird wissen, daß es niemand als Herr Chevalier Wolfgang Amadé Mozart sein kann, der in seiner zarten Jugend bei obigen Nationen so große Wunder getan. Laß sehen, ob er's auch bei uns tut?»

«Jetzt läuft der Hase aber anders», sagte Wolfgang zufrieden.

Und dann war der Fuggersche Konzertsaal übervoll, und da nur für zweihundert Menschen Platz war, mußten viele draußen bleiben. Drinnen aber saßen der Adel und die Geistlichkeit, die Häupter der Handwerkerzünfte, die Stadträte und reichen Kaufleute – und voll Stolz mit rotem, freudig erregten Gesicht die Frau Mama.

Weil aber wider Erwarten alles so schnell und gut gegangen war, hatte Mozart nicht genügend Noten für einen langen Konzertabend mitgebracht. Das «Lodron»-Konzert kam zur Aufführung, dann die Dürnitz-Sonate, aber die Leute wollten mehr, und so setzte er sich ans Klavichord und spielte eine Klaviersonate, die er eben im Kopf komponiert hatte. Das ahnte und wußte niemand, aber auch wenn sie es gewußt hätten, so wären die Augsburger Pfeffersäcke wenig beeindruckt gewesen. Hatte nicht der illusionslose Meister Stein spöttisch gesagt:

«Wir leben in einer Stadt, wo allein Handel und Handwerk etwas gelten. Eine Symphonie komponieren, das ist für diese Menschen nichts anderes als einen Tisch zimmern oder eine Wurst stopfen. Statt Holz und Nägel, statt Darm und Hackfleisch nimmt man eben Noten und fügt sie zusammen wie der Schreiner den Tisch, wie der Metzger die Wurst. So einfach ist das, lieber Mozart.»

Mozart wußte schon lange, daß sein Publikum überwiegend aus

Ignoranten bestand, das Fehler oder Ungeschicklichkeiten gar nicht wahrgenommen hätte. Aber bei ihm gab es keine Fehler, auch heute nicht vor den Augsburger Pfeffersäcken. Er spielte hinreißend wie immer, und alles klang so einfach, so leicht, so traumsicher.

Mozarts Aufenthalt sprach sich herum. Ein wenig Stolz begann sich zu regen, denn sein Vater war hier geboren, und so sah man Wolfgang als halben Augsburger.

Ob er nicht die berühmte Orgel in der Ulrichskirche erproben wolle, die Meister Ammerbach vor zweihundert Jahren erbaut hatte? Er sagte zu. Die Frau Mama war dabei, und auch das Bäsle kam mit.

Die beiden bewegten sich in nur ihnen sichtbaren, geheimen Welten. Wolfgang schaute sie an, und sie prustete los – das Bäsle machte eine bestimmte Handbewegung, und Wolfgang tanzte herum und meckerte wie ein Bock, worauf das Bäsle leise zu blöken begann, wie ein verwaistes Lämmchen. Was war da zu machen?

Die Frau Mama hob die Hände und sagte matt: «Kinder, Kinder, benehmt euch doch...»

Der Herr Onkel brummte nur gutmütig zu den Faxen seines keck-verspielten Töchterchens, und Bäsles Mama schien sogar einen geheimen Gefallen am Treiben ihrer Tochter zu finden.

«Ist halt noch so jung, das Mädle...»

Im Ulrichsmünster empfing sie Pater Angermayr, ein stämmiger Mensch in mittleren Jahren, der wie ein geiler Bock aussah und Wolfgang gar nicht gefiel. Er gefiel ihm schon deshalb nicht, weil er nur Augen für das Bäsle hatte.

«Ah – die Jungfer Mozart! Schön wie der junge Tag! Das bringt einen Frühlingsduft in unser ehrwürdiges Gotteshaus. Treten Sie ein, verehrte Herrschaften...»

Das Bäsle kicherte leise, und Wolfgang flüsterte ihr zu: «Frühlingsduft im Oktober? Daß ich nicht lache! Ich werde gleich einen fahren lassen, dann hat er seinen Frühlingsduft.»

Pater Angermayr, der vorausging, schien sehr auf sich zu halten. Das Schmuddelig-Verwahrloste vieler seiner Ordensbrüder – die es mit frommem Asketentum verwechselten – war ihm fremd. Seine

Tonsur war wie mit dem Zirkel geschnitten, sein Habit aus feinem Tuch und fleckenlos. Er schritt würdig voran, wie ein Kardinal, ließ seine Kutte zierlich schwingen und gestikulierte beim Reden mit seinen gepflegten Händen.

Hoffärtiger Esel, dachte Wolfgang, zieht das Bäsle mit den Augen aus und tut, als sei er der Bischof von Augsburg. Wolfgang spielte einen Kanon, und nun mußte dieser lästige Mönch auch noch seine Stimme vorführen. Wütend griff Mozart in die Tasten und skandierte leise: «Lex mihi ars – Leck mich im Arsch – Lex mihi ars –»

«Was redest du da?» flüsterte das Bäsle ihm ins Ohr.

«Das ist Latein: die Kunst ist mein Gesetz.»

Von der Orgelbank aus war die Klangfülle des gewaltigen Instrumentes nur unvollkommen zu hören, so daß Wolfgang den jungen Organisten bat, es zu spielen, während er mit seiner Begleitung in den Kirchenraum hinabstieg.

Auf dem Rückweg fragte er das Bäsle: «Wann treffen wir uns wieder im Gärtchen?»

Das Bäsle blinzelte nur und sagte nichts, auch weil die Frau Mama und Meister Stein zu dicht hinterhergingen.

«Im Venusgärtchen», flüsterte Wolfgang vernehmlich und sang dann halblaut: «Kann's kaum noch erwarten, das Rendezvous im Garten, mit dem Bäsle, dem zarten, mir kracht schon die Schwarten...»

7.

Der Fürsterzbischof von Salzburg, als einer der mächtigsten deutschen Reichsfürsten, hatte in diesen Tagen viel mit seinem Souverän zu besprechen. Diese Audienzen genoß der Kaiser, denn Colloredo war ein Mann nach seinem Geschmack und ließ oft vergessen, daß er ein geistliches Amt innehatte. Wenn es zu seinem Vorteil war, kehrte Colloredo dann schon den Erzbischof heraus, was Joseph mit einem müden melancholischen Lächeln quittierte, womit er anzudeuten beliebte, daß keiner über den eigenen Schatten springen konnte. Jedenfalls war Colloredo das genaue Gegenteil von Kardinal Migazzi, dem Erzbischof von Wien, der ständig nach Rom lauschte und Josephs Reformen gottlos fand.

Der Kaiser lächelte fast nie, aber jetzt, als der Reichsfürst eintrat, flog ein heller Schein über sein hageres ernstes Gesicht mit der schmalen, weit vorspringenden, arroganten Nase und dem vollippigen Habsburgermund, der immer etwas trotzig verkniffen wirkte. Die großen blaugrauen Augen blickten wie durch einen Schleier, aber sie sahen viel. Wenn Joseph keine Uniform trug, so ging er in bürgerlich einfacher Kleidung, und auf der Straße hätte man ihn wohl eher für einen Kanzleirat gehalten, der streng und pedantisch über seine Untergebenen wachte. Freilich, das ernste Gesicht strahlte Würde und Autorität aus. Aber das soll ja bei manchen Kanzleiräten auch der Fall sein.

«Colloredo! Seien Sie willkommen! Hätte ich nur immer so angenehme Besucher.»

«Dieses Kompliment erwidere ich mit Vergnügen, Sire. Hätte ich nur immer so angenehme Audienzen wie bei Eurer Majestät.»

«Hat Sie jemand geärgert?»

«Ärger gibt es immer, und meistens ist er kaum der Rede wert.

Heute war es wieder Mozart mit seiner ewigen Renitenz, der meine Geduld auf die Probe gestellt hat. Er will einfach nicht einsehen, daß er seinem Landes- und Dienstherrn gehorchen muß. Dabei verlange ich weiß Gott nichts Unmögliches von ihm.»

«Mozart – ich erinnere mich noch, wie er als kleiner Bub in einem prächtigen grünen Frack in Schönbrunn Klavier spielte. Meine selige Frau Mutter war geradezu vernarrt in ihn.»

Colloredo lächelte säuerlich. «Klein ist der Kerl noch immer, und auch elegante Fracks trägt er noch gern, aber Grund, in ihn vernarrt zu sein, gibt es leider keinen mehr – ganz im Gegenteil. Er kennt hier in Wien eine Menge Leute, die ihn – wie Eure Majestät – aus seiner Wunderkindzeit in guter Erinnerung haben. Sie kennen ja Ihre Wiener, Sire: neugierig und tändelhaft; und jetzt wollen sie wissen, was aus dem herzigen Buberl geworden ist, und laden ihn dauernd ein. Das aber steigt ihm zu Kopf. Jetzt will ihn Starzer für eine große Akademie der Tonkünstlersozietät engagieren. Da habe ich kategorisch nein gesagt, weil der Kerl dann immer weg ist, wenn ich ihn brauche.»

Der Kaiser, als großer Musikfreund, spitzte die Ohren.

«Da weiß ich zufällig Bescheid, Colloredo. Das ist eine Musikakademie im Kärntnertor-Theater für wohltätige Zwecke. Man hat mich um mein Erscheinen gebeten, und ich werde mir einen Teil davon anhören.»

Seine blauen verschleierten Augen waren voll Spott.

«Da müssen Sie wohl Ihr Verbot aufheben, Colloredo, denn einem Kirchenfürsten steht es nicht gut an, wenn er bei einem Benefizkonzert seine Zustimmung versagt.»

Colloredos Gesicht bekam einen unschönen Zug; die lange fleischige Nase zuckte erregt.

«Wenn das so ist und wenn Sie es wünschen, Sire, hebe ich gerne mein Verbot auf.»

Joseph nickte leicht. «Ja, Colloredo, das würde ich Ihnen raten.»

Der Erfolg des Wohltätigkeitskonzerts war überwältigend, das Publikum tobte und rief Mozart immer wieder an die Rampe.

Ich hab's ja immer gewußt, dachte er, Wien ist für gute Musik der rechte Ort. Hier will ich bleiben – jetzt erst recht.

Die Gräfin Thun hatte ihm geraten: «Bleiben Sie, Mozart, bleiben

Sie hier. Vergessen Sie den Colloredo, vergessen Sie Salzburg, das Ihnen niemals ein solches Publikum bieten wird. Solange Sie in Colloredos Diensten sind, werden Sie hier Verluste haben, weil er Ihnen die meisten Auftritte untersagt.»

Mozart hatte grimmig genickt. «Ich weiß, Frau Gräfin, und rechne es mir schon dauernd vor: Gestern hast du fünfzig Gulden verloren, heute hundert, und morgen werden es tausend sein.»

Der Großmufti tat alles, um Mozart seinen Entschluß leichtzumachen. Die Gräfin Thun, seine unermüdliche, unerschrockene, noble und verständnisvolle Gönnerin, hatte Wolfgang zum 8. April in ihr Haus gebeten; er solle zwei Sänger auf dem Klavier begleiten, im übrigen sei der Kaiser zu Gast, und nun sei endlich eine gute Möglichkeit geboten, Seiner Majestät zwanglos vorgestellt zu werden.

Mozart hörte Engelschöre. Endlich – endlich! Nun fügte sich eines zum anderen, das Schicksal gab ihm immer deutlichere Winke. Außerdem waren fünfzig Dukaten zu verdienen! Ja, die Gräfin Thun zahlte nicht in kleiner Münze.

Und dann der Sturz in nachtschwarze Tiefe, in Zorn und Verzweiflung. Der Großmufti donnerte sein Nein. Nein! Nein! An diesem Abend habe er im Palais Colloredo zu spielen, zu Ehren des Fürsten Rudolf Joseph, dem Vater des Erzbischofs.

Mozart war so niedergeschlagen, daß er keine Notenzeile zu Papier brachte. Erst in der Nacht vor dem Konzert schrieb er in einer Stunde die Violinsonate nieder, ohne den Klavierpart, den er dann aus dem Kopf spielte. Perlen vor die Säue geworfen! Und was bekam er dafür? Vier Dukaten! Vier Dukaten! Und die Gräfin Thun hätte fünfzig bezahlt. Himmelherrgottsakrament!

Noch in derselben Nacht berichtete Mozart nach Salzburg:

Ich soll also wegen einem schlechtdenkenden Fürsten tausend Gulden mit Füßen wegstoßen? Denn das mache ich gewiß, wenn ich ein Konzert gebe. Als wir hier im Hause das erste große Konzert hatten, schickte der Erzbischof vier Dukaten... Was mich aber halb desperat macht, ist, daß ich an dem nämlichen Abend, als wir die Scheißmusik da hatten, zur Gräfin Thun invitiert war – und wer war dort: Der Kaiser!

Das Geld wäre ja noch zu verschmerzen gewesen, aber daß er den

Kaiser verpaßt hatte, verzieh er dem Großmufti nicht. Nie und nimmer! Wo Seine Majestät ohnehin nur alle heiligen Zeiten ausging. Das mußte der Herr Vater doch einsehen! Endlich einsehen, verstehen, gutheißen – zu ihrer aller Nutzen.

Ich kann doch dem Kaiser nicht sagen lassen, wenn er mich hören will, so soll er bald machen, weil ich in so und soviel Tagen abreisen muß... Ich hoffe am nächsten Posttag zu lesen, ob ich mein Glück, wenn ich es machen kann, machen darf... In vierzehn Tagen oder drei Wochen kann ich es freilich nicht machen, sowenig als in Salzburg in tausend Jahren.

Jetzt war es gesagt, jetzt stand es da – schwarz auf weiß, unwiderruflich. Endlich, endlich nehme ich mein Leben in die eigenen Hände, habe lange darauf gewartet – zu lange vielleicht. Hätte es ja schon in München getan, aber –

Zwei Zimmer mit einer kleinen Schlafkammer waren in der Burggasse reserviert im Haus «Sonneck», da hatte er gar nicht weit hinüber ins Hoftheater. Und der Papa war in Salzburg geblieben! Wollte mit der Nannerl nachkommen, das schon, aber die nächsten Wochen lagen vor Mozart wie ein kostbarer Teppich, und er allein, er ganz allein, durfte ihn betreten, darauf herumspazieren, herumtrampeln, sich wälzen, darauf speien, brunzen und scheißen, wenn es ihm Spaß machte. Und es machte Spaß.

Sein erster Besuch galt dem Theaterintendanten Graf Seeau. Ein Wichtigtuer zwar, der von Musik nicht viel verstand, aber die Fürsprache der kurfürstlichen Mätresse hatte auch ihn weichgemacht, und er war recht gefügig.

Mozart ließ es sich gutgehen und arbeitete recht sporadisch, weil er einfach keine Lust dazu hatte. Er wurde mit Einladungen überhäuft und schlug keine aus. Der Name Mozart galt etwas in München, und daß der Kurfürst ihn schätzte, öffnete ihm viele Türen.

Schon ein paar Tage nach seiner Ankunft gewährte ihm Karl Theodor eine lange Audienz.

«Es freut mich, Ihn wieder hier zu sehen, Mozart.»

«Und ich werde mich bemühen, den Beifall Eurer Durchlaucht zu gewinnen.»

«Oh, ich habe keinen Zweifel daran, daß alles sehr gut sein wird.»

Karl Theodor war noch dicker geworden, aber seine gescheiten Augen blickten wach, freundlich und aufmerksam wie eh.

Die Gräfin Paumgartner war sehr gnädig und führte kluge und verständige Gespräche – nicht nur über Musik.

«Sie müssen wissen, lieber Mozart, Seine Durchlaucht hat es schwer bei den Münchnern. Er ist ihnen zu aktiv, zu liberal, zu sehr auf Fortschritt bedacht – und er zieht ein Gläschen Pfälzer Wein einer Maß Bier vor. Das macht böses Blut.»

Mozart schüttelte erstaunt den Kopf. «Aber Frau Gräfin, das verstehe ich nicht. Nur weil Seine Durchlaucht lieber Wein trinkt...»

«Nicht nur deshalb, ich hab's ja angedeutet. Seine Durchlaucht hat zuviel Leute vom Mannheimer Hof mit hierher gebracht. Sie sind ihm halt schon lange vertraut, haben sich treu bewährt, und, wie er kürzlich zu bemerken geruhte: ‹Ich käme mir wie ein Hundsfott vor, wenn ich diese Menschen in Mannheim zurückließe.› Ihr Freund Cannabich ist dafür das beste Beispiel.»

«Man kann's nicht allen recht machen. Daß Seine Durchlaucht den Hofgarten fürs Publikum geöffnet hat, daß er Hofbibliothek und Hofgalerie jedermann zugänglich macht und aus dem Hoftheater ein Nationaltheater für alle Bayern werden soll, wird dabei vergessen.»

Die Gräfin lächelte. «Nicht vergessen, lieber Mozart, aber kaum genügend geschätzt. Wer ist hier schon an Bibliotheken und Gemäldegalerien interessiert? Die könnten ruhig abbrennen, ohne daß man sich besonders aufregen würde. Aber wenn das Bier einen Heller mehr kostet, geht ein Aufschrei – unisono! – durch die ganze Stadt.»

«Entschuldigen Sie, Frau Gräfin, ich lache, weil ich an Salzburg denke und weil es da um kein Jota besser ist.»

Mozart ließ es sich in München gutgehen. Er besuchte alte Freunde, wie den Weinwirt vom «Schwarzen Adler», Franz-Joseph Albert, bei dem alles abstieg was Rang und Namen hatte.

«Mozart, Herzensbruder! Komm in meine Arme!»

Joseph Albert war ein dunkelhaariger Mann von welschem Aussehen und Temperament. Er schätzte vor allem die Musiker, und die er besonders verehrte, duzte er, ob sie es wollten oder nicht.

Mozart war da nicht heikel. Er vergaß dem Albert niemals, was er vor fünf Jahren für ihn getan hatte.

«Gibt es deine Samstagskonzerte noch?»

«Freilich, wie stets vom November bis Mai – die Fastenzeiten natürlich ausgenommen.»

Mozart schlug ihn auf die Schulter und spottete: «Willst dich mit der Geistlichkeit nicht anlegen, was?»

«Da hast du ja deine Erfahrungen als Hoforganist Seiner Hochfürstlichen Gnaden.»

«Schweig' mir von dem; jetzt bin ich in München und will es genießen. Gibt's dein Billardzimmer noch?»

«Das habe ich eigens für dich erweitern lassen, kannst es gleich einweihen.»

Mozart schlug die Hände zusammen. «Gleich drei Tische – und zwei davon nagelneu, wie mir scheint.»

«Stimmt, alter Spezi, und den dritten habe ich behalten zum Andenken an unsere Zeit vor fünf Jahren.»

Mozart lachte unsicher. «Ist das dein Ernst?»

«So wahr ich Franz-Joseph Albert heiße und der Wirt vom ‹Schwarzen Adler› bin.» Doch er feixte verdächtig.

«Wenn man dir nur etwas glauben könnte. Aber ich schluck's als Wahrheit, weil es mir Ehre macht.»

Er griff nach einem Queue und ließ es durch die Finger gleiten. Sorgsam bestrich er die Viole mit Kreide.

«Ich probier's gleich mit einer Karambolage. Machst du mit?»

«Gerne. Spielen wir um eine Musikakademie im kommenden Fasching, die du vom Piano aus leiten mußt. Du wirst doch im Januar noch hier sein?»

«Aber ganz gewiß! Meine Opera soll doch am 22. Jänner zur Aufführung kommen. Da es, so Gott will, nicht bei der einen Vorstellung bleiben wird, hoffe ich auch im Februar noch hier zu sein – falls der Erzlümmel in Salzburg es erlaubt...»

Der Wirt spähte besorgt durch die offene Tür in die Weinstube und flüsterte: «Leiser, Wolfgang, leiser! Hier weiß man nie, wer mithört.»

Danach tranken sie noch etliche Schoppen Wein, und Mozart war Alberts Gast.

Die Stadt lag schon im Dunkel, als er durch den frischgefallenen Schnee heimwärts stapfte, nur da und dort blakte in einem Hauseingang eine Funzel, immer in Gefahr, vom eisigen Wind ausgelöscht zu werden. Aber die vielen erleuchteten Fenstervierecke reichten aus, daß Mozart wußte, wohin er ging, zudem waren es höchstens zehn Minuten Fußweg über den Marktplatz hinüber zur Burggasse.

Mozart hatte sich vorgenommen, an diesem Abend mit dem Komponieren zu beginnen, aber der Wein hatte ihn müde gemacht, und seine Stube war kalt. So vergrub er sich in seinem Alkoven mit dem festen Vorsatz, den ganzen nächsten Tag zu arbeiten.

Vielleicht hätte Mozart seinen Vorsatz wieder nicht eingehalten, doch er wachte mit einer scheußlichen Erkältung auf. Der Hals war geschwollen, die Nase lief, und so mußte er nolens volens zu Hause bleiben und folgte dem brieflichen Rat des Herrn Papa, nur fleißig das «Markgrafenpulver» zu nehmen und immer früh ins Bett zu gehen.

Zur Probe am 1. Dezember war die Komposition fast fertiggestellt und die Erkältung fast verschwunden. Die zweite Probe mußte verschoben werden, weil der Kopist mit der Arbeit nicht nachkam, und plötzlich schien das ganze Projekt in Frage gestellt.

Mozart war mit Cannabich und anderen Musikern am letzten Tag des November beim Intendanten zu Tisch geladen; dabei sollte über die zweite Probe gesprochen werden.

Graf Seeau empfing sie in schwarzer Kleidung.

«Um Gottes willen, Herr Graf», fuhr es Mozart heraus, «doch kein Trauerfall in der Familie?»

«Nein, zum Glück nicht, es ist ein Trauerfall für das ganze Deutsche Reich.»

«Die Kaiserin ist tot...?»

Seeau nickte. «Ja, meine Herren, und ich möchte Sie bitten, durch entsprechende Kleidung auch Ihrer Trauer Ausdruck zu verleihen.»

Der Graf bat sie zu Tisch, das Gespräch tröpfelte so dahin, denn keiner wagte die entscheidende Frage zu stellen. Mozart rutschte auf seinem Sitz herum, Musik hallte durch seinen Kopf, Musik aus dem «Idomeneo», Musik, die vielleicht für immer ungespielt blieb – nein, er hielt es nicht mehr aus.

«Herr Graf – äh, wenn Sie die Frage gestatten: Soll die zweite Probe nun verschoben werden, oder denkt man daran, also, ich meine – ist es beabsichtigt, den Fasching ganz – oder nur teilweise –?»

Der Graf lächelte. «Sie reden doch sonst nicht so um den heißen Brei herum, Mozart. Seine Durchlaucht ist ein nüchterner Mann, und da ihn keine allzu engen Bindungen an das Haus Habsburg fesseln, hat er geruht, nur Trauerkleidung anzuordnen.»

Der wollte uns auf die Folter spannen, dieser Hundsfott, dachte Mozart, und fühlte eine ungeheure Erleichterung.

«Also, meine Herren», fuhr Seeau fort: «Die nächste Probe am 16. Dezember, die dritte voraussichtlich eine Woche später; an ihr wird übrigens Seine Durchlaucht in eigener Person teilnehmen.»

«Ein Vivat auf Seine Durchlaucht, den Kurfürsten!» sagte Mozart spontan und hob sein Glas.

Bei der Probe kam dann das laute «Bravo!» des hohen Herrn und seine Bemerkung: «Diese Oper wird charmant werden. Er wird gewiß Ehre davon haben.»

Gut, mag das auch nur so hingesagt gewesen sein aus fürstlichem Wohlwollen, aber es wurde gesagt, und neben dem Geld hat der Künstler nichts so sehr nötig wie Anerkennung.

Was aber kam vom Großmufti? Mürrische Forderungen, demütigende Behandlung, ein Scheißgeld von Salär, mit dem man nicht leben und nicht sterben konnte. Es war Zeit, daß er sich mit seinem Abschiedsgesuch befaßte. Die Frage war nur: sollte er den Herrn Vater vorher davon in Kenntnis setzen oder ihn vor die vollendete Tatsache stellen?

8.

Mozart war auf dem Rückweg von Paris, um auf schnellstem Weg wieder nach Salzburg in die Arme des Herrn Papa zu eilen. Von ihm wußte Wolfgang bereits, daß die ganze Familie Weber mit dem Kurfürsten nach München gegangen war, wo Luise im Nu den Grafen Seeau für sich gewonnen und ihm ein Engagement abgeschmeichelt hatte. Ja, nun war sie tatsächlich Primadonna geworden, für sechshundert Gulden im Jahr, und er, Wolfgang Amadé, der sich im Dienst des Großmufti abrackerte, mußte sich mit fünfhundert Gulden begnügen. Mannheim ohne Luise schien ihm so leer, als hätte hier die Pest gehaust. Der gute Freund Cannabich nahm ihn gastlich auf, und Mozart ließ sich gerne überreden, ein Weilchen zu bleiben, denn –

«Salzburg läuft mir nicht davon, Christian, es wartet auf mich, finster und geduldig, wie der Henker auf den Verurteilten.»

«Jetzt übertreibst du aber. Dein armer verwitweter Vater erwartet dich, den einzigen Sohn, deine Schwester wird dich umarmen...»

Er nannte dem Papa eine Reihe von Gründen – meist sehr fadenscheinige –, die ihn hier festhalten würden. Nichts davon erwies sich als stichhaltig, nichts gedieh zur Reife – alles blieb im Ansatz stekken.

In diese Enttäuschungen hinein platzte dann der Brief des Herrn Papa, der um einiges deutlicher war als der schon sehr deutliche Fort-mit-dir-nach-Paris-Brief. Mozarts Hände wurden feucht, als er die Seiten mit zitternden Fingern umwendete.

Ich weiß in der Tat nicht, was ich schreiben muß. Ich werde noch von Sinnen kommen oder an einer Abzehrung sterben. Es ist unmöglich, mich all Deiner Projekte, die Du seit Deiner Abreise von Salzburg im Kopf hattest, zu erinnern, ohne meinen gesunden Men-

schenverstand darüber zu verlieren. Alles lief auf Vorschläge, leere Worte und am Ende auf gar nichts hinaus.

Dann der strenge Befehl, nach Salzburg zu kommen – gleich, sofort, unverzüglich!

Ach Papa, Papa! Habe ich nicht immer alles getan, um es Ihnen recht zu machen? Und was ernte ich dafür? Vorwürfe, Ermahnungen, Drohungen, Spott.

Mozart warf die Blätter auf den Tisch. Seine Augen füllten sich mit Tränen. Er starrte auf den Brief. Nahm ihn und schob ihn zutiefst in eine Schublade. Und legte noch einiges drauf. Aus den Augen, aus dem Sinn. Er holte sein Schneuztuch heraus und wischte sich die Augen.

Es hielt ihn nicht mehr in der Wohnung, er lief hinaus auf die Straße, wo ihn ein fauchender Novemberwind herumwirbelte in einem rechten Hexentanz. Mozart stemmte sich dagegen, der Wind zerrte ihm die Perücke vom Kopf, trieb sie mutwillig, wie Buben einen Ball, durch die Straßen, bis sie an eine Wagenremise geriet und dort leblos liegen blieb. Mozart schüttelte den Balg aus und steckte ihn in die Tasche. Graue niedrige Wolken jagten über den Himmel, der so düster war, als sei der Abend angebrochen, doch es war erst später Vormittag.

Mozart ließ sich in eine Weinstube wehen, bestellte einen Krug und füllte den Becher. Zerzaust wie ein Straßenköter saß er da, klein, zusammengesunken, den Kopf voll Musik und wirren Gedanken, die er nicht ordnen, nicht ins Lot bringen konnte. Er trank den Becher leer, zahlte, ließ den fast vollen Krug stehen und kämpfte sich durch den Wind zu Cannabichs Haus zurück.

Er zog die Schublade wieder auf und wühlte den Brief hervor. Freund Cannabich sollte seine Meinung dazu sagen.

«Wolfgang, beim Himmel, wie siehst du denn aus?»

«Bin draußen herumgelaufen. Da, schau dir das an.»

Cannabich nahm den Brief und las ihn sorgfältig. «Dein Vater ist wütend, und irgendwie kann ich ihn verstehen. Schau' nicht so grimmig, Wolfgang, ich bin doch nicht gegen dich. Aber ein Freund muß dem Freund doch seine Meinung sagen dürfen. Also?»

«Nur heraus damit, Christian, mein Buckel ist breit, ich ertrage schon einiges.»

«Wenn du böse auf mich bist, schweige ich lieber.»

Mozart lächelte auf seine abwesende, hilflose, bezaubernde Art. «Ich bin nicht böse.»

«Dein Vater mag ein Pedant sein, aber er ist ein nüchterner Mann mit einem Blick für Realitäten, der dir, Wolfgang, leider fehlt. Und er spürt genau, daß es hier nichts wird, außerdem fürchtet er, der Erzbischof könnte seine Zusage über deine Anstellung zurückziehen, wenn du nicht bald erscheinst. Mein Rat: Fahre auf geradem Wege nach Salzburg, und versuche von dort aus Aufträge einzuholen. Ich werde Anfang nächsten Jahres nach München übersiedeln und verspreche dir in die Hand, daß ich dem Kurfürsten so lange zusetzen werde, bis er bei dir eine Opera bestellt.»

Das machte es wieder leichter, und so mußte er sich vorerst den Wünschen des Herrn Papa fügen. Da traf es sich gut, daß Abt Coelestin von Krailsheim ihn bei einer kleinen musikalischen Akademie in Mannheim spielen hörte und so begeistert war, daß er Mozart einlud, ihn auf der Fahrt nach München zu begleiten.

Der Herr Vater gab dazu gerne seinen Segen, wenn Wolfgang nur endlich aufbrach. Am Abend vor der Abreise hatte Freund Cannabich für einen besonders guten Wein gesorgt, und den leerten sie nun zusammen, und es blieb nicht bei einer Flasche.

Die Kutsche holperte und schwankte so erbärmlich dahin, wie eine überfette Gans, die kaum noch laufen kann. Mozart fühlte, wie sein Magen nach oben drängte, als wolle er ihm zur Gurgel hinausfahren.

Trapp-trapp-trapp-kling-kling-kling, die alte wohlvertraute Weise aus der Kindheit. Er saß allein in der Kutsche und kämpfte mit seiner Übelkeit, während draußen die gewohnten Orte so schnell vorbeizogen, als flöge er nur so dahin. Gar so eilig sollte es nun auch nicht gehen, aber diesmal brauchte es keine Übernachtung, weil die Kutsche flog. Das Rumpeln und Rattern hatte aufgehört, das Trapp-trapp-kling-kling war verstummt. Er beugte sich aus dem Fenster. Tatsächlich! Die Kutsche schwebte über den Dächern hin, aber er kannte auch aus der Höhe jeden der vertrauten Orte. Da lag Wasserburg auf seiner vom Inn umflossenen Halbinsel; hoch ragte der Turm von St. Jakob, wo man ihm, dem kleinen Buben, die Orgeltechnik erläutert hatte, die er sich so schnell aneignete, daß Meister Diez, der Chorregent, es als schieres Wunder bezeichnete. Dann Obing, Altenmarkt, Traunreut, Otting, Waging mit seinem langgestreckten See, der aus der Höhe wie eine Pfütze aussah, dann Petting, Schönram und schließlich Freilassing, das Tor zu Salzburg.

Ein Höllentor, dachte Mozart erschreckt, das Tor zur Hölle, und nun senkte sich die Kutsche herab, wieder drängte der Magen nach oben, und dann stand er plötzlich auf der Straße – mutterseelenallein. Zögernd schritt er voran, da vorne war das Salzburger Zollhäusl, menschenleer wie die Straße, wie die ganze Gegend. In der Ferne wölkte schwarzer Rauch, als verbrenne man nasses Stroh, Brandgeruch stieg ihm scharf in die Nase, und dann tauchte ein Mensch auf, ganz klein zuerst, dann immer größer werdend, er stand mitten auf der Straße, regte sich nicht, und der kurzsichtige Wolfgang ging nahe an den Menschen heran, und dann war es der Herr Papa. Er wollte ihn umarmen, doch der Vater wehrte mit ausgestreckten Händen ab. Mit dumpfer, klagender Stimme, in der Zorn und Vorwurf trübe Blasen warfen, sagte er:

«Du willst nach Salzburg, mein Sohn? Unsere Stadt gibt es nicht mehr, sie ist zu Asche verbrannt, durch deine Schuld – deine Schuld – deine Schuld.»

Wie ein grausiges Echo sprang ihm das Wort Schuld an die Kehle.

«Ich verstehe nicht, lieber Papa...»

«Der Fürsterzbischof hat Tag und Nacht auf dich gewartet, und über dem Warten ist er eingeschlafen und hat den Kandelaber umgestoßen. Das Feuer hat sich ausgebreitet, wie eine Furie ist es durch die Stadt gerast, vom Palais zum Dom, von dort zur Franziskanerkirche und zu St. Peter, dann hat der Wind umgeschlagen, der Feuersturm ist über den Fluß gesprungen, hinüber zum Schloß Mirabell, hinauf auf den Kapuzinerberg...»

«Aber das ist ja prächtig, Papa! Salzburg ist aus der Welt verschwunden, diese Sorge haben wir nun los. Und der Erzbischof – was ist mit ihm?»

«Der konnte sich auf die Burg retten, die das Feuer nicht erreicht hat. Graf Colloredo sitzt auf der Burg und erwartet dich, fordert Rechenschaft – Rechenschaft!»

Rechenschaft – ekelhaft – lachhaft, blitzte es ihm durch den Kopf, indes der Herr Papa den Arm ausstreckte und hinaufwies zur Burg, wo aus einem Fenster der Großmufti sein dummstolzes Gesicht reckte und spöttisch – sehr spöttisch – grinste. Mozart streckte ihm die Zunge raus und hopste um den Papa herum.

«Erzschelm, Erzlümmel, Großmufti, Gauner, Betrüger – hol' mich doch aus dem Loch, da bin ich noch – du dreimal geweihtes, riesengroßes, impertinentes Arschloch!»

Da erstarrte der Papa zu Stein; Wolfgang wollte ihn umarmen, prallte vor der Härte und Kälte ab, wich zurück, stolperte – und richtete sich auf.

Gerade wollte er nach Cannabich rufen, da sah er im Morgenlicht den blinden, blatternarbigen Spiegel, den verschlissenen Stuhl und schätzte sich glücklich, daß er nicht mehr in Mannheim war und erst recht nicht vor den Toren Salzburgs stand, sondern im Schatten des Steffl in einer schäbigen Kammer zu Bett lag – in Wien! In Wien, wo er bleiben wollte, in Wien, wo er die Enttäuschung mit Luise schon hinter sich hatte.

Damals, auf dem Weg nach München, lag sie noch vor ihm. Er war guten Mutes, trällerte die für Luise geschriebene Aria und bildete zusammen mit dem Sekretär und dem Mundschenk des Reichsabtes die Vorhut. Sie reisten mit ihrer Kutsche eine halbe Stunde voraus, um den hohen Gast anzukündigen und ihm Quartier zu schaffen. Doch Abt Coelestin fehlte der Hochmut, den Colloredo in so reichlichem Maße besaß. Er redete mit Wolfgang von gleich zu gleich, lachte gern, scherzte, spottete, ohne zu kränken, und lobte bei jeder sich bietenden Gelegenheit Mozarts virtuose Musikalität. So näherte man sich über Heidelberg, Heilbronn, Dinkelsbühl und Nördlingen der freien Reichsstadt Augsburg, doch es pressierte schon, der Abt wurde in München erwartet, und so blieb das Bäsle unbesucht.

Das «Bäsle-Häsle»! Jetzt, da so viel Ungutes auf ihn einstürmte, da Salzburg in der Ferne wie ein Ungeheuer drohte ihn zu verschlingen, da in München ihn nur Ungewisses erwartete, wärmte der

Gedanke ans Bäsle sein banges Herz, und in einer ruhigen Stunde schrieb er ihr von unterwegs:

...liebstes Bäsle, sei kein Häsle – ich wäre sehr gerne nach Augsburg, das versichere ich Sie, allein der Reichsprälat hat mich nicht nach Augsburg gelassen, und ich kann ihn nicht hassen, denn das wäre wider das Gesetz Gottes und der Natur, und wer's nicht glaubt, ist eine Hur...

Aber sie konnte doch nach München kommen! Ihm ahnte und schwante, daß er dort Beistand brauchte.

...so kommen Sie nach München in die werte Stadt; schauen Sie, daß Sie vor Neujahr noch da sind, so will ich Sie betrachten vorn und hint, will Sie überall herumführen...

Ob's den Weberischen recht ist oder nicht! Wollen die mich nicht, brauche ich sie nicht!

...doch nur eines ist mir leid, daß ich Sie nicht kann logieren, weil ich in keinem Wirtshause bin, sondern wohne bei – ja wo? Das möcht ich wissen; zum Spassss a part – just dessentwegen ist es für mich sehr notwendig, daß Sie kommen – Sie werden vielleicht eine große Rolle zu spielen bekommen – ich werde in eigener hoher Person Ihnen complimentieren, Ihre Hände küssen, mit der hinteren Büchse schießen. Sie embrassieren, Sie hint und vorn kritisieren, Ihnen, was ich etwa alles schuldig bin, haarklein bezahlen und vielleicht auch... – nun adieu mein Engel, mein Herz, ich warte auf Sie mit Schmerz...

Und dann waren die zwei lustigen Wochen mit dem Herrn Reichsabt um, und aus der Ferne winkten die beiden dicken Finger der Frauenkirche – winkten ihn heran oder winkten ab?

Das hätt' ich gerne gewußt, dachte Mozart, und dann fiel ihm Salzburg ein, und er entschloß sich dafür, das Winken als freundliche Einladung – vielleicht sogar zum Bleiben? – zu verstehen.

Den «Schwarzen Adler» konnte er sich diesmal nicht leisten, sein Beutel hatte seit langem die Schwindsucht, und so gab sich Wolfgang einen Ruck und ließ sich zu den Weberischen bringen. Er sehnte sich dem Wiedersehen mit Luise entgegen, und zugleich fürchtete er es. Sie hatte erreicht, was ihm einfach nicht gelingen wollte – eine feste, sichere Anstellung, die Freude machte und den eigenen Talenten entsprach. Sein 500-Gulden-Dienst beim Erzbischof war ein Frondienst, ein ungeliebter, ein dreimal verfluchter.

Fridolin Weber stand in der Tür.

«Mozart! Das ist aber eine Freude!» Die schmalen dunklen Augen suchten für Sekunden seinen Blick und irrten dann nach alter Weise ab. «Jetzt bleiben Sie nicht da in der Kälte stehen, herein mit Ihnen in die warme Stube! Wo wohnen Sie?»

«Noch nirgends, bin gerade angekommen, und da wollte ich...»

«...die Weberischen besuchen», ergänzte die Herrin des Hauses und küßte Wolfgang herzlich auf beide Backen.

«Das haben Sie richtig gemacht, Mozart, solange es uns hier gibt, brauchen Sie sich keinen Gasthof zu suchen – nicht wahr, Mutter?»

Mozart wußte natürlich, daß es allein auf Mama Webers Entscheidung ankam, doch sie hatte ihn mit solch unverstellter Freundlichkeit empfangen, daß er sich willkommen fühlte.

«Es ist ja nur für etliche Tage – ich sollte ja längst in Salzburg sein», warf er schnell dazwischen.

«Und wenn's für drei Wochen wäre», sagte Madame Weber herzlich mit schriller Stimme. «Sie sind uns immer willkommen.»

Und da saßen sie schon alle einträchtig in der Stube – die vier schönen Töchter, und Luise strahlte heraus wie eine zauberhaft dunkle Edelrose unter lauter netten Heckenröschen. Sie knickste artig. «Gott grüße Sie, Herr Mozart», worauf er meinte, sie könne ihn doch wie früher Wolfgang Amadé nennen.

«Früher war früher, und jetzt ist jetzt», sagte sie, und Mozart ahnte die Bedeutung dieses sibyllinischen Spruches, aber er wollte einfach nicht wahrhaben, was doch so leicht zu verstehen war. Und dann geschah etwas Seltsames. Die Mitglieder der Weberischen Familie entfernten sich nacheinander.

«Muß nach dem Essen sehen», sagte Frau Weber und verschwand mit Constanze in der Küche.

«Habe noch eine dringende Arbeit zu tun», sagte Papa Weber, während Sophie und Josepha nur einen Knicks andeuteten, sich an der Hand faßten und kichernd verschwanden.

Wolfgang stand da, verwirrt, hilflos, und Luise saß am Tisch und ließ ihre großen dunklen Augen spöttisch über seine Gestalt wandern.

«Sie haben ja schon die Livrée Ihres Erzbischofs an, nur die schwarzen Knöpfe passen nicht ganz dazu.»

Ihm wurde der Kopf heiß, er fühlte sich angegriffen und wußte nicht warum. «Das – das ist wegen der Trauer um meine Mutter. Außerdem ist es nur mein roter festlicher Frack – nicht die Livrée.»

«Sie sehen darin trotzdem wie ein Lakai aus, Herr Mozart.»

Wollte sie ihn beleidigen? «Entschuldigen Sie, aber was wollen Sie damit sagen. Ich liebe Sie, Luise, und Sie wissen es, und ich dachte...»

«Nennen Sie mich von nun an Aloysia. So steht's auf den Programmzetteln: Aloysia Weber, kurfürstliche Hofsängerin. Die kleine dumme Luise aus Mannheim gibt es nicht mehr, geht das nicht in Ihren Kopf?»

Mozart setzte sich nieder, langsam, als drücke ihn eine mächtige Faust in den Stuhl.

«Aber – aber – meine Aria, für Sie geschrieben...»

Mit zitternden Fingern holte er die Notenblätter aus seinem Koffer und reichte sie Luise – pardon! – Aloysia, über den Tisch. Der Raum war gut geheizt, doch ihn fror. Luise hatte sich tatsächlich gewandelt, war Aloysia, war ein anderer Mensch geworden. Doch er wollte es nicht wahrhaben, klammerte sich an die Luise aus Mannheim, die ihn spontan bei seinem Vornamen genannt hatte.

Mit zwei Fingern nahm Aloysia die Blätter entgegen und ließ sie auf den Tisch fallen, als sei stinkender Fisch darin eingewickelt gewesen.

«Schon wieder eine Aria! Ich habe ja schon zwei von Ihnen. Sie verausgaben sich, Mozart, seien Sie sparsamer. Wenn Sie immer alles verschenken, werden Sie es niemals zu einem Vermögen bringen.»

«Und das stört Sie?»

«Ja, es mißfällt mir. Schließlich sind Sie schon dreiundzwanzig Jahre alt, da sollte man sich nach etwas Festem umsehen.»

«Aber Luise – Aloysia, was hat das mit uns zu tun?»

Ihr schönes Gesicht wurde hart, die schwarzen Augen funkelten wie Irrlichter. «Sie haben recht: da ich Sie nicht liebe, hat es nichts mit uns zu tun. So ist es mir gleichgültig, ob Sie viel Geld haben oder wenig oder keines, ob Sie eine Stellung haben oder in ganz Europa herumvagabundieren. Nun wissen Sie, was ich von Ihnen halte, und bitte Sie, mir gegenüber niemals mehr von Liebe zu reden.»

«Aha», sagte Mozart nur, stand auf, setzte sich wieder, stand nochmals auf und griff nach den Noten. «Mir fällt gerade ein neuer Text zu der Musik ein. Sie können es sich gleich anhören.»

Mozart ging zu dem kleinen Klavichord, das am Fenster stand, spielte die Melodie und sang laut: «Leck mich das Mensch im Arsch, das mich nicht will!»

Er haute in die Tasten, als wollte er sie zertrümmern, und wiederholte das Lied noch zweimal. «Nun, hat's Ihnen gefallen?» Doch Aloysia war schon beim ersten Mal aus dem Zimmer gelaufen. Mozart nahm die Hände von den Tasten und betrachtete sie, als sehe er sie zum ersten Mal.

Still betrat Fridolin Weber die Stube.

«Die Aussprache ist ein wenig lebhaft gewesen, fürchte ich.» Mozart schwieg und hob langsam die Schultern.

«Sie hat schon ihren eigenen Kopf», sagte Papa Weber und klopfte Mozart dabei sanft auf den Rücken.

«Sie hat – sie hat mich zurückgewiesen.»

Weber nickte, als hätte er nichts anderes erwartet. «Sie läßt sich nichts dreinreden, ist schon wie eine erwachsene Frau, weiß, was sie will.»

Mozart erhob sich. «Das kann man wohl sagen. Ich jedenfalls habe mit ihr nichts mehr zu reden. Entschuldigen Sie, Herr Weber, ich muß an die Luft.»

Mozart lief durch die am frühen Abend schon dämmrige Stadt, aus den Kirchen klangen Gebete und die Musik der weihnachtlichen Abendmessen. Er betrat St. Michael in der Kaufinger Gasse, die mächtige Jesuitenkirche mit der stolzen Fassade. Papst Clemens hatte den Orden vor fünf Jahren aufgehoben, derselbe Clemens, der ihm den *Sperone d'oro* verliehen hatte. Chevalier Mozart – scheiß drauf!

Vom Chor ertönte das «Gloria in excelsis Deo» mit der Musik

eines jener Halbkomponisten, die alle Zuhörer, angefangen von Gott im Himmel mit seinen Erzengeln und himmlischen Heerscharen, ebenso langweilen wie den die Messe lesenden Priester, die Ministranten, die Sänger und Musiker und die meisten der Gottesdienstbesucher, soweit sie überhaupt hinhören. Er versank in dumpfes Brüten, nahm kaum wahr, was vorne am Altar geschah.

Das «Ite missa est!» war längst verklungen, da kniete Mozart noch immer in seiner Bank. Die Stille schreckte ihn auf, er erhob sich und ging zu der Gruppe von Musikern, die sich neben dem Eingang unterhielten, während andere gerade vom Chor herunterkamen. Mozart, in die Ferne fast blind, erkannte beim Näherkommen den Flötisten Johann Becke, mit dem er sich schon in Mannheim befreundet hatte und der jetzt als Mitglied der Hofkapelle mit nach München gegangen war.

«Mozart! So eine Überraschung! Was tust du hier in München?»

«Ja, Becke, das frage ich mich auch. Ich bin eigentlich nur auf der Durchreise nach Salzburg; möchte vorher noch der Kurfürstin die sechs Sonaten übergeben, die ich ihr gewidmet habe.»

«Wo wohnst du?»

«Bei der Familie Weber...»

Becke lachte. «Aha, die Mamsell Aloysia war also der Grund, daß –»

Mozart unterbrach ihn. «Hat sich das schon herumgesprochen?»

«Nein, Mozart, aber unter Freunden weiß man davon. Mir hat es Cannabich erzählt.»

Mozart war beruhigt. «Es ist nichts daraus geworden, die Luise hat mich ausgelacht und davongejagt. Wenn ich Geld hätte, würde ich im ‹Schwarzen Adler› logieren, aber so muß ich es dort aushalten, bis die Kurfürstin mich empfangen hat.»

Beckes gutmütiges Gesicht zeigte ehrliches Bedauern. «Armer Mozart! Jetzt kommst du erst einmal zu mir, meine Frau wird sich freuen. Zwar kann ich dir kein Quartier anbieten, aber ich möchte nicht, daß du bei diesem Wetter auf den Straßen herumläufst. Ein Platz am warmen Ofen ist immer für dich da, und so brauchst du nur zum Schlafen in das Haus der Weberischen.»

«Dafür bin ich dir dankbar, Becke, sehr dankbar. Ich hab's zwar nicht besonders mit den Blasinstrumenten, aber ich werde dir ein

Stückerl für deine Flöte schreiben, und das wird dir gefallen, mein Freund.»

Becke wurde ganz verlegen. «So war's nicht gemeint, ich hab' dir nur beistehen wollen.»

«Und ich danke dir dafür mit einem Stückchen Musik. Da ist doch nichts dabei.»

«Weißt du was – übermorgen ist Silvester, bleib' doch die Neujahrsnacht bei uns. Einige Freunde werden da sein; wir werden dir die Grillen schon vertreiben.»

Die Kurfürstin empfing Mozart am 7. Januar. Christian Cannabich, seit einigen Tagen wieder in München, begleitete den Freund. Ihre Durchlaucht waren sehr gnädig und schenkten den Musici eine gute halbe Stunde Ihrer kostbaren Zeit. Weiter war nichts, außer daß der Herr Vater einen sehr strengen Brief schrieb und Wolfgang anmahnte, keine Zeit mehr in München zu vertrödeln.

...da man weiß, daß ich Dir immer geschrieben, daß Du kommen sollst, da man Dich auf meinen Namenstag, dann auf Weihnachten und endlich aufs Neue Jahr ganz gewiß hier zu sehen glaubte, so sage mir, ob man mir nicht ins Gesicht sagt, daß Du den Fürsten, und – was ärger ist – Deinen Vater für einen Narren hältst und daß ich es mir müßte gefallen lassen, wenn der Fürst sein Dekret zurücknähme...

Ja, ja, ja! Der Fürst – der Fürst – der Fürst! Der Fürst ißt fette Wurst! Dem Fürsten die Perücke bürsten. Der Höllenfürst, der Erzhanswurst, der Erzknauser, der sich einbildet, er kann für fünfhundert Gulden einen ganzen Menschen kaufen, mit Leib und Seele, Haut und Haaren.

9.

Aber dann kam das Bäsle nach München, und die Tage wurden wieder hell. Der Herr Papa hatte sie sogar ganz herzlich nach Salzburg eingeladen und extra darauf hingewiesen, daß für Mademoiselle Nièce schon ein heizbares Zimmer vorbereitet sei.

Schau, schau, der Herr Vater zeigt Herz! Oder war das nur ein Trostpflaster, das ihm Salzburg versüßen sollte? Hatte er doch früher nicht viel vom Bäsle gehalten – aber nun war sie da, die Maria Anna Thekla Mozart, und ihre zierliche Person füllte einen Raum bis zum Rand mit ihrer wirbeligen Wachheit, ihrer kecken Laune, die auf Wolfgang so ansteckend wirkte.

«Weißt du was», schlug er vor, «wir werden die Weberischen tratzen, damit die sich noch lange an den Mozart und sein Bäsle erinnern.»

Einen Tag vor der Abfahrt brachte er das Bäsle ins Haus der Familie Weber und stellte sie vor: «Das ist die Marquise Cul d'or aus Ogsbühr, und sie ist so charmant und galant und prévenant, mich nach Salsbuhr zu begleiten. Vielleicht gibt es dort eine mariage, n'est-ce pas, ma chère? La Marquise est très riche, n'est-ce pas?»

Das Bäsle konnte sich nicht mehr halten und prustete heraus, lachte, bis die Tränen kamen, und japste halb erstickt: «Très riche, n'est-ce pas? Très riche...»

Papa Weber nahm es von der komischen Seite und meinte, da seien aber zwei lustige Vögel zusammengetroffen, während Madame Weber das Bäsle mit kritischen Augen musterte.

Luise sagte nun trocken: «Dann müssen Sie nicht allein reisen, Herr Mozart, und wie man sieht, wird die Frau Marquise ‹von Goldarsch› eine recht kurzweilige Begleitung sein.»

Luise verstand als einzige der Weberischen ein wenig Französisch, und so übersetzte sie *cul d'or* ins Deutsche, damit die anderen auch ihren Spaß hatten. Insgeheim aber ärgerte sie sich doch, daß Mozart so schnell Trost und Begleitung gefunden hatte. Sie hätte erwartet, daß er länger um sie litt, weil sie glaubte, sie sei es durchaus wert. Was er an dieser gewöhnlichen Person nur fand, die nichts anderes konnte als herumkichern und eine freche Miene aufsetzen. Mozart stellte das Bäsle dann vor und spielte, um Luise zu ärgern, den maßlos Verliebten. Er verschlang die Cousine mit den Augen, zwinkerte ihr auffällig zu, küßte mehrmals lange und zärtlich ihre Hand und schien vor lauter Verliebtheit zu keinem ernsthaften Gespräch fähig. Das war seine Rache, und er genoß sie und tat überhaupt, als ginge ihn die Familie Weber nichts mehr an. Gerade, daß er sich so nebenbei fürs Quartier bedankte.

Es waren stille sonnige Wintertage, und in der großen bequemen Kutsche eines Salzburger Kaufmanns – der Herr Papa hatte die Fahrt arrangiert – gab es einen Kohleofen, der die Füße schön warm hielt. Herr Gschwendner, der dicke und fröhliche Handelsmann, hatte seine Freude an den jungen Leuten, die ihn mit ihren Späßen unterhielten und die Fahrt kurzweilig gestalteten.

Als der Wagen die steilen Serpentinen nach Wasserburg hinabrollte, reimte Mozart:

«In Wasserburg übernachten wir gern
beim Gastwirt zum Goldenen Stern
eine gute Logis für noble Herrn
auch die Damen tun drauf schwörn
auf die weichen Betten im Goldenen Stern.»

Gschwendner klatschte in die Hände. «Bravo, junger Mann, wenn Ihnen die Musik auch so leicht von der Hand geht wie das Reimen, dann haben Sie's gut.»

Mozart lachte. «Mit dem Komponieren geht's noch besser, da brauche ich nur am rechten Ohr zu drehen, dann entsteht eine Symphonie, und am linken, dann wird es eine Opera. Wenn ich aber auf die Nase drücke, dann gibt's eine Messe. Drücke ich kurz, wird's eine Missa brevis, drücke ich lang, wird's eine Missa longa. So einfach ist das.»

Gschwendner, der fröhliche, gutmütige, lachte aus vollem Hals. «Auch mit dem Mund sind Sie ganz schön flink. Sie können es noch weit bringen im Leben.»

Der brave Gschwendner, vom Herrn Papa instruiert, doch ein Auge auf den aushäusigen Sohn zu haben, nahm ein Zimmer für sie beide. Die Mamsell wohnte oben im dritten Stock, allein, und weder gefiel ihr das Alleinsein, noch wollte Wolfgang mit Gschwendner ein Zimmer teilen. Das ist ja fast, als wäre man mit dem Papa unterwegs, dachte Wolfgang und heckte gleich etwas aus.

Kaum hatten sie ihr Nachtmahl beendet, begann Gschwendner in immer kürzeren Abständen zu gähnen. Die Wirtsstube war fast leer, denn es ging schon auf neun, und da schliefen die meisten Menschen.

«War ein langer Tag heute; ich meine, wir gehen gleich in die Federn, Herr Mozart.»

Der sah das Bäsle an. «Heute ist doch Mittwoch?»

Das Bäsle, immer für einen Schabernack bereit, bestätigte mit ernster Miene: «Ja, Wolfgang, heute ist Mittwoch.»

«Nun denn...» Er tat verlegen.

Gschwendner wurde neugierig. «Was soll denn an diesem Tag Besonderes sein?»

«Ich weiß es, Maria Anna weiß es, aber Sie können's freilich nicht wissen.»

Gschwendner gähnte herzhaft. «Was?» fragte er.

«Nun, ein alter Brauch aus unserer Kindheit. Wir sind es gewohnt, am Mittwochabend gemeinsam den Rosenkranz zu beten.»

Mit bewundernswerter Beherrschung blieb das Bäsle ruhig und ernst. «Ja», sagte sie, «wir wollen Sie eigentlich nicht damit belästigen, Herr Gschwendner; Sie werden andere Sorgen haben, an Ihre Geschäfte denken...»

«Nein, nein, so alte Familienbräuche soll man ehren. Tut, was ihr gewohnt seid.»

«Wir wollen Sie nicht stören und werden im Zimmer meiner Cousine beten.»

Gschwendner, froh, seine Ruhe zu haben, nickte eifrig. «Recht so! Ich lasse die Tür für Sie offen, Herr Mozart, werde vermutlich schon schlafen, wenn Sie erscheinen.»

Mozart konnte es kaum glauben, daß Gschwendner auf diese plumpe List hereingefallen war. Vielleicht tat er nur so, um dann empört an den Herrn Vater zu berichten?

«Also, Kinder, betet recht schön, aber übertreibt es nicht. Die Jugend braucht ihren Schlaf, und dafür hat unser Herrgott sicher Verständnis. Gute Nacht, ihr beiden.»

Joseph Franz Xaver Gschwendner war ein tüchtiger Kaufmann und gewählter Stadtrat von Salzburg. Mit Klugheit und Geschick leitete er seine vielfältigen Geschäfte; und niemand hätte es gewagt, ihn um einen Kreuzer zu betrügen. Soweit der Kaufmann Gschwendner. Der Privatmann aber war gutmütig, gutgläubig, gutmeinend; seine Frau und seine Kinder konnten ihn um den Finger wickeln. Ja, Joseph Gschwendner glaubte an den Rosenkranz, und er ging in dem Bewußtsein zu Bett, daß es noch immer eine ganze Reihe anständiger und frommer junger Leute gab.

Mit unterdrücktem Lachen stiegen die beiden die enge, schmale, knarrende und knarzende Holztreppe hinauf, schlüpften ins Zimmer, drehten den Schlüssel um und fielen sich in die Arme.

«Einen Rosenkranz... einen Rosenkranz...», gickste das Bäsle und erstickte fast vor Lachen und Vergnügen.

Wolfgang erfand flugs eine Melodie und sang:

«Der Edle von Sauschwanz
betet einen Rosenkranz
zusammen mit dem Bäsle
die rümpft ihr Näsle
und sagt: den Rosenkranz
bet' ich nicht ganz

und danach hätt' ich gern
was anderes von diesem Herrn
Edlen von Sauschwanz
– als einen Rosenkranz...»

«Ich weiß nicht, worauf Sie anspielen, Herr Mozart», sagte das Bäsle abweisend und wich zimperlich seinen suchenden Händen aus.

«Du weißt es genau, mein Bäsle-Häsle, ganz genau wie jede Frau.»

Sie küßten sich, und Wolfgang begann mit den zahllosen Bändern zu hantieren, die wie Schlösser an der weiblichen Kleidung hingen, deren jedes einzeln geöffnet werden mußte. Von der nahen Jakobskirche tönte es dumpf viermal, und dann kamen die zehn hellklingenden Schläge.

Und ihre kleinen Brüste waren so straff wie gespannte Saiten, und er brachte es zum Klingen, sein Violoncellchen, in allen nur möglichen Tonarten, und es schmiegte sich an seinen Körper, das Violoncellchen, wie es der Musiker von diesem Instrument verlangen darf, und die auf C-G-d-a gestimmten Saiten gehorchten seinem Bogen, und er spielte sein Stückchen virtuos, und weil's so famos ging, spielte er es noch einmal, und die Pause nutzten sie zum Schnäbeln und Tändeln, und dann kam das Finale als Thema mit Variationen.

«Ob man was gehört hat?» flüsterte das Bäsle.

Mozart betrachtete sie verliebt, doch sein Blick war abwesend. Eine Tonfolge war ihm durch den Kopf gegangen, und sie ließ ihn nicht mehr los. «Ein Violoncellchen läßt sich eben nicht leise spielen», sagte er zärtlich.

Sie schmollte. «Du hast nur deine Musik im Kopf, denkst an nichts anderes.»

«Nicht nur im Kopf, mein Bäsle-Häsle, im ganzen Körper. Ich bin Musik! Sie ist in meinem Kopf, in meiner Brust – in meinem Dingsbums – und in meinem Arsch. Hast du mich schon furzen gehört? Das klingt wie ein Fanfarenstoß zur Ouverture einer Opera, oder zum Auftakt einer Messe. Man kann das Kyrie ganz zart mit einem Adagio beginnen, kann es aber auch in Allegro setzen, das wie ein Paukenschlag beginnt. So etwa –»

Er sang es ihr vor, wie er es dachte.

Das Bäsle gähnte. «Ich möchte jetzt lieber schlafen. Morgen in der Kutsche haben wir noch genügend Zeit, um über Musik zu reden.»

Doch es kam anders, weil Herr Gschwendner noch auf einen Geschäftsfreund warten mußte, der ihn benachrichtigt hatte, daß er erst tags darauf eintreffen werde.

«Auch nicht schlecht», sagte Gschwendner, «gibt für mich noch genug in Wasserburg zu erledigen. Aber was mache ich mit euch, meine Kinder?»

«Oh – wir bringen die Zeit schon herum. Werde den Pfarrer fragen, ob ich in der Kirche die Orgel benutzen darf.»

Gschwendner seufzte. «Ihr seid aber ein frommes Völkchen! Nachts den Rosenkranz beten, untertags in der Kirche die Orgel spielen... Ich war da ganz anders in meiner Jugend.»

Das Bäsle senkte die Augen. «Wir kommen halt aus einer sehr christlichen Familie, Herr Gschwendner.»

Dann die Fahrt nach Salzburg, das immer näher rückte, wie eine angekündigte schwere Strafe, da man bangen Herzens die Tage und Stunden zählt, und dann ist der Augenblick gekommen, und man senkt den Kopf, und das Herz droht stillzustehen.

Der Herr Papa hatte es schon vorbereitet, das unselige Gesuch, und da lag es dann auf dem Tisch, sauber geschrieben, daneben das Tintenfaß und eine Feder, frisch geschnitten.

«Unterschreib!» befahl der Papa kurz und knapp. «Da hängen vierhundertfünfzig Gulden dran, die wir bitter nötig haben. Bitter nötig!»

Mozart blickte auf. «Was? Sie haben mir doch nach Paris geschrieben, die Stelle sei mit fünfhundert Gulden dotiert.»

Da wurde der Herr Vater unwirsch. «Das weiß ich selber, auch ohne dein vorlautes Gerede. Das war halt nur eine ungefähre Zahl, eben so hingeworfen. Und jetzt sind es vierhundertfünfzig, und wir brauchen sie – dringend!»

Dann, zehn Tage später, die Audienz, um sich untertänigst zu bedanken. Dankaudienz beim Großmufti, in roter Hoflivrée.

Der Innenhof eine Schlucht, finster, erdrückend, ein Gefängnis, ein Labyrinth, eine Vorhölle, von vielfenstrigen Mauern gesäumt, die vieläugig den kleinen Sünder betrachten – aufmerksam, gnadenlos, genau. Das Warten in der Anticamera, das Antichambrieren;

seine Blicke wanderten über die Bilder der Alexandersage an der Decke, mit dem Hauptbild vom Gordischen Knoten, den der große Eroberer gleich durchhauen wird.

Ich bin ein Alexander der Musik, dachte Wolfgang trotzig, und eines Tages werde ich meinen Knoten durchhauen, und das ist: heraus aus der finsteren Schlucht, weg aus dem Blick der hundert Argusaugen, ans Licht, frei sein, frei sein, frei sein...

Colloredo war guter Laune, tat recht gnädig. «Und daß Er mir auch einige Messen komponiert! Ich brauche eine Missa solemnis für den Dom, für große feierliche Gelegenheiten. Aber daß Er sie nicht länger macht als eine halbe Stunde – hört Er?!»

«Wie Euer Gnaden befehlen. Und wenn ich eine Opera schreibe...»

Colloredo lächelte grimmig. «Darauf habe ich gewartet, Mozart, weil ich weiß, wie halsstarrig Er ist. Nun, wenn Er eine Opera schreibt und – ich sage ausdrücklich: und – den Auftrag dazu hat, dann kann Er Urlaub nehmen – sechs Wochen, mehr nicht.»

Lust hätte er schon gehabt, eine Opera zu schreiben, aber wer sollte ihm den Auftrag dazu erteilen?

Das Bäsle führte er durch Salzburg, und obwohl sie aus dem prächtigen Augsburg kam, der freien Reichsstadt, gab es für sie hier einiges zum Staunen. Und Wolfgang wußte Bescheid, weil der Herr Papa ihm alles erklärt hatte und er nie etwas vergaß.

«Das ist euer Dom! Heiligs Herrgöttle, ist der aber groß.»

«Wenn du wüßtest, wie groß er geplant war, tätest du dich gleich auf deinen hübschen kleinen Hintern setzen.»

«Pah! So schlimm wird's schon nicht gewesen sein.»

«Was da jetzt steht, sollte nur das südliche Seitenschiff werden – der Dom war dreimal so groß geplant, du siehst es ja, der Platz davor ist leer. Erzbischof Wolf-Dietrich hat ein ganzes Stadtviertel wegreißen lassen, um Raum für seine Residenz und den Neubau des Domes zu schaffen. Er war noch mitten im schönsten Bauen, da haben sie ihn oben auf der Burg eingesperrt, und da ist er dann gestorben.»

Das Bäsle staunte. «Aber wer hat sich das getraut – einen Erzbischof einsperren?»

«Den unseren sperrt niemand ein – leider! Der Wolf-Dietrich hat den Bogen halt überspannt. Er hatte auch so ein Bäsle, und die hieß Salome und hat dem geistlichen Herrn fünfzehn Kinder geboren, und weil er sie so liebte, ließ er sich von einem Kapuziner mit ihr trauen – heimlich – und baute ihr auch noch das Schloß Mirabell.»

«Ist das jetzt ein Märchen? Wie ich dich kenne, erfindest du schnell etwas und bindest es dem dummen Bäsle aufs Näsle.»

Mozart hob die Hand. «Ich schwör's – das ist die Wahrheit.»

In der Traidgasse wies er auf das Hagenauerhaus. «Da oben im dritten Stock bin ich geboren. Viel Erinnerung an das Haus habe ich nicht, wir waren ja dauernd unterwegs. Ich weiß nur noch, daß ich von meinem Bett aus schnurstracks auf die Kuppel der Kollegienkirche schauen konnte und an ihrem Glockenschlag das Zählen lernte. Aber ein richtiger Salzburger bin ich nie geworden. Zwischen meinem sechsten und meinem fünfzehnten Lebensjahr war ich hier nur Gast, und ein seltener dazu.»

Mozart blies sich in die Hände und stampfte mit den Füßen. «Immer kälter wird's, ich denk', es liegt Schnee in der Luft. Weißt du was – ich spendier' einen Kaffee! Habe zufällig einen Gulden in der Tasche, und der will hinaus.»

«Einen Kaffee?» Das Bäsle staunte.

«Hast überhaupt schon einen getrunken?»

Sie setzte ein hochmütiges Gesicht auf, das gar nicht zu ihr paßte. «Wir sind schließlich keine Gfretter! In Augsburg wird der Kaffee umgeschlagen, grad so wie hier.»

Mozart legte den Arm um ihren zierlichen Körper. «Da vorne, am Alten Markt, hat der Kaffeesieder Steiner seinen Laden, da werden wir es uns jetzt gutgehen lassen. Ich freu' mich schon auf die warme Stube – dann erzähl' ich dir weiter.»

An diesem Winternachmittag waren sie die einzigen Gäste, und der Wirt hielt das Kaminfeuer klein.

«'s ist wegen der Kosten», sagte er und rückte das Tischchen nahe ans Feuer. Mozart half der Cousine aus dem pelzbesetzten Mantel, zog auch den seinen aus und hängte sie an einen Haken neben dem Kamin. Er bestellte eine Kanne Kaffee und einen halben Mohnkuchen.

«Der ist hier besonders gut. Lang nur zu!»

Das Bäsle trank hingebungsvoll aus der dampfenden Kaffeetasse, mampfte den Kuchen und hörte mit halbem Ohr hin, was der Cousin erzählte.

Musik bedeutet ihr nicht viel, dachte Mozart, doch er konnte ihr nicht böse sein und betrachtete das hübsche frische Mädchen mit Vergnügen. Ihn rührte ihre Oberflächlichkeit, weil sie niemals versuchte, sich besser zu machen, als sie war, weil sie Witz und kecken Mut besaß, ihr kleines Leben nach eigenem Gusto gestaltete und sich nichts vormachen ließ. Aber heiraten würde er sie nicht können, selbst wenn es der Herr Vater erlaubte. Sie hielt das Herumkobolzen und das Kasperlspielen für seine wahre Natur, ein tieferer Blick war ihr versagt, der Blick in ein Meer von Klängen, aus dem er schöpfte und gestaltete, das sich aber niemals erschöpfte, das in ihm brodelte wie ein Vulkan – in Neapel hatte er einen solchen gesehen –, und was an die Oberfläche kam, wurde in seinen Händen zur formbaren Masse, unverwechselbar mit seinem Namen verbunden – Musik von Wolfgang Amadé Mozart.

10.

Zwei Fesseln werde ich zu sprengen haben, dachte Mozart, die eine bindet mich an den Hof des Erzbischofs, die andere ist die Gehorsamspflicht gegenüber dem Herrn Vater. Will ich in Wien ein freier Mensch werden, dann frei nach allen Seiten.

Aber fast täglich trafen Briefe aus Salzburg ein, die ihm genau vorschrieben, was er zu tun und zu lassen hätte.

Und jetzt, vor dem Osterfest, vergiß nicht, deiner Beichtpflicht zu genügen; ich habe Angst, daß Du es in Deinem Schlendrian versäumen wirst.

Als ob dies möglich wäre im Dienst eines Erzbischofs! O Papa, Papa, warum schreibst du mir nicht vor, wann und wie oft ich scheißen muß?

Er legte bei den Kajetanern im Tiefen Graben seine Beichte ab, leierte irgendwelche Bagatellsünden herunter und erhielt den Beichtzettel als Bestätigung für sein Sündenbekenntnis.

Aber Freude war auch damit verbunden, denn ein Kajetanermönch sprach ihn nach der Beichte an. «Herr Mozart – oder irre ich mich?»

«Ja, ich bin Mozart.»

«Erinnern Sie sich an den Sommer 1773, als Sie mit Ihrem Vater bei uns zu Gast waren?»

«Aber freilich, Pater, wir besuchten das Hochamt, ich spielte die Geige...»

«Ja, ja, Sie spielten die Geige, weil unsere Orgel so schadhaft war, daß sie zu nichts mehr taugte. Und Sie, ohne Vorbereitung, so mir nichts dir nichts, übernahmen den Orgelpart auf der Violine, als sei es ein Kinderspiel.»

«Und danach aßen wir alle im Kloster zu Mittag.»

Der Mönch lächelte. «Es gab böhmische Knödel mit Birnenkompott...»

«Zuvor aber gekochtes Rindfleisch mit Saubohnen!»

«Ihr Gedächtnis ist exzellent, Herr Mozart. Was machen Sie in Wien, bleiben Sie noch länger?»

«Ich bin Konzertmeister beim Erzbischof von Salzburg, der zur Zeit in Wien ist, glaube aber nicht, daß ich mit ihm zurückkehre. Sie, Pater, haben mir wieder einmal bewiesen, wie gut man sich in Wien noch an mich erinnert. Sie haben mir sehr geholfen.»

Mozart fühlte sich heiter, leicht und frei, frei – frei! Er lief aus der Kirche, in der Hand den Beichtzettel, tanzte auf der Straße und sang leise: Frei, frei – fort aus der Sklaverei! Er zerknüllte den Zettel in seiner Hand und hielt Ausschau nach einem Straßenhändler, der auf dem Holzkohlenrost Würstl briet. Da vorne, am Beginn der Naglergasse stand einer.

«Ich kauf' Ihnen eine Wurst ab, und Sie leihen mir Ihr Feuer.»

Der dicke, einfältig aussehende Mann sperrte erstaunt sein Maul auf. «Wos soll i?»

«Mir eine Wurst verkaufen.»

Der Händler legte die Wurst auf einen kleinen Zinnteller, tat einen Kreuzerwecken dazu, nahm das Geld und wartete.

«Jetzt brauch' ich Ihr Feuer», sagte Mozart und zerriß den Beichtzettel in kleine Stücke, in immer kleinere, bis seine Finger die winzigen Schnipsel nicht mehr fassen konnten. Und die streute er ins Feuer und lachte wie ein Kind, als sie auflodernd verglimmten. Der Würstlbrater lachte auch, angesteckt von der Heiterkeit seines Kunden.

«A Schuldschein?»

«Ja, mein Lieber, so könnte man es nennen. Jedenfalls fühle ich keine Schuld mehr.»

Im Deutschordenshaus erwartete ihn schon wieder ein Schreiben des Herrn Papa. Sonst hatte Mozart einen heißen Kopf und feuchte Hände bekommen, wenn er das Siegel brach, jetzt aber fühlte er sich so ruhig und kühl, als ginge ihn der Brief nichts an, als hätte ihn ein

Fremder geschrieben. Er legte ihn beiseite, und zugleich wurde ihm schmerzlich bewußt, wie sehr sich die Bande zwischen ihm und dem Vater gelockert hatten. In Italien war das noch anders gewesen.

Damals kam der Herr Papa tatsächlich gleich nach dem Herrgott. Nur sie beide, Vater und Sohn, reisten nach Italien, und nichts trübte ihr Verhältnis zueinander, es gab keine Geldsorgen, weil sich allerorts die Taschen öffneten, wenn die Menschen spürten, welch ein Virtuose da auftrat. Für die Italiener war Musik und Gesang nichts Nebensächliches, sondern eine göttliche Kunst, die das Leben erhob und erleichterte.

Sie sahen das am zweiten Weihnachtstag in Rovereto, der heiteren, von Weinbergen, Olivengärten und Zypressenalleen umgebenen Stadt, wo Wolfgang auf der Orgel der Pfarrkirche spielte und so stürmisch gefeiert wurde, daß ihn die Menschen auf ihre Schultern hoben und im Triumph durch die Kirche trugen.

«Recht erhebend», bemerkte der Herr Papa, «aber es bringt uns leider nichts ein.»

Ja, ja, das Geld.

«Aber die Leute haben sich so gefreut, und ich mich auch...»

Leopold Mozart setzte sein bekanntes skeptisches Lächeln auf. «Freude ist gut und schön, aber sie darf nicht alles sein. Merk' dir das fürs Leben, mein Sohn.»

«Jawohl, Herr Papa.»

Natürlich hatte der Herr Vater recht, er kam ja gleich nach dem lieben Gott. Aber die Freude war da, nicht nur über die begeisterten Menschen, auch weil das Klima so mild war und es einen am zweiten Weihnachtstag nicht fror. Es war wie im Frühling. Nichts Herbstliches, nichts Winterliches war zu spüren, die immergrünen Bäume und Büsche ließen die Jahreszeit vergessen. Eine Luft wie Seide mit einem Hauch von Frische, der vom nahen Gardasee herüberkam.

In Verona erfüllte sich dann auch des Vaters Wunsch nach klingender Münze. Der Adel, reiche Bürger und die Geistlichkeit überboten sich in Gunstbeweisen.

Daß es in Italien auch im Winter kalt werden kann, erlebten die Mozarts auf der Reise nach Mailand, und sie froren jämmerlich in der offenen Sedia, einer leichten zweirädrigen Kutsche. Aber der Empfang in Mailand wärmte ihre Herzen.

Graf Firmian, der Generalgouverneur der Lombardei, nahm sich ihrer an, ebnete alle Wege, befahl, empfahl und brachte sie im Augustinerkloster in drei schönen Zimmern recht nobel unter. Und dann begann ein Reigen aus Soiréen, Konzerten, Bällen und Festlichkeiten, der dem Herrn Papa fast zuwider wurde.

«Wo bleibt da der Ernst und die Arbeit? Wir sind nicht nur zum Feiern nach Mailand gekommen.»

«Gewiß, Herr Papa, aber wir feiern nicht nur, wir arbeiten auch. Ich habe schon einen Haufen Arien geschrieben, denn jeder will ja etwas Neues von uns.»

Das gestrenge Gesicht des Herrn Vaters wurde weich. «Ich weiß schon, Wolferl, du bist recht fleißig. Und wirst es auch weiterhin sein müssen, denn Graf Firmian war so gnädig, dich mit dem Komponieren einer Opera zu beauftragen.»

Ja, das war schon was! Nicht ein Singspiel oder ein albernes Komödchen sollte er in Ton setzen – nein, das Libretto «Mitridate, Ré di Ponto» war ein «Dramma per Musica» in drei langen Akten, ein richtiges ernsthaftes Bühnenwerk, eine gewichtige Opera – eine Aufgabe für einen Meister von höheren Graden.

Und dann dic Mailänder Damen! Der Vierzehnjährige sah noch wie ein rechter Bub aus, aber die Frauen zollen dem Genie ihren ganz eigenen Respekt, und wenn das Genie in einem Knabenkörper steckt, dann richtet man sich halt damit ein. Das hatte den Vorteil, daß man diesen süßen, schmächtigen Jungen in aller Öffentlichkeit küssen konnte, denn er war ja noch ein Kind – *non è vero?* Das durfte man nach Herzenslust busseln, mit entzückten Ausrufen wie: Bravo bambino, bravo piccolo Maestro, bravo Maestrino! Bei diesen Umarmungen streichelte so manche Frauenhand über seinen kleinen Hintern oder huschte, flüchtig wie ein Vogel, auch einmal vorne über seinen Hosenlatz, aber da rührte sich noch nichts, die Musik ging vom Kopf in die Hände, alle Sinne waren auf sie gerichtet, die Frau Musica hatte damals noch keine Nebenbuhlerinnen.

Und weiter ging's über Parma nach Bologna, wo sie den genialischen Tschechen Josef Myslivecek kennenlernten, den «divino Boemo», der gerade seine neue Opera herausbrachte.

Der Funke zwischen Wolfgang und dem mehr als doppelt so alten «göttlichen Böhmen» sprang augenblicklich über. Der Herr Papa aber mochte den unsteten, umgetriebenen, feurigen Menschen nicht.

«Der ist nicht seriös, Wolfgang, dieser Mensch hat sich nicht in der Hand.»

«Die Musik hat ihn in der Hand, und sie schüttelt ihn tüchtig durch. Ich hab's gemerkt und kann nichts Unrechtes daran finden.»

«Weil du noch ein dummer Bub bist und noch nicht gelernt hast, tiefer zu blicken.»

«Jawohl, Herr Papa.»

Aber dann ergab es sich, daß sich der Papa einen Schnupfen holte und sich einige Tage ins Bett legen mußte. Myslivecek lud Wolfgang zu einer Pasta in eine Trattoria ein.

«Sprechen wir deutsch, Herr Mozart, ich hab's lange nicht mehr getan, bin schon ein halber Italiener. Ihr Herr Vater mag mich nicht, das hab' ich schon bemerkt. Er ist ein pedantischer Herr und verabscheut jede Unordnung, habe ich recht?»

Wolfgang wurde verlegen. «Er ist ein guter Mensch, kann es aber nicht so recht zeigen. Er liebt seine Ordnung, das ist wahr.» Der Böhme lachte, seine unruhigen Augen glänzten wie im Fieber. «Sie werden mich eher verstehen, weil die Musik Sie in den Krallen hat, und da kann man sich nicht wehren, man ist dieser Furie ausgeliefert und wird selber furioso. Nun rede ich schon wieder italienisch, aber Sie verstehen, was ich meine. Man wird rasend, weil im Kopf die Musik brodelt, da ist viel Abfall darunter, aber wir fischen die Goldkörner heraus, denn wir sind eine stolze Rasse, wir Musici, und wollen dem Publikum kein Blech vorwerfen, auch nichts Vergoldetes, das nur den Rost verbirgt, sondern unser Bestes – das pure Gold. Ich bin fast zwanzig Jahre älter als Sie, habe aber gleich gespürt, daß wir verwandt sind, Mozart, seelenverwandt, und daß Sie in manchem mir ähnlicher sind, als es dem ehrenwerten Herrn Papa, der Sie gezeugt hat, recht sein mag.»

Myslivecek hatte seine Pasta mit zwei Gläsern Wein hinuntergespült und bestellte eine neue Flasche.

«Unsere Begegnung muß gefeiert werden, ich trinke sonst zu

Mittag nicht so viel.» Mit einer hastigen Bewegung griff er nach seinem Glas, stieß es fast um, verschüttete Wein, lachte und goß es in einem Zug hinunter. «Ja, Mozart, unser Beruf kann Fluch oder Segen sein. Sie sind noch jung und werden das Problem kaum kennen, aber nehmen Sie von mir einen Rat für später. Wenn Frauen in Ihr Leben treten, dann weisen Sie ihnen den zweiten Platz zu. Ich weiß, wovon ich rede, glauben Sie mir. Wenn Sie vor der Entscheidung stehen, soll ich heute nacht etwas Schönes komponieren oder soll ich zu meiner Geliebten gehen, dann entscheiden Sie sich um Gottes willen für die Musik! Ich flehe Sie an, Mozart, verplempern Sie sich nicht an die Weiber! Ich hab's getan und tu's noch und komme nicht los davon. Meine Arbeit leidet darunter, ich leide darunter, mein Publikum leidet – oder auch nicht, vielleicht bilde ich mir das nur ein. Vergessen Sie meinen Rat nicht, Mozart, es ist der einzige, den ich Ihnen gebe. In der Musik sind Sie mir jetzt schon überlegen, da kann ich Ihnen nicht mehr raten.»

Über Myslivecek ausdrucksvolles, von Lastern und Leidenschaft gezeichnetes Gesicht schob sich eine grauenerregende Fratze, und Mozart wurde das entsetzliche Bild nicht los, auch nicht jetzt in Wien, um so mehr als vor kurzem die Todesnachricht eingetroffen war. Gerade vierundvierzig Jahre war der «göttliche Böhme» geworden, und Mozart wußte recht wohl, woran dieser genialische, unstete Mensch gestorben war.

Lieber an etwas anderes denken. Vielleicht an den bayerischen Kurfürsten Max III., den Musiknarren, an den er damals so viele Hoffnungen knüpfte. Sein Volk liebte ihn, er war kein Despot und hatte viel für München und Bayern getan. Für Mozart aber waren die Aussichten nicht gut.

Graf Seeau machte ihm nichts vor. «Es macht nun einmal kein gutes Renommee, wenn einer seinem Dienstherrn davonläuft, Mozart, auch wenn Sie allen Grund dazu hatten. Seine Durchlaucht ist quasi der Nachbar des Fürsterzbischofs, und als ich Ihren Namen nannte, zeigte er sich sehr reserviert.»

«Reserviert?»

«Nun ja, Seine Durchlaucht waren der Ansicht, daß Sie noch ein wenig zu jung seien und vielleicht besser vorher nach Italien gingen, um sich dort weiter auszubilden. ‹Ich versage ihm nichts, aber jetzt ist es noch zu früh!› Das waren genau seine Worte.»

Mozart hob in einer Geste der Verzweiflung beide Hände. «Aber ich war ja schon dort! Bin nach strenger Prüfung Mitglied der Philharmonischen Akademie in Bologna gewordene, der Papst hat mir einen Orden verliehen, in Verona haben sie mich zum Ehrenkapellmeister ernannt. Glauben Sie vielleicht, so etwas fällt einem in den Schoß, wird Nichtskönnern oder Halbkomponisten zuteil?»

«Machen Sie doch mir keine Vorwürfe!» brauste der Graf auf, «ich habe mich immer für Sie eingesetzt, soll ich Seiner Durchlaucht die Pistole auf die Brust setzen?»

Doch es gelang ihm, eine kurze Begegnung mit Seiner Durchlaucht herbeizuführen, in der Residenz, als der Kurfürst gerade zur Jagd aufbrach.

«Mozart! Ja, was tun Sie denn hier?»

«Euer Durchlaucht erlauben, daß ich mich untertänigst zu Füßen lege und meine Dienste antragen darf.»

«Und Salzburg? Ganz weg von Salzburg?»

«Ja, Euer Durchlaucht.»

«Warum denn, habt's euch z'kriegt?»

«Ei beileibe, Euer Durchlaucht, ich habe nur um eine Reise gebeten, er hat sie mir abgeschlagen, und so war ich gezwungen, diesen Schritt zu tun, obwohl ich schon lange im Sinn hatte wegzugehen, denn Salzburg ist kein Ort für mich.»

«Mein Gott, so ein junger Mensch! Aber der Vater ist noch in Salzburg?»

«Ja, Euer Durchlaucht. Ich bin schon dreimal in Italien gewesen, habe drei Opern geschrieben, bin Mitglied der Akademie in Bologna, habe eine Probe bestanden, wo viele Maestri vier bis fünf Stunden gearbeitet und geschwitzt haben – ich habe es in einer Stunde geschafft. Das ist doch der Beweis, daß ich imstande bin, in jeder Hofkapelle zu dienen. Mein einziger Wunsch wäre, Eurer Kurfürstlichen Durchlaucht zu dienen, der selbst ein großer...»

Der Kurfürst schnitt Mozart das Wort ab, weil er übertriebene Schmeichelei nicht mochte und selber wußte, daß er kein großer Musiker war.

«Ja, mein liebes Kind, es ist leider keine Stelle vakant. Wenn nur eine Vakatur da wäre!»

«Ich versichere Eurer Durchlaucht, ich würde München gewiß Ehre machen.»

Der Kurfürst hob eine Hand und öffnete sie, als wolle er zeigen, daß sie leer sei. «Das nützt alles nichts, es ist keine Vakatur da.»

Dann stand Mozart wieder draußen auf der Straße, blickte hinüber zur Theatinerkirche mit ihrer noblen, kunstvoll gegliederten Fassade und den beiden Türmen, die stämmig und zierlich zugleich waren. Es war ein schöner Spätherbsttag, er knüpfte sein Halstuch auf, zog es heraus, öffnete die oberen Knöpfe seines Hemdes und pfiff sich eins. Ja, er pfiff fröhlich vor sich hin, sang und summte, spürte, wie die verstopften Musikschleusen sich öffneten, und tauchte unter in einer perlenden, springenden, tosenden Flut von Musik. Er machte einen kleinen Umweg, schlenderte durch die Denglbachgasse, blieb vor dem Palais Salern stehen und hob den Türklopfer, ohne lange zu überlegen. Der Pförtner kannte ihn, er war hier öfter zu Gast gewesen.

«Ist der Herr Graf zu Hause? Melden Sie mich an!»

Graf Salern, schon in den Sechzigern, aber rüstig wie ein Jüngling, lief ihm auf der Freitreppe entgegen.

«Mozart! Mit Ihnen kommt die Freude ins Haus!»

«Na, ich weiß nicht. Der Kurfürst hat mir gerade eine Abfuhr erteilt. Es sei keine Vakatur vorhanden.»

Graf Salern war früher selbst Hofmusikintendant gewesen, er wußte Bescheid.

«Da hat der Kurfürst Sie nicht beschwindelt, lieber Mozart – die Stellen sind alle besetzt. Trotzdem! Bei Ihrem Talent hätte man einen Ausweg finden müssen. Ich bedauere es um so mehr, weil Sie jetzt für München verloren sind.»

«Eine Woche werde ich noch bleiben. Darf ich Ihr Klavier benützen?»

«Trinken wir zuerst ein Glas Wein?»

«Nein, bitte gleich. Da, schauen Sie her…», Mozart streckte beide Hände vor, seine Finger zuckten. «Ich muß jetzt spielen, ich verdurste nach Musik, ich brauche das wie eine Medizin.»

Der Graf lachte. «Dem kann ich abhelfen.»

Sie gingen ins Musikzimmer, Mozart setzte sich ans Piano und begann sofort zu spielen, fast wütend stürmten seine Finger über die Tasten, zauberten ein Furioso von Molltönen, bis es sich ordnete, in Dur überwechselte, Motive seiner dreißigsten Symphonie aufnahm, variierte, kontrapunktierte, auflöste und schließlich einen bekannten Gassenhauer zum Thema wunderbarer Phantasien machte. Mozart spielte fast zwei Stunden ununterbrochen, dann schloß er kurz die Augen und ließ sein Potpourri in einem zarten Arpeggio ausklingen.

«Jetzt ist mir wohler», sagte er und lachte den Grafen dankbar an. Der hatte sich zwei Stunden nicht gerührt, war nur stumm dagesessen, ganz der Musik geöffnet, durchdrungen von ihrer Kraft, ihr ausgeliefert, überwältigt.

«Das geht ins Herz, nicht wahr, Herr Graf.»

«Ins Herz, in den Kopf, in den Bauch, wie ein Opiat, das den ganzen Körper erfaßt und durchdringt. Wie ist das bei Ihnen, Mozart, der Sie diese Töne erfinden und zugleich darbieten, was empfinden Sie dabei?»

«Sie sagten vorhin etwas von einem Glas Wein...»

Graf Salern sprang auf und zog die Klingel.

«Ich bin Ihrer Frage nicht ausgewichen, habe nur nachgedacht und kann nichts anderes sagen als Sie, Herr Graf – die Musik erfaßt meinen ganzen Körper, kommt zuerst aus dem Kopf, gewiß, geht dann in die Brust, in den Bauch, in die Beine, in den Hintern – da kommt sie auch manchmal wieder raus...»

Der Graf lächelte matt. «Mozart, Sie sind ein Kindskopf. Wie kann ein solcher Genius nur ein so loses Maul haben?»

Mozart lachte und zuckte unbekümmert die Schultern. «Vielleicht brauche ich das, um nicht an meiner Musik zu ersticken, so wie ein Mensch an seinem eigenen Kot erstickt, wenn sein Darm sich verschließt. Auf diese Weise purgiere ich mich, verstehen Sie, vielleicht ist es auch anders, ich weiß es nicht. Sie, lieber Graf, darf ich jedenfalls zu den wenigen zählen, die meine Musik ganz verstehen – ich wollte Sie wären der Kurfürst.»

Der Graf winkte erschrocken ab. «Um Gottes willen – nein! Könnte ich dann hier sitzen und Ihnen zwei Stunden zuhören?»

Joseph Albert, der Wirt vom «Schwarzen Adler», schwenkte ein Stück Papier. «Für Sie, Herr Mozart, ein Bote hat es vor zwei Stunden gebracht.»

Mozart las und setzte sich langsam auf einen Stuhl.

«Myslivecek ist hier, schwer krank, und bittet um meinen Besuch.»

«Wer ist das?» fragte Albert.

«Ein großer Musiker», sagte Wolfgang nur und ging auf sein Zimmer; der Brief lag in seiner Hand wie eine schwere Last.

Nachmittags ging er durch die Eisenmann-Gasse zum Herzog-Spital. Der Pförtner musterte ihn. «Den Herrn Myslivecek wolln S' sprechen? Reden S' lieber z'erst mit seinem Arzt.»

Der Medicus war noch ziemlich jung, tat sehr beschäftigt und machte sich wichtig.

«Herr Mozart? Ah, ein Kollege des Patienten; natürlich können Sie ihn besuchen, aber ich möchte Sie darauf vorbereiten, daß Herr Myslivecek schlimm aussieht. Schlimm, ja, besonders im Gesicht. Eine venerische Krankheit, nun, Sie verstehen nichts davon, aber der Kuß der Frau Venus hinterläßt manchmal häßliche Spuren – ha, ha, ha. Empfehle mich!»

Im Spitalgarten ging Myslivecek auf ihn zu, ein breitkrempiger Hut beschattete sein Gesicht. Schon von weitem streckte er die Hand aus.

«Mozart! Lieber Freund, ich freue mich ja so!»

Mozart ergriff die Hand, sie fühlte sich warm und gesund an, wie auch die Stimme kräftig und unbekümmert geklungen hatte.

«Sie müssen mir nicht ins Gesicht schauen, wenn es Sie ekelt, ich kann das verstehen.»

Mozart tat es dann doch, und die Fratze des Todes starrte ihn an. Nur noch die Augen lebten in dem zerstörten Antlitz. Anstelle der Nase öffnete sich ein brandiges verkrustetes Loch, die Lippen waren von Geschwüren zerfressen. Mozart begann zu weinen, suchte nach Worten, fand keine, brachte schließlich nur heraus:

«Armer Freund, armer Freund...»

«Ach, bedauern Sie mich nicht, Mozart, ich lebe ja noch. Aber nun sagen Sie mir, was machen Sie in München?»

Mozart erzählte es ihm.

«Das hätte ich mir denken können. Man knausert hier an allen Ecken und Enden. Ich rate Ihnen, gehen Sie nach Italien, dort kennt man Sie und schätzt Sie weit höher als hier.»

Sie reden sich alle so leicht, dachte Mozart später. Der eine sagt, geh' dorthin, der andere geh' da hin, der dritte bleib' hier. Als ob das so einfach wäre, als ob es nicht Geld und Zeit und Kraft kostete.

11.

So wie es damals war, wird es nicht wieder sein. So nicht. Er war jung und voll Hoffnung, als ihre Kutsche, von Blitz und Donner begleitet, über die Piazza del Popolo rollte. Das *tempaccio* hatte die Menschen in ihre Häuser getrieben, und es wurde nichts aus der traditionellen Karmittwochsprozession, die der Papst angeführt hätte. Doch der Name Mozart war durch Sturm und Regen gleich zu den richtigen Stellen gedrungen, und schon bald holte man sie aus ihrem bescheidenen Gasthof und wies ihnen eine geräumige Wohnung im Palazzo Scatizzi zu.

Dann die Sixtina mit Michelangelos Fresken, die einen fast erdrückten mit ihren gewaltigen Leibern. Wolfgangs Blick riß sich los, als das berühmte ‹Miserere› von Maestro Allegri erklang, das musikalische Heiligtum, dessen Abschrift mit Exkommunikation bedroht war. Eine schöne Musik, eine schwere Musik, hervorgebracht allein durch menschliche Stimmen. Es war die Vertonung des 50. Psalms:

> «Höre, mein Volk, laß mich reden, Israel, laß mich bezeugen: Ich Gott, bin dein Gott!»

Eine feierliche Musik, gewiß, die nicht leichtfertig dahinhüpfte, sondern mit schweren Schritten durch die Kirche stampfte – fromm, würdig, vollkommen. Und langweilig, dachte Wolfgang respektlos, ich hätte es anders gemacht. Hier droht ein Gott seinem Volk: Fressend Feuer geht vor ihm her und um ihn her ein großes Wetter! Ein Donnerwetter, eine Strafpredigt. Doch man hört sie nicht heraus, die Chorstimmen berichten nur davon. Wo brauste und loderte da ein Feuer, wo wütete da ein Wetter?

«Deinen Mund lässest du Böses reden, und deine Zunge treibt Falschheit. Da sitzest und redest wider deinen Bruder, deiner Mutter Sohn verleumdest du. Das tust du, und ich schweige... Aber ich werde dich strafen...»

Nicht nur Stimmen sollen von Gottes Zorn erzählen, auch die Melodie muß es tun, aber sie geht nur feierlich einher und sagt nicht, was sie sagen soll.

Wolfgangs Gehirn nahm dennoch alles auf, aber er brauchte sich keine Notizen zu machen, da konnte Seine Heiligkeit beruhigt sein.

Rom platzte fast aus den Nähten, die Osterpilger drängten sich durch die engen Straßen der Stadt, überschwemmten die Peterskirche, bekamen die vorgeschriebenen Ablässe, kauften Devotionalien, schlugen sich in den Schenken die Bäuche voll, mästeten die Opferstöcke und ließen viel Geld in der Stadt und bei der Kirche.

Am Gründonnerstag spazierten die Mozarts in den Vatikan, um an der «Mensa», der Kardinalstafel, teilzunehmen. Sie waren nicht geladen, aber der Herr Papa hatte die besten Empfehlungsschreiben dabei. Die beiden Mozarts hatten sich für Rom kostbare Galakleider anfertigen lassen. Der Herr Papa trug einen zimtfarbenen Rock mit apfelgrünem Futter und Wolfgang einen aus rosa Moiré, himmelblau gefüttert, beide reich mit Silbertressen besetzt.

Leopold Mozart ging mit solcher Nonchalance an den grimmigen Schweizergarden vorbei, daß keiner ihn aufzuhalten wagte. War nicht Prinz August von Sachsen mit großem Gefolge in der Stadt? Diesen beiden Deutschen merkte man es an, daß sie dazugehörten. Und so sahen es auch die Kardinäle.

«Nun, junger Prinz», redete ihn ein Kardinal freundlich an, «wer seid Ihr und wo kommt Ihr her?»

Da lachte Wolfgang und sagte: «Herr Kardinal, ich bin kein Fürst, hoffe aber einer zu werden – ein Fürst der Musik. Ich bin der junge Mozart, Wolfgang Amadé.»

Kardinal Pallavicini wußte sofort Bescheid. «Ach, Sie sind der berühmte Knabe, von dem man mir so viel geschrieben hat!» Der

Kardinal nahm sein Barett ab und verbeugte sich leicht. «Diese Reverenz gilt dem künftigen Fürsten der Musik.»

Wolfgang küßte ihm die Hand und hatte, wie sich noch zeigen sollte, einen wertvollen Freund gewonnen.

Täglich wurde es heißer. Ab und zu rauschte ein Frühlingsregen über die zwischen ihren sieben Hügeln kauernde Stadt, die dann zu dampfen begann wie ein Misthaufen am kühlen Morgen, und aus dem Armenviertel Trastevere kroch ein fauliger Gestank, der sich mit dem Weihrauchduft der zahllosen Kirchen und mit dem ‹Sugo di pomodoro› der nicht weniger zahlreichen Garküchen zu einer Geruchssymphonie – oder Kakophonie? – vermengte.

In Neapel tauchten sie unter in einem Wirbel von Einladungen – so bei Sir Hamilton, dem englischen Gesandten, der ihnen riet: «Wichtig ist, daß Sie und Ihr Sohn den Marchese Tanucci kennenlernen. Ich verrate kein diplomatisches Geheimnis, wenn ich anmerke, daß dieser Herr, zusammen mit der Königin Maria Carolina, das Königreich Neapel regiert. König Ferdinand geht lieber auf die Jagd oder treibt sich mit seinen Lazzaroni am Hafen herum. Kürzlich soll er dort sogar Fische verkauft haben.»

«Und für Musik hat er wohl nichts übrig?» fragte Wolfgang.

Hamilton lächelte diplomatisch. «O doch, er geht gelegentlich in die Oper.»

Mit den Männern war in Neapel nicht viel anzufangen. Sie taten es alle dem König nach und vertrieben sich die Zeit mit der Jagd und Saufgelagen. Wie der Herr so's Gscherr. Ganz anders die Damen, die den Mailänderinnen in nichts nachstanden. Sie fanden Wolfgang Amadé, das Musikwunder, einfach süß, zum Anbeißen, zum Abbusseln. Er war ja im Grunde noch ein Kind, da konnte man sich einsetzen, ohne Anstoß zu erregen. So war der niedliche, elegante Wolfgang stets von Damenröcken umrauscht, von Parfums umweht, von Fächern umfächelt, und sein Spiel fanden sie alle göttlich – einfach göttlich! Der Herr Vater war zur Randfigur herabgesunken, und man lud ihn halt ein, weil er eben der Papa war. Und weil die Männer so schrecklich amusisch waren, taten sich die Damen zusammen und veranstalteten eine große Akademie.

Wolfgang hatte nichts komponiert, aber das brachte ihn keineswegs in Verlegenheit. Er wollte den Damen, die ihn so hochherzig protegierten, auch etwas Exzellentes bieten, und so zog er alle Register, einschließlich seiner so beliebten Kunststückchen. Dazu gehörte, daß irgendwer ein Thema pfiff oder sang, und Wolfgang nahm es auf, variierte es, machte aus einer Nichtigkeit große Musik. Hatten die Menschen am Anfang noch durcheinandergeschwatzt, so wurde es nun immer stiller. Die für Musik sehr empfänglichen Neapolitaner ahnten, daß sie einem musikalischen Wunder beiwohnten, daß hier etwas Einmaliges geschah. Als Wolfgang eine Pause machte, trat ein dicklicher Herr in mittleren Jahren an ihn heran.

«Maestro, ich fürchte, Sie treiben hier Zauberkünste. Was Sie aus dem Klavier herausholen, übersteigt Menschenkraft.»

Er sagte es ganz ernst, und Wolfgang verstand, daß dies kein Scherz war. «Was soll ich also tun, Signore?»

Der Herr deutete auf den Ring an Wolfgangs rechter Hand. Es war ein Geschenk der Kaiserin Maria Theresia, den er zuerst am Mittelfinger, dann am Ringfinger und jetzt am kleinen Finger trug.

«Nehmen Sie den da ab, ich kenne so etwas, das ist ein Zauberring. Wir werden sehen, wozu Sie ohne Ihren Helfer noch fähig sind.»

Leopold Mozart, der daneben stand, lief vor Zorn rot an. Wie konnte man nur solchen Unsinn reden. Die Zeit, da man an Zauberer und Hexen glaubte, war ja nun Gott sei Dank vorbei. Er wollte etwas entgegnen, doch da sagte Wolfgang schon:

«Con piacere, Signore. Bewahren Sie inzwischen den Ring für mich auf.»

Er zog ihn ab und streckte ihn dem Mann hin. Der fuhr zurück, als bedrohe ihn eine Schlange, und machte mit den Fingern sofort einen *corno*, das sichere Mittel gegen teuflische Bedrohung. So nahm der Herr Papa den Ring an sich, nicht ohne vorwurfsvoll zu sagen:

«Sie als Christ sollten wissen, mein Herr, daß Gott die Talente verleiht und nicht der Teufel.»

Nun spielte Wolfgang ohne Ring, steigerte sich noch und riß sein Publikum zu Ovationen hin. Das Konzert brachte einen schönen Batzen Geld, aber der Papa drängte zum Aufbruch.

Als Kardinalstaatssekretär war Fürst Pallavicini die rechte Hand des Papstes, sah und sprach den Heiligen Vater fast täglich. Clemens XIV. war zwar der Stellvertreter Christi auf Erden, und Pallavicini ließ es nicht an äußerer Ehrerbietung fehlen, vergaß aber nie, daß Papst Clemens als der Arztsohn Lorenzo Ganganelli zur Welt gekommen war, während seine, Pallavicinis Wiege, in einem Palast gestanden hatte.

Der Kardinal kannte seinen Herrn in- und auswendig. Papst Clemens, der nach außen mild und bescheiden wirkte, war ein furchtsamer, charakterschwacher Ehrgeizling, voller Mißtrauen, aber mit Schmeicheleien verbundenen Einflüsterungen durchaus zugänglich. Persönlich führte er ein bescheidenes Leben, ohne Nepoten- und Mätressenwirtschaft, und hatte für Kunst und Musik viel Interesse und eine offene Hand.

«Da wäre noch etwas, Eure Heiligkeit...»

Der Papst blickte auf. Seine wachen klugen Augen verschleierten sich vor Argwohn. Er kannte seinen Kardinalstaatssekretär nur zu gut und wußte, daß er sich wichtige Probleme oft bis zum Schluß aufhob. «Nun?» fragte er ungnädig.

«Es geht um Wolfgang Amadé Mozart, einen vierzehnjährigen Jungen, dem Gott alle musikalischen Talente in einem solchen Übermaß geschenkt hat, daß ich dadurch fast fromm geworden wäre.»

«Ihr hättet es auch bitter nötig, Kardinal. Gerade in unseren Zeiten muß die Kirche ein Vorbild sein.»

«Selbstverständlich, Eure Heiligkeit, ich werde mich nach Kräften bemühen. Zurück zu Mozart. Er hat der Messe Eurer Heiligkeit am Karmittwoch beigewohnt und dabei das ‹Miserere› von Allegri gehört. Ohne eine Zeile zu notieren, was ja untersagt ist, hat Mozart es zwei Tage später in meiner Gegenwart aus dem Kopf heruntergeschrieben, Note für Note – fehlerlos. Es ist unfaßbar! Der Bursche hat schon eine Reihe von Messen, Opern und Symphonien geschrieben, die ihn – und das mit vierzehn Jahren – weit über andere, erwachsene Meister stellen. Gott hat uns durch ihn ein Zeichen gegeben, und wir sollten zu erkennen geben, daß wir es verstanden haben.»

Clemens war erleichtert. Wenn es nur das war; er hatte schon mit irgendwelchen heiklen Problemen gerechnet. So lächelte er gnädig, und sein angenehmes, wenn auch immer etwas verkrampftes Gesicht entspannte sich.

«Gut, gut, mein Lieber. Aber was sollen wir tun?»

«Ich schlage vor, das Musikwunder mit dem ‹Sperone d'oro› auszuzeichnen.»

Solche Bitten erfüllte der Papst gerne, und sein immer waches Mißtrauen schwand. Für die Künste hatte er stets ein offenes Ohr, zudem kostete diese Ehrung fast nichts. «Gewährt, lieber Pallavicini, gewährt. Sonst noch etwas?»

«Nein, Euer Heiligkeit, und meinen verbindlichsten Dank.»

Die Mozarts meldeten sich bei ihrem Gönner zurück. Der tat recht geheimnisvoll.

«Würde es Ihnen Spaß machen, junger Mann, nicht nur im Reich der Musik einen vornehmen Platz einzunehmen, sondern auch im Alltagsleben? Aus einem Signore Mozart könnte leicht ein Cavaliere Mozart werden.»

Wolfgang hielt es für einen Scherz und ging scherzend darauf ein. «Freilich, Eminenz, Seine Heiligkeit ist ja der beste Beweis dafür, wie man aus dem Bürgerstand in das höchste Amt der Christenheit aufsteigen kann. Aber ich habe keine geistliche Laufbahn gewählt, und aus einem Compositeur kann bestenfalls ein Kapellmeister werden...»

«Was nicht heißt, daß er dann besser komponiert», fiel Pallavicini ein.

«Wofür es zahlreiche Beispiele gibt», fügte der Herr Vater hinzu.

Der Kardinal rieb sich fröhlich die Hände. «Nun, wie dem auch sei, ich bitte die Herren, sich am fünften Juli in den Palazzo Quirinale zu bemühen.»

«Seine Eminenz hat Pläne mit uns», sagte Leopold Mozart, «jedenfalls ist er dir sehr gewogen, mein Sohn.»

Sie fuhren mit der Kutsche an den Fuß dieses altehrwürdigen römischen Hügels, der einstmals Tempel und Thermen trug und wo jetzt der Papst seinen Sommersitz hatte. Geharnischte Schweizergarden führten sie ins Innere des Palastes, und da wartete schon der

Kardinalstaatssekretär Pallavicini und überreichte Wolfgang in feierlicher Zeremonie das goldene Kreuz am weißroten Band, den Degen und die Sporen. Aus dem Signore war ein Cavaliere geworden, und Wolfgang fand das ganz lustig. Während der Kardinal ihm den Orden umhing, komponierte Wolfgang flugs eine Melodie auf die Worte.

«Auf der Brust vorn
hängt der Goldene Sporn
als Bürger geborn
bin ich Cavaliere worn...»

«Nun, wie fühlen Sie sich, Herr Mozart?»

«Dankbar, Eminenz, sehr dankbar, aber ich glaube, daß ich der alte geblieben bin.»

Pallavicini schmunzelte. «Einen neuen Menschen wird der Orden freilich nicht aus Ihnen machen, und wir alle hoffen, daß Sie bleiben, was Sie sind: ein musikalisches Wunder, ein Auserwählter des Herrn, der uns zeigen wird, was Musik vermag.»

Ach Papa, lieber Papa! Was würdest du sagen, wenn du mich gesehen hättest, wie ich in Paris Orden, Degen und Sporen bei einem Tandler verhökerte? Und mich noch freute, den Krempel endlich los zu sein. Einen halben Louisdor haben sie mir dafür gegeben, und ich reichte ihn an die Frau Mama weiter und sagte etwas von einem Honorar für Klavierunterricht. Wir haben eine Woche davon gelebt, recht mager zwar, aber es reichte für Suppe und Brot.

Gibt es noch etwas nachzutragen, Wolfgang Amadé? Hast du etwas unterdrückt, verschwiegen, verdrängt, vergraben, verlegt oder gar vergessen? Nein! Nein? Bei der Ordensverleihung wird ein Pate benötigt – ja, ein Pate wie bei einer Taufe oder Firmung. Und wer war dieser Pate? Das war Seine Exzellenz, der Bischof von Gurk. Und wie lautete der weltliche Name Seiner Exzellenz? Hieronymus Graf Colloredo, damals noch Bischof und jetzt Fürsterzbischof und dein Dienstherr, Wolfgang Amadé!

Ja, dachte Mozart, das stimmt – alles stimmt, doch sollte man die vom Paten vorgebrachte Begründung für die Auszeichnung nicht verschweigen. Sie lautete: «Weil sich Wolfgang Amadé Mozart von frühester Jugend an in süßester Weise im Cembalospiel ausgezeichnet hat.» Mozart gab dem Perückenständer einen Tritt, daß er quer durchs Zimmer sauste und die frischgepuderte Perücke zu Boden fiel, Staub aufwirbelnd wie eine Kanonenkugel. In süßester Weise! Fahr' zur Hölle, Großmufti, in süßester Weise! Als ob es aufs Cembalospielen ankäme! Er war ja schließlich nicht mehr fünf, sondern vierzehn Jahre alt, als ihm der Orden umgehängt wurde. Und Colloredo wußte recht gut, wußte es besser als alle anderen, daß dieses süße Cembalospiel nichts oder nicht viel bedeutete, verglichen mit dem, was er seither geschaffen hatte: ein geistliches Singspiel, eine Schulopera, das Singspiel «Bastien und Bastienne», die Opera buffa «La finta semplice», Messen, Symphonien, Menuette, Quartette, Tänze, Märsche, Duos und Trios für Klavier und Violine, Arien, Lieder – und da fiel diesem Hornochsen nichts anderes ein als «süßes Cembalospiel»! Wenn das nicht Bosheit war! Oder Ignoranz – oder Geringschätzigkeit, oder Gleichgültigkeit, oder alles zusammen.

Dann kam der Reisebefehl: Mozart sollte am Sonntag, den 22. April nach Hause fahren. Nach Hause? Was heißt das? Der Großmufti meinte damit Salzburg, doch sein Zuhause war jetzt Wien, und er beschloß, diesen Befehl einfach zu ignorieren. Das Abschiedsgesuch lag wohlverwahrt in der Schublade, er brauchte es nur hervorzuholen und bei passender Gelegenheit zu überreichen. Noch tat er es nicht. Noch nicht. Noch glaubte der Herr Vater, sein Sohn käme heim. Das Wolferl. Das Wunderkind. Der Bruder einer Schwester. Der Leibsklave des Großmufti. Der Kasperl. Der Wurstl. Der dumme August.

Heute abend hatte er frei, keine Akademie, keine Einladung, kein hochfürstlicher Befehl, keine Pflichten – nichts.

Mozart hob die Perücke auf, schüttelte sie zurecht, stellte den Ständer wieder auf und stülpte sie über den hölzernen Kopf.

Den Holzkopf. Und der bin ich! Ja – ich! Er fuhr mit der Hand durch sein wirres Haar, schlüpfte in den Frack und beschloß, den Abend mit Billardspielen zu verbringen. Gerade als er zur Türe ging, klopfte es.

Der Hausdiener streckte ihm einen Zettel hin. «Für Sie, Herr Hoforganist.»

Herr Gottlieb Stephanie, Dramaturg und Regisseur der Wiener Hofoper, bat um ein Treffen mit Herrn Mozart.

Was will denn der? Was kann er wollen? Was wird er wollen?

12.

Jeder sah Gottlieb Stephanie an, daß er einmal Soldat gewesen war. Preußischer Soldat, dann kaiserlicher Soldat. Seine Perücke saß so genau, als hätte sie ihm ein Steinmetz aufs Haupt gemeißelt, auf seiner Kleidung lag kein Stäubchen, sein Gang war aufrecht und straff, seine Rede kurz, markant, ohne zivile Schnörkel und andere Überflüssigkeiten. Doch er gab sich warmherzig, verständnisvoll und konziliant – aus dem Soldaten war ein Literat und ein Mann des Theaters geworden. Mozart hatte ihn schon in Salzburg kennengelernt, als Stephanie dort mit seinem Singspiel «Die schöne Schusterin» gastierte. Er hatte ihm damals das Libretto zu einer Opera gezeigt, die den Titel trug: «Das Serail oder unvermutete Zusammenkunft in der Sklaverei zwischen Vater, Tochter und Sohn». Mozarts Freund Schachtner hatte sie verfaßt, aber da für eine Aufführung keine Aussicht bestand, war sie unvollendet liegengeblieben.

Sie saßen in Stephanies kleiner behaglicher Wohnung. Mozart sah sich um. Neben dem Fenster hingen zwei gekreuzte Säbel. Stephanie hatte den Blick seines Gastes beobachtet und sagte schmunzelnd:

«Tempi passati, lieber Mozart. Der Krieg auf der Bühne ist mir allemal lieber als der wirkliche, weil dort das Blut nur rote Farbe ist und die Leichen am Ende aufstehen und sich vor dem Publikum verbeugen.»

«Da kann ich Ihnen nur beipflichten. Wie ist es Ihnen seither ergangen im kaiserlichen Hofdienst?»

«Kann mich nicht beklagen. Seine Majestät schätzt mich, Arbeit ist mehr als genug da – nun, aber ich wollte heute nicht von mir sprechen. Eine Frage vorweg: Was ist aus dem Singspiel vom Schachtner geworden?»

«Liegt in der Schublade und rührt sich nicht. Auch ich mag nicht mehr daran rühren, weil es doch nur vergeudete Zeit ist. Wer will denn diese Türken- und Sklavengeschichten schon hören? Die Handlung ist zu wirr und paßt nicht besonders für ein deutsches Singspiel.»

«Ich habe etwas Passendes, lieber Mozart, auch wenn es sich ebenfalls um eine türkische Serailgeschichte handelt. Aber ich habe noch etwas Besseres: das Interesse des Kaisers, fast schon sein Einverständnis. Nach dem Willen Seiner Majestät soll Deutsch die erste Sprache im Reich werden, und er wird dabei von Hofrat Sonnenfels unterstützt. Sie wissen ja, daß der Kaiser große Stücke auf ihn hält. Im Wiener Theaterjournal stand kürzlich von ihm zu lesen, das deutsche Theater dürfe nicht zum Narrenturm von Dialektstücken und Vorstadtspäßen verkommen, sondern habe die Aufgabe, alle Stände Menschlichkeit und Tugend zu lehren. Als ich den Kaiser fragte, ob dies auch für die Oper gelte, fand ich die uneingeschränkte Zustimmung Seiner Majestät. Wir beide sollten uns daran machen, ein deutsches Singspiel auf die Bühne zu bringen.»

«Nichts wäre mir lieber, auch, weil ich in Wien bleiben möchte.»

«Sie brauchen die Wiener Luft, Mozart, in Salzburg werden Sie ersticken. Früher oder später wird der Kaiser auf Sie aufmerksam, ein Amt wird sich finden, außerdem ist das Verlangen nach guten Konzerten hier riesengroß. Da sitzen die Gulden locker, das kann ich Ihnen versichern. – Zurück zu unserer Opera. Sie heißt ‹Belmonte und Konstanze oder die Entführung aus dem Serail›. Die Handlung ist einfach, klar, übersichtlich, hat drei Akte und steigert sich von Szene zu Szene. Also: Konstanze, die Verlobte des spanischen Grafen Belmonte, ist entführt worden. Pedrillo, sein Diener, findet heraus, daß sie mit ihrer englischen Zofe Blonde in türkischer Gefangenschaft schmachtet, bei Bassa Selim, einem mächtigen Renegaten. Osmin, der Haremswächter, wird betrunken gemacht, die Befreiung scheitert. Bassa Selim, der vergeblich versucht hat, Konstanzes Gunst zu gewinnen, läßt sie alle zum Richtplatz führen. Es soll ein grausamer Tod werden, als der Bassa Selim auch noch erfährt, daß Belmonte der Sohn seines ärgsten Feindes ist. Doch der Renegat besinnt sich auf das Edle im Menschen, begnadigt sie alle und läßt sie mit dem Schiff die Heimfahrt antreten. – Was sagen Sie dazu, Mozart?»

Doch der war enttäuscht. Wie sollte er zu dieser platten Handlung eine gute Musik machen? Aber es war ein Strohhalm, und er griff danach.

«Das Ganze spielt also in der Türkei. Ein seltsamer Ort für ein deutsches Singspiel.»

«Aber Mozart, sollen die Sänger Türkisch lernen?»

«Nein, aber in diesem Fall wäre vielleicht doch das Italienische...»

Stephanie blieb geduldig. Er war Verhandlungen mit Musikern gewöhnt. «Mozart – der Kaiser spricht Italienisch, Sie sprechen es und ich und noch ein paar tausend in Wien. Aber Hunderttausende sprechen und verstehen es nicht. Warum soll mitten in Wien eine Opera in italienischer Sprache gespielt werden? Oder glauben Sie, in Mailand, Florenz oder Rom käme ein deutsches Singspiel auf die Bühne?»

«Das ist doch etwas anderes...»

«Gut, ich habe zu sehr vereinfacht, aber darauf läuft es doch hinaus. Sehen Sie den Text in Ruhe durch, und dann reden wir weiter.»

Mozart machte sich noch am selben Tag daran, und seine Bedenken schwanden, verflüchtigten sich, lösten sich in Rauch auf. Bei manchen Arien begann er gleich im Kopf zu komponieren. Das Libretto hatte Witz, Humor, war zum Teil komisch, auch herzbewegend, wo es sein mußte – eine schöne runde Sache, nicht mit Schachtners fadem Text zu vergleichen.

«Ach, ich liebte, war so glücklich,
Kannte nicht der Liebe Schmerz;
Schwur ihm Treue, dem Geliebten,
Gab dahin mein ganzes Herz!
Doch wie schnell schwand meine Freude.
Trennung war mein banges Los...»

Eine Arie der Konstanze, aber Mozart empfand sie als seine Arie, seine Klage um Luise. Weg damit! Luise Weber hatte er geliebt, nicht Aloysia Lange. Was wohl aus der kleinen Constanze geworden war? Sie mußte jetzt schon zwanzig sein, oder erst neunzehn? Aber als Sklave des Großmufti wollte er die Weberischen nicht besuchen, das nahm er sich fest vor. Nur als freier Mann! Mit einem Opernauftrag! Mit Geld in der Tasche! Niemals – niemals durfte sich die Situation in München wiederholen: er als Bittsteller, vom Spott eines Mädchens gedemütigt, gescheitert auf der ganzen Linie. Diese Opera – nein, dieses deutsche Singspiel könnte der Schlüssel dazu sein, keine Opera buffa, heiter-komisch, keine Opera seria, tragisch-heroisch, nein, ein Singspiel, das, wie das menschliche Leben auch, alle Elemente enthielt: komisch, tragisch, heiter, heroisch, einfach menschlich.

Und das sagte er dem Stephanie gleich am nächsten Tag in bewegten Worten: «Habe auch einiges schon probeweise komponiert.»

«Was? Sind Sie toll? Und wenn nichts daraus wird, können Sie die Partitur ins Feuer werfen.»

Mozart grinste wie ein Bub, der jemand tratzen will. «Fertig im Kopf, lieber Stephanie, es gibt noch keine Partitur, ich habe nicht eine einzige Note niedergeschrieben, könnte es aber augenblicklich tun – jetzt und hier.»

«Gut, ich nehme Sie beim Wort. Dort steht ein Spinett; jetzt werde ich Sie auf Herz und Nieren prüfen. Entweder Sie sind ein Großmaul oder ein Genie, was ja manche behaupten.»

Mozart ging zum Spinett. Warum fiel es der Welt nur so schwer, ihm zu glauben? Als Bub hatten sie ihm die Augen verbunden, damit er sein traumsicheres Klavierspiel beweisen konnte, in Italien mußte er den Ring der Kaiserin ablegen, und hier – er setzte sich ans Spinett und intonierte die erste Arie, das Auftrittslied des Grafen Belmonte, in schweren Molltönen, und sang es selber im Stakkato:

«Hier soll ich dich denn sehen,
Konstanze, dich, mein Glück!
Laß Himmel es geschehen...»

«Auf Ehre, Mozart, Sie haben bis jetzt nichts davon notiert?»

«Nichts, keine einzige Note. Habe alles im Kopf.»

Gottlieb Stephanie war kein Musikkenner von hohen Graden,

und er schätzte Salieri, Piccini oder Gluck nicht weniger hoch ein als Mozart, aber er fühlte, daß hier etwas anderes war, etwas Besonderes.

«Die Aria ist wunderbar! Mein Gott, da habe ich gleich Angst, Sie könnten's wieder vergessen. Ich bitte Sie recht herzlich, holen Sie heraus, was im Kopf ist, und wenn dann der Kaiser – woran ich nicht zweifle – sein Ja und Amen sagt, zaubern wir ihm in drei Wochen eine Opera hin, die die Welt in Erstaunen setzen wird.»

Die Welt in Erstaunen setzen – wollte das nicht jeder Künstler, ob Maler, Musiker oder Dichter? Er, Wolfgang Amadé, aber hatte die Welt staunen gemacht, ohne es zu wollen, zuerst den Herrn Vater, dann die Familie, die Freunde in Salzburg und schließlich ganz Europa. Seine erste Melodie komponierte er mit fünf Jahren, und es war «Oragna figata fa marina gamina fa», ein wohlklingender Phantasiesatz, den er allabendlich dem Papa vorsang und ihn danach – nein, vom Nasenspitzl soll nun nicht mehr die Rede sein. Von da an gab es nur ein Vergnügen: das Spiel mit der Musik, zu der man ihn niemals zwingen mußte, mit der er sich von klein auf beschäftigte, freiwillig, spielerisch, behutsam geführt vom Herrn Papa, der jahrelang Woche für Woche in St. Peter heimlich eine Kerze stiftete, damit ihm dieser wunderbare Sohn bewahrt bliebe. Wo sie doch vor ihm schon fünf Geschwister begraben mußten, von denen keines das erste Lebensjahr erreicht hatte. Auch Wolfgang war mehr als einmal schwer krank gewesen, aber ihn hatte Gott am Leben gelassen, denn es wäre ja nicht sinnvoll gewesen, der Welt ein solches Talent wieder zu nehmen, ehe es sich beweisen durfte. Die Musik stand im Mittelpunkt der Mozartfamilie, durchdrang und umschlang drei ihrer Mitglieder, denn die Frau Mama war nicht sehr musikalisch, sie hatte ja auch anderes zu tun.

Da gab es ein paar Erinnerungen, die später der Herr Vater immer wieder hervorholte – Wolfgang hätte sie längst vergessen. Je älter der Papa wurde, je öfter erzählte er von diesen Ereignissen, und er erzählte sie immer wieder, bis zum Überdruß, wie etwa jene:

«Der Wolfgangerl war sechs Jahre alt, als unser Hausfreund, der Hoftrompeter Schachtner, häufig zu Besuch kam. Der besaß eine Geige, die er oft dabeihatte, wenn wir zusammen Musik machten. Wolfgang nannte sie die ‹Buttergeige›, weil sie einen so weichen und sanften Ton hatte. Manchmal geigten sie miteinander um die Wette, und einmal sagte er, der Ton der ‹Buttergeige› sei nicht wie sonst, und tatsächlich war sie um einen Viertelton tiefer gestimmt, was zunächst niemand bemerkt hatte.»

Kindereien, Bagatellen – *tempi passati.* Niemals schlug der Herr Papa seine Kinder, er zwang sie zu nichts, mußte bei Wolfgang eher ans Schlußmachen mahnen, weil der einfach nicht aufhören wollte mit dem Musizieren. Die Nannerl war da weniger eifrig, aber auch sie mußte nicht lange gebeten werden, hatte unbändige Freude am Klavierspiel. Das ging ein paar Jahre so hin, und eines Tages verkündete der fromme Herr Papa: «Gott hat euch ein Talent gegeben, und ich fühle die Verpflichtung, die Welt daran teilhaben zu lassen.»

Dann traf Leopold Mozart mit Umsicht seine Reisevorbereitungen, und das bald vertraute Lied der Kutsche begann: klapp-klapp-klapp-ting-ting-ting, kreuz und quer durch Europa, von Stadt zu Stadt, von Hof zu Hof, von Schloß zu Schloß, von Beifall zu Beifall. Und wie spielten sie auf! Etwa damals in München, im Nymphenburger Schloß. Drei Stunden lang, von acht bis elf, zu zweit, allein, auf Spinett und Klavier, mit allem, was dazugehörte, und auch als dem Wolfgang schon fast die Augen zufielen, unterlief ihm kein Fehler – kein einziger! Die Welt in Erstaunen setzen – sie taten es mit ihrer jungen Kraft und mit dem Ernst, zu dem auch Kinder fähig sind. Und doch war es ein Spiel – ein herrliches Spiel. Das war die Kindheit, unvergleichlich, *extraordinaire*, die anders verlief als die anderer Kinder, die er sich aber nicht anders gewünscht hätte – damals nicht und nicht heute, wenn er zurückblickte.

Aber die Zeit davor, ehe die Musik sein Leben bestimmte, gab es die überhaupt? Die Erinnerung blieb stumm. War da nichts – gar nichts? Die frühe Kindheit erschien Mozart wie ein warmes Bad, in das er untertauchte, die Augen schloß und sich ganz einem animalischen Wohlbehagen hingab, ohne Gedanken, ohne Musik, die aber schon da war, denn nebenan übte der Herr Papa auf seiner Geige, stundenlang, endlos, denn sein Lebenswerk, der «Versuch einer gründlichen Violinschule», ließ ihn nicht ruhen, auch als sie längst schon erschienen war.

Ein warmes Bad. Das war auch die früheste Erinnerung. Wolfgang stand in einem Schaff mit lauem Wasser, und die Mutter wusch ihn mit einem Schwamm. Liebevoll, von Kopf bis Fuß. Drei Jahre wird er da gewesen sein, und die Nannerl acht. Sie betrachtete den kleinen Bruder genau, deutete auf sein Zipferl und lachte.

«Zu was braucht der Wolfgangerl das?»

In seinem Eifer, es der Schwester zu zeigen, preßte er sich einen Spritzer ab, obwohl er nicht mußte. Die Mutter lachte.

«Jetzt siehst du, wozu er sein Zipferl braucht.»

Oder war er da erst zwei und die Nannerl sieben?

Mit dem Denken kam die Musik. Er fand zu ihr, wie andere Kinder zur Sprache finden. Sie wurde zu seiner zweiten – nein, zu seiner ersten Sprache. Wenn er sich ans Klavier setzte, ob mit sechs, acht, zwölf oder mit zwanzig Jahren, dann begann er Geschichten zu erzählen, wortlose Geschichten, wo Akkorde sich zu Kadenzen reihten, und solange er spielte, improvisierte und phantasierte, war er überzeugt, von jedermann verstanden zu werden, und diese Überzeugung begleitete ihn durch die Kindheit und darüber hinaus. Der Beifall bewies doch, daß sie seine Geschichten verstanden hatten – oder? Später begann er zu zweifeln, ob wirklich alle ihn verstanden, und diese Erkenntnis traf ihn beim ersten Mal wie ein Schlag, als hätte ihn jemand aus dem lauen Bad seiner Kindheit herausgerissen und unter eine kalte Traufe gestellt. Etwa als Siebzehnjähriger in Wien, als der Herr Papa sagte: «Das gebotene Salär ist gut, wir nehmen an.»

Da fand sich ein gutes Dutzend wohlhabender Wiener Bürger zusammen, in ihren Sonntagsröcken, mit den meist fetten Gattinnen, die vor Hitze und Luftmangel japsten, weil eine unbarmherzige Schnürbrust ihnen den Atem nahm. Wolfgang phantasierte und präludierte in gewohnter Weise, erzählte eine Geschichte vom sonnendurchglühten Wien, von den sanft plätschernden Brunnen, von den kühlen Alleen im Prater, den der Kaiser vor einigen Jahren für das Publikum geöffnet hatte, doch bei ihm waren es nicht die Dinge an sich, von denen er berichtete, sondern von ihrer Wirkung auf den Menschen, der unter der Hitze stöhnt, sich im Schatten erfrischt, einen Schluck kühles Wasser trinkt. Dann war die Stunde um, und er blickte auf, sah klatschende Hände, schwitzende Gesichter, fächelnde Fächer und in leere, völlig leere Gesichter, die sich nach Hause sehnten zum Sonntagsbraten, und danach aufs Sofa zu einem

Mittagsschläfchen. Sie hatten seine Geschichte nicht verstanden. Sie klatschten zwar, aber sie verstanden nichts. Er schüttelte den Kopf. Sind die Leute taub? Musik ist doch die leichteste Sprache der Welt, jedermann begreiflich, bedarf keiner Übersetzung, ob einer nun deutsch, englisch, russisch oder chinesisch sprach. Warum verstanden sie ihn nicht? Er blickte seinen Vater an, der nickte ihm zu. Sollte er weiterspielen? Wer einen Satz nicht versteht, dem muß man ihn wiederholen. Sollte er eine weitere Stunde spielen? Nein, das wurde nicht erwartet, einige rüsteten sich schon zum Gehen.

«Habe ich heute schlechter gespielt als sonst?» fragte er später den Herrn Papa.

Der blickte erstaunt. «Schlechter? Aber keineswegs! Du warst so gut wie immer.»

«Die Leute haben mich aber nicht verstanden, haben Sie das bemerkt?»

«Die waren nur konfus von der Hitze. Außerdem kann man es nicht allen recht machen, sorge dich nicht. Dafür haben wir ganz schön verdient.»

Ja, ja das Geld. Je älter Wolfgang wurde, um so mehr erkannte er seine Bedeutung und um so weniger bedeutete es ihm. Ein Widerspruch? Es war sein Protest gegen die Allmacht des Geldes, das die Welt besiegte, das Soldaten marschieren und Kanonen donnern ließ, das Häuser und Paläste, Dörfer und Städte aus dem Boden zauberte, Frauen zu Huren und Männer zu Mördern machte, und doch nicht imstande war, einen Akkord zu erzeugen, einen Vers zu schaffen, ein Bild zu gestalten – wenn der Künstler es nicht wollte. Aber sie wollten ja, sie waren käuflich – allesamt –, maßen ihren Erfolg in Zahlen.

Gestern haben wir zwanzig Gulden gemacht, vorgestern fünfzig, morgen werden es hundert sein. Musik machen, Kinder machen, Geld machen, in die Hose machen. Reicht dieses eine Wort für so unterschiedliche Fähigkeiten?

Das warme Bad der Kindheit wurde lau, die kalte Traufe weckte ihn auf, der Herr Papa verlor seine Gottähnlichkeit, die Frau Mama war tot, die Nannerl wurde allmählich eine alte Jungfer, und in Wien zog der Frühling ein. Die Frauen und Mädchen trugen leichtere, hellere, buntere Kleidung, die Alten krochen aus ihren Häusern und

Wohnungen und freuten sich, daß sie diesen Winter überstanden hatten, denn im Frühling stirbt man nicht, da wächst einem neue Kraft aus dem Blau des Himmels, dem heißen belebenden Hauch der Sonne, aus dem Grün der Büsche und Bäume, dem Duft der Blumen, dem Summen der Bienen, dem lebendigen Lärm der Menschen, die auf den Straßen ihren Pflichten und Vergnügungen nachgingen. Die Zeitungen lobten wieder einmal den Kaiser für seinen Entschluß, den Prater und den Augarten allem Volke zu öffnen.

Joseph II. stand am Fenster seines Arbeitszimmers und blickte in den Hof, wo seine Leibgarde gerade den Wachwechsel vollzog. Er hörte die gedämpften Rufe, sah die aufgerissenen Münder, die abgehackten Bewegungen.

Die wissen wenigstens, was sie tun, aber ich habe mehr und mehr das fatale Gefühl, gegen Windmühlen zu kämpfen, wie jener Ritter von der traurigen Gestalt. Er wandte sich ab und blickte auf den Aktenberg. Mehr Zeit müßte man haben – mehr Zeit. Er brauchte seine ganze Kraft für die Reformen, fand kaum Zeit für Muße und Erholung, für seine geliebte Musik.

Nun hatte ihn Gottlieb Stephanie, der Leiter seiner Hofoper, schon mehrmals bedrängt, jenes deutsche Singspiel auf die Bühne zu bringen, und endlich hatte er Zeit gefunden, das Libretto zu überfliegen. Es sagte ihm zu, manches gefiel ihm sogar sehr, wie etwa der Schluß, wo ein Muselmann sich zu einer edlen Tat durchringt. Das zeigte den Leuten, daß es auf den Menschen und seine Einstellung ankam und nicht auf die Religion, in die er durch den Zufall seiner Geburt hineingewachsen war. Die Handlung war so simpel und einfältig wie die meisten Opernhandlungen, aber ihm gefiel der frische, moderne Geist, der sie durchdrang. Ja, das Stück sagte ihm zu, das war nicht der ewige Vorstadtschmäh, der den Wienern so gefiel, und nicht die beliebte Opera italiana, die er selber so schätzte. Der Kaiser war gerecht und liberal und wollte in Fragen von Kunst und Kultur nicht nur seine Vorlieben zur Geltung bringen, auch wenn er sonst ein rechter Despot war, ein aufgeklärter zwar, aber doch ein Despot. Er wußte es, aber er mußte es sein, um seinen Untertanen zu ihrem Glück zu verhelfen, sei es auch gegen ihren Willen. Wieder blickte er auf den Aktenberg am Schreibtisch und gähnte. Nein, jetzt nicht, später vielleicht. Er stand auf, streckte sich, ging zum Fenster, dann in den Vorraum.

«Die Herren Salieri und Stephanie lade ich heute zum Souper.»

Joseph haßte die steifen Audienzen, er liebte es, in entspannter Atmosphäre Probleme zu bereden, freilich nur die kleinen.

Der Hofcompositeur und Theaterkapellmeister Antonio Salieri traf als erster ein; Gottlieb Stephanie, der Librettist, Regisseur und Dramaturg, wenig später. Salieris breites südländisches Gesicht mit den dunklen unsteten Augen spiegelte lebhaft – oder täuschte nur vor? – das untertänige Vergnügen, am Tisch des Kaisers speisen zu dürfen; er verbeugte sich mehrmals und bedankte sich überschwenglich.

«Jetzt laß Er die Faxen, Salieri, Er weiß, daß ich das nicht mag.»

Stephanie war zurückhaltender, er gab sich knapp und soldatisch, verzog kaum eine Miene. An Salieri gefiel dem Kaiser die Musik, bei Stephanie war es der Mensch. Das war auch der Grund, daß er den Hofcompositeur gerne foppte, um sich dann am wechselnden Mienenspiel des Südländers zu ergötzen.

Nach dem Souper hob der Kaiser das Glas: «Auf die Musen, als die wahren Freundinnen der Menschen.» Er wandte sich an Salieri: «Warum aber, Herr Hofcompositeur, lassen wir sie fast immer italienisch reden, unsere Musen? Zwar sind sie griechischen Ursprungs, doch Erato, die Muse der Dichtung, oder Klio, die Muse der Geschichtsschreibung, würden nun kaum verlangen, daß Dichter und Historiker sich hierzulande griechisch ausdrücken. Polyhymnia, die Muse des Gesangs, scheint da weniger tolerant. Was sagt Er dazu, Salieri?»

Stephanie, der schon wußte, worauf der Kaiser hinauswollte, lächelte still in sich hinein.

Salieri wand sich wie ein Wurm am Haken, suchte nach den rechten, nach unverbindlichen Worten. Er lächelte devot. «Diese Frage habe ich mir auch schon gestellt, aber ich tat es ganz leise, weil Eure Majestät ja selbst den italienischen Opern den Vorzug geben.»

«Stimmt!» Die schmale, arrogant vorspringende Nase des Kaisers stieß zu wie ein Dolch. Salieri duckte sich. «Stimmt, Salieri, aber das soll nicht heißen, daß es so bleibt. Ich bin Kaiser der ganzen deutschen Nation, und so wollen wir einmal daran denken, daß die meisten meiner Untertanen kein Italienisch verstehen, aber auch gerne wüßten, was auf der Bühne geschieht. Da hat mir nun Stephanie ein Libretto gebracht, ein deutsches Singspiel, das unser Mozart vertonen will. Warum soll er sein Talent immer nur den Wittelsbachern beweisen? Also, Salieri, von Ihm erwarte ich, daß Er Seine Kollegen unterstützt, vor allem bei den Proben und Vorbereitungen.»

Salieri dienerte eifrig, Stephanie bedankte sich knapp. Dann sagte er noch: «Herr Mozart würde sich außerordentlich freuen, wenn Eure Majestät ihm eine Audienz gewährten oder ihn so zwanglos zum Souper...»

«Gut, gut, warum nicht. Wenn eure Opera fertig ist, sprechen wir uns wieder, und dann soll auch Mozart dabeisein.»

Den suchte Stephanie gleich am nächsten Tag auf.

«Jetzt geht es los, lieber Mozart. Ich zitiere aus dem Libretto:

‹Frisch zum Kampfe! Frisch zum Streite!
Nur ein feiger Tropf verzagt.
Sollt' ich zittern, sollt' ich zagen?›»

Mozart lachte. «Davon kann nicht die Rede sein. In meinem Kopf ist die Opera fertig, jetzt geht es nur noch um die Einzelheiten. Wer wird singen, wo werden wir proben, wie ist es um das Orchester bestellt?»

«Wird sich alles finden. Ein weiterer Grund für Sie, nun doch in Wien zu bleiben, nicht wahr?»

«Es gibt auch so Gründe genug. Ich gehe nicht fort, Stephanie, da müßte man mich schon binden und knebeln, oder, wie es in Ihrem Libretto heißt:

‹Erst geköpft, dann gehangen,
dann gespießt auf heiße Stangen,
dann verbrannt, dann gebunden
Und getaucht; zuletzt geschunden.›»

Stephanie schlug ihn so derb auf die Schulter, daß Mozarts kleine Gestalt ins Wanken kam.

«Recht so, Mozart – auf zum Kampfe!»

13.

Bislang hatte der Erzbischof den Tag der Abreise offengelassen, weil er selbst unentschlossen war. Mit dem Kaiser war alles Nötige besprochen, doch Colloredo hatte darauf gehofft, daß ihn Seine Majestät zum Abschied in das Lustschloß Laxenburg einladen würde. Aber die Tage gingen hin, und die Einladung blieb aus. Bis in die letzten Apriltage hatte Colloredo gewartet, und nun entschloß er sich Hals über Kopf, seinen Hofstaat im Deutschordenshaus zum ersten Mai aufzulösen. Er war in seiner Eitelkeit tief getroffen und spuckte wegen jeder Kleinigkeit Gift und Galle.

Mozart wollte nach der vormittäglichen Unterredung mit Stephanie gerade das Haus verlassen, als ihm der Kurier des Erzbischofs über den Weg lief.

«Falls Sie es noch nicht wissen, Herr Hoforganist, Seine Hochfürstliche Gnaden hat unsere Abreise auf morgen, den ersten Mai, angesetzt. Sie bleiben besser im Haus und packen Ihre Sachen.»

Mozart erschrak. Sofort dachte er an das Libretto zur «Entführung», an die viele Arbeit, die vor ihm lag, an die Pläne mit der Gräfin Thun für regelmäßige Abendkonzerte, an den Besuch bei den Weberischen, den er aufgeschoben hatte, an vieles andere, das noch in der Schwebe war und ihn an Wien band.

«Das geht nicht! Nein, das geht nicht. Ich brauche noch mindestens acht Tage, um alles neu zu ordnen.»

«Da müssen Sie erst um Erlaubnis fragen.»

Mozart ging zum Grafen Arco und bat um Aufschub, nannte auch die Gründe.

Arco hob bedauernd die Hände. «Auch wenn Sie Ihre Abreise um eine Woche verschieben, so müssen Sie doch aus dem Haus. Der Befehl Seiner Hochfürstlichen Gnaden gilt für alle – auch für Sie.»

Hol' dich der Teufel! dachte Mozart; ich werde weder in einer Woche reisen noch in einem Jahr.

«Sehr gütig, Herr Graf, daß Sie mich daran erinnern. Ich vergesse so leicht meine geringe Stellung am Hof Seiner Gnaden. Hier bin ich nichts als ein Lakai, anderswo in Wien schätzt man mich als Meister und behandelt mich als Ehrengast.»

Graf Arco grinste so impertinent, wie eben nur ein Graf aus altem Geschlecht grinsen kann. «Nun, dann schauen Sie nur schnell, daß Sie bei einem dieser Freunde unterkommen. Hier ist kein Platz mehr für Sie.»

Mozart ging wortlos hinaus, räumte seine sieben Sachen zusammen, sah sich in der Kammer um. Draußen ragte der spitze Turm des Steffe in den Frühlingshimmel. Wie kleine schwarze Rußflöckchen umschwirrten die Dohlen den unteren, von filigranhaften Spitzen gesäumten Teil des mächtigen Turms. Da war wieder der zerschlissene Stuhl, der ihn so lange geärgert hatte. Mozart gab ihm einen Tritt, daß das Polster herausflog. – Kannst jetzt andere molestieren, du altes Möbel!

Inzwischen hatte er erfahren, daß Madame Weber, seit sie Witwe war, Zimmer vermietete, um die Schulden ihres verstorbenen Mannes abzubezahlen. Warst halt doch ein Filou, Franz Fridolin Weber, dachte Mozart – ganz getraut habe ich dir nie.

Er gab dem Lohndiener die Anschrift und machte sich dann selber auf den Weg, gemächlich schlendernd, als sei er schon ein freier Mann, der über seine Zeit verfügen konnte.

Ah, da war es ja schon, die Wohnung lag im zweiten Stock. Eine gewaltige Wohnburg, wie man sie nur in Wien baute. Die Salzburger Häuser waren schmaler, feingliedriger, intimer. Wie das Tanzmeisterhaus, wo der Herr Papa auf den nächsten Brief wartete, um belehrend, rügend, korrigierend zu antworten, um anzuordnen, vorzuschlagen, zu- oder abzuraten.

Sie öffnete selbst, Madame Weber, Mutter Weber, Cäcilia Weber, überquellend in ihrer körperlichen Fülle, doch war nichts Weiches oder Schlaffes an ihr, sie wirkte adrett, sauber und aufgeräumt, wie übrigens auch die Wohnung. War das in Mannheim nicht ganz anders gewesen? Mit dem Tod des Hausherrn schien sich hier eine Wandlung vollzogen zu haben.

«Mozart!»

O Gott, klang das schrill! «Madame Weber – da bin ich. Der Erzbischof hatte keinen Platz mehr für mich, und da ich ohnehin hierbleiben will – nein, hierbleiben muß...»

«Kommen Sie herein, lieber Mozart. Woher wissen Sie, daß ich Zimmer vermiete?»

«Das spricht sich halt herum in Musikerkreisen. So mancher singt Ihr Lob, Madame Weber, vom sauberen und preiswerten Quartier...»

Sie drohte mit ihrem Wurstfinger und lächelte neckisch, wobei ihre Augen hinter Fettwülsten verschwanden. – Fett, adrett und nett, da kracht das Bett, es is a Gfrett!

«Ist es so recht?»

Mozart blickte in das bescheiden eingerichtete, aber sehr geräumige Zimmer. «Ja, ja, Madame Weber, vorerst ist mir alles recht, wenn ich nur einmal weg bin aus der Singerstraße.»

«Sophie, komm' her! Schau, wer uns die Ehre erweist.»

Sophie knickste, sagte leise: «Grüß Gott, Herr Mozart.»

«Mein Gott, ich hätte Sie fast nicht erkannt. Das kann doch nicht so lange her sein? Wann haben wir uns zum letzten Mal gesehen?»

«Vor gut zwei Jahren in München...»

«Sie sind ja eine richtige Frau geworden, Mamsell Sophie!»

«So soll's ja sein! Aber Sie sollten erst einmal meine Schwester Constanze sehen...»

«Sophie!» Es klang wieder sehr schrill.

Die tat ganz unschuldig. «Was habe ich denn so Schlimmes gesagt, Mama? Es gibt nicht nur mich im Haus, da sind ja noch Josepha und Constanze.»

Mutter Weber lachte, ihr Doppelkinn zitterte dabei. «Die hat es faustdick hinter den Ohren, Herr Mozart. Man muß ganz genau auf jedes ihrer Worte achten – ganz genau!»

Der mütterliche Blick ruhte stolz auf der Jüngsten.

«Ihr Gepäck, Herr Mozart?»

«Kommt gleich nach.»

«Gehen wir einstweilen in die Stube.»

Da stand ja wieder das liebe alte Hammerklavier, auf dem er gespielt hatte, während Luise ihre Arien dazu sang. Mama Weber, der nichts entging, war seinem Blick gefolgt.

«Ja, das Instrument meines seligen Franz Fridolin. Hat lange keiner mehr drauf gespielt. Wenn Sie wollen, Herr Mozart?»

Nein, er wollte nicht. Nicht jetzt. Vielleicht nie mehr. Seine Finger zuckten – ja, sie wollten. Die Finger schon. Aber nicht er, Wolfgang Amadé. Weg damit! Weg! Er machte eine Handbewegung, als müsse er etwas verscheuchen.

«Wo sind denn Ihre anderen Töchter, Madame Weber?»

«Auf dem Markt. Wir können uns keine Dienstboten leisten, müssen alles selber machen. Aloysia hat ja nun ihre eigene Familie, und so kann sie uns nicht mehr unterstützen. Ein Kind ist auch schon da. Sie kriegt hier mehr wie in München, wissen Sie das? Siebzehnhundert Gulden zahlt ihr die Hofoper. Gutes Mädchen! Sie hat bei ihrer Anstellung in Wien zur Bedingung gemacht, daß mein Fridolin beim Nationaltheater als Kassenbeamter unterkommt.»

Madame Weber holte ein Taschentuch unter ihrer Schürze hervor, tupfte sich die Tränen ab, die über ihre runden Wangen kullerten. «Hat – hat sich nicht lange freuen können an der neuen Stellung. Sechs Wochen nur, dann – dann...» Sie schluckte.

Mozart legte seine Hand auf ihren Arm. «Madame Weber, fassen Sie sich! Es muß sehr schwer für Sie gewesen sein.»

«Mutter geht jede Woche aufs Grab», bemerkte Sophie.

«Manchmal so-sogar zwei-zweimal», sagte Madame Weber, von Schluchzern geschüttelt.

Mozart, mit seinem feinen untrüglichen Gespür für menschliche Regungen, klang es falsch. Es waren aufgesetzte Schluchzer – gut gespielt, aber nicht echt. Nicht ganz echt. Gewiß vermißte Frau Weber ihren Gemahl, aber er war nicht der Inhalt ihres Lebens gewesen. Ein Glied der Familie war er gewesen, mehr nicht. Madame Weber, als die Gluckhenne, barg sorgsam ihre Küken unter den weiten Flügeln – der Hahn blieb draußen. Außer Haus durfte er auch krähen, so lange und so laut er wollte, aber im Nest saß die Glucke, breit, behäbig, raumfüllend, beherrschend. Sie gab ihre Töchter nicht leicht her, nicht jedem – o nein! Der Hofschauspieler Joseph Lange war genau geprüft worden, ehe Luise ihm ihre Hand reichen durfte. Man hörte da so allerlei. Musiker sind geschwätzig, liebten den Tratsch. Und es hieß, Lange habe das Fräulein Weber erst ehelichen können, als er zusagte, den Gehaltsvorschuß von Fridolin Weber zurückzuzahlen.

Als Mozart in sein Zimmer ging, um sich einzurichten, traf er im Flur auf Josepha und Constanze, die gerade hereinkamen. Sie schauten beide recht grimmig drein, als hätten sie Streit gehabt. Constanze trug zwei schwere Körbe, die sie jetzt geräuschvoll und unwillig absetzte.

«Das Schwesterchen will sich ja die Hände nicht schmutzig machen, findet immer neue Ausreden, um ihre Faulheit zu bemänteln.» Dabei schaute sie haßerfüllt auf Josepha, die tat, als ginge es sie nichts an.

Madame Weber kam dazu und unterbrach die beiden: «Müßt ihr denn immer streiten! Was gibt es denn schon wieder?»

«Das sehen Sie ja», fauchte Constanze, «sie läßt mich die beiden Körbe tragen, weil angeblich ihre Hände aufgesprungen sind, von der letzten Wäsche. Ich aber weiß genau, daß sie immer etwas anderes zu tun hat, wenn Waschtag ist. Die Hände tun ihr weh vom Nichtstun – ja, vom Nichtstun! Sie ist faul, faul, faul!»

Josepha drehte ihr den Rücken zu und sagte nur verachtungsvoll: «Pah!»

Mozart trat aus dem Dunkel des langen schummrigen Flurs. «Aber meine Damen! Sie werden doch nicht streiten, wenn ein alter Freund zu Besuch ist.»

Da mischte sich gleich Madame Weber ein. «Nicht nur zu Besuch, Kinder, Mozart hat ein Zimmer gemietet.»

«Ah, der Herr Mozart!» sagte Constanze. «Ich weiß nicht, ob wir drei ihm die Aloysia ersetzen können.»

Und gleich hieb Josepha in dieselbe Kerbe. «Vielleicht weiß er noch gar nicht, daß sie ihm ein anderer weggeschnappt hat? Vielleicht ist der Herr Mozart noch nicht auf dem laufenden?»

Da fuhr Madame Weber dazwischen. «Du hältst dein loses Maul, Josepha, hörst du? Empfängt man so einen alten Freund? Deine spitze Zunge wird dich noch ins Unglück bringen.» Doch das klang weniger wie eine Zurechtweisung, es war eher eine Feststellung, ja, es schien fast, als gebe Madame Weber ihrer Tochter recht, ungeachtet der strafenden Worte.

Mozart wußte nicht, ob er sich einmischen sollte. Er wollte es sich mit keiner der Damen verderben, konnte aber Josephas anzügliche Bemerkung nicht einfach so hinnehmen.

«Vertragen wir uns doch lieber», sagte er lahm, «da wir schon alle unter einem Dach wohnen.»

«Das ist ein Wort!» kreischte Madame Weber und scheuchte die Töchter mit einer jähen Handbewegung davon. «Weg mit euch! Es gibt eine Menge zu tun.»

Sie wandte sich zu Mozart und hob ihre fetten Arme in gespielter Hilflosigkeit. «Diese Mädchen kosten mich viel Kraft, das dürfen Sie mir glauben. Immer hacken sie aufeinander los wie zornige Hühner. Jede neidet der anderen irgendwas, ach, es ist schon ein Kreuz! Ich danke Gott, daß wenigstens Aloysia aus dem Haus ist.»

«Ich räume jetzt mein Zimmer ein.»

Später klopfte es an der Tür. Mozart öffnete. Es war Madame Weber, die eine Flasche hochhob. «Schauen Sie, Herr Mozart, ein heuriger Kremser. Hat mir ein Freund des Hauses verehrt. Die stifte ich zu Ihrem Einstand; Sie sollen wissen, daß Sie willkommen sind.»

Zwei Gläser hatte sie gleich mitgebracht, und die goß sie nun randvoll. «Auf Ihr Wohl, Herr Mozart!»

«Auf das Ihre, Madame Weber.»

Mozart nippte nur, denn er mußte in angeregter Stimmung sein, wenn er trank, aber die Weberische leerte ihr Glas auf einen Zug.

«Ein guter Tropfen, nicht wahr? Aber Sie haben ja kaum getrunken! Hinunter damit!» Und gleich goß sie ihr Glas wieder voll.

Mozart lachte, daß ihm die Tränen kamen. Die Weberische schaute ihn mißtrauisch an.

«Sie lachen doch nicht über mich, Herr Mozart?»

«Nein, nein, Madame Weber, aber als Sie sagten, hinunter damit, fiel mir die Opera ein, an der ich gerade arbeite – übrigens im Auftrag des Kaisers. Da wird ein braver Muselmann betrunken gemacht, aber da sein Prophet den Wein verboten hat, rührt sich sein Gewissen, und er zögert noch. Das geht dann so: ‹Ob ich's wage? Ob ich trinke? Ob's wohl Allah sehen kann?› Darauf ermuntert ihn Pedrillo, der Osmin um jeden Preis betrunken machen will: ‹Was hilft das Zaudern? Hinunter, hinunter!› Deshalb muß ich lachen.»

«Ist ja auch recht lustig, diese Situation.»

Sie sagte es ganz abwesend, ihre Miene blieb ernst, das Doppelkinn lag ruhig. Madame Weber hatte nur eines ganz deutlich vernommen: Mozart schrieb eine Opera für den Kaiser. Sie hielt sehr viel von Seiner Majestät; durch Aloysia und ihren Schwiegersohn wußte sie, wie aufmerksam er alle musikalischen Ereignisse verfolgte und wie lebhaftes Interesse er gerade der Oper entgegenbrachte. So verwandelte sich der in ihren Augen bis dato ziemlich erfolglose Mozart, der Musikvagabund, der nach Brot in ganz Europa herumziehende Gaukler, den man überall schnell wieder verabschiedet hatte, für den ihr die Luise viel zu schade war, dieser ungeratene Sohn eines ehrsamen Vaters, diese Handvoll Mann mit den blaßblauen Froschaugen, dieser Musikhanswurst, der ewig Schulden hatte – Wolfgang Amadé Mozart wurde für Madame Weber ein Objekt aufmerksamer Betrachtung.

Als er gegen Abend aus dem Haus ging, traf er Constanze auf der Treppe. Sie schleppte ein Riesenbündel Holz hinauf in die Wohnung. Von Zeit zu Zeit mußte sie ihre Last absetzen.

«Warten Sie, Constanze, ich helfe Ihnen.»

«Sie machen sich nur schmutzig, Herr Mozart. Schließlich sind Sie unser Logiergast und bezahlen. Die Arbeit ist unsere Sache.»

«Machen wir keinen Disput daraus. Ich packe links an und Sie rechts!»

Gemeinsam trugen sie das Bündel vor die Wohnungstür. Mozart atmete schwer; die ungewohnte Arbeit hatte ihn angestrengt.

«Da muß ich doch noch etwas fragen. Gut – ich bezahle, und der Vermieter tut die Arbeit, aber Ihre Familie hat doch vier Köpfe und acht Hände, und nun, da ich einige Stunden hier bin, habe ich nur Sie arbeiten gesehen. Was ist mit Sophie, was mit Josepha? Wird die Arbeit nicht aufgeteilt?»

Constanze seufzte und wischte sich mit dem Ärmel den Schweiß von der Stirn. Wie reizend sie das macht, stellte Mozart fest. Ihr ovales Gesicht mit den dunklen Augen, den anmutig geschwungenen Brauen, der schmalen, schöngebildeten Nase und dem feinen, etwas kleinen Mund rührte ihn plötzlich so an, als sehe er sie zum ersten Mal. Und nun fiel ihm auch der Unterschied zu Luise auf. Zwar war die Ähnlichkeit groß, doch bei Constanze hatte die Natur ihren Meißel etwas behutsamer angesetzt. Bei Luise war die Schönheit ausgeprägter, vordergründiger. Ihre Augen waren größer, das Näschen feiner, die Lippen voller, die Wangen runder.

Fast hätte Mozart in seiner spontanen Art ausgerufen: Aber Sie sind auch recht schön! Doch er schwieg, verabschiedete sich galant und lief die Treppe hinunter. Er summte die Aria des Belmonte: «Konstanze – Konstanze, dich wiederzusehen – dich!»

Eine Woche später meldete sich Mozart im Deutschordenshaus. Er hatte lange gezögert, den Weg in die Singerstraße zu nehmen, doch er konnte nicht wortlos den Dienst des Großmufti verlassen – schon wegen des Herrn Papa. Der Erzbischof war anwesend und befahl ihn zu sich – sofort, augenblicklich, subito, subito!

«Da ist Er ja endlich! Er sollte doch heute abfahren; ich habe ihm ein dringendes Paket mitzugeben, das Er expedieren muß.»

«Leider kann ich Euer Gnaden nicht gefällig sein und muß meine Reise noch einmal verschieben, weil die Kutsche schon besetzt war.»

Gerade noch war ihm diese Notlüge eingefallen. Da rötete sich das bleiche, hochmütige Gesicht des Erzbischofs, der schmale Mund preßte sich zusammen, als gelte es eine Kröte zu schlucken.

«Er ist der liederlichste Bursche, der mir je untergekommen ist! Kein Mensch bedient mich so schlecht wie Er, und ich rate Ihm, noch heute abzureisen, und wenn Er es auf einem Esel tun muß. Weigert Er sich, so werde ich nach Salzburg schreiben und Seine Besoldung einziehen lassen. Ich zahle ihm doch nicht fünfhundert Gulden für Insubordination und Impertinenz! Da muß Er sich schon einen Dümmeren zum Herrn suchen. Mit so einem Lausbuben vertue ich meine Zeit!»

«Ich werde überhaupt nicht reisen...»

«Ah – kommt der Lump mir jetzt so! Scher Er sich fort!»

«Sie sind also nicht zufrieden mit mir?»

«Was? Will Er mir auch noch drohen, Er, elender Fex!? Dort ist die Tür, ich will mit einem so elenden Buben nichts mehr zu tun haben, also geh' Er endlich!»

In Mozart löste sich die Spannung mit einem Mal. Nun war es heraus, nun hatte es der Mufti selber ausgesprochen.

Fast heiter sagte Mozart: «Auch ich will nichts mehr mit Ihnen zu schaffen haben, und dabei soll es bleiben! Morgen werden Sie es schriftlich bekommen.»

Beschwingt verließ Mozart das Deutschordenshaus. Ach, hätte er nur sein Entlassungsgesuch gleich mitgebracht und dem Großmufti vor die Füße geworfen. Er war zornig, das schon, sehr zornig sogar, und danach fühlte er sich als Sieger, wie seinerzeit in München vor fünf Jahren, als «La finta giardiniera» aufgeführt wurde.

Graf Colloredo, Fürsterzbischof von Salzburg, der Großmufti und Sklavenhalter, traf einige Tage nach der Premiere in München ein. Ihm zu Ehren veranstaltete Kurfürst Max III. eine große musikalische Akademie, an der auch Wolfgang mitwirkte, am Klavier und auf der Geige.

Leopold und Wolfgang Mozart wurden in die kurfürstliche Loge gebeten, wo das hohe Paar mit dem Fürsterzbischof, dem Grafen Seeau und anderen Herren des bayerischen Adels saßen und standen.

«Da ist ja unser kleines Genie! Setzt euch nur her, ihr beiden.»

Der Saaldiener brachte hurtig zwei Stühle.

«Ruck' ma a bisserl z'samm, dann geht's scho.» Seiner Gewohnheit nach fiel der Kurfürst häufig ins Bayerische, aber nun besann er sich seines fürstlichen Gastes und redete hochdeutsch weiter. «Er hat Seinem Fürsten Ehre gemacht, Mozart, hohe Ehre. – Nun, Colloredo, wie ist Ihnen zumute, wenn Ihr kleiner Konzertmeister in München einen so großen Erfolg einheimst?»

Colloredo hüstelte verlegen. «Tja – also, nun, das freut mich. Ja, es freut mich.»

Der sonst eher zurückhaltende Kurfürst Max genoß die Situation. «Ah – es freut Sie also, Colloredo. Das ist aber ein bisserl wenig, wenn man bedenkt, daß Talente wie der junge Mozart selten sind in Deutschland, sehr selten. Sie haben da einen Edelstein an Ihrem Hof, Colloredo, hüten Sie ihn gut. Edelsteine sind begehrt, da mag auch mal ein anderer die Hand danach ausstrecken, net wahr?»

Graf Seeau fügte hinzu: «Da kann ich Ihrer Kurfürstlichen Durchlaucht nur beipflichten. Wenn ich Mozarts Opera mit anderen vergleiche… Ich denke da an ‹Pupilla› oder ‹Barone di Torreforte›, die kürzlich gegeben wurden. Wenn man sich später überhaupt an solche Machwerke erinnert, dann nur, weil in selbiger Zeit auch Mozart geglänzt hat.»

Der Graf trug so dick auf, weil er dem Kurfürsten schmeicheln und dem arroganten Colloredo eins auswischen wollte. Der aber hatte nun gerade diese beiden Opern gehört und wußte jetzt überhaupt nicht mehr, was er sagen sollte.

Er zog die Schultern hoch, räusperte sich, sagte «Aha» und «Hm – hm» und streifte die Mozarts mit einem giftigen Blick. Wolfgang genoß den Triumph, aber er ließ es sich nicht anmerken.

«Dieses hohe Lob verdiene ich nicht, wenn ich mich auch bei Euer Durchlaucht und dem Herrn Grafen untertänigst dafür bedanken will. Von Zeit zu Zeit eine Opera zu schreiben ist für einen jungen Compositeur unerläßlich für die weitere Entwicklung. Ich werde Euer Durchlaucht diesen hochherzigen Auftrag niemals vergessen.»

Der Kurfürst lächelte. «Wird nicht der letzte gewesen sein, lieber Mozart, das kann ich Ihm schon jetzt versprechen.»

Und da war noch Franz Albert, der Wirt vom «Schwarzen Adler», der seine Lauscher spitzte, wenn irgend etwas Musikalisches von Belang in München geschah. Auch wenn Wolfgang nicht bei ihm wohnte, so ruhte er doch nicht, bis er den Komponisten der heurigen Faschingsoper kennengelernt hatte.

Albert umwarb das junge Talent mit schmeichelhafter Aufmerksamkeit und zog im stillen seine Fäden, bis es ihm gelang, ein musikalisches Ereignis in seinen Gasthof zu ziehen.

«Mozart, ich bereite etwas für Sie – für uns – vor und möchte Sie bitten, mich nicht im Stich zu lassen. Es springt auch was raus dabei, Sie brauchen es nicht umsonst zu tun.»

«Wenn's nichts Unchristliches ist, bin ich dabei», scherzte Wolfgang.

Albert lachte, seine dunklen welschen Augen blitzten. «Ach wo – trauen Sie mir so was zu? Nein, es geht um eine Art Wettspiel. Der Pianist Ignaz von Beecké ist in der Stadt, und da dachte ich, das trifft sich ganz gut, da kann sich der Beecké gleich mit unserem Mozart messen. So meine ich...»

Wolfgang unterbrach ihn. «Den Herrn von Beecké kenne ich

flüchtig aus Paris. Er war damals Musikintendant irgendeines kleinen Fürsten.»

«Ja, von Oettingen-Wallerstein – das ist er noch. Sein Einverständnis habe ich schon, aber der Wettstreit soll kein allzu ernster sein. Die Gäste sollen ihr Vergnügen dabei haben –»

«Und recht viel konsumieren, nicht wahr, Herr Wirt?»

Albert grinste übers ganze Gesicht. «Wir in Bayern pflegen gerne das eine mit dem anderen zu verbinden. Ich knöpfe meinen Gästen einen halben Gulden ab, das kann sich jeder Musikfreund leisten, und die bloßen Schmarotzer wird es abhalten. Je ein Drittel davon fließt in Ihre, meine und Beeckés Tasche. Einverstanden?»

«Ich hätt's auch ohne Salär gemacht.»

Ignaz von Beecké spielte kultiviert, brillant, virtuos heitere Nichtigkeiten aus dem Kopf. Als man ihm Noten vorlegte, wurde der Anschlag – für Laien kaum erkennbar – zögernder, behutsamer. Es war ein fehlerloses Vom-Blatt-Spielen, aber es mangelte an Feuer. Mozart machte es den Zuhörern weniger leicht, spielte schwierige Stücke aus seinen Klaviersonaten in Dur-Tönen, jagte im Galopp durch seine neue Opera und bot zum Abschluß eine Klavierfassung seiner elften Symphonie, die in Italien entstanden war. Ihre etwas oberflächliche, dem Ohr schmeichelnde Beschwingtheit brachte ihm schon nach dem ersten Allegro-Satz Bravorufe ein. Es war die «italianità», der vertraute welsche Ton, der die Leute ansprach. Als man danach auch ihm fremde Noten vorlegte, machte sich Wolfgang den Spaß, brav vom Blatt zu beginnen, um dann immer stärker in eigene Phantasien abzuweichen.

Inzwischen hatte man in der Küche einen Kessel Punsch gebraut, für den der «Schwarze Adler» berühmt war, aus Wein, Rum und Traubensaft, mit vielerlei Spezereien gewürzt. Wolfgang vertrug wenig, doch diesmal trank er mehr, als für ihn gut war.

Um Mitternacht ließ Albert den Kichernden, Wankenden und Lallenden die paar Schritte hinüber ins Pernatsche Haus führen. Der Herr Papa war natürlich wachgeblieben, aus Sorge und weil er dem Sohn gleich die Leviten lesen wollte.

Wolfgang fiel ihm um den Hals. «Ach Papa – es war – es war – herrlich! Wir ha-haben gespielt, ge-getrunken, getanzt – gege –»

Leopold schob seinen Sohn von sich weg. «Du stinkst wie eine ganze Weinstube. Ich möchte dich darauf hinweisen, daß der Fasching vorbei ist und vor zwei Tagen die Fastenzeit begonnen hat. Es ist unchristlich und vermessen, den Karneval nach Lust und Laune zu verlängern. Das führt zum Zerfall der Sitten!»

«Jawohl, Papa.»

14.

Der Brief. Der Brief nach Salzburg. Der Brief an den Herrn Vater. Der schlimme Brief. Der Brief, den Mozart lieber nicht geschrieben hätte. Der unwiderrufliche Brief. Der Brief mit der guten Nachricht, aber für den Herrn Papa war es eine schlimme. Der Brief, der ein Beil war, mit dem er die Kette zwischen Salzburg und Wien durchhieb. Er mußte geschrieben werden, dieser Brief, und Mozart tat es noch am selben Tag, da er den Streit mit dem Großmufti hatte.

Wie anfangen? Gleich mit der Tür ins Haus? Vielleicht so:

Ich freue mich, Ihnen mitteilen zu können, daß Seine Hochfürstliche Gnaden und ich geschiedene Leute sind.

Nein – so nicht. Mozart kannte seinen Vater, er mußte ihn quasi mit einbeziehen in den Entschluß, seine Sache zu der des Vaters machen, ihn teilhaben lassen an dem gerechten Zorn, den der Sohn über die schnöde Behandlung empfand. Also besser so:

Ich bin noch ganz voll der Galle! Und Sie, als mein bester, liebster Vater, sind gewiß mit mir. Man hat so lange meine Geduld geprüft – endlich ist sie aber doch gescheitert. Ich bin nicht mehr so unglücklich, in Salzburgischen Diensten zu sein. Heute war der glückliche Tag für mich.

Ja, der Herr Vater soll es nur wissen, dachte Mozart, daß ich weder verlegen noch unglücklich, noch schuldbewußt bin.

Dann schilderte er in knappen Worten die Vorgeschichte und den Ablauf der Auseinandersetzung, hielt aber dabei die Fiktion aufrecht, daß er tatsächlich hatte abreisen wollen. Das war er dem Papa schuldig, die Lüge vom Sohnesgehorsam bis zur letzten Minute. Alle Schuld traf den Erzbischof! Und so schloß er sein Schreiben mit den Worten:

Ich will nichts mehr von Salzburg wissen, ich hasse den Erzbischof bis zur Raserei.

Am nächsten Morgen gab Mozart bei der Poststelle den Brief auf und ging gleich weiter in die Singerstraße. In seiner Tasche knisterte das Entlassungsgesuch, sein Entschluß stand felsenfest, nicht Kaiser oder Papst hätten ihn davon abgebracht – ja, nicht einmal der Herr Papa.

Er ließ sich beim Obristküchenmeister melden. Ein schöner Titel: Oberster der Köche und Kuchlmenscher, dachte Mozart und fühlte sein Herz stärker klopfen, aber nicht weil er Angst oder Hemmungen hatte, sondern weil er daran dachte, mit welcher Geringschätzung ihn der Erzbischof als Schurken und liederlichen Kerl bezeichnet hatte.

«Graf Arco läßt bitten!»

Der Oberste Küchenmeister hatte sein freundlichstes Gesicht aufgesetzt, so, als wolle er den Zwist zwischen seinem Herrn und dem halsstarrigen Musikus mit Nachsicht und Güte aus der Welt schaffen.

«Gott zum Gruße, Herr Mozart. Ich sehe schon, Sie haben sich eines Besseren besonnen und wollen sich entschuldigen.»

Darauf war nun Mozart nicht gefaßt. «Entschuldigen? Bei wem und wofür? Wenn Sie mir das gütigst erläutern wollten, Herr Graf.»

Nun war es an Graf Arco, erstaunt zu sein. «Ich dachte, Ihr impertinentes Benehmen Seiner Hochfürstlichen Gnaden gegenüber hätte Ihnen leid getan und Sie wollten...»

«Nein – o nein, Herr Graf! Mir tut nichts leid, und ich nehme nichts zurück. Ich bringe nur das da – und das da!»

Mozart legte sein Entlassungsgesuch auf den Tisch und dazu das schon ausbezahlte Reisegeld nebst den zwei Dukaten Verzehrgeld.

«Ich bitte Sie, mir den Empfang zu quittieren.»

Der Graf stand auf, starrte auf den Tisch, hob mit zwei Fingern – als sei das Blatt schmutzig – das Gesuch hoch und ließ es wieder fallen. «Was soll das?»

«Meine Bitte zur Entlassung aus Salzburgischen Diensten. Es ist ja nur eine Formsache, da mich Seine Gnaden gestern hinausexpediert haben. Muß ich noch deutlicher werden, Herr Graf? Der Erzbischof hat mich angebrüllt: Scher' Er sich fort, ich will nichts mehr mit Ihm zu tun haben. Wie deuten Sie diese Aufforderung? Ich jedenfalls nahm es für meine Entlassung, und hier haben Sie es schriftlich, dazu die nicht mehr benötigten Gelder für Reise und Verzehr. Ich ersuche Sie nochmals um Quittierung.»

Graf Arco schob Geld und Gesuch zu Mozart hinüber. «Ich werde gar nichts quittieren, kann und will es nicht, ohne die Einwilligung Ihres Herrn Vaters. Das zumindest sind Sie ihm schuldig, er wird mit Ihnen ja ohnehin seine liebe Not haben.»

«Ich kenne die Pflichten gegenüber meinem Vater, da brauchen Sie mich nicht zu belehren. Außerdem bin ich fünfundzwanzig Jahre alt, mündig und imstande, für mich selber zu handeln.»

«Nein, Mozart, so geht das nicht. Ich werde Ihrem Vater schreiben, und Sie nehmen das hier wieder mit.»

Mozart steckte Geld und Gesuch wieder ein. «So oder so, ich betrachte mich jedenfalls aus dem Dienst Seiner Gnaden entlassen.»

Mozart hatte nur mit Mühe seine Fassung bewahrt, denn seine Hoffnung, heute die leidige Geschichte ein für allemal aus der Welt zu schaffen, hatte sich nicht erfüllt. Das wühlte ihn so auf, daß ihm übel wurde wie nach dem Verzehr einer verdorbenen Speise – speiübel –, und zugleich schüttelte ihn ein nervöses Fieber.

«Aber Mozart, wie sehen Sie denn aus!» Madame Weber schlug die Hände zusammen, ihre Stimme schrillte.

«Bitte...», sagte Mozart nur und faßte sich an den Kopf. Diese Stimme war wie eine Säge, die ihm ins Gehirn schnitt. Er legte sich zu Bett, spürte das Zittern und Zucken seiner Glieder, die Übelkeit stieg vom Magen herauf wie eine schwere, bedrohliche Wolke, der Kopfschmerz zermarterte sein Hirn – er wollte allein sein, sich im Bett vergraben, nichts mehr wissen von Salzburg, Graf Arco, Eingaben, Vorwürfen und Mißverständnissen.

«Lassen Sie mich bitte allein, Frau Weber.»

Langsam beruhigte sich sein aufgewühlter Körper, sein verstörter Sinn. Er schlief vor Erschöpfung ein.

Am Abend klopfte es an seine Tür, Constanze kam herein mit einem Glas in der Hand.

«Herr Mozart?» fragte sie leise, «sind Sie wach?»

«Jetzt bin ich's», sagte er mit gespieltem Unwillen.

«Oh – habe ich Sie geweckt?»

Er richtete sich auf. «Ich kann ja nicht den ganzen Tag verschlafen. Was haben Sie da?»

«Meine Mutter – die Mama meinte, ein Tamarindenwasser könnte Ihnen guttun. Das reinigt Körper und Geist.»

«So, hat sie das gesagt. Nun, auf Mütter soll man hören, sie wollen immer das Beste für uns.»

Constanze trat näher, Wolfgang betrachtete mit Entzücken das etwas herbe, ovale Gesicht, das ihm plötzlich unendlich anmutig erschien. Anmutig und anziehend. Er nahm das Glas.

«Wollen Sie mir ein wenig Gesellschaft leisten?» Er klopfte auf das Bett und rückte beiseite. «Setzen Sie sich hierher.»

«Das gehört sich nicht, Herr Mozart.»

Sie holte einen Stuhl und nahm in schicklichem Abstand vom Bett darauf Platz.

«Wenn wir allein miteinander sprechen, nennen wir uns beim Vornamen – einverstanden?»

Sie nickte.

Wolfgang trank einen Schluck und rief: «Bäh! Das schmeckt ja wie Rattengift! Aber Medizinen müssen wohl bitter sein, wenn sie helfen sollen. Ich möchte Sie etwas fragen, Constanze: Gesetzt den Fall, Sie seien bei einer Herrschaft angestellt, als Gouvernante, Zofe oder Hauslehrerin – das tut nichts zur Sache –, jedenfalls sind Sie schon längere Zeit dort im Dienst, und eines Tages läßt die Herrschaft Sie kommen, bricht einen Streit vom Zaun, nennt Sie faul, liederlich, undankbar und Schlimmeres und sagt am Ende: Scheren Sie sich fort, wir wollen nichts mehr mit Ihnen zu tun haben. Wie würden Sie das verstehen? Nur als Mahnung, es künftig besser zu machen, oder als unwiderrufliche Entlassung?»

Constanze dachte nach, legte in einer reizenden Geste einen Finger an ihre schmale Nase. «Also noch mal: die Leute sagen, ich solle mich fortscheren, sie wollten nichts mehr mit mir zu tun haben. Auch wenn es nicht so gemeint war, würde ich doch das Haus sofort verlassen, weil ich auch meinen Stolz habe und danach nicht mehr in den Spiegel schauen könnte.»

«Ja!» rief Mozart, «Sie haben es richtig erkannt! Es mag gemeint sein, wie es will, aber man möchte sich nachher im Spiegel betrachten können, ohne schamrot zu werden. Sie haben mir sehr geholfen, Constanze.»

Er griff nach ihrer Hand und küßte sie.

Constanze zog sie schnell weg. «Aber, Herr Mozart!»

«Wolfgang!» berichtigte er sie.

Sie stand auf und trug den Stuhl an seinen Platz zurück. «Haben Sie ausgetrunken?»

Mozart trank mit angeekelter Miene den Rest. «Wenn es so gut hilft, wie es scheußlich schmeckt...»

Madame Weber hatte ein Ohr an die Tür gedrückt und lauschte angestrengt. Das meiste hatte sie nicht verstanden, aber was sie gehört hatte, klang nicht übel. Die jungen Leute fanden Gefallen aneinander, mehr wollte sie vorerst nicht. Vorerst.

Für Mozart war die Sache erledigt. Ob man nun sein Entlassungsgesuch annahm oder zurückwies, er war entlassen, er wollte es sein, da gab es kein Zaudern oder Nachdenken mehr. Basta! Punktum!

Anders stand es mit dem Herrn Vater. Von dem traf jeden zweiten Tag ein Brief ein – mit Mahnungen, Vorwürfen, Beschuldigungen, Unterstellungen, und jeder dieser Briefe ließ ein Stück von Mozarts Respekt und Gehorsam abbröckeln, jeder dieser Briefe machte ihn störrischer, selbstbewußter und dem Vater gegenüber kritischer.

Der Vater zeigte sich überrascht, empört, verärgert, griff den Sohn an, ungerecht, hitzig, in unguten Worten, stellte ihn als dummen, unreifen Buben hin, der nur bestrebt sei, dem Vater das Herz zu brechen, ihn zugrunde zu richten. Manchmal glaubte Mozart, ein Fremder habe dem Papa das Schreiben diktiert. Doch er ließ sich weder beeinflussen noch provozieren. Er blieb der geduldige und scheinbar gehorsame Sohn, bat immer wieder um Verständnis für seinen Entschluß, den er unverdrossen dem Vater plausibel zu machen versuchte. Was er nicht schrieb war:

Ach Papa, lieber Papa. Warum verhärtest du Herz und Sinn? Bin ich nicht mehr Dein Sohn? Bin ich ein Wechselbalg, ein ehrloser Lump, der aus der Familie ausgestoßen werden soll? Warum glaubst Du den lügenhaften Einflüsterungen eines Arco mehr als meinen Beteuerungen? Laß mich bitte meinen Weg gehen, mein Leben leben, meine Arbeit tun! Jetzt habe ich glücklich die Kette zwischen dem Erzlümmel Colloredo und mir zerbrochen, soll nun auch das Band zwischen Dir und mir zerreißen? Was hat das eine mit dem anderen zu tun?

Vielleicht hätte er dies nicht nur denken, sondern auch schreiben sollen, aber er schrieb:

Mon très cher Père!

Ich weiß auch nicht, was ich zuerst schreibe, mein liebster Vater; denn ich kann mich von meinem Erstaunen noch nicht erholen, und werde es nie können, wenn Sie so zu denken und zu schreiben fortfahren. Ich muß Ihnen gestehen, daß ich aus keinem einzigen Zug Ihres Briefes meinen Vater erkenne! Wohl einen Vater, aber nicht den besten, liebevollsten, den für seine eigene und für die Ehre seiner Kinder besorgten Vater…

Aufrütteln wollte er ihn, den Leopold Mozart, der sich in seinen Grimm verbissen hatte wie ein Bluthund in sein Opfer. Und er, Wolfgang, sollte nun das Opfer sein? Kronos, der seine Kinder frißt? Eine Opera seria in zwei Akten?

Das mit den Weberischen paßte ihm natürlich auch nicht. Er hatte sie ja nie gemocht und befürchtete noch immer, daß er hinter Aloysia Lange her war.

Mozart kam schnell wieder auf die Beine – nicht nur durch das Tamarindenwasser –, das quirlige, umtriebige Wien lockte ihn aus dem Bett. Von draußen hörte er Pferdegetrappel, Kutschengeratter und Marktgeschrei, aber Leben war auch hier drinnen in der Wohnung, wenn das vierblättrige Weiberkleeblatt herumfuhrwerkte, sich in die Haare geriet oder im Quartett über irgend etwas lachte. Mozart war derzeit der einzige Logiergast, und das Kleeblatt richtete sich ganz nach ihm.

Wie störend hatte er doch das frühe Mittagsmahl im Deutschordenshaus empfunden, und wie bereitwillig kam man ihm hier entgegen, und das verschwieg er dem Herrn Vater keineswegs. Der Papa sollte nur wissen, daß es ihm jetzt in jeder Beziehung wohl erging, mochte er die Weberischen nun schätzen oder nicht.

Da er nach alter Gewohnheit sein Arbeitspensum am Vormittag

erledigte – das konnte sich dann bis ein oder zwei Uhr hinziehen –, warteten die Damen mit dem Essen, bis er sich meldete. Und dann ging er oft im Morgenmantel hinüber zu Tisch, und niemand tadelte ihn deswegen. Die Weberischen hatten ihr Leben lang mit Musici zu tun gehabt und wußten recht gut, daß ein Compositeur nicht mit der Bürgerelle zu messen ist.

Mozart gefiel das, er fühlte sich wohl und spürte, wie die Kraft in ihm wuchs, die Schöpferkraft mit dem sicheren Bewußtsein, jede musikalische Aufgabe meistern zu können. Es drängte ihn danach, endlich mit der Niederschrift der «Entführung» zu beginnen, aber Stephanie arbeitete noch an der endgültigen Fassung des Librettos und hatte ihn auf Juni, spätestens Juli vertröstet. Nun, er hatte genug zu tun, Halbfertiges mußte vollendet, Fertiges überarbeitet, Neues überdacht werden.

Aber sie ließen ihm keine Ruhe, und wieder mußte er ins Deutschordenshaus zur Audienz. Der Graf erwies sich als ungemein höflich. «Ihr Herr Vater hat sich an mich gewandt, weil er sich keinen Rat mehr weiß. Er hat mich gebeten, mit allen Mitteln auf Sie einzuwirken, damit Sie zur Vernunft kommen.»

«Ich bin bei bester Vernunft, oder zweifeln Sie an meinem Verstand?»

Arco lächelte leise. «Manchmal schon – verzeihen Sie, wenn ich Ihnen das sage. Es ist das Recht der Jugend, das Unvernünftige zu tun, mit dem Kopf durch die Wand zu rennen, aber Sie sind erwachsen, Mozart. Sie sind ein Mann und sollten der Vernunft gehorchen.»

«Gut, daß Sie mich daran erinnern, daß ich ein Mann bin. Mein Vater scheint da anderer Ansicht, er dirigiert mich herum wie einen kleinen Buben. Damit ist jetzt Schluß. Ich lasse mir weder vom Erzbischof noch von Ihnen, noch von meinem Vater sagen, was ich zu tun habe. Das weiß ich selbst ganz genau, ich bin – wie Sie richtig bemerkten – erwachsen und will meinen eigenen Weg gehen, den ich – hören Sie – ich! für gut und vernünftig halte.»

Graf Arco verzog keine Miene. Was ging ihn dieser Dickkopf an? Um Leopold Mozart einen Gefallen zu tun, hatte er sich zu dieser Unterredung bereit erklärt. Und dennoch wurmte ihn die Halsstarrigkeit dieses schmächtigen kleinen Menschen, der ihn mit seinen großen, schwachsichtigen Augen trotzig ansah. Der Kerl glaubte wohl, hier in Wien sein Glück zu machen. Da mußte man ihn aufklären!

«Glauben Sie mir, Sie lassen sich hier zu sehr verblenden. Hier dauert der Ruhm eines Menschen nur kurz. Wenn die Wiener eines Spielzeugs müde sind, wollen sie gleich ein neues. Freilich, zuerst lobt man Sie, hebt Sie in den Himmel und steckt Ihnen reichlich zu. Aber wie lange, Mozart, wie lange dauert das? Nach einigen Monaten will die Meute etwas Neues und läßt Sie fallen.»

Mozart stellte sich dumm. «Woher wollen Sie wissen, daß ich in Wien bleibe?»

«Wo sonst sollten Sie bleiben?»

«Und wenn es so ist, dann trage ich die geringste Schuld daran, sondern wurde durch den Erzbischof dazu gezwungen. Wüßte er mit Leuten von Talent umzugehen, wäre es nicht so weit gekommen.»

Arco bewahrte mit Mühe seine Fassung. Sein Zorn wallte auf, der Zorn des Adeligen, der seine Kaste beleidigt oder in Frage gestellt sieht. «Ja», sagte er kalt, «der Erzbischof hält Sie für einen sehr hoffärtigen Menschen.»

Mozart lachte frech. «Das glaube ich gern! Gegen ihn bin ich es freilich. Wie man mit mir ist, so bin ich es wieder. Wenn ich sehe, daß mich jemand verachtet oder geringschätzt, dann kann ich so stolz sein wie ein Pavian.»

«Ja, glauben Sie denn, ich habe keinen Stolz? Glauben Sie, ich habe nicht auch einiges zu schlucken von Seiner Hochfürstlichen Gnaden?»

Mozart zuckte die Achseln. «Sie werden Ihre Ursachen haben, warum Sie es leiden. Ich habe die meinen, warum ich es nicht leide.»

Arco stand auf und sagte mit zitternder Stimme: «Geh' Er, Mozart, ehe ich mich vergesse.»

Mozart griff in die Tasche. «Da wäre noch immer mein Abschiedsgesuch.»

«Er weiß, daß ich es nicht annehmen will. Gebe Er es einem Kammerdiener Seiner Gnaden.»

Mozart dachte nicht daran. Ruhig steckte er das Gesuch wieder ein, verneigte sich leicht und ging hinaus – klein, schmächtig, aufrechten Hauptes und festen Schrittes. Arco blickte ihm nach und fühlte etwas wie einen Respekt wider Willen. Wie ein gescholtener Bub, dachte er, der sich im Recht weiß und nicht unterkriegen läßt.

Mozart hatte Besseres zu tun, als sich mit dem Großmufti herumzuärgern, denn es stand ein Scholar in Aussicht.

Da war nun das Fräulein von Aurnhammer. Mamsell Barbara. Tochter des bewährten und tüchtigen Finanzrates Johann von Aurnhammer, der ein Billett an Mozart schickte und in sehr höflichen Worten um seine Vorstellung bat.

Die Familie bewohnte ein geräumiges Haus, denn der Finanzrat war durch die Verwaltung großer Adelsvermögen sehr wohlhabend geworden.

«Willkommen, Herr Mozart. Das ist nun meine Tochter Josepha Barbara – wir nennen sie Babetterl –, und die ist ins Klavier vernarrt. Da kommt meine Frau – sie wird die nötigen Verhandlungen führen.»

Der große stattliche Finanzrat zuckte etwas zusammen, als Madame erschien, mit einem Blick die Lage einschätzte, um dann gönnerhaft anzuordnen.

«Darfst dich zurückziehen, Hansl, von Musik verstehst du eh nix.»

Der Herr des Hauses war sichtlich erleichtert. «Gern, meine Liebe, habe ohnehin noch viel zu tun. Adieu, Herr Mozart, ich hoffe, Sie werden mit unserer Babetterl zurechtkommen.»

«Er wird, er wird», sagte Madame fest.

Die künftige Schülerin stand verschüchtert da und hatte noch kein Wort gesagt, war auch nicht zu Wort gekommen. Die Mamsell war um die zwanzig, nicht viel größer als Mozart, aber sehr viel dicker. Dick wie ein Faß, rund wie ein prallgefüllter Mehlsack, auf dem oben ein unreifer Apfel lag. So nämlich wirkte das Köpfchen der Babetterl, das vor Aufregung eine blaßgrüne Farbe angenommen hatte. Und sie schwitzte.

Babett ist fett und schwitzt um d'Wett, reimte Mozart flugs zusammen, doch er machte ein würdevolles Gesicht und fragte: «Mademoiselle Babette – so darf ich Sie doch nennen? –»

Jetzt wurde das Gesicht rot wie eine Tomate. Das Köpfchen nickte. «Also, Mademoiselle Babette, wer hat Sie bisher unterrichtet?»

«Die Herren Richter und Kozeluch», sagte Madame von Aurnhammer.

«Den Richter kenne ich nicht, und Kozeluch ist – ist recht tüchtig.»

«Er schien mir für meine Tochter nicht mehr geeignet.»

Wieder errötete die Mamsell, doch Madame redete gleich weiter. «Zuerst wollen wir die Honorarfrage klären, Herr Mozart. Wieviel nehmen Sie?»

«Sechs Dukaten für zwölf Lektionen, und dann sehen wir weiter.»

«Was?!» Ihr Kopf stieß vor wie der einer gereizten Schlange. Die ohnehin recht harten Augen der Madame wurden zu Stein.

Mozart, der sich geschworen hatte, in keinem Fall darunter zu gehen, erhob sich. «Dann darf ich mich wohl empfehlen?»

Fräulein Babette schwitzte, und man roch es. Ihre Augen flitzten ängstlich zwischen Mama und Mozart hin und her.

«Aber so viel ist das doch gar nicht», meinte sie leise und schlug die Augen nieder.

«Du mußt es ja nicht verdienen», sagte Madame sarkastisch, und Mozart dachte, du ja auch nicht, Madame Xanthippe.

«Wenn Sie auf den Markt gehen, Madame, und man bietet Ihnen verschrumpelte, wurmige Äpfel für fünf Kreuzer und gesunde rotbackige für dreißig Kreuzer – welche nehmen Sie?»

«Diese Frage erübrigt sich wohl...»

«Gut, Madame, ich sehe, Sie entscheiden sich für Qualität, auch wenn sie einen höheren Preis hat. Bei mir ist das nicht anders.»

15.

Der Monat Mai ging dem Ende zu, aus dem Deutschordenshaus hatte Mozart nichts mehr vernommen; vielleicht war die ganze Bande längst abgereist.

Um so mehr hörte er aus Salzburg, denn der Papa schien in diesen Tagen nichts anderes zu tun, als Briefe nach Wien zu schreiben. Im Grunde enthielten sie immer die gleichen Episteln und zielten nur drauf ab, Mozart den Aufenthalt in Wien zu verleiden. Noch nie hatte das Haus «bei St. Peter im Auge Gottes» einen so regen Postwechsel erlebt. Einmal, als Mozart mit den Weberischen bei einem späten Mittagsmahl saß, klingelte der Expediteur, und schon lag wieder ein Brief vom Papa auf dem Tisch.

«Rührend, wie Ihr Herr Vater sich um Sie kümmert», merkte Madame Weber an.

Klang das nicht ein wenig anzüglich?

«Er vermißt mich», sagte Mozart kurz und löffelte weiter an seiner Suppe.

«Warum kommt er nicht nach Wien, hier läßt sich's doch leben», fragte Josepha, die Älteste.

«Da kann ich Ihnen nur beipflichten, Mamsell Weber, aber mein Vater liebt sein Amt als Hofcompositeur und Vizekapellmeister im Dienste des Erzbischofs. Er würde es niemals aufgeben, es liegt ihm nicht, sich ins Ungewisse zu stürzen. Vielleicht fühlt er sich schon zu alt dazu.»

«Zu alt?» sagte Madame Weber, «nun ja, mag sein. Doch mein Fridolin war auch schon ein Dreißiger, als er seine Tätigkeit als Amtmann an den Nagel hängte und sich – und uns! – ins Ungewisse stürzte. Es hat ihm aber nur Schulden eingebracht, das ist wahr, Schulden, die ich jetzt begleichen muß.»

«Wir schaffen es schon», meinte Constanze.

«Ein reicher Schwiegersohn würde manches erleichtern...», bemerkte Frau Weber und blickte ihre Töchter der Reihe nach an.

«Mama!» sagte Sophie vorwurfsvoll.

«Du als die Jüngste bist auch nicht gemeint.»

Das war recht deutlich. Josepha lief rot an.

«Ich weiß schon, das geht gegen mich! Aber finde einmal einen Freier, wenn du selber nichts hast!»

«Luise hat auch einen gefunden», sagte die Mama ungerührt.

Nun meldete sich Constanze. «Luise – Luise! Sie war auch Papas Liebling, und ihre Verlobung mit Lange hat er noch kurz vor seinem Tod eingefädelt. Um uns hat er sich weniger gekümmert...»

«Jetzt halt dein loses Maul, Constanze! Euer Vater hatte es nicht leicht mit seiner großen Familie. Außerdem will ich so etwas nicht vor unserem Gast erläutern.»

Mozart, dem Akkorde und Kadenzen im Kopf umgingen, sagte zerstreut. «Das stört mich nicht, meine Damen, ich gehöre ja schon fast zur Familie.»

An einem Sonntag war Aloysia Lange mit ihrem Ehemann auf Besuch erschienen, ganz plötzlich, ohne sich vorher anzukündigen. Es ging auf Mittag, draußen strich ein heftiger Frühlingsregen über Dächer und Bäume.

Es wurde so finster, daß Mozart eine Kerze ansteckte, um den Brief nach Salzburg zu Ende schreiben zu können. Von nebenan hörte er laute Stimmen, achtete aber nicht darauf. Dann klopfte es an die Tür.

«Nur hereinspaziert!» rief er, ohne sein Schreiben zu unterbrechen. Es war Constanze.

«Herr Wolfgang, meine Schwester Aloysia ist zu Besuch, hätten Sie ein wenig Zeit...?»

Luise! Er sprang auf, merkte, daß er unfrisiert und noch im Morgenmantel war, setzte sich wieder, schaute Constanze zärtlich an und sagte leise:

«In diesem Zustand? Ich müßte mich erst waschen, ankleiden, frisieren – und außerdem liegt mir nichts daran. Das sage ich nur Ihnen, Constanze, die Mannheimer Zeiten sind vorbei. Luise ist verheiratet, ich bin erwachsen und vernünftig geworden und weiß jetzt auch, daß meine Gefühle – meine Gefühle – also ich will sagen, es war nur Verliebtheit damals, ich war halt noch sehr jung, aber jetzt…»

Constanze schloß die Tür und trat näher. «Aber jetzt?» fragte sie mit kleiner, sanfter, neugieriger Stimme.

«Würde ich anders wählen!» platzte Mozart heraus.

«So…», sagte Constanze, und es klang wie ein Hauch.

Die beiden jungen Menschen schwiegen, jeder versuchte aus dem Blick des anderen etwas herauszulesen, die Worte waren verbraucht, es gab nichts mehr zu sagen, später vielleicht, aber nicht jetzt. Man komponiert eine Symphonie nicht vom Finale her, ging es Mozart durch den Kopf, aber auch das hatte er schon getan, doch dieser Vergleich hinkte, das Leben war nicht nur Musik, und sie schauten sich an und vergaßen den Besuch; für Sekunden waren sie der Mittelpunkt des Universums, nichts anderes zählte. Die Tür öffnete sich einen Spalt. Da sie knarrte, war es deutlich zu hören. Constanze wandte sich um.

«Wenn ihr beide etwas Wichtiges zu besprechen habt, will ich nicht stören, aber wir haben Besuch und wissen noch immer nicht…»

Madame Webers Stimme klang diesmal gar nicht schrill, eher sanft, ungewohnt sanft, verständnisvoll, rücksichtsvoll.

«Ich muß mein Äußeres ein wenig restaurieren», rief Mozart und tat recht munter. «In zehn Minuten werde ich erscheinen.»

Constanze rührte sich noch immer nicht.

«Constanze, steh' nicht da wie eine Salzsäule. Du kannst Herrn Mozart schließlich nicht beim Ankleiden helfen.»

Sie begrüßten sich ein wenig steif. Mozart hatte sich oft gefragt, welche Empfindungen ihn bewegen würden, falls er sie plötzlich träfe, und hatte ein wenig Angst davor gehabt. Nun aber regte sich nichts in ihm. Sein Kopf blieb kühl, sein Herzschlag war ruhig, seine Stimme unbeteiligt.

«Wie geht es Ihnen, Madame Lange?»

«Wie es einer geplagten Ehefrau und Mutter eben geht.»

«Aber Sie singen noch?»

«Das wissen Sie doch.»

«Vielleicht habe ich für Sie eine Partie in meiner neuen Opera...»

«Das muß Herr Salieri entscheiden. Er ist der Hofkapellmeister und hat das Ohr des Kaisers. Aber es freut mich, daß Sie an mich gedacht haben.»

«Aloysia ist sehr erfolgreich, alle bewundern sie.»

Das war die Stimme ihres Ehemannes, des Schauspielers Joseph Lange, der sie dabei stolz und respektvoll ansah. Lange hatte ein weiches, empfindsames Gesicht, seine sanften gutmütigen Augen waren Hundeaugen, die um einen Knochen bettelten. Aloysia streifte ihn flüchtig mit einem nachsichtigen Blick.

«Ist schon gut, Joseph, du würdest mich auch noch loben, klänge meine Stimme wie Rabengekrächze.»

Mozart, mit einem untrüglichen Blick für menschliche Beziehungen und Zwischentöne, dachte, Aloysia hat das Erbe ihrer Mutter übernommen und Joseph Lange darf nun die Rolle des seligen Fridolin spielen. Er beneidete ihn nicht darum und fühlte plötzlich eine unsägliche Erleichterung, daß nicht er diese Rolle zu spielen hatte.

Nachmittags ging Mozart zum Palais Aurnhammer, wo die Babetterl ihres Lehrers harrte. Das war nun schon die dritte Lektion.

«Sie sind begabt, Mademoiselle, aber Ihren Fingern fehlt die Bestimmtheit. Bei jedem Anschlag, so scheint es mir, zögern Sie einen winzigen Augenblick. Das nimmt dem Anschlag die Kraft, läßt ihn vage und matt werden. Frisch drauflos, Fräulein Babette, frisch gewagt! Weder das Klavier noch ich werden Sie beißen.»

Das kleine runde Köpfchen wandte sich um. Ihre Schüchternheit hatte sie inzwischen verloren, doch sie schwitzte noch immer, und leider roch man es auch. «Das wäre nicht so schlimm, Herr Mozart, ich würde es schon aushalten.»

«Was?»

«Wenn Sie mich beißen täten...»

Von dir möchte ich aber nicht gebissen werden, dachte er und sagte energisch: «Kindereien, Fräulein von Aurnhammer! Spielen Sie das Menuett nochmals von vorn, und achten Sie auf den Anschlag, verstanden? Kraftvoll, nicht zögerlich, kraftvoll!»

Er machte es ihr vor und rümpfte die Nase. Wenn sie nur nicht so schwitzen würde!

Inzwischen war es Anfang Juni geworden, und Mozart spürte, daß sich seine Existenz nach wie vor in einem Schwebezustand befand. Nichts war entschieden, noch immer galt er als Konzertmeister des Erzbischofs. Jetzt mußte er die Sache zu Ende bringen.

Diesmal war Graf Arco nicht mehr höflich und gebrauchte das den Rangunterschied betonende «Er».

«Was will Er denn schon wieder?»

«Noch immer das gleiche, Herr Graf. Ich bitte Sie, mein Entlassungsgesuch Seiner Gnaden zu überreichen.»

«Habe ich Ihm nicht gesagt, er soll es einem Kammerdiener überreichen?»

«Das sagten Sie, und ich hab's nicht getan. Eine Sache von Wichtigkeit vertraut man keinem Lakaien an. Als Oberster Kammerherr sind Sie dafür zuständig.»

Langsam stand Graf Arco auf, ging um seinen Schreibtisch herum und betrachtete den kleinen Mozart wie ein störendes Insekt. Du bist nur eine Wanze, sagte sein Blick, ein Floh, der so lästig ist, daß man sich seiner entledigen muß.

«Ich lasse mir von Ihm nicht sagen, wofür ich zuständig bin oder nicht. Scher Er sich von hier fort, und laß Er sich nie wieder blicken, sonst –»

Der Graf schnaufte und ballte die Faust. Ein Zorn durchrüttelte ihn, daß seine Glieder zitterten. Dieser Mozart stellte buchstäblich die Welt auf den Kopf. Hatte jemals ein solches Subjekt es gewagt, einen Grafen zurechtzuweisen? Arco sah seinen ganzen Stand gefährdet, seine geheiligten Rechte in Frage gestellt. Aber was tat dieser Mensch jetzt?

Mozart machte einen Bogen um den Grafen und legte das Schriftstück auf den Schreibtisch – nein, er legte es nicht, er warf es hin.

«Da Sie es nicht nehmen wollen, habe ich's hingelegt. Somit betrachte ich mein Gesuch als ausgehändigt.»

Arco lief rot an, und nun mußte es heraus. «Er ist ein Flegel, Mozart, ein ganz abscheulicher Filou, ein liederlicher Bursche! Geh' Er mir sofort aus den Augen!»

Mozart grinste auf eine Art, die beim Grafen Mordinstinkte erweckte.

«Mit Vergnügen!» sagte Mozart, drehte sich um und ging ganz

langsam auf die Türe zu. Aufreizend langsam, zu langsam für Graf Arcos arg strapazierte Geduld. Er holte mit dem Fuß aus und trat Mozart in den Hintern, daß er die letzten Schritte durch die Tür flog und draußen auf die Knie stürzte.

Mozarts Zorn über diese rüde Behandlung kam erst später. Seine erste Empfindung war Erleichterung, Genugtuung und die Freude, nun alles hinter sich zu haben. Er würde dem Papa haarklein davon berichten, und wenn sich der nur einen Funken, nur ein Fünkchen Stolz bewahrt hatte, mußte er sich endlich auf die Seite des Sohnes stellen.

Als er dann auf der Singerstraße stand und zum Steffl hinüberblickte, der breit und behäbig und auf eine seltsame Art doch schwerelos inmitten der Paläste und Bürgerhäuser thronte, überkamen ihn widersprüchliche Empfindungen. Das Gefühl der Leichtigkeit, des Befreitseins von einer Last hatte sich noch verstärkt, zugleich aber stieg sein Zorn über die demütigende Behandlung.

«Mozart! Mozart! Sind Sie taub geworden?»

Gottlieb Stephanie stand in der Tür einer Weinstube, schmauchte eine lange Tonpfeife und winkte lebhaft.

«Jetzt kommen Sie schon her! Habe hier gerade einen jener Skribenten getroffen, die sich mit Shakespeare gleichrangig dünken, konnte nichts für ihn tun, das Zeug war zu schlecht. Was ist los mit Ihnen? Sie sind ja ganz blaß, eine schlechte Nachricht?»

Mozart brachte ein Lächeln zustande. «Im Gegenteil, Stephanie, ganz im Gegenteil – eine sehr gute. Ich wurde gerade mit Nachdruck aus dem Dienst des Erzbischofs befördert.»

«Aber das wollten Sie doch...»

«Freilich – wenn auch nicht auf eine solche Weise.»

«Kommen Sie, wir bereden es bei einem Glas Wein. Habe zwar schon zwei getrunken, aber einen alten Soldaten wird auch ein drittes nicht umhauen.»

Mozart erzählte Stephanie von seinem Erlebnis, verschwieg nichts, beschönigte nichts, trug nur da und dort – als überarbeite er eine Opera – stärker auf.

Stephanie versuchte, ihn auf ungeschickte Art zu trösten. Er war eben ein alter Militär.

«Auch bei mir hat's manchmal Prügel gesetzt, besonders in der preußischen Armee. Da heißt's, die Zähne zusammenzubeißen und zu denken, leck' mich am Arsch, du prügelst nur meinen Hintern, aber nicht mein Hirn. Damit muß man im Kopf fertig werden, Mozart. Lassen Sie Arco, diesen Dreckskerl, nach Salzburg ziehen und seinem Herrn die Füße küssen. Was kümmert's uns! Wir blicken nach vorn, und die Zukunft sieht recht gut aus. Diese Woche kriegen wir's schriftlich vom Grafen Orsini-Rosenberg, gegengezeichnet von Seiner Majestät. Das erste deutsche Singspiel im Burgtheater! Wir leiten eine neue Ära ein, Mozart, was ist dagegen der Fußtritt eines dummstolzen Grafen? Der Kaiser weiß schon, warum er dem Adel so viele alte Rechte beschnitten hat. Er hält sie für Parasiten, die dem Herrgott den Tag stehlen. Er würde das niemals direkt aussprechen, aber seine Taten beweisen es. Kaiser Joseph sieht sich als ersten Diener seines Staates und haßt alle Schmarotzer, die nur ernten, ohne zu säen. Darum gibt es für Sie nur eine Zukunft: Wien!»

Er hob das Glas und stieß mit Mozart an.

«Vergessen kann ich es aber nicht.»

Stephanie schlug ihn auf die Schulter. «Sie wären ein Hundsfott, wenn Sie's täten.»

Buch 2

Vivace e finale presto

1.

Ein heißer trockener Sommer schwang sein funkelndes Szepter über Wien. Die kleinen Leute, die Handwerker, Taglöhner, Türsteher, Hausbesorger, Kutscher, Straßenhändler und Dienstboten stöhnten bei ihrer Arbeit unter den Trommelschlägen der Sonne, die wie eine weißglühende Kugel am Himmel hing. Wer Zeit hatte, ging in den Prater oder in den Augarten, um sich dort – wie der Kaiser es weise bestimmt hatte – für künftige Aufgaben neue Kraft zu holen. Der Adel und die Reichen – was nicht immer das gleiche war – zogen sich auf ihre Sommerhäuser im Wienerwald in Mödling oder Baden zurück.

Mozart war gerade dabei, an die Nannerl einen Gratulationsbrief zu ihrem bevorstehenden Namenstag zu schreiben, als ein Bote der Gräfin Rumbeke hereinschneite. Auf einem Billett wurde angefragt, ob er nicht Lust hätte, mit ihr und anderen Freunden ein paar Tage auf dem Reisenberg zu verbringen. Graf Cobenzl habe ihn herzlich dazu eingeladen. Mozart, der der Hitze wegen nur mit einem leichten Hemd und einer alten Hose bekleidet war, sagte zu – erfreut und erleichtert. Er war froh, daß er hinauskam, an die Luft, in die Sonne, ins Grüne.

Er griff nach seiner Perücke, doch er fand, dafür war es zu heiß, außerdem trugen die jungen Leute kaum noch welche. Er war Künstler, Compositeur und kein Staatsrat. So nahm er den Kamm, strich sein kurzgeschnittenes braunes Haar zurück, puderte es leicht, kämmte nach, und das war's auch schon.

Sein sehr weiträumiges Zimmer war etwas eng geworden, da er inzwischen zwei Flügel aufgestellt hatte, einen für das freie virtuose Spiel und einen tiefgestimmten für Fugen und den strengen Stil in der Art von Orgelsätzen.

Graf Cobenzl holte ihn ab und sprach während der ganzen Fahrt mit Begeisterung über seine Baupläne.

«Sie werden staunen, Mozart, wenn das Projekt fertig ist. Der Bau wird in einem heiteren, leichten und doch strengen Stil errichtet, soll eine Huldigung sein an die Naturwissenschaften, an modernes Denken und Handeln.» Er lachte. «Der Zopf ist ab, Mozart, auch wenn Sie noch einen tragen.»

«Aber es ist mein eigner, Herr Graf, und kein falscher.»

«Richtig! Es ist ja gerade bei den Menschen eine fatale Mode geworden, sich mit fremden Federn zu schmücken. Einer stiehlt vom anderen, was er braucht. Sie tun's nicht, Mozart, das weiß jeder, der etwas von Musik versteht.»

Die Tage auf dem Reisenberg vergingen wie im Flug. Mozart brauchte seine privaten Gewohnheiten nicht zu ändern, denn der Tagesablauf der Wiener Noblesse kam dem seinen sehr entgegen. Vor zehn Uhr stand niemand auf, dann gab es um elf ein langes köstliches Frühstück auf der Terrasse. Während die Stadt Wien im Hitzedunst zu ihren Füßen lag und der Blick über die Flußebene nach Süden bis ins Leithagebirge reichte, wurden die silbernen Platten mit kaltem Geflügel, Braten und Fisch aufgetragen, die Körbe mit Käse und Obst, dazu frisches blütenweißes Brot, Wein, Champagner, Tee oder Kaffee. Mozart ließ sich nicht lange bitten, wenn man sich dazu eine Tafelmusik wünschte.

Eines Morgens stieg er in den Park hinab. Eine kunstvolle Wirrnis von Bäumen, Büschen, Teichen, Grotten und verschlungenen Wegen, ein Labyrinth fast, aus dem man aber leicht herausfand; denn wo die Wege anstiegen, ging es zum Haus zurück. Mozart liebte eher die Gärten im alten Stil, mit den gestutzten Hecken, den geraden Wegen, den Baumalleen, Kanälen und Kaskaden, weil sie seinem musikalischen Denken mehr entsprachen, aber dieser englische Park rührte etwas in ihm an, eben weil er unheimlich war, weil man sich verirren konnte, weil manche Wege ganz überraschend im Dikkicht endeten. Dahinter lauerte das Ungeordnete, drohte das Chaos, grinste die Todesmaske des armen Myslivecek. Warum dachte er gerade jetzt an den böhmischen Komponisten, der ihn so nachhaltig vor den Lockungen der Frau Venus gewarnt hatte?

Mozart suchte den Weg zurück, verlief sich zweimal, atmete schnell von der ungewohnten Anstrengung in der schwer lastenden Hitze der nahen Mittagsstunde. Dann sah er hinter einer Baumgruppe das Haus, war gleich beruhigt, fand im Schatten eine versteckte Bank und ließ sich nieder. Er schlüpfte aus dem Rock, streifte die Schuhe ab, streckte sich bequem aus. Eine plötzliche Müdigkeit lähmte ihm die Glieder, er schloß die Augen und geriet in einen Zustand träumerischen Wachens, da der Mensch sich manchmal spaltet, und die eine, die wachere Hälfte, mit der anderen, der schläfrigen, Zwiesprache hält.

‹Eigentlich gehörst du nicht hierher, Wolfgang Amadé›, begann die wachere Hälfte. ‹Diese Welt von Fürsten, Grafen, Baronen und reichen Leuten ist nicht die deine. Du mußt doch spüren, daß du hier ein Fremdling bist – zwar erwünscht, aber nicht ganz zugehörig.›

‹Davon merke ich nichts›, antwortete die schläfrige Hälfte, ‹man behandelt mich mit äußerster Zuvorkommenheit.›

‹Freilich, weil man sich mit dir schmücken will. Grafen gibt es viele, doch nur einen Mozart. Aber du mußt auch etwas tun, und so klimperst du ihnen den lieben langen Tag etwas vor.›

‹Ich tu's aber gern›, sagte die schläfrige Hälfte.

‹Das bildest du dir nur ein.›

‹Wohin gehöre ich denn nach deiner Meinung? Zu den Musikern der Hofoper? In die Reihe der Gluck und Salieri?›

Da brach die wachere Hälfte in ein dröhnendes, aber lautloses Lachen aus, das nur als Echo in seinem Kopf widerklang.

‹Du stehst über ihnen allen, Wolfgang Amadé, spürst du es nicht? Über den Fürsten und Grafen, den Sängern und Musikern, über Piccini, Salieri und Gluck – du gehörst nirgendwo hin, bist einsam wie ein streng bewachter Gefangener, der andere lachen, streiten, singen und herumlaufen hört, dem aber der Weg in diese Gemeinschaft versperrt ist. Du hast Freunde, wirst neue gewinnen, und doch wird dein Leben einsam sein, weil eine Mauer euch trennt.›

‹Eine Mauer?›

‹Ja, die Mauer der Töne, die zwischen dir und den anderen ragt, unsichtbar, aber unendlich hoch, für dich genausowenig zu überwinden wie für die anderen. Du sitzt in einem Käfig aus Musik, dessen Gitterstäbe zu weit sind, als daß du sie sehen könntest, aber zu eng, um herauszuschlüpfen.›

Der Schläfrige gähnte. ‹Das ist Sophisterei. Was stört mich eine Mauer oder ein Käfig, die keiner sieht? Und sollte ich mich jemals einsam fühlen, werde ich heiraten.›

In diesem Augenblick wurden der Wache und Schläfrige wieder eins. Mozart schlüpfte in seine Schuhe, nahm den Rock.

«Ganz einfach», sagte er laut, «ich werde heiraten!»

Bei der Besetzung der «Entführung» leistete sich Mozart den Fauxpas, einige Sängerinnen für den Part der Konstanze vorzuschlagen, aber er nannte den Namen nicht, den Salieri hören wollte.

Da sprang Stephanie ein. «Diese Rolle ist der Signorina Cavalieri auf den Leib geschrieben!» Er blickte Mozart beschwörend an. «Sie stimmen mir doch zu, Maestro?»

«Sie hat eine geläufige Gurgel, das ist wahr.»

Salieri erhob sich. «Dann sind wir uns ja einig, addio signori!»

Stephanie atmete tief aus. «Mozart, Sie sind ein – nein, ich sag's nicht, weil ich Sie nicht beleidigen will. Wissen Sie denn nicht, was alle Welt weiß? Die Cavalieri ist nicht nur die Schülerin des Herrn Salieri, sondern seit längerer Zeit auch seine Geliebte. Ganz Wien spricht davon, alle wissen es, nur Sie nicht! Wir dürfen Salieri nicht vergrämen, er hat des Kaisers Ohr und kann in letzter Minute alles zunichte machen. Dabei vergeben wir uns nichts, die Cavalieri singt einen glockenreinen Sopran, ist jung und hübsch, und ihr blindes Auge fällt keinem auf.»

«Gut, ich bin ja einverstanden.»

Sie arbeiteten an diesem Tag noch weit in die Nacht hinein, und vom Steffl hatte es schon Mitternacht geschlagen, als Mozart durch den Graben nach Hause ging. Ein zunehmender Mond hing wie eine bleiche Laterne über der Pestsäule, aus deren Schatten ein Flüstern kam.

«Wohin so spät, junger Herr?»

Mozart blieb stehen. Er hatte mit Stephanie ein paar Gläser Wein getrunken, war erhitzt, von der Arbeit aufgewühlt, hellwach, und so fuhr ihm diese schmeichelnde Frauenstimme aus dem Dunkeln geradewegs zwischen die Beine. Nicht ins Herz, nicht in den Kopf. Amors Pfeil traf tiefer. Er zögerte. Da kam sie schon aus dem Schatten der Pestsäule hervor, stand im Silberlicht des Mondes, berührte zaghaft seinen Arm, es war eher ein Zupfen am Ärmel, ein ganz schüchternes.

«Gefall' ich dir nicht?»

Sie war nicht schön, sie war nicht häßlich; ein rundes, freches, junges, charmantes Mädchengesicht, und gerade das zog ihn an, reizte ihn, lockte ihn. Nun schob sich ihre Hand unter seinen Arm, der sich sofort höflich lupfte, und da war wieder die heisere Schmeichelstimme:

«Kommst zu mir, ich werd' dir Sachen zeigen, mein Lieber...»

Sachen? Welche Sachen? «Eigentlich wollt' ich ja...»

«Nach Haus? Aber geh! Was wartet da auf dich? A leer's, a kalt's Bett. Schau', gleich drüb'n in der Spiegelgassn is mei Wohnung, recht komfortabel, wirst sehen.»

Mit kundigem Griff langte sie ihm an die Hose, riß in gespieltem Erstaunen die Augen auf. «Was is des? Tragst gar a Messer im Hosensack? Oder an großen Schlüssel? Greift sich so hart an wie Eisen.»

Mozart lachte verlegen, sagte nichts.

«Hast lang ka Frau mehr g'habt? No – dafür bin ja jetz i da.»

Sie sprach eine reizende Mischung aus Wienerisch und gestelztem Hochdeutsch, hatte so eine nette unaufdringliche Art – jedenfalls empfand er es so –, daß er sich fügsam in die Richtung der Spiegelgasse drehen und schieben ließ.

Munter plauderte sie fort. «Bist noch auf a Schöpperl g'wesn? Oder hast mit deine Freunderln an Tarock klopft? Dorothea heiß' ich, kannst mich Doris nennen.»

«Also, Doris – nein, ich habe nicht Karten gespielt.»

Die Unterhaltung begann ihm Spaß zu machen. «Darfst raten, was ich getan hab'.»

«Warst beim Kegeln oder Billardspielen? Oder gar auf einem Ball?»

«Nein, Doris, ich habe gearbeitet.»

«Ui jegerl naa! Um die Zeit! Bist gar a Nachtportier?»

«Ich habe komponiert – Musik gemacht für eine Opera.»

Doris blieb stehen und zwickte ihn heftig in den Arm. «Du, raazn laß i mi fei net von dir! Aber i waaß ja eh – d'Männer schneiden gern auf. Außerdem kannst es bei mir daheim beweisen, ob'st wirkli a Komponist bist. A Freier von mir hat falliert und wollt wenigstens sei Spinettl retten, hat's heimlich in mei Wohnung g'stellt. Jetzt sitzt er im Häfn und wart' auf sein Prozeß. Armer Hund, war immer recht spendabel. Schau, da samma scho.»

Die Wohnung im dritten Stock war gar nicht so bescheiden. Ein netter Salon mit schönen soliden Möbeln, darunter als Glanzstück eine brokatbezogene Recamière; am Fenster das Spinettl, ziemlich verkratzt und mit einem zerbrochenen Notenständer. Mozart deutete darauf. «Ist nicht gut behandelt worden, das Instrument.»

Sie schupfte die Achseln. «Hat damals recht schnell gehen müssen, ist in der Eile umgefallen. Na ja, ich kann eh net drauf spielen. Magst an Wein?»

«Her damit!»

Gutgelaunt setzte Mozart sich an das Spinett, ließ die Finger über die Tasten gleiten. «Gar nicht so arg verstimmt. Hätt' schlimmer sein können. Jetzt hörst du was aus der Opera, an der ich gerade arbeite.»

Mozart spielte ein munteres Potpourri aus der «Entführung», manchmal sang er einige Takte, blickte sich dabei um nach Doris. Die stand wie im Traum, lachte blöde, riß die Augen auf, stammelte schließlich:

«Jetzat so was – na so was – na-na –»

Mozart schlenkerte seine Hände. Nun war ihm wohler. Sie tranken sich zu.

«Wie heißt denn du?» fragte sie.

«Mo –, nein, Johannes heiß' ich.»

Das war sein erster Taufname.

«Also Hansl, das war himmlisch! Wie im richtigen Konzert! Weißt was, brauchst nix zahlen bei mir. Aber nachher spielst no a wengerl?»

«Nichts zahlen?» fragte Mozart erstaunt und wollte noch sagen, daß man in der Regel ihn für seine Musik entlohne, doch da fand er in die Wirklichkeit zurück, und Doris half ihm dabei. Sie schälte sich aus ihren Kleidern, drehte sich dabei kokett, damit er sie von allen

Seiten bewundern konnte. Mozart schluckte. Es wurde ihm plötzlich zu warm in seinem Frack, die Hose spannte, er mußte heraus aus dem Zeug. Doris half ihm, geschickt und schnell, eine intime Kennerin männlicher Kleidungsstücke. Irgendwie kamen sie in ein Bett, Doris sagte etwas von einem so kleinen Mannderl mit einem so großen Pfeiferl, er hörte es nicht, sah, fühlte, roch schmeckte den jungen geschmeidigen Frauenkörper, versank darin, ertrank darin, spielte darauf in allen Tonarten, stöhnte, sang, stammelte: «Constanze – Doris – Constanze», dann stand die Zeit still, die Töne verstummten, ein grelles Licht zuckte auf, und dann klang alles in einem sanften Finale aus.

«Des war aber höchste Zeit», sagte Doris sachlich und blickte ihn zärtlich an. «So a kloans Manndl...», setzte sie noch leise hinzu.

Er hörte es nicht, war zu müde, fühlte sich erschöpft, ausgelaugt, schon halb im Schlaf. Er gähnte.

«Soll ich dir jetzt noch etwas vorspielen?»

«Ah geh, des pressiert doch net. Schaust eh ganz blaß aus. Kannst scho no dableibn – schlaf' a bißl, wennst möchst.»

Es hätte ihrer Aufforderung nicht bedurft. Mozart schlief augenblicklich ein, sah dabei aus wie ein müdes Kind.

A so a Buberl, dachte Doris, aber im Bett und als Musiker is er a richtig's Mannsbild, da fehlt si nix.

Als er aufwachte, im fremden Bett, mit dem Mädchen an der Seite, hatte er gleich ein schlechtes Gewissen. Der Papa wenn's wüßt'! Und hinter dem empörten Gesicht des Vaters stand der Schatten des armen Myslivecek und deutete warnend auf sein Gesicht, das nasenlose, zerfressene.

Da hatte er es plötzlich sehr eilig, murmelte etwas von dringenden Pflichten und rief im Hinausgehen: «Kriegst eine Karte zu der Premiere meiner Opera – auf bald!» Aber er meinte, nie wieder.

Er lief die Stiege hinab, hastete durch die Spiegelgasse zum Graben, ging um die Pestsäule herum, bog zum Petersplatz ab. Hinein ins «Auge Gottes», dessen obere Fenster schon im frühen Sonnenlicht aufflammten. Mein Gott, und nun lief er auch noch der Constanze in die Arme! Sie schleppte wieder einmal ein Bündel Holz aus dem Keller und war schon in der Beletage.

«Herr Mozart! Wo kommen denn Sie her? Sie waren heute nacht nicht zu Hause...»

«Ja, Constanze, wurde bei Freunden festgehalten, und da hab' ich gleich übernachtet. Es ging um die Opera; wir sind jetzt schon recht weit...»

Constanze nahm ihr Bündel wieder auf, Mozart packte die andere Seite. «So, so, wegen der Opera.»

Mozart schnaufte leicht außer Atem: «Ja, darum dreht sich jetzt alles.»

Vor der Tür setzten sie ihr Bündel ab. Constanze hob den Schlüssel, doch Mozart drückte sanft ihren Arm herunter.

«Ehe wir hineingehen, muß ich Sie noch ein wenig schelten. Nun habe ich Sie wieder beim Holztragen erwischt! Sie hatten mir doch versprochen, diese schwere Arbeit nicht immer selbst und nicht immer allein zu tun. Und jetzt –»

Constanze wischte sich die feuchten Haare aus der Stirn. Diese Situation erinnerte ihn an den Tag seines Einzugs. Da hatte er ihr auch beim Holztragen geholfen, und vor der Tür waren sie im Gespräch stehengeblieben.

«Josepha schläft noch, und Sophie muß der Mama die Haare kämmen. Da dachte ich mir, ehe ich lange herumrede...»

«Es gefällt mir nicht, daß die ganze Familie Sie als Dienstmagd ansieht. Sie haben zwei kräftige Schwestern, und da könnte man sich schließlich abwechseln.»

«Ich mag nicht immer herumstreiten.»

«Und ich bin es leid, mit ansehen zu müssen, wie man Sie ausnützt und mißbraucht. Constanze, Sie müßten hier einmal raus. Ach, könnte ich doch...»

«Was?»

«Wissen Sie, daß ich Sie liebe?»

«Sie haben es mir nie gesagt.»

«Und Sie haben nichts gespürt?»

Constanzes dunkle, ernste Augen glänzten feucht. Ihr Mund zuckte, als wollte sie zu weinen beginnen, doch sie fing sich wieder.

«Gespürt? Freilich habe ich etwas gespürt, aber wen interessiert das schon? Sie sind immer in Eile, immer in Hast. Die Schüler, die Arbeit, die Konzerte, die Opera, die Einladungen, die Ausflüge mit den Grafen und Gräfinnen. Dazwischen verstreuen Sie wie Brosamen ein paar nette Worte, ein paar Komplimente, helfen mir manchmal beim Holztragen oder verteidigen mich, wenn die anderen zu arg über mich herfallen. Sehr ritterlich, Herr Mozart, sehr freundlich, aber eine Liebeserklärung ist das noch nicht.»

«Und dennoch haben Sie etwas gespürt?»

Sie nickte. Mozart küßte ihre beiden Hände, die nach Rauch, Holz und Harz rochen. «Ich möchte Sie heiraten, Constanze.»

Sie lachte leise. «Das paßt so recht zu Ihnen, Wolfgang Amadé. Ein Heiratsantrag zwischen Tür und Angel, im zweiten Stock auf dem Flur. Darf ich das überhaupt ernst nehmen?»

«Sie müssen! Und Ihre Antwort?»

Sie zögerte. «Erst muß die Mama...»

«Die Mama! Die Mama!»

«Auch Sie werden die Einwilligung Ihres Herrn Vaters brauchen, und Sie wissen ja, was er von uns Weberischen hält.»

«Der Papa! Ja, sein Segen wäre mir schon recht, aber zur Not geht's auch ohne ihn. Wir wollen uns zusammentun, Constanze, Sie und ich. Daran können die anderen teilhaben, wenn sie wollen, aber wirklich angehen tut's nur uns.»

Sie steckte den Schlüssel in die Tür. «Wir werden sehen.»

Am Vormittag war Mozart zu einem Déjeuner bei der Baronin Waldstätten geladen. Sie war keine jener Damen, die mit den Jahren hemmungslos den Kunstwerken der weithin berühmten Wiener Zuckerbäcker verfielen und dabei so aus der Form gerieten, daß kein noch so streng geschnürtes Korsett sie zu retten vermochte. Ihre Belesenheit und ihr beachtliches Musikwissen hinderten sie nicht daran, nach tüchtigen Liebhabern Ausschau zu halten, wobei sie Männer ihres Alters bei weitem den jungen und unerfahrenen vorzog. Doch die Baronin war anspruchsvoll, und wenn ein Pferdchen nicht mehr richtig sprang, dann wechselte sie es halt aus.

«Eine kleine Soirée, cher Mozart, ganz ungezwungen. Sie müssen dafür weder etwas Neues komponieren noch sich sonst besonders vorbereiten. Ein Abend unter Freunden, mit ein wenig Klatsch und ein wenig Musik. Ich mache das öfters so. Wenn allerdings Sie für die Musik zuständig sind, wird der Abend zum Ereignis.»

«Hoffen wir es, Frau Baronin.»
«Da bin ich ganz sicher.»

Es waren nicht viele Gäste geladen, fünf Männer und zwei Frauen, und es gab ein fürstliches Diner, erlesene Weine, wenig Klatsch, aber viel Musik. Das neue, perfekt gestimmte Pianoforte – die Baronin hatte es eigens für diesen Abend angeschafft – begeisterte Mozart, hob seine Stimmung, wirkte euphorisierend auf sein Spiel; die Akkorde überschlugen sich in seinem Kopf, er komponierte beim Spiel, komponierte spielend, spielte Kompositionen, die geradewegs aus dem Kopf kamen.

Nach dem Essen wurde Champagner gereicht, Mozart war erhitzt, trank Glas um Glas, spielte trank, spielte, und plötzlich fuhr vor seinen Augen ein Blitz in die Tasten und lähmte ihm die Finger.

«Jetzt geht's nicht mehr, Mesdames et Messieurs, leider.»

«Sie spielen ja schon seit über drei Stunden.»

«Und einen Schwips habe ich auch.»

«Kommen Sie her, ruhen Sie sich ein wenig aus.»

Mozart ließ sich in einen bequemen Fauteuil sinken und schloß die Augen. Die anderen senkten mit Rücksicht auf ihn ihre Stimmen, das Gemurmel wirkte beruhigend, und wenig später war er eingeschlafen.

«Mozart! Mozart!» Eine sanfte Hand berührte leicht seine Schulter. «Sie haben nun genauso lange geschlafen, wie Ihr Spiel dauerte. Wie fühlen Sie sich jetzt?»

Mozart blickte sich um. «Wo sind Ihre Gäste?»

«Längst gegangen. Alle voll Lob und Bewunderung für Sie. Trinken wir noch einen Kaffee?»

Er gähnte, fühlte sich aber wach und ausgeruht. «Gern, Frau Baronin.»

«Ich mache ihn immer selbst. Meine Köchin ist zwar unübertroffen bei Backhendln, Mehlspeisen, Fisch in Kräutertunke und einem zarten Tafelspitz, aber den Kaffee mache ich selber.»

Das bittere schwarze Gebräu in dem hauchdünnen Porzellantäßchen machte ihn vollends munter.

«Jetzt könnte ich wieder drei Stunden spielen.»

Die Baronin lächelte. Die grauen klugen Augen in dem schmalen feinen Gesicht musterten ihn neugierig. «Sind Sie als Liebhaber auch so gut?»

Mozart errötete. Daß eine Frau so etwas fragen konnte! Aber ihr wurde auch einiges an Libertinage nachgesagt.

«Darüber spricht man – spreche ich nicht.»

«Ah –» Die Baronin hob erstaunt ihre Augenbrauen. «Was heißt man? Unter Männern spricht man sehr wohl darüber. Unter Frauen wohl auch. Warum nicht gemeinsam darüber reden – unter Menschen?»

Mozart wußte später nicht mehr genau, wie er ins Bett der Baronin Waldstätten gekommen war – jedenfalls lag er drin und mühte sich, dem jugendlich schlanken Leib seiner Gastgeberin etwas Gutes anzutun. Doch es ging nicht so recht, sein Lustbedürfnis hatte sich bereits am Klavier erschöpft. Die Baronin nahm es ihm nicht übel.

«Es war auch anmaßend von mir, beides von Ihnen zu verlangen. Ich hätte mich mit Ihrem göttlichen Klavierspiel begnügen sollen.»

«Verzeihen Sie, Baronin, aber...»

Sie küßte ihn auf die Stirn wie einen Buben, dem man seine liebevolle Anerkennung ausdrückt. Dann sagte sie liebevoll:

«Sie sind ein lausiger Liebhaber, Mozart, aber ein genialer Musiker.»

Jetzt, da er mit ihr beim Frühstück saß, lag ihm wieder das Herz auf der Zunge, und er sprach von seinen Heiratsplänen.

Die Baronin schlug die Hände zusammen. «Mozart – Sie wollen heiraten? Das ist nun wirklich eine Überraschung! Auf welche der Töchter Wiens ist Ihr Auge gefallen?»

«Es weiß noch niemand davon; nicht einmal mein Vater oder Constanzes Mutter. Sie erfahren es als erste.»

«Das ehrt mich. Da sie Constanze heißt, muß es wohl eine der Weberischen sein.»

Im stillen aber dachte sie: hat die alte Kupplerin es doch fertiggebracht, dem guten Mozart eine ihrer drei ledigen Töchter aufzuschmeicheln.

«Ja, es ist Constanze Weber. Aber bitte schweigen Sie darüber, denn ich fürchte, es wird noch einige Schwierigkeiten geben.»

«Immerhin leben Sie mit Ihrer Braut unter einem Dach...»

«Gerade das ist es ja! Ich möchte, daß sie dort herauskommt.

Meinen Heiratsantrag mußte ich auf der Stiege machen, weil in der Wohnung die Wände Ohren haben. Lade ich Constanze zu einer Ausfahrt ein, möchte Madame Weber mit, oder eine ihrer Schwestern drängt sich dazwischen. Mir wird das allmählich leid. Außerdem spielt sie in ihrer Familie die Rolle des Aschenbrödels, und sie ist zu gutmütig, sich dort zu behaupten. Es wäre mein sehnlichster Wunsch, sie diesem Megärenhaushalt zu entziehen. Aber wie?»

Die Baronin dachte kurz nach. «Ganz einfach, lieber Mozart. Sie bringen das Mädchen zu mir. Kann sie schreiben und lesen?»

«Aber gewiß!» Das klang fast ein wenig beleidigt.

«So gewiß ist das heutzutage leider noch nicht. Die ganze Bildung wird den Buben zuteil, weil die Mädchen ja eh heiraten, und da langt es, wenn sie sticken und ein bißchen auf dem Klavier klimpern können. Um so besser! So werde ich Constanze Weber als Gesellschafterin anstellen. Sie wird mich in den Prater begleiten, mir vorlesen – und Sie können das Mädchen hier besuchen, sooft Sie wollen.»

Mozart war von dem Angebot so überrascht, daß er zunächst keine Worte fand. «Das – das würden Sie für mich tun! Wie soll ich mich dafür jemals revanchieren können?»

«Das haben Sie längst getan. Sie schenken mir und der Welt Ihre Musik, da stehen wir ohnehin tief in Ihrer Schuld.»

Sie war eine gute und treue Freundin, hatte für alles Verständnis.

Aber der Papa! Auf dem Weg zu dieser Ehe würde er wie ein störrischer Felsen liegen, hart, unverrückbar, ein kaum zu zerbrechendes Hindernis. Mozart schob es in Gedanken beiseite, das ging ganz leicht, aber dann erwartete ihn zu Hause ein Brief aus Salzburg, und schon lag er wieder da, der Fels, legte sich ihm wie ein Alp auf die Brust. Mein Gott, was schrieb der Vater denn da?

...höre aus Wien die wildesten Gerüchte, die mein Herz beschweren und mich in tiefe Sorgen stürzen.

Gerüchte? Wer trägt ihm die zu? Sollte der Vater hier seine Spitzel haben?

Deine Wohnung bei den Weberischen erregt allgemein Anstoß. Wenn ein junger lediger Mann Tür an Tür mit drei unverheirateten Mädchen wohnt, dann schadet das seinem Ruf ebensosehr wie dem der Familie Weber, die das aber offenbar mit Gleichmut hinnimmt. Es heißt, du seist in eine der Töchter verliebt und willst sie in Bälde heiraten. Ich hoffe, da ist nichts Wahres daran. Du müßtest bei Gott erst andere Sorgen haben, als eine dieser bettelarmen Webertöchter zu ehelichen. Ich erwarte von Dir, daß Du Deine Wohnung dort so schnell wie möglich aufgibst, damit diese Gerüchte endlich verstummen.

Mozart warf den Brief auf den Tisch. Und er hatte geglaubt, nur Constanze und seit heute die Frau Baronin wüßten Bescheid. Dabei pfiffen es in Salzburg schon die Spatzen von den Dächern: Mozart ist verliebt – tirili – Mozart will heiraten – tirili. Dem Vater die Wahrheit schreiben! Nein! Nun gerade nicht! Schließlich gab es ja noch gar keine Wahrheit! Wo soll sie denn zu suchen sein? Bei Constanze, die weder ja noch nein gesagt hatte, bei ihm selber, der sich im Stiegenhaus zu einem Antrag hinreißen ließ, nur um zu sehen, wie Constanze darauf reagierte.

Halt – halt! Wolfgang Amadé, du belügst dich und denunzierst deine Braut. Du liebst sie doch? Liebst du sie, oder ist es nur Mitleid, um das Aschenputtel von seiner Familie zu befreien?

Nun wußte er plötzlich selber nicht mehr, was er eigentlich wollte. Und wer war schuld daran? Der Papa mit seinem dummen Brief!

Mit zitternden Fingern rückte er sich sein Schreibzeug zurecht, tunkte die Feder so heftig ein, daß sie zerbrach, kramte eine neue hervor, schnitt sie hastig zurecht, geriet dabei an den Daumen, und schon tropfte das Blut aufs Papier. Zum Glück war es der linke. Himmeldonnerwetter noch einmal! Er saugte die Wunde aus und wickelte sein Taschentuch um den Finger.

Dann schrieb er den Brief in einem Zug herunter, packte alles hinein, was er loswerden wollte, schonte sich und auch den Vater nicht. Das war wie ein langer anstrengender Ritt über Stock und Stein, durch sperriges Gestrüpp und über trügerisch glatten Boden.

Um sich abzulenken und Luft zu machen, setzte er sich ans Klavier und spielte, was ihm gerade durch den Kopf ging. Er spielte fehlerlos und dachte doch nicht an die Musik, sondern an Constanze, die er liebte und hier herausholen wollte. Ehe er das tat, mußte er allerdings selber ausziehen, da hatte der Papa schon recht.

Gleich am nächsten Tag wandte er sich an Stephanie. Der wußte umgehend Rat.

«Am Graben ist kürzlich ein Zimmer freigeworden. Ein Posaunist von der Hofoper hat geheiratet, ich war vorgestern zur Hochzeit geladen. Sollte es noch zu haben sein...»

Es war noch frei, aber es war klein und ziemlich teuer. Am Graben hatte Mozart nichts anderes erwartet, aber dafür lag es nur ein paar Schritte vom Petersplatz entfernt. Also nahm er es.

Madame Weber tat gekränkt. «Haben wir nicht alles für Sie getan, Herr Mozart? Unser Haushalt war ganz auf Sie eingestellt, Sie hatten jede Bequemlichkeit. Aber wenn Ihnen die Familie Weber nicht mehr recht ist...»

«Frau Weber, darum geht es doch nicht. Mein Herr Vater will, daß ich ausziehe, weil er auf den Ruf Ihrer Töchter bedacht ist.»

«So –?» Das Doppelkinn bebte. «So also hat er es Ihnen dargestellt? Da muß ich mich aber wundern! Bisher schien es eher, als spielten wir für Ihren Herrn Vater nicht die geringste Rolle. Er ist wohl mehr auf Ihren Ruf bedacht, weil er fürchtet, Sie könnten sich in eine Weberische verlieben.»

«Aber Madame! Da verkennen Sie meinen Vater...»

Die Wurstfinger fuhren durch die Luft, sie winkte ab, verächtlich.

«Lehren Sie mich die Männer kennen! Aber eines bitte ich mir aus: Wenn Sie ausgezogen sind, wird es hier keine Besuche mehr geben, es sei denn –» Sie blickte ihn vielsagend mit ihren schlauen dunklen Augen an. Dann lachte sie plötzlich und vollendete ihren Satz: «...es sei denn, Sie kämen als Freier.»

Mozart verschlug es die Sprache. Sie genoß seine Verblüffung. «Nur ein Scherz, Herr Mozart, Sie brauchen nicht zu erschrecken. Gehen Sie mit Gott!»

Bei einer der langen vormittäglichen Proben im Burgtheater am Michaelertor gerieten sich Mozart und Stephanie in die Haare. Sie stritten sonst kaum, wenn es auch nicht selten zu Meinungsverschiedenheiten kam, die aber schnell beigelegt wurden, da einer im andern den erfahrenen *professionista* anerkannte und respektierte.

Die Oper sollte mit dem Monolog des Grafen Belmonte beginnen; Mozart hatte bis jetzt nichts dagegen gehabt. Sie arbeiteten schon am zehnten Auftritt des ersten Aktes und hatten den ganzen Vormittag das Terzett von Osmin, Belmonte und Pedrillo geprobt. Nun waren die Sänger gegangen; Mozart schlug auf dem Klavichord einige Takte an, bildete eine Folge von Akkorden, formte eine Melodie.

«Hören Sie es, Stephanie?»

Der steckte sich gerade eine Tonpfeife an und tat die ersten qualmenden Züge. «Was soll ich hören? Können Sie uns nicht eine Pause gönnen? Es wäre besser für Sie, jetzt etwas Tabak zu schmauchen, als auf dem Klavier herumzuklimpern.»

Mozart ließ sich nicht beirren. «Haben Sie nur noch einen Augenblick Geduld. Hören Sie es? Mir ist da etwas eingefallen. Warum soll unsere Opera mit einem gesprochenen Monolog beginnen? Geredet wird in ihr ohnehin viel zuviel! Der Bassa Selim ist eine Sprechrolle – gut, ich habe mich damit abgefunden. Aber es ernüchtert das Publikum, wenn es durch die Ouvertüre auf ein Singspiel eingestimmt ist und dann folgt ein trockener Monolog. Ich hätte gern aus dem ersten Auftritt des Belmonte eine Arietta gemacht. Hören Sie – so!»

Mozart spielte das kurze Stück.

Stephanie schüttelte den Kopf. «Der Monolog bleibt! Schließlich tritt unmittelbar danach Osmin auf, der von seiner Leiter herabsingt: ‹Wer ein Liebchen hat gefunden.› Das sollte ja ursprünglich auch ein Rezitativ sein, und Sie haben so lange gedrängt, bis ein Lied daraus wurde. Dieses Lied hat drei Strophen, und Sie haben es exzellent in Musik gesetzt. Warum seine Wirkung durch eine vorherige Arie mindern?»

«Aber Stephanie, es ist nur eine Arietta! Sie sollen aus dem Monolog einen Vers mit acht Zeilen machen, das geht bei Ihnen doch im Handumdrehen.»

«Ich halte es nicht für nötig!»

«Ich schon!»

«Sie können ganz schön halsstarrig sein, Mozart.»

Aber die Schmeichelei tat ihre Wirkung. Stephanie nahm den Stift, beugte sich über das Blatt, strich aus, schrieb hin, schüttelte den Kopf, strich nochmals aus, dachte nach und setzte ein paar Worte dazu.

«Also:

«Hier soll ich dich denn sehen,
Konstanze, dich mein Glück!
Laß, Schicksal, es geschehen,
Gib mir die Ruh zurück!
Ich duldete der Leiden,
O Liebe, allzuviel.
Schenk mir dafür nur Freuden
Und bringe mich ans Ziel.›»

«Bravo, Stephanie, prächtig! Und in knapp zehn Minuten! Dag macht Ihnen so leicht keiner nach. Nur würde ich statt Schicksal lieber Himmel sagen. Laß, Himmel, es geschehen, weil es sich leichter singt. Schicksal besteht aus zwei Zischlauten, während Himmel weicher über die Zunge geht.»

«Den Einwand lasse ich gelten. Also, nun haben Sie Ihre Arietta und lassen mich in Ruhe meine Pfeife rauchen, die natürlich ausgegangen ist.»

Mozart sang leise die Arietta vom Blatt, nickte zufrieden und schloß das Klavier.

«Bis morgen, lieber Stephanie. Ich muß schon um zwei Uhr bei meiner neuen Schülerin sein, der Frau von Trattner. Da bleibt gerade noch Zeit, um eine Kleinigkeit zu essen.»

Stephanie horchte auf. «Ah, der Trattner. Ein bemerkenswerter Mann. Seine Frau soll um dreißig Jahre jünger sein.»

«Um fast vierzig – sie hat es mir selbst gesagt. Man sieht ihm sein Alter nicht an. Er arbeitet gut zwölf Stunden täglich und verläßt als letzter sein Kontor. Dabei ist er ein einfacher Bauernbub gewesen.»

Stephanie wurde ungeduldig. «Ich sagte ja, ein bemerkenswerter Mann.»

Mozart lachte. «Ich gehe ja schon. Auf morgen, lieber Freund.»

«Auf morgen.»

2.

Plötzlich stockte die Zusammenarbeit mit Gottlieb Stephanie. Mozart erhielt ein Billett, es seien wichtige Veränderungen eingetreten, die zwar nicht die Opera selbst, aber ihre Aufführung in Frage stellten, und er, Stephanie, würde sich zu gegebener Zeit melden.

Was war davon zu halten? Mozart konnte sich keinen Reim drauf machen, aber er sorgte sich nicht, die Opera war so gut wie fertig, das Honorar klimperte schon fast in seiner Tasche.

Die plötzliche Arbeitspause und das schöne Spätherbstwetter brachten ihn auf den Gedanken, bei «St. Peter im Auge Gottes» vorbeizuschauen. Zwar hatte Madame Weber es ihm mehr oder weniger scherzhaft verboten, aber er wollte Constanze zeigen, daß er noch da war und zu ihr hielt. Und ein bisserl Geld hatte er auch noch. Er mietete eine Kutsche, zog seinen besten Frack an und fuhr zum Petersplatz. Wenn sie ihn hinauswarfen? Sein Herz pochte laut, als er die Klingel zog. Sophie öffnete.

«Herr Mozart! Höchste Zeit, daß Sie uns einmal besuchen. Aber wenn man so vornehm am Graben wohnt und bei den Trattnerischen aus und ein geht...»

«Wien ist ja noch schlimmer als Salzburg! Ich kann keinen Schritt tun, ohne daß es morgen die halbe Stadt weiß.»

«Wer für den Kaiser eine Opera schreibt, auf den sieht die Welt. Kommen Sie doch herein.»

«Ah – ein seltener Gast!» schrillte Madame Weber. «Constanze hat schon tausendmal nach Ihnen gefragt.»

«Wo ist sie denn?»

Madame Weber blickte ihn entrüstet an. «In der Messe natürlich! Heute ist doch Sonntag! Wir teilen uns das auf, damit immer jemand zu Hause ist. Constanze hat mit Josepha die Zehnuhrmesse besucht und wird bald zurück sein. Gehen Sie am Sonntag nicht in die Kirche?»

«Doch, doch, aber heute kam etwas dazwischen. Ich werde die beiden abholen, wenn Sie es erlauben.»

«Aber gerne, Herr Mozart», antwortete Madame Weber eilig.

Mozart lief zur Peterskirche hinüber, trat auf Zehenspitzen ein und kam gerade zur Wandlung. Er kniete nieder. Siehst du, Papa, wer vor der Wandlung erscheint, dem wird die Messe voll angerechnet. Er blickte sich um, suchte auf der Frauenseite nach dem dunklen Wuschelkopf, aber die Häupter waren alle bedeckt, mit Tüchern und Schleiern, und so wartete er, bis der Priester dreimal das Agnus Dei sprach, klopfte dreimal an seine Brust wie alle anderen, wartete dann, bis die Gläubigen zur Kommunion an den Altar schritten, erkannte im Gedränge Josepha – und da! – ja, da war auch sie, Constanze. Sie empfing den Leib Christi, ging in die Bank zurück. Mozart blieb an der Tür stehen, bis der Priester sang: «Dominus vobiscum», und die Menge antwortete: «Et cum spiritu tuo», worauf der Geistliche mit den Worten «Ite, Missa est» seine Schäflein entließ. Da kamen sie ja schon, Mozart berührte sie leicht am Arm.

«Constanze!»

«Herr Mozart...»

Er nickte Josepha zu, doch die setzte ihr schnippisches Gesicht auf und warf hin: «Ich will die traute Zweisamkeit nicht stören.» Dann war sie verschwunden.

Er zog Constanze beiseite. «Ich habe eine Kutsche draußen stehen und lade Sie zu einer Spazierfahrt. Das ist vielleicht der letzte schöne Herbsttag.»

«Aber Mo –, aber Wolfgang, ich kann doch nicht einfach verschwinden. Das Sonntagsessen muß bereitet werden, wir haben zwei neue Logiergäste, die Mama wird...»

«Sie wird gar nichts! Jetzt denken Sie einmal an sich und nicht an die anderen und vielleicht ein wenig auch an mich.» Der Ausdruck ihrer dunklen fröhlichen Augen machte ihm Hoffnung. «Ich schreibe ein Billett; der Kutscher soll es abgeben, und dann fahren wir schnell weg.»

«In den Prater?»

«Wohin Sie wollen!»

Der Kutscher raunzte über diese Zumutung. «I bin a Fiaker und kaa Bot'! Meine Rösser könnten durchgeh'n...» Aber er tat es dann doch.

«Das wird heute abend ein Donnerwetter geben», meinte Constanze, aber es klang fast fröhlich.

Dann ging es trapp-trapp-trapp zur Praterstraße, und von dort in die Hauptallee.

Constanze war enttäuscht. «Oh – die Limonadenhütten sind schon alle geschlossen...»

«Es ist halt schon spät im Jahr, aber dafür scheint die Sonne, und für Limonade ist mir der Tag zu schade. Hören Sie, wie's sich reimt? Man könnt's auch in Musik setzen.» Er sang:

«Im Prater scheint die Sonne
da gibt's keine Limonade
für diesen Tag der Wonne
wär' das viel zu schade
für dieses Fest zu zwein
ist uns nichts gut genug
wir trinken ein Glas Schaumwein
in einem Zug...»

Constanze lachte, und Mozart rief dem Kutscher zu: «Zum Unteren Prater!»

Da gab es das Lusthaus, einen hölzernen Pavillon, der das ganze Jahr geöffnet hatte – ein Treffpunkt der Müßiggänger, der Liebespaare und all jener, denen die Gulden locker in der Tasche saßen, denn arme Schlucker hatten hier nichts zu suchen. Ein paar Tische standen noch im Freien, dekoriert mit den rotbraunen Blättern der Buchen und Kastanien, die immer wieder wirbelnd herabsanken, mochte auch die Bedienung sie noch so oft schimpfend auf den Boden kehren.

«Aber laß Sie doch diese Pracht liegen», sagte Mozart. «Was die Natur uns beschert, kann nicht von Übel sein.»

«Gilt das auch für Krankheit und Tod?» fragte Constanze. Er bestellte eine Wildpastete, kaltes Rebhuhn, Käse und Weißbrot. Sie stießen an.

«Auf uns, Constanze!»

Mit gespitzten Lippen trank sie einen winzigen Schluck.

Mozart lachte und sang:

> «Was hilft das Zaudern? Hinunter, hinunter!
> Nicht lange, nicht lange gefragt!

Das habe ich Ihrer Frau Mama schon einmal vorgesungen.»

Er trank sein Glas in einem Zug leer und sang das Duett von Pedrillo und Osmin:

> «Es leben die Mädchen, die blonden, die braunen!
> Sie leben, sie leben,
> sie leben hoch!»

Er nahm Constanzes Hand. «Ich denke dabei besonders an die braunen. An ein bestimmtes Mädchen, das mir noch immer eine Antwort schuldig ist.»

Constanze schwieg, nippte an ihrem Glas, setzte es ab, nippte ein zweites Mal. «Sie kennen meine Antwort ja schon, Wolfgang Amadé.»

«Ich soll sie kennen?»

«Wäre ich sonst mit Ihnen allein in den Prater gefahren?»

«Und das heißt ja?»

Sie nickte. Mozart bedeckte ihre beiden Hände mit Küssen. «Im Frühjahr könnten wir heiraten.»

«Mama ist mit Ihnen einverstanden, das weiß ich. Aber Sie müßten noch mit Thorwart reden, das ist unser Vormund. Der hat seinen ganz eigenen Kopf.»

«Ich auch», sagte Mozart, «und so werden unsere Köpfe wohl zusammenstoßen. Wird sich erweisen, welcher der härtere ist. Trinken Sie, Constanze, trinken Sie, und dann schenken Sie mir einen Verlobungskuß.»

Sie blickte sich um. «Hier draußen, vor den Leuten?»

«Es kennt uns keiner, außerdem könnten wir ja schon verheiratet sein.»

«Eheleute werden sich kaum in der Öffentlichkeit küssen.»

«Stimmt», sagte Mozart, «das tun nur Verliebte, und das sind wir ja: verliebt und verlobt – verlobt und verliebt.»

Er stürzte sein Glas hinunter, schenkte sich ein neues ein, rückte seinen Stuhl näher. «Ein zweites Mal: Auf uns!»

«Auf uns!» sagte sie fest und trank mit geschlossenen Augen das Glas leer. Mozart küßte sie zart auf den kühlen, weinfeuchten Mund, gerade als die Bedienung mit den Speisen kam.

«Wollen die Herrschaften jetzt essen, oder soll ich später kommen?» fragte sie patzig.

«Stell' Sie sich nicht so an! Und bring' Sie gleich eine neue Flasche!»

Ein Ahornblatt sank auf die Wildpastete, ein zweites fiel auf die goldgelben Käsescheiben. Sie lachten wie Kinder, aßen, tranken, spürten, wie der Schaumwein prickelnd in den Kopf stieg. Der Himmel wurde blauer, die Sonne strahlender, und ringsherum saßen lauter nette Menschen, die gerührt und nachsichtig das junge Paar betrachteten. So empfanden es die beiden, und wo sie saßen, im Unteren Prater zu Wien, da war der Nabel der Welt, und alles war recht so, wie es war, und sie küßten sich ein zweites Mal, tranken eine dritte Flasche und klammerten sich aneinander, als sie kichernd und schwankend zur Kutsche gingen. Da war es schon später Nachmittag, ein kühler Wind kam auf, und die Sonne verschwand hinter den halbkahlen herbstlichen Bäumen.

Constanze hatte einen süßen kleinen Schluckauf bekommen. «A-aber der Ma-Mama mußt d-du bald B-Bescheid sagen...»

Gleich morgen wollte er das tun, und bei dieser Gelegenheit Madame Weber ein kleines Geschenk überreichen. Ein paar Bouteillen Wein wären ihr vermutlich am liebsten, aber das sah nach einer Anspielung aus, und wer um die Hand der Tochter warb, durfte es mit ihrer Mama nicht verderben.

Zu Hause setzte Mozart noch ein paar Gläser roten Poysdorfer drauf, spielte auf dem Piano das Trinklied aus der «Entführung» und sang mit schwerer Zunge die Rollen von Osmin und Pedrillo.

Das Erwachen war weniger schön. In seinem Kopf hämmerte es schmerzhaft, die Nase war verstopft, die Zunge klebte wie ein altes Stück Leder am Gaumen. Und dann kam auch noch Stephanie daher.

«Entschuldigen Sie, aber ich bin noch nicht fertig angekleidet.»

«Macht nichts, mein Lieber, unter Männern ist man da nicht zimperlich.»

Mozart kämmte sein Haar, puderte es leicht, band den Zopf mit einer blauen Schleife, schlüpfte in seinen Alltagsfrack.

Stephanie hatte ihm schweigend dabei zugesehen und sagte nun plötzlich: «Ich mag nicht lange herumreden, Mozart, und Sie sollen's nach mir als erster wissen: Unsere Opera wird heuer nicht aufgeführt.»

«Heuer nicht? Ich verstehe nicht ganz... Sie sollte doch zum Besuch des Großfürsten... Ah, jetzt weiß ich es! Umlauff hat das Rennen gemacht!»

Stephanie seufzte und sagte ungewöhnlich sanft: «Mozart, Sie sind ein Kind. Ignaz Umlauff kann Ihnen das Wasser nicht reichen, und das weiß er selber. Sie haben sich sein Singspiel doch angehört und einiges daraus gespielt, und der Gute war selber so ehrlich, zuzugeben, daß es nicht viel wert ist. Nein, Mozart – Gluck hat das Rennen gemacht. Großfürst Paul, seit gestern in Wien, soll sich für zwei Opern unseres alten Gluck entschieden haben, weil ihm Ihr und Umlauffs Name nichts sagten. So wurde es mir mitgeteilt.»

«Von wem?»

«Sie kennen ja den Weg. Der Großfürst sagte es dem Kaiser, dieser dem Grafen Rosenberg; der gab es an Salieri weiter, und von ihm habe ich es heute früh erfahren.»

«Und Sie glauben wirklich, daß der Großfürst von sich aus die Gluck-Opern gewählt hat?»

Stephanie stopfte sich eine Pfeife. «Nein, das glaube ich nicht. Da steckt wieder unser Großintrigant dahinter.»

«Salieri?»

«Wer sonst? Ich sehe ihn, wie er den Kaiser umschleicht und umschmeichelt und ihm ins Ohr träufelt, daß man der russischen Hoheit doch nicht zumuten könne, Werke von kaum bekannten Komponisten vorzuführen. Das sei ja fast ein Fauxpas, Majestät, wird er gesäuselt haben. Dann fragt ihn der Kaiser: Und wen schlägt Er vor? Will Er etwa von sich selber eine Opera aufführen? Aber nein, so unklug ist unser Intrigant nicht, und so entgegnet er: Gott bewahre, Majestät, das wäre zu unbescheiden. Ich habe an unseren großen Gluck gedacht. Da atmet der Kaiser auf, weil man sich mit unserem bewährten Altmeister nie und nirgends blamieren kann.»

«Und was wird mit unserer Opera? Soll sie jetzt in einer Schublade verstauben?»

«Nein, mein Freund, das soll sie nicht. Zunächst einmal wissen wir nur, daß die Aufführung verschoben ist. Im neuen Jahr sehen wir weiter. Ich habe auch meine Beziehungen. Courage, Mozart! Denken Sie an die Arie des Pedrillo ‹Nur ein feiger Tropf verzagt!› Der Kaiser schätzt Sie, das weiß ich. Sie sind mit Ihrer Musik ein paar Schritte weitergegangen, und gerade er liebt Neuerungen, Reformen, Vorstöße ins Unbekannte, Ungewohnte. Seien Sie versichert, er wird Sie im Auge behalten.»

Es drängte ihn, mit Constanze darüber zu reden, einen geliebten Menschen teilhaben zu lassen an seinen Sorgen. Was würde Madame Weber zu der sonntäglichen Entführung sagen? Mehr als ihm die Tür weisen konnte sie nicht.

Nichts dergleichen geschah. Lieber Mozart hier – lieber Mozart da. Ob er gleich am Mittagsmahl teilhaben wolle?

«Sophie, leg' für Herrn Mozart ein Gedeck auf!»

Die von Fettwülsten zu dunklen Schlitzen verengten Augen der Madame Weber glitzerten freundlich. Lag nicht auch ein wenig Tücke drin? Mozart bemerkte es nicht, er war erleichtert, er war selig.

Da drohte ihm die Mama mit dem Wurstfinger. «Sie sind schon ein Schlimmer! Passen Constanze vor der Kirche ab und verschwinden mit ihr im Prater. Tut man denn so etwas?»

«Aber Frau Weber, ich habe doch den Kutscher mit einem Billett...»

«Ist ja schon verziehen, nicht wahr, Josepha, Constanze, Sophie, wir verzeihen dem Herrn Mozart diese kleine Impertinenz?»

Sophie, das Küken, nickte gutmütig, Josepha, die Zwiderwurzen, sagte nur «Pah!», und Constanze hauchte: «Er hat es ja für mich getan.»

«Wenn junge Leute sich lieben, geht es manchmal mit dem Kopf durch die Wand», schimpfte Madame Weber. Mozart war so erleichtert, daß es ihm herausfuhr: «Wir sind jetzt auch so gut wie verlobt und bitten um Ihr Einverständnis, Madame Weber.»

«Ich hoffe nur, daß es ernst gemeint ist, Herr Compositeur. Mit den Musici habe ich so meine Erfahrungen.»

«Es ist ernst gemeint.»

«Gut, gut, ich glaube Ihnen. Ihr habt natürlich meinen Segen, Kinder. Was sagt denn Ihr Herr Vater dazu?»

«Ach, der weiß es schon», log Mozart munter drauf los, «ich warte jetzt nur noch auf seine Antwort.»

Aus dieser Notlüge mußte schnell Wahrheit werden, und so begann er zu Hause gleich einen Brief.

Die Natur spricht in mir so laut wie in jedem anderen, und vielleicht lauter als in manchem großen starken Lümmel. Ich kann unmöglich so leben, wie die meisten der heutigen jungen Leute.

Jetzt hieß es, den Papa einwickeln, ihn betäuben für den scharfen schmerzhaften Schnitt, der gleich folgen würde.

Erstens habe ich zuviel Religion, zweitens zuviel Nächstenliebe und ehrliche Gesinnung, als daß ich ein unschuldiges Mädchen verführen könnte, und drittens –

Ja, was sollte das Dritte sein? Da kam der «göttliche Böhme» zur Hilfe, und für Sekunden erschien durch die Fensterscheibe seine nasenlose Fratze.

... und drittens zuviel Grauen und Ekel, Scheu und Furcht vor Krankheiten, und zuviel Liebe zu meiner Gesundheit, als daß ich mich mit Huren herumbalgen könnte.

Verzeih', Doris, aber ich hab' dich damals tatsächlich nicht für eine Hure gehalten, und in meinen Armen warst du auch keine, denn du wolltest von mir kein Geld nehmen. Wir haben uns gegenseitig beschenkt – ich gab meine Musik und du deinen schönen jungen Leib. Nein, wenn ich von Huren rede, sind andere gemeint. Jetzt aber zur praktischen Seite, und da war die Rede von den Vorteilen einer Frau, was Kleidung und Wäsche betraf, er schrieb vom Geld, vom Sparen, vom ordentlichen Leben und auch davon, daß ein lediger Mann nur halb lebt.

Jetzt war der Papa eingehüllt, jetzt konnte man das Messer ansetzen, und der Schmerz würde nicht so groß sein, hoffentlich. Mozart zögerte, warf die Feder hin, die danebenfiel und unter den Tisch segelte. Er war dankbar für diese Pause, schnitt bedächtig eine neue zurecht, tauchte sie in die Tinte, schaute sie an, schaute aufs Papier – und schrieb:

Wer ist aber nun der Gegenstand meiner Liebe? Erschrecken Sie nicht, ich bitte Sie – doch nicht eine Weberische? Ja, eine Weberische, aber nicht Josepha, nicht Sophie – sondern Constanze, die mittlere.

Mozart sah, wie der Papa beim Lesen zusammenzuckte. Der Schmerz war da, heftig genug – trotz der vorherigen Betäubung. Eine Weberische! Wird der Bub denn nicht gescheiter! Fühlt sich dort wohl als Hahn im Korb, und Madame Weber, die alte Kupplerin, lacht sich ins Fäustchen.

Nein, Papa, so dürfen Sie nicht denken. Constanze ist anders. Ich muß Ihnen das erklären...

Ich habe in keiner Familie solche Ungleichheit der Gemüter angetroffen wie in dieser. Die Älteste ist eine faule, grobe, falsche Person, die es dick hinter den Ohren hat. Die Aloysia Lange ist eine falsche, schlechtdenkende Person und eine Kokette. Die Jüngste ist noch zu jung, um etwas sein zu können, ist nichts als ein gutes, aber leichtsinniges Geschöpf

Verzeih' mir den ‹Leichtsinn›, kleine Sophie, aber ich muß dem Papa etwas bieten, damit Constanze um so besser dasteht, und er stellte sie als Märtyrerin heraus, als die Gutherzige, die jeder ausnützt.

Jetzt noch etwas Balsam auf die Wunde, damit sie weniger schmerzt und schneller verheilt. Wie ein musikalisches Thema mußte er Constanzes Wesen weiter herausarbeiten. Nicht zu sehr ihre Vorteile betonen, o nein, der Papa sollte nur sehen, daß sie Schwächen hatte, wie jeder Mensch.

Sie ist nicht häßlich, aber auch nicht besonders schön. Ihre ganze Schönheit besteht in zwei netten schwarzen Augen und in einem schönen Wuchs. Sie hat keinen Witz, aber gesunden Menschenverstand genug, um ihre Pflichten als Frau und Mutter erfüllen zu können.

Ja, dieses Wort schätzte der Papa: Pflichten.

«Sie ist nicht zum Aufwand geneigt ...»

Auch davon hörte der Vater gerne, von Sparsamkeit.

Das meiste, was ein Frauenzimmer braucht, kann sie sich selbst machen, und sie frisiert sich auch alle Tage selbst. Versteht die Hauswirtschaft, hat das beste Herz von der Welt; ich liebe sie, und sie liebt mich von Herzen – sagen Sie mir, ob ich mir eine bessere Frau wünschen könnte?

Noch ein Geldpflaster auf die Wunde, das wirkte oft Wunder. Dazu eine Andeutung von einer festen Stellung mit sicherem Einkommen.

... und die Hälfte von dem Sicheren, das ich bekommen werde, sollen Sie genießen, mein liebster Vater.

Da stand es nun, schwarz auf weiß, und im Augenblick des Hinschreibens war es ehrlich gemeint. Es bestand keinerlei Aussicht auf eine sichere Stellung, aber einen Grund zur Hoffnung gab es immer.

3.

Und dann kam sie noch im alten Jahr, die so sehnlich erhoffte Einladung. Mozart war gerade auf dem Weg zu Frau von Trattner, als der Bote ihn an der Haustür abfing.

Bei den Trattners sprudelte es dann gleich aus ihm heraus. Der Typograph meinte dazu: «Sie sehen, Mozart, es geht aufwärts. Machen Sie es wie ich, schauen Sie immer nach vorn. Nie zurückblikken, hören Sie, nie zurückblicken!»

Constanze freute sich mit ihm. «Eine Audienz beim Kaiser! Das kann viel bedeuten, vielleicht hat er eine Stellung für Sie oder gar einen Auftrag für eine neue Opera?»

Das klang fragend, aber er wußte ja selber noch keine Antwort.

«Es zeigt, daß Seine Majestät mich nicht ganz vergessen hat. Ich hoffe auf nichts Bestimmtes, aber es geht aufwärts, ich blicke voran.»

Ohne es zu wissen, gebrauchte er Trattners Worte, die sich in seinem Gedächtnis festgesetzt hatten.

«Es muß vorangehen, lieber Mozart, wenn Sie eine Familie ernähren wollen.» Madame Weber sprach ganz sanft und verständnisvoll, weder schrillte ihre Stimme, noch geriet das Doppelkinn in stärkere Bewegung. Alles war gut und richtig und im Lot.

In diesem Dezember war Mozart ein täglicher Gast bei den Weberischen und fühlte sich schon als Teil der Familie. Dann kam jener Tag, da Johann Thorwart auftauchte, der Vormund der Weber-Töchter. Madame Weber tat ganz aufgeregt.

«Wir haben einen Gast», rief sie, «einen Gast, der Sie unter vier Augen sprechen will.»

«Mich sprechen?» fragte Mozart erstaunt. «Wer ist es denn?»

Frau Weber öffnete die Tür. «Darf ich Sie mit Herrn Thorwart bekannt machen, dem Vormund meiner Töchter.»

«Es freut – es freut mich, Sie kennenzulernen.»

Madame Weber war plötzlich verschwunden. Thorwart erinnerte Mozart an seinen Vater. Er wirkte streng und pedantisch und runzelte die Stirn, als Mozart auf ihn zuging.

«Ob Sie Grund zur Freude haben, wird sich noch erweisen.»

Er stand auf, seine hohe Gestalt überragte den schmächtigen Mozart um Haupteslänge. Der fühlte sich eingeschüchtert und trat unwillkürlich zwei Schritte zurück. Thorwart war ein Protegé des Grafen Orsini-Rosenberg, der ihn als eine Art rechte Hand beschäftigte; im übrigen besaß er als Revisor von Hoftheater und -orchester einen großen, wenn auch nicht genau zu definierenden Einfluß. Thorwart genoß als graue Eminenz bei Musikern und Schauspielern keinen guten Ruf.

«Setz' Er sich!»

Aha, daher wehte der Wind. Das ‹Er› beförderte Mozart in den Untergebenenrang, wozu Thorwart kein Recht hatte. Doch er nahm sich dieses Recht und schüchterte Mozart damit ein.

«Was hat Er mit meinem Mündel? Ist Er gesonnen, als ein Ehrenmann zu handeln und Constanze zu heiraten?»

Mozart war so verschreckt, daß er kein Wort herausbrachte.

«Expliziere Er sich deutlich!» forderte Thorwart mit wachsender Ungeduld.

Mit dem Zorn fand Mozart zur Sprache zurück. Was wollte dieser ungehobelte Lümmel eigentlich?

«Ich habe bisher als Ehrenmann gehandelt und werde es auch künftig tun. Sie haben mir nichts vorzuwerfen.»

Thorwart schlug mit der Faust auf den Tisch. «Das ist mir nicht genug! Er ist mit meinem Mündel in aller Leute Mund, und sie könnte Schaden daran nehmen. Es ist nicht damit getan, mit ihr in den Prater zu fahren, sie dort vor aller Augen betrunken zu machen und abzuküssen. So geht man mit Huren um, aber nicht mit seiner Verlobten. Von Heirat war bisher nicht die Rede, soviel ich weiß. Ich verlange von Ihm augenblicklich eine schriftliche Erklärung, oder Er läßt künftig das Mädchen in Ruhe!»

Wieder war Mozart von den Vorwürfen und dem herrischen Ton

so eingeschüchtert, daß er keine Worte fand. Er wollte gerne alles erklären, wußte aber nicht, wo beginnen.

«Ich – ich – ich will – ich muß wohl –»

«Warum stottert Er herum? Offenbar weiß Er nicht, was Er will.»

Thorwart öffnete die Tür und rief Madame Weber herein.

«Wie es scheint, will sich Herr Mozart die Sache noch überlegen. Da gibt's nur eines: Sie verwehren ihm den Umgang mit Constanze, bis er sich mir gegenüber schriftlich erklärt hat.»

«Wie Sie wünschen, Herr Thorwart», keifte Madame Weber und schoß dabei giftige Blicke auf Mozart.

Der hatte nur verstanden, daß er Constanze nicht mehr sehen durfte, daß ihm weitere Besuche untersagt waren, daß er zurückgestoßen wurde in die Einsamkeit seines vollgestopften Zimmers, und dagegen wehrte er sich.

«Aber ich will ja...»

«So? Er will also? Hier hat Er Tinte, Feder und Papier. Schreib' Er: ‹Ich verpflichte mich, die Mademoiselle Constanze Weber innerhalb einer Zeit von drei Jahren zu ehelichen. Sollte ich meinen Willen ändern, so verpflichte ich mich zu einer Jahresrente von dreihundert Gulden.›»

Wie ein gehorsamer Schüler schrieb Mozart nach Thorwarts Diktat, setzte Namen und Datum darunter. Thorwart streute Sand auf das Blatt, zog es weg, wedelte damit durch die Luft, bis die Tinte trocken war, und überreichte es mit einer knappen Verbeugung Madame Weber. Dann rauschte er grußlos hinaus, aufgebläht von seinem Amt als unbestechlicher und ehrenhafter Vormund der Weberischen Töchter.

Mozart schaute Madame Weber traurig an. «Hat das nun sein müssen? Trauen Sie mir nicht mehr?»

Sie hob mit einer dramatischen Geste die feisten Arme. «Das war nicht meine Idee, lieber Mozart, glauben Sie mir. Herrn Thorwart wurden Gerüchte zugetragen; er ist ein sehr strenger, honoriger Mann, und da hat er nun auf seine Weise reagiert.»

Da trat Constanze ein. «Ich hörte laute Stimmen, was geht hier vor? Von welchen Gerüchten sprechen Sie, liebe Mama?»

Madame Weber setzte sich, wobei der zierliche Stuhl unter ihrer Leibesfülle verschwand wie ein Küken unter den Flügeln der

Henne. Constanze schaute Mozart fragend an, doch der senkte den Blick.

«Der Vormund war da», sagte Frau Weber, «er war sehr zornig auf Herrn Mozart und hat ihn das da schreiben lassen.» Mit abgewandtem Gesicht, als graue ihr vor dem Schriftstück, streckte sie es ihrer Tochter hin.

Constanze las es, ihre Miene verfinsterte sich. «Das stammt von Thorwart, nicht wahr?»

Mozart nickte. «Aber ich hab's geschrieben...»

Die Zornesröte schoß Constanze ins Gesicht, ihre dunklen Augen blitzten. «Und Sie haben es geschehen lassen, Mama!? Darauf habe ich nur eine Antwort –» Sie riß das Blatt in kleine Fetzen, die sie achtlos zu Boden flattern ließ. Dabei sagte sie: «Lieber Mozart, von Ihnen brauche ich keine schriftliche Versicherung. Ich weiß, daß Sie mich lieben, und vertraue Ihrem Wort.»

Der Brust von Madame Weber entrang sich ein bühnenreifer Schluchzer. «Ach, Kinder», posaunte sie, «ich lasse euch jetzt allein. Sicher habt ihr euch viel zu sagen.»

«Sie steckt mit ihm unter einer Decke», vermutete Constanze.

«Sie gängeln und überwachen uns wie kleine Kinder. Für Sie muß das allmählich unerträglich werden, Constanze.»

«Schön ist es nicht, mein Lieber, aber ich stehe es durch.»

«Mir geht's auch nicht viel besser. Der Papa redet nur herum, aber seine Einwilligung habe ich noch immer nicht. Aber das macht nichts. Wir sind es, die sich zusammentun wollen, und so geht es vor allem uns etwas an. Constanze, ich verspreche Ihnen bei unserer Liebe: Lassen Sie erst die ‹Entführung› über die Bühne gehen – danach heiraten wir.»

«Und wenn die Opera niemals aufgeführt wird?»

Mozart lachte. «So etwas gibt es nicht! Der Kaiser hat sie in Auftrag gegeben und bezahlt. Sollte es aber doch geschehen, dann heiraten wir trotzdem. Ob mit oder ohne Opera! Aber das Singspiel ist eine Huldigung an Sie, Constanze, und es wäre mein Herzenswunsch, sie Ihnen als Brautgeschenk zu überreichen.»

«Ich könnte mir kein schöneres denken.»

Draußen fegte ein Wintersturm durch die Straßen und Gassen, trieb eisige Schneeflocken vor sich her, fuhr Mozart unter den dünnen Frack, daß sein schmächtiger Körper vor Kälte erschauerte. Wegen der paar Schritte zum Petersplatz hatte er keinen Mantel angezogen, aber das Wetter war umgeschlagen, und der Sturm beutelte den kleinen Musikus, als wolle er ihn in die Luft heben wie ein Stück Papier. Ihn schauderte, als er an sein ungeheiztes Zimmer dachte. Bis der Ofen richtig brannte, konnte er erfroren sein. So ging er gleich zum Trattnerhof, wo es im Parterre ein kleines Kaffeehaus gab.

«Gott zum Gruße, Herr Mozart. Bei einem solchen Wetter hätten Sie zu Hause bleiben sollen.»

«Das ging leider nicht. Bringen Sie mir ein Kännchen Kaffee und ein Glas Branntwein.»

Er mischte beides und fühlte, wie die Wärme in seinen Körper zurückkehrte, aber auch sein Zorn über Thorwart flammte von neuem auf. Doch die Freude über Constanzes Verhalten kühlte den Zorn wieder ab, wandelte sich in Triumph. Ihrer beider Liebe hatte über Thorwarts und Madame Webers intrigantes Komplott gesiegt. Schauen Sie immer nach vorn, riet Trattner, blicken Sie niemals zurück.

Er gähnte. Der Schnaps und die Wärme hatten ihn müde gemacht. Durchs Fenster sah er die Schneeflocken tanzen, plötzliche Windstöße trieben sie so schnell weg, als hätten sie es eilig, woanders hinzukommen.

So ist auch das Leben, dachte er, es treibt dich hierhin und dorthin, als säße man in einer führerlosen Kutsche mit wildgewordenen Pferden. Da heißt es, schnell nach den Zügeln zu greifen, damit man nicht im Straßengraben landet mit gebrochenem Genick.

«Welchen Tag schreiben wir heute?»

«Übermorgen ist Heiliger Abend, aber das werden Sie doch wissen, Herr von Mozart.»

Mozart lachte. Die Mischung aus Schnaps und Kaffee hatte ihn betrunken gemacht. «Natürlich weiß ich es! An diesem Tag hat mich der Kaiser zum Souper geladen.»

Der Wirt sperrte sein Maul auf. «Das soll wohl ein Scherz sein?»

«Über eine kaiserliche Einladung scherze ich nicht. Fragen Sie Ihren Hausherrn, der weiß es. Ich werde nicht der einzige Gast Seiner Majestät sein, aber ich soupiere mit Kaiser Joseph dem Zweiten, mit Seiner Apostolischen Majestät. Dafür würde so mancher seine Seele dem Teufel verkaufen oder sich ein paar Finger abschlagen lassen. Sehen Sie, und ich krieg's umsonst. Weil ich ein Musikus bin, Herr Wirt, und die gelten bisweilen recht viel bei den hohen Herren. Nicht bei allen, Gott bewahre, es gibt welche, die setzen ihre Hofcompositeure an die Tafel zu den Silberputzern und Kammerdienern. Das sind die Ignoranten, Herr Wirt, deren Namen man später mit Schande nennt.»

Der Wirt zuckte die Schultern. «Wer kann das schon sagen? Noch einen Branntwein?»

«Nein danke, Herr Wirt. Ich vertrage nicht viel von dem Zeug. Zwei Schoppen Wein oder ein Gläschen Schnaps machen mich schon besoffen.»

«Aber Herr von Mozart! Besoffen kann man das doch nicht nennen. Sie sind ein bisserl angedudelt – mehr nicht. Das ist vielleicht ganz gut fürs Komponieren, da kommen neue Einfälle.»

«Mein Gott, was wissen denn Sie davon? Es ist nämlich genau umgekehrt. Die Musik strömt mir von allen Seiten zu, wenn ich nüchtern bin. Wein oder Schnaps dämmen diese Flut, ich höre ihr Rauschen dann leiser, gedämpfter, und mein armer Kopf kann ausruhen. Drum brauche ich das von Zeit zu Zeit.»

Der Wirt schenkte die Schnapsgläser wieder voll. «Diesmal geht es auf meine Rechnung. Erzählen Sie weiter, Herr von Mozart; wenn ich schon einmal an der Quelle sitze, möchte ich alles wissen.»

Mozart nippte von seinem Glas, sein blasses Gesicht begann sich zu röten. Er blickte den Wirt nachdenklich an.

«Sie stellen sich das Komponieren als schweißtreibende Arbeit vor, wo man am Schreibtisch sitzt und sich mit musikalischen Einfällen abquält. Sicher gibt es das auch, aber die Resultate sind dementsprechend. Bei mir besteht die schweißtreibende Arbeit darin, die Noten von etwas niederzuschreiben, das im Kopf längst fertig ist. Die Handarbeit, verstehen Sie, die strengt mich an, die ödet mich an, vor der drücke ich mich oft bis zur letzten Minute. Die Kopfarbeit geht ganz leicht, aber viele glauben mir das nicht. Haben Sie ein Klavier?»

«Da drüben steht ein altes Spinett, Herr von Trattner hat es mir geschenkt. Es wird nicht mehr viel taugen.»

«Kommen Sie mit.»

Die wenigen Gäste blickten neugierig dem Wirt nach, dem der kleine schmächtige Mann auf den Fuß folgte.

«Soll ich eine Kerze bringen? Sie sehen hier ja fast nichts.»

Mozart schlug das Spinett auf und ließ seine Finger über die Tasten gleiten. «Arg verstimmt, aber es wird schon gehen. Licht brauche ich keines. Jetzt sagen Sie irgendein Gedicht auf.»

Der Wirt dachte nach. «Mir fällt jetzt nur das Gedicht vom Veilchen ein, weil es mein Bub in der Schule hat lernen müssen und ich ihn vorher abgefragt habe. Hoffentlich kann ich es noch.

«Ein Veilchen auf der Wiese stand
Gebückt in sich und unbekannt;
Es war ein herzigs Veilchen.
Da kam eine junge Schäferin
Mit leichtem Schritt und munterem Sinn
Daher, daher,
Die Wiese her, und sang.

Das war die erste Strophe. Dann geht's weiter:

Ach! denkt das Veilchen, wär' ich nur...»

«Halt, halt, mein Lieber. Eine Strophe genügt. Sagen Sie es nochmals auf – Satz für Satz.»

Mozart komponierte dazu eine kleine Melodie und sang mit leiser Stimme den Text dazu.

«Sehen Sie, nun haben Sie Ihr Gedicht vertont. Von wem ist es denn?»

«Ich hab's vergessen, da müßte ich erst meinen Buben fragen.»

«Gut, sagen Sie es mir, wenn ich beim nächsten Mal vorbeischaue. Dann höre ich mir auch die anderen Strophen an.»

An Kaiser Josephs Hof ging es recht nüchtern zu. Er hatte sämtliche Protokollbeamte und Zeremonienmeister beim Tod seiner Mutter entlassen. «Das erledigen meine Lakaien so en passant.»

Und so war es auch. Ein Diener führte Mozart ohne jede Feierlichkeit ins Musikzimmer, wo die Tafel für das Souper schon gedeckt war. Die russische Großfürstin Maria Feodorowna saß mit am Tisch, dazu einige Herren und Damen, von denen Mozart nur Graf und Gräfin Thun-Hohenstein kannte.

«Wir erwarten noch einen wichtigen Gast», bemerkte der Kaiser geheimnisvoll.

«Darf ich fragen, Majestät...»

Joseph lächelte sein bekanntes, etwas müdes, etwas trauriges Lächeln. Die unbelehrbare Borniertheit vieler Menschen hatte seinem ernsten, nicht unfreundlichen Gesicht den Stempel der Resignation, des vergeblichen Bemühens aufgedrückt.

«Nein, das darf Er nicht. Es soll eine Überraschung sein.»

Und schon öffnete sich die Tür, und ein gutaussehender Mann von etwa dreißig Jahren trat ein. Er gab sich weltgewandt, begrüßte die Anwesenden nach ihrer Rangfolge, wurde aber selber nicht vorgestellt. Der neue Gast nahm neben Mozart Platz, und dann schwärmten die Lakaien aus, trugen Speisen und Getränke auf. Das Mahl fiel nicht gerade üppig aus, denn Joseph war ein Feind jeder Verschwendung und machte seinen Hofleuten gegenüber gerne anzügliche Bemerkungen, etwa, ob es viel sei, wenn er täglich vier Gulden für sich verbrauche. Die Wiener Noblesse lebte da viel aufwendiger, und dem Kaiser war das ein Dorn im Auge.

An diesem Abend wurde gedünsteter Karpfen gereicht, danach Gans mit Preiselbeersauce, als Nachspeise in Wein eingelegte Birnen.

Der Fremde wandte sich mit einer leichten Verbeugung an Mozart. «Verzeihen Sie, gehören Sie dem Hofstaat des Kaisers an, vielleicht als Kammerherr?»

Er ließ sich durch die teure und elegante Kleidung seines Nachbarn täuschen. Mozart erging es nicht zum ersten Mal so, und er hatte eine bübische Freude daran.

«Nein, mein Herr, ich bin nur Wolfgang Amadé Mozart, ein Compositeur.»

«Da sind wir ja Kollegen», platzte der andere heraus, und seine Miene zeigte freudiges Erstaunen. Die Freude war gespielt, aber das Erstaunen war echt.

«Ich bin Muzio Clementi!»

«Sie sind mir kein Fremder. Ich kenne einige Ihrer Klaviersonaten.»

Wie wenig er sie schätzte, verschwieg Mozart aus Höflichkeit. Doch er empfahl sie manchmal seinen Schülerinnen zur Übung, weil ihre technisch schwierigen Sexten und Oktaven die Konzentration förderten. Das nun teilte er seinem Kollegen in freundlichen Worten mit, und Clementi nahm es als Kompliment. Sie gebrauchten das Italienische und vertieften sich so in ihr Fachgespräch, daß die Welt um sie herum versank. Schon zweimal hatte der Kaiser halblaut über den Tisch gerufen: «Meine Herren...», doch sie hörten es nicht, und erst als Mozart die vertraute Stimme der Gräfin Thun vernahm, schreckte er auf.

«Mozart, Seine Majestät will etwas sagen.»

Erschrocken stand er auf. «Verzeihung, Majestät, aber man hat nicht so oft die Möglichkeit...»

«Er braucht sich nicht zu entschuldigen. Halb Wien weiß, wie sehr Er mit Seinem Metier verbunden ist – wir wissen es, und wir schätzen es. Nun aber zum musikalischen Teil des Abends.»

Aus der etwas hohen, freundlichen Stimme des Kaisers tönte leiser Spott, denn er wußte, daß jeder der beiden Komponisten geglaubt hatte, als einziger seiner Zunft geladen zu sein. Der Kaiser liebte solche harmlosen Scherze, sie lenkten ihn von der Misere seiner politischen Tätigkeit ab, die reich an Rückschlägen und Enttäuschungen war.

Den letzten Satz des Kaisers bezog Mozart selbstverständlich auf sich. Er glaubte fest, der Kaiser wollte ihn, als «seinen Komponisten», den Abend bestreiten lassen, und da nun auch Clementi geladen war, nahm er an, der wolle als Zuhörer vom Fach sein Urteil abgeben. Doch der Kaiser hatte etwas anderes im Sinn. «Meine Herren, das Glück, zwei hochtalentierte Musiker unter einem Dach zu haben, sollte genutzt werden. Wir wollen sie beide hören und uns dann ein Urteil bilden.»

Die Gräfin Thun las Mozart die herbe Enttäuschung vom Gesicht ab. Nun sollte er mit dem «Welschen» in einen Wettstreit treten und hatte doch geglaubt und gehofft – das wußte sie von ihm selbst –, an diesem Abend dem Kaiser aus der «Entführung» vorspielen zu dürfen. So versuchte sie, ihn aufzumuntern.

«Aber Mozart, Sie werden doch vom Wunsch Seiner Majestät nicht gekränkt sein? Wir sind alle stolz auf Sie, und da wir Sie nun einmal haben, soll die Welt auch wissen, wie wir Sie schätzen und warum. Das läßt sich nur im Vergleich ermessen – im Wettstreit mit einem anerkannten Meister –, und für sein meisterliches Spiel ist Signore Clementi weithin bekannt.»

Mozart fügte sich. Clementi lächelte unergründlich und ließ seine Finger knacken, als wolle er sie für das Wettspiel geschmeidig machen.

Das ist nur Imponiergehabe, dachte Mozart, er weiß, was ihm bevorsteht, so spreizt er sich wie ein Gockel auf dem Mist.

«Clementi ha molti talenti», flüsterte man hinter seinem Rücken, und das stimmte natürlich, doch damit waren keineswegs nur seine künstlerischen Talente gemeint. Er war auch ein gewiegter Kaufmann, der welsche Virtuose, der auf seinen Konzertreisen als Vertreter von Klavierfabrikanten auftrat, Noten verlegte und zudem als Lehrer hochgeschätzt war.

Auf Wunsch des Kaisers machte Clementi den Anfang. «Das sind wir ihm als Gast schuldig.»

Das söhnte Mozart aus, weil diese Worte ihn selbst mit Wien und dem Hof verbanden.

Clementi setzte sich ans Klavier und spielte seine Sonaten. Mozart trat näher. Was war das? Er traute seinen Augen kaum, hatte eine solche Spieltechnik noch nie bei einem Pianisten gesehen. Clementis Hände blieben ganz ruhig, als schwebten sie nur über den Tasten, er hob und senkte sie nicht, sie glitten nur sanft hin und her, während die Finger – vom Handrücken verborgen – unsichtbar ihr hurtiges Spiel verrichteten. Er spielte vollendet, nicht die geringste Unachtsamkeit schlich sich ein, aber er spielte seelenlos, wie ein genial konstruierter Musikautomat. Ob die anderen es merkten? Nun ja, die Terzen nahm er ganz passabel, da war sogar eine Empfindung herauszuhören.

Der Kaiser klatschte Beifall, und die anderen fielen ein. Er wandte sich an Mozart. «Allons! Drauflos!»

Mozart präludierte kurz und spielte dann Variationen aus seiner F-Dur-Klaviersonate. Der Beifall war nicht geringer – aber auch nicht stärker. Entweder sie spüren den Unterschied nicht, oder es ist die Höflichkeit der Noblesse, keinen zu bevorzugen. Ja, das unterscheidet euch Barone, Grafen und Fürsten von der Plebs, daß ihr eure Gefühle – wenn es angebracht ist – völlig verleugnet.

Die junge hübsche Großfürstin – sie war eine württembergische Prinzessin und hatte vor kurzem den russischen Thronfolger geheiratet – trat zaghaft an Mozart heran und legte ein Notenheft auf den Ständer.

«Verehrter Meister, lassen Sie uns daraus die Allegri hören. Herr Clementi wird Andante und Rondo spielen.»

Mozart stand halb auf, deutete eine Verneigung an und begann sogleich in den Noten zu blättern. Es war eine Klaviersonate von Paisiello, handgeschrieben, mehrmals korrigiert, schwierig zu lesen.

«Es ist ein Autograph des Meisters», fügte die Fürstin hinzu.

«Das sieht man», sagte Mozart trocken, «aber ich versichere Eurer Hoheit, daß ich ihn überaus schätze und ihn auch in Neapel selber kennengelernt habe. Ein großes Talent.»

«Da stimme ich Ihnen zu», sagte Clementi, während der Kaiser etwas spöttisch zur Großfürstin bemerkte:

«Unsere Koryphäen haben entschieden, ihr Urteil gilt. Also Mozart, fang' Er schon an!»

Er spielte die beiden Allegro-Sätze und betonte bei seinem Spiel den Unterschied zu Clementi, hob die Hände, ließ sie fallen, bewegte die Arme, den Kopf – ja, sein ganzer Körper wurde von den Tönen getragen und bewegt.

Clementi spielte auf seine Art, ohne viel Bewegung, technisch vollkommen, aber wieder klang sein Spiel in Mozarts Ohren trokken und ohne Gefühl.

Zum Abschluß mußte jeder das Thema aus dieser Sonate variieren, und dabei schnitt Mozart besser ab, weil Clementis musikalische Phantasie nicht sehr weit reichte.

Danach wurde noch Champagner gereicht. Der Kaiser hob das Glas.

«Ich möchte auf unsere beiden Maestri trinken, denn was wäre die Welt ohne Musik, was wären wir ohne sie, die sich uns heute in der ganzen Fülle ihres Talentes gezeigt haben.»

Zum Schluß spielte Mozart noch einige Fugen, um den Gastgeber zu erfreuen. Als die Tafel aufgehoben wurde, hielt ihn der Kaiser zurück.

«Bleib Er noch ein Weilchen, es gibt noch einiges zu bereden.»

4.

Die Diener mußten alle Lichter im Musiksaal löschen. Der Kaiser scherzte:

«Für uns zwei ist der Aufwand wohl zu groß, gehen wir in die Bibliothek.»

Es war eine kleine private Bibliothek mit juristischen Fachwerken, aber auch Musikliteratur war darunter.

«Manchmal arbeite ich hier. Nehmen Sie Platz, Mozart.»

Mozart wunderte sich über das vertrauliche «Sie», empfand es als Auszeichnung.

Der Kaiser setzte sich ihm gegenüber, seine großen, blaugrauen, etwas starren Augen blickten Mozart freundlich an.

«Diese private Viertelstunde bin ich Ihnen schuldig, Mozart, weil ich sehr gut weiß, daß der Abend Sie enttäuscht hat.»

«Aber Majestät, keineswegs...»

Joseph hob eine Hand. «Ich spreche jetzt nicht als Kaiser zu Ihnen, sondern als Musikliebhaber, und Sie dürfen mir glauben, daß ich auch lieber ein paar Melodien aus Ihrer neuen Opera gehört hätte, anstatt Sie mit Clementi um die Wette spielen zu lassen. Doch es geschah wegen der Großfürstin. Sie reist in den nächsten Tagen ab und hätte an einem intimen Musikabend wenig Freude gehabt. Da nun gerade Clementi in Wien war, traf es sich gut, und ich konnte Ihrer Hoheit eine Art Programm bieten. Das soll nun keine Entschuldigung sein, aber eine Erklärung, auf die Sie Anrecht haben.»

«Majestät sind mir keine Rechenschaft schuldig. Mich freut es, daß ich nach so langer Zeit wieder einmal habe in der Hofburg musizieren dürfen.»

«Gut, Mozart, aber für Sie wird das meiste nur Firlefanz gewesen sein –»

«Aber Majestät!»

«Doch, Mozart, Firlefanz, ausgenommen freilich Ihre zweihändige Fuge. Haben Sie die Noten dabei?»

«Es gibt keine Noten, Majestät.»

«Was? Habe ich recht gehört? Keine Noten – aber wie haben Sie dann –?»

«Aus dem Kopf, Majestät. Natürlich habe ich diese Fuge für den heutigen Abend komponiert, aber halt noch nicht aufgeschrieben.»

«Wenn ich's nicht auch schon von anderen gehört hätte, fiele es mir schwer, daran zu glauben. Sie sind ein Phänomen, Mozart.»

«Ich habe Talent, Majestät, das ist alles.»

«Gut. Jetzt zu Ihrer Opera. Es lag nicht an mir, daß ihre Aufführung im November unterblieb, aber Sie kennen ja die Gründe.»

Die kenne ich, dachte Mozart, und sie heißen Salieri.

«Aber im neuen Jahr...»

«Sie haben mein Wort, Maestro. Im Frühjahr geht die ‹Entführung› über die Bühne, ich hab's dem Rosenberg schon gesagt. Was man bezahlt hat, möchte man schließlich auch haben. Sie bleiben jetzt endgültig in Wien, Mozart?»

«Ja, Majestät, hier ist besserer Boden für meine Musik als in Salzburg. Außerdem möchte ich heiraten.»

Der Kaiser zog die Brauen hoch. «Heiraten? Läßt die Musik Ihnen Zeit für ein Familienleben?»

«Die Natur verlangt ihr Recht.»

Ein leises Lächeln huschte über Josephs Gesicht. «Ja, die Natur. Sie läßt sich nicht betrügen, aber deshalb müßten Sie nicht gleich heiraten. So spröde sind die Wiener Mädchen doch nicht.»

Mozart wurde es unbehaglich. Was darauf antworten? Im Gegensatz zu seiner sittenstrengen Frau Mama hatte Kaiser Joseph die Prostitution wieder zugelassen als ein Instrument der Hygiene, das aber von den Gesundheitsbehörden streng überwacht wurde. Man flüsterte in Wien, daß der Kaiser selber von Zeit zu Zeit ein verschwiegenes Bordell aufsuchte. Eine «Maîtresse en titre» sei ihm zu teuer, habe er einmal bemerkt.

«Das liegt mir nicht so, kostet auch Geld...»

«Ja, Mozart, alles kostet Geld, so ist das nun einmal. Wer ist denn Ihre Braut?»

«Constanze Weber, eine Tochter des verstorbenen Theaterkassiers Fridolin Weber.»

«Mit der Sängerin Aloysia Weber verwandt? Sie hat ja kürzlich unseren Lange geheiratet.»

«Frau Lange ist ihre Schwester.»

«Na, da heiraten Sie ja quasi in eine Musikerfamilie. Meinen Segen haben Sie. Bleiben Sie hier, lieber Freund, später wird sich für Sie eine Stellung finden. Ich werde das im Auge behalten, Mozart.»

Es war kurz vor Mitternacht, als er die Hofburg verließ. Die Glokken der Michaelerkirche läuteten die Christmette ein, ganz kurz nur, eher schüchtern, wie es die neuen Vorschriften befahlen.

Mozart erinnerte sich an das Münchner Weihnachtsfest im letzten Jahr, als die mächtigen Glocken des Liebfrauendomes schon um halb zwölf zu tönen begannen, daß die Fensterscheiben der umliegenden Häuser hörbar klirrten. Damals saß er im Haus Sonneck in der Burggasse über seiner Opera, die im Januar aufgeführt werden sollte und an deren Weiterarbeit ihn seine Münchner Freunde – und die eigene eingestandene Faulheit – hinderten. Tags zuvor war schon der erste Akt geprobt worden, und der Kurfürst hatte von einem Nebenzimmer aus zugehört.

«Man sollte nicht meinen, daß in einem so kleinen Kopf so etwas Großes steckt.»

Das war ein schönes Kompliment – ebenso schön wie das des Kaisers heute abend, als er sagte, er, Mozart, sei ein musikalisches Phänomen. Ja, an Beifall und Ermunterungen von seiten der hohen Herren fehlte es nicht, aber das schaffte kein Brot, keine Kleidung, keine Miete. Eine Stellung mußte her, etwas Sicheres, mit dem man rechnen konnte. Später wird sich für Sie etwas finden, ich werde es im Auge behalten – nun, das klang recht passabel, nicht wahr, und das «Sie» unter vier Augen war gewiß eine große Ehre.

Mozart ging über den Kohlmarkt zum Petersplatz. Die dünne Schneedecke von heute früh war schon wieder verschwunden, das Katzenkopfpflaster glänzte feucht, da und dort lauerte eine tiefe Pfütze, die bei der schlechten Straßenbeleuchtung nur zu erahnen war. Zweimal trat er mitten hinein und spürte, wie das eisige Wasser von den Füßen über die Knöchel bis zu den Waden drang. Die

Glocken schwiegen, die Mette hatte schon begonnen. Wieder kam er gerade zur Wandlung zurecht, hörte den Vater sagen: Wir Musiker sind manchmal in Zeitnot, aber wenn du die Heilige Messe noch vor der Wandlung erreichst, so ist sie gültig.

Die festlich gekleideten Menschen standen bis auf die Straße, doch der kindlich schmächtige Mozart schlängelte sich hinein, wo er seine Constanze wußte, war froh, mit ihr zu dieser Stunde unter einem Dach zu sein. Nach der Mette wollte er sie am Kirchenportal abpassen und heimbegleiten. Sie wußte, daß er diesen Abend in der Hofburg verbrachte, aber sie rechnete gewiß nicht mit seinem Kommen.

Der Priester betete: «Laetentur caeli et exsultet terra ante faciem Domini: quoniam venit.»

Eines Tages würde er eine Weihnachtsmesse schreiben. Das mußte mit Pauken und Posaunen unterlegt werden, dieses: «Freuen soll sich der Himmel, und jauchzen soll die Erde vor dem Angesicht des Herrn: denn jetzt ist ER da.»

Seine Nase kitzelte. Aha, die nassen Füße. Gleich ging es los. Er bewegte die Zehen in dem vollgesogenen Schuh, und dann mußte es doch heraus – ha-tschi! Ha-tschi! Einige drehten sich um und sahen ihn strafend an. Er tat, als bemerke er es nicht. Und schon wurde der Kopf heiß. Zum Glück war die Mette gleich zu Ende.

Er paßte die Weberischen ab und wünschte ein frohes Weihnachtsfest. Constanze war nicht dabei.

«Kommen Sie nur mit, Herr Mozart», lud ihn Madame Weber ein, «zu Hause wartet ein heißer Punsch, den Ihre Verlobte inzwischen gebraut hat. Sie wird dafür morgen ins Hirtenamt gehen.»

Freilich, dachte Mozart, weil ihr alle zu faul seid, so früh aufzustehen. Und wieder tat ihm Constanze leid, weil immer sie hinter den anderen zurückstehen mußte.

Ihr Gesicht hellte sich auf, als er unter der Tür stand.

«Wolfgang! Mit Ihrem Besuch habe ich heute nicht mehr gerechnet. Hat der Kaiser Sie so früh gehen lassen?»

«So früh auch wieder nicht. Das Souper begann um sieben Uhr, und kurz vor Mitternacht wurde ich entlassen.»

«Und? Erzählen Sie! Haben Sie Erfolg gehabt?»

«Laß uns zuerst einmal eintreten», forderte Josepha und drängte die Schwester grob beiseite.

«Keinen Streit heute!» schrillte Madame Weber. «Am Heiligen Abend verlange ich eine friedliche Stimmung – verstanden?»

«Jawohl, Mama.»

«Ist der Punsch fertig?»

«Steht auf dem Herd.»

Ob er ein heißes Fußbad haben könne? Constanze füllte sofort eine Schüssel.

«Bin in ein Wasserloch getreten und werde mich wohl erkälten.»

Ah, das tut gut. Die Füße im heißen Wasser, ein Glas Punsch auf dem Tisch und Constanze, die ihn liebevoll-nachsichtig anschaute. Das sind die Wohltaten einer Ehe, dachte Mozart, und es drängte ihn zu sagen:

«Wenn Madame Weber einverstanden ist, bestellen wir im Mai das Aufgebot. Bis dahin wird meine Opera schon aufgeführt sein – der Kaiser hat es versprochen. Er sagte zu mir: Sie haben mein Wort, Maestro, im Frühjahr geht die ‹Entführung› über die Bühne.»

«Das ist schön», sagte Constanze.

«Mein Heiratsgeschenk», sagte Mozart leise.

«Was flüstert ihr da?» Josepha tat empört. «Solange Sie Gast in unserem Hause sind, Herr Mozart, reden Sie bitte so laut, daß es alle verstehen.»

Constanze lächelte wie ein Engel und sagte sanft: «Bist ja nur neidisch, Schwesterchen. Höchste Zeit, daß einer um dich freit, mit dir ist es ja kaum noch auszuhalten.»

«Du – du –» Josepha fehlten die richtigen Worte, und gleich fuhr Madame Weber dazwischen.

«Ich bitte mir Ruhe und Frieden aus! Sophie, schenke die Gläser nach, und du, Josepha, laß die beiden ruhig flüstern. Brautleute haben ihre kleinen Geheimnisse.»

Wie die arme Constanze das nur aushält, dachte Mozart, sie muß hier raus, so schnell es geht.

«Übrigens hat mich die Baronin Waldstätten gebeten, zu fragen, ob Sie für einige Zeit in ihr Haus kommen wollen. Sie ist schon länger krank und braucht eine Gesellschafterin.»

Constanze errötete, Madame Weber rang nach Luft, Sophie kicherte leise, und Josepha murmelte etwas Gehässiges.

«Erlauben Sie es, liebe Mama?»

Wenn es darauf ankam, war Cäcilia Weber eine harte Realistin. Sie wußte recht gut, daß Constanze in einem vornehmen Haushalt nur dazulernen konnte, aber es wäre unklug, gleich zuzustimmen.

«Welche Aufgaben erwarten sie dort, Herr Mozart?»

«Verschiedene. Der Arzt hat der Frau Baronin geraten, ihre Augen zu schonen, und da sie es gewohnt war, sich mehrere Stunden täglich mit ihren Büchern zu befassen, wünscht sie eine Vorleserin. Darüber hinaus soll Constanze das Personal überwachen, die Einkäufe prüfen, Besucher empfangen und Briefe nach Diktat schreiben.»

«Einer Kranken muß man helfen, das ist Christenpflicht!» schrillte Madame Weber, und ihr Doppelkinn bebte vor christlicher Barmherzigkeit.

Constanze schwieg.

Die Mama fixierte ihre Tochter scharf. «Nicht wahr, Constanze!?»

«Ja, Mama.»

Madame Weber hatte unterdessen schon das dritte Glas Punsch geleert und schenkte sich gerade das vierte ein.

«Vorzüglich, Constanze. Ich sollte dich doch nicht aus dem Haus gehen lassen. Von deinen Schwestern bist du die beste Wirtschafterin.»

«Besonders, wenn's um schwere Arbeiten geht», stichelte Mozart.

«Davor ist sie ja bei der Frau Baronin sicher», konterte Josepha anzüglich.

«Dann darfst du auch einmal das Holz heraufschleppen», warf die schüchterne Sophie ein und errötete zugleich über ihre Kühnheit.

«Oder du!» konterte Josepha patzig.

Madame Weber, die schon sehr verschwommen dreinschaute, schenkte sich das fünfte Glas ein, wobei sie einiges verschüttete. Constanze sah es, nahm einen Lappen und wischte es weg. Mutter Weber lächelte weinselig.

«Bischt ein gutesch Kind...», sagte sie, mühsam jedes einzelne Wort formulierend.

Mozart wurde es unbehaglich. Die geballte Streitsucht der drei Schwestern, die Mama betrunken, kaum noch imstande zu reden – nein, er wollte nach Hause. Das Fußbad hatte ihm gutgetan, vielleicht war der Schnupfen für diesmal gebannt.

Constanze begleitete ihn hinaus.

«Möchten Sie wirklich zur Baronin, Constanze?»

Sie nickte heftig. «Wenn ich nur einmal herauskomme aus diesem Hühnerstall. Alle hacken aufeinander los...»

«Morgen gehe ich zur Baronin und sage Ihnen dann gleich Bescheid.»

Sie lächelte und erschien Mozart so anmutig und begehrenswert wie nie zuvor. Schnell küßte er sie auf den Mund. «Wir werden es schön haben miteinander», flüsterte er.

«Wenn es nur schon soweit wäre...»

«Geduld, Constanze, Geduld. In einigen Monaten sieht es ganz anders aus.»

Froh und beschwingt schlenderte Mozart durch den Graben nach Hause. Das Fußbad und der Punsch hatten ihn so erwärmt, daß er nur lachte, als er wieder in eine Wasserpfütze trat. Diesmal wurde der andere Fuß naß. So kommt jeder einmal dran, dachte er, nahm den Schuh und beutelte ihn aus. Als er hineinschlüpfte, schüttelte es ihn. Nun schnell nach Hause und ins warme Bett.

Die von einer blakenden Straßenlaterne angeleuchtete Pestsäule schimmerte geisterhaft bleich und reckte sich in die schwarze Nacht wie ein verkrüppelter Riesenfinger. Er blieb stehen, als erwarte er die heisere schmeichelnde Stimme, die ihm damals so wohlig zwischen die Schenkel gefahren war. Er ging um die Säule herum – nichts. Mein Gott, es sollte doch bei dem einen Mal bleiben, er hatte es sich geschworen. Mit schnellen kleinen Schritten stapfte er durch den Schnee, da war ja schon sein Haus.

Der Portier war noch auf, aber heute, an Weihnachten, mußte er kein Sperrsechserl zahlen, dafür wünschte ihm dieser Mensch so nachdrücklich glückliche Feiertage, daß er ihm einen halben Gulden in die Hand drückte.

Das Zimmer war natürlich eiskalt, und so schlüpfte er schnell in sein Bett.

Was Doris heute machte? Vielleicht feierte sie mit ihrer Familie, oder sie hatte einen festen Verehrer, der auch einsam war. Was geht es mich an, dachte er unwillig, aber interessiert hätte es ihn doch.

Drei Tage später – Mozart machte sich gerade zum Ausgehen fertig – traf ein Bote vom Hoftheater ein. Er unterschrieb den Empfangszettel und schaute auf den Absender. Da stand: Johann Thorwart, k.u.k. Theaterinspecteur.

Mein Gott, was wollte denn der schon wieder? Ah – was war das? Sorgsam in Papier gehüllt kam eine Rolle zum Vorschein, dazu ein Zettel.

Im Auftrag Seiner k.u.k. Majestät übersende ich Ihnen fünfzig Dukaten als Salär und Anerkennung für die musikalische Unterhaltung am 24. d. M.

Er riß das Papier von der Rolle, und da klimperten fünfzig Goldmünzen auf den Tisch. Einige rollten über die Platte, klirrten auf den Boden, liefen dort sirrend weiter, verschwanden unter der Kommode. Mozart hielt eine Münze nahe ans Gesicht. Da war das ernste, etwas strenge Profil Josephs II. mit der eigensinnig weit hervorspringenden Nase und dem festen Kinn. Auf der Rückseite prangte der Doppeladler mit der Kaiserkrone, in den Krallen die beiden Szepter haltend.

Das waren nun zweihundertfünfundzwanzig Gulden, also über die Hälfte von dem, was er für seine «Entführung» bekommen hatte. Für ein Souper. Für einen musikalischen Abend. Für Firlefanz, wie Seine Majestät zu bemerken beliebten. Ein Knauser als Verschwender. Einer, der an allem sparte, nur nicht an der Musik. Fünfzig Dukaten. Zweihundertfünfundzwanzig Gulden. Ein Vermögen, für das ein kleiner Handwerker ein halbes Jahr arbeiten mußte, für das ein Kuchlmensch sich das ganze Jahr über abmühte. Ein Salär, von dem der Vater in Salzburg nur träumen konnte. Ein Lohn für große Talente. Ob Clementi das gleiche bekommen hatte? Ob Gluck jemals für drei Stunden Firlefanz so hoch entlohnt wurde? Ob der Kaiser Salieris liebedienerische Kompositionen auch so hoch einschätzte? Ja, Wien war ein Klavierland, ein goldener Boden für Musiker. Ich werde es dem Papa nicht verschweigen, nahm Mozart sich vor, werde aber kein großes Wesen aus der Geschichte machen, sondern quasi in einem Nebensatz erwähnen, wie sehr der Kaiser mich schätzt, wie gerecht er Talente zu belohnen weiß. Ich werde davon nichts nach Salzburg senden. Nicht einen Dukaten, keinen Kreuzer. Der Papa soll wissen, daß ich das Geld für mich verwende, für mich und meine Braut, für mich und meine Zukunft. Und eine größere Wohnung muß her! Eine, wo man seine Braut würdig empfangen kann, eine, wo man sich nicht auf Zehenspitzen zwischen Bett und Kommode, zwischen Schrank und Piano hindurchzwängen muß.

Seit Constanze die Baronin Waldstätten ‹pflegte›, kam er fast täglich dort zu Besuch. Die harmlos Erkrankte war längst gesund, und ihr Verständnis für die Brautleute ging so weit, daß sie meist einen Besuch oder eine Besorgung machen mußte, wenn Mozart erschien. Für ihn war das ein wenig umständlich, weil er jedesmal eine Kutsche brauchte, um in die Leopoldstadt zu gelangen, wo das Haus der Baronin an der Jägerzeile lag. Doch es war ihm nicht zu viel, er tat es gern, wenigstens zu Anfang.

Später nicht mehr so gern, als sich zeigte, daß Constanze im Haus der Baronin eine andere geworden war. Sie zeigte sich kalt und reserviert, pflegte eine steife Konversation und behandelte ihn wie einen Fremden. War das noch seine Constanze, die er liebte und die in wenigen Monaten seine Frau werden sollte? Fast sehnte er sich zurück nach dem Hühnerstall im «Auge Gottes», wo alle aufeinander einhackten und er den Retter und Verteidiger Constanzes spielen konnte. Aber hier? Kaum, daß er ihr die Hand küssen durfte. Als er sie einmal richtig auf den Mund küssen wollte, tat sie empört. «Herr Mozart, das gehört sich nicht, noch dazu unter einem fremden Dach. Jeden Moment kann der Diener oder ein Hausmädchen hereinkommen.»

Mozart war ganz verstört und tief enttäuscht. War es nicht seine Idee gewesen, das arme Mädchen hierher zu retten, damit es sich von zu Hause erholen und sie sich ungehindert und unbeobachtet treffen konnten?

Nach einer Woche beklagte er sich bei der Baronin über Constanzes verändertes Wesen.

«Die Frauen sind eben ein Rätsel, mein Lieber, haben Sie das noch nicht bemerkt? Ich jedenfalls kann mich über Constanze nicht beklagen. Sie ist immer freundlich, willig, anstellig und entspricht ganz meinen Erwartungen. Sie müssen Geduld haben. Ich nehme an, daß sie sich für ihre künftige Aufgabe als Frau und Mutter sammelt und sich deshalb so spröde gibt. Die Männer gehen meist mit anderen Vorstellungen in die Ehe. Sie tauschen ihre Junggesellenfreiheit gegen das schöne Regelmäßige von Tisch und Bett ein, brauchen sich um nichts mehr zu kümmern, weil ja die Frau alle Sorgen für das Hauswesen auf sich nimmt. Was aber kriegt die Braut dafür? Einen Mann, der sie versorgt – gut, aber das ist auch schon vorher geschehen durch den Vater oder die Familie. Auch für die Frau mag das Eheleben nachts – wenigstens in jungen Jahren – ganz lustig sein, aber sie bezahlt das Vergnügen mit Schwangerschaft, Wochenbett und den Sorgen für eine wachsende Kinderschar. Ihre Constanze ist ein kluges Mädchen und keine einfältige Bauerndirn, die alles hinnimmt, was der Tag so bringt. Sie macht sich ihre Gedanken, und das ist gut so, lieber Mozart. Ich hoffe, Sie können sich jetzt ein wenig in das Seelenleben einer Braut versetzen.»

«Daran – daran habe ich noch nicht gedacht...»

Die Baronin lachte. «Ja, lieber Mozart, das ist es eben. Die Männer haben zwar als Dichter, Maler und Musiker Phantasie und bemerkenswerte Einfälle, aber wenn es um die Dinge des täglichen Lebens geht, versagt ihre Vorstellungskraft. Sie versagt ganz jämmerlich, das kann ich Ihnen aus eigener Erfahrung versichern.»

«Da mögen Sie schon recht haben», gab sich Mozart geschlagen, «aber trotzdem habe ich eine solche Behandlung nicht verdient. Ich habe es mit Constanze so gut gemeint...»

«Man meint es oft gut und tut dennoch das Falsche.»

«Hätte ich Constanze nicht wegholen sollen aus ihrer Familie?»

Die Baronin hob beschwichtigend eine Hand. «Nein, nein, das ist schon recht so. Bei mir kann sich das Mädchen sammeln und erholen. Aber ich bitte Sie recht herzlich, Ihre Besuche etwas zu reduzieren, damit sie nicht verunsichert wird von dem Gedanken: Aha, mein künftiger Mann überwacht und belauert mich. Ich weiß nicht, ob sie wirklich so denkt, aber diese Empfindung wird sich ihr aufdrängen. Lassen Sie dem Mädchen Zeit, Mozart. Constanze liebt Sie, das weiß ich, und später wird alles ins Lot kommen.»

Mozart ahnte, daß die lebenserfahrene Baronin recht hatte, aber er wollte es sich nicht eingestehen.

5.

Constanze kehrte ins «Auge Gottes» zurück, und alles war wieder beim alten. Madame Webers Stimme durchschrillte die Wohnung, ihr fetter Körper rollte wie eine Kugel von einem Zimmer ins andere, Josepha trotzte, spottete, keifte, klagte und drückte sich erfolgreich vor jeder schweren oder unangenehmen Arbeit; Sophie spielte das bescheidene und gehorsame Nesthäkchen, wirkte gelegentlich dämmend auf die Ausbrüche der Mama, ergriff manchmal schüchtern Constanzes Partei. Die war wieder in die Rolle des Aschenputtels geschlüpft – in dieser Familie gab es für sie keine andere. Und Mozart, der Bräutigam? Auch er hatte wieder seine alte Rolle übernommen, kam fast täglich zu einem meist kurzen, manchmal auch längeren Besuch, verteidigte Constanze gegen die Anwürfe ihrer Schwester Josepha, und seine Braut war ihm dankbar dafür.

Im Kreis ihrer Familie hatte Constanze ihr vertrautes Wesen wieder angenommen. Sie begegnete ihm mit zurückhaltender, aber sehr deutlicher, manchmal auch verschwörerischer Herzlichkeit. Er durfte sie im dunklen Flur küssen und an sein Herz drücken, sonnte sich wieder in dem Gefühl, eine Braut zu haben. Er hatte die Worte der Baronin Waldstätten keineswegs vergessen und versuchte auf naive und etwas kindliche Art Constanze die Freuden der Ehe schmackhaft zu machen. Sie duzten sich jetzt, wenn sie unter vier Augen miteinander sprachen.

«Schau, Stanzl, du hast dann deinen eigenen Haushalt, in dem du bestimmst, was getan und gelassen wird. Wenn auch mein Einkommen schwankt, so ist es doch hoch genug, daß wir uns ein Dienstmädchen leisten können, das dir die gröberen Arbeiten abnimmt. Kein Holzschleppen mehr, kein Ofenheizen in aller Frühe, kein stundenlanges Gemüseputzen. Wenn dann die Kinder kommen...»

Er wußte nicht mehr weiter, weil die eine Hälfte seines Kopfes begonnen hatte, sich mit dem Finale der «Entführung» zu befassen, dessen Ablauf noch nicht ganz feststand. Das war nur eine Kleinigkeit, aber er kam nicht los davon.

«Was ist, wenn die Kinder kommen?»

Er sah Constanzes dunkle Augen fragend auf sich gerichtet.

«Was soll dann sein?»

«Aber Wolfgang, du selber hast doch damit angefangen, aber den Satz nicht zu Ende geführt.»

Er umarmte sie stürmisch. «Was soll schon sein – dann freuen wir uns halt.»

Er küßte ihr Gesicht, ihren Hals, ihren Mund. Sanft wehrte sie ihn ab.

«Wolfgang – Wolfgang, die Messe ist schon aus, die anderen kommen jeden Augenblick – Wolfgang!»

Er rückte sein Halstuch zurecht. «Wir müssen bald heiraten», sagte er und dachte dabei an die molligen Arme und Schenkel der Doris, die ihn so süß umklammert hatten.

«Was hindert dich – was hindert uns?»

«Das weißt du ganz genau. Ich habe es mir nun einmal in den Kopf gesetzt, dir meine Opera als Brautgeschenk in den Schoß zu legen. Erst muß die ‹Entführung› auf die Bühne, dann wird geheiratet.»

«Ich nehm' dein Geschenk auch nach unserer Hochzeit.»

«Es soll aber ein Brautgeschenk sein und keine Morgengabe.»

«Du bist ein Starrkopf, Wolfgang.»

«Mußt mich nehmen, wie ich bin.»

Da segelte Madame Weber herein, für den Kirchgang aufgetakelt wie eine schwere Fregatte, in ihrem Kielwasser folgten die Töchter.

«Na, hat unser Brautpaar genügend Zeit zum Turteln gehabt?» tönte die laute Stimme, und die von Josepha folgte als spöttisches Echo:

«Darf man wissen, wann aus dem Brautpaar ein Ehepaar wird?»

«Das geht nur uns etwas an», sagte Constanze patzig.

«Na – na – na!» schrillte Madame Weber, «das sieht dein Herr Vormund aber ganz anders. Ich halte es nicht für klug, ihn so lange hinzuhalten.»

Da das Brautgeschenk ein Geheimnis bleiben sollte, versuchte Wolfgang abzulenken. «Es sind nur noch einige Wochen. Herr Thorwart weiß durchaus Bescheid.»

«Na, dann ist es ja gut», sagte die Mama, aber es klang eher bedrohlich.

Mozart sprach guten Glaubens, denn Graf Orsini-Rosenberg hatte ihn wissen lassen, daß er «die leidige Geschichte» – so nannte er das deutsche Singspiel – bis spätestens Mai hinter sich bringen wolle. Das war allerdings nicht sein eigener Entschluß, sondern der Kaiser hatte ein Machtwort gesprochen. Doch diesmal durchkreuzte der Papst alle Pläne.

Pius VI. hatte mit steigendem Unwillen, zuletzt sogar mit Entsetzen verfolgt, welche kirchenfeindlichen Beschlüsse Seine Apostolische Majestät in Wien verkündete. Schließlich hatte Seine Heiligkeit zum Kardinalstaatssekretär bemerkt:

«Die Zeit, da ein Kaiser nach Canossa gehen mußte, ist vorbei, das ist Uns längst bewußt geworden. Einer Unserer Titel lautet ‹Knecht der Knechte Gottes›, und Wir werden nicht zögern, Uns dazu zu bekennen. Da Wir den Kaiser nicht nach Canossa und auch nicht nach Rom befehlen können, werden Wir uns nach Wien begeben, in christlicher Demut.»

Der Kardinalstaatssekretär sah aus, als rühre ihn der Schlag. Er kniete nieder. «Eure Heiligkeit dürfen nicht – können nicht –»

«Wir dürfen und können nicht nur – Wir müssen! Wir müssen!»

So wurden, wie gesagt, viele Pläne zunichte, darunter auch die geplante Aufführung von Mozarts Oper. Stephanie erfuhr es von Graf Orsini-Rosenberg und gab es an Mozart weiter.

«Es hat ihn natürlich gefreut, den alten Intriganten, und sein Gesicht war recht vergnügt, als er sagte: Eine Türkenoper ist wohl nicht das Richtige, wenn der Papst in Wien weilt. Sie und Mozart werden sich noch gedulden müssen, lieber Stephanie. Im stillen hofft er natürlich, daß die Opera niemals aufgeführt wird, damit für seinen Liebling Salieri mehr Platz auf der Bühne ist.»

Wie immer, wenn Mozart schlechte Nachrichten erhielt, schluckte er sie hinunter und versüßte sich die bittere Pille mit Hanswurstiaden.

«Nun, Stephanie, wenn der Papst keine Türkenoper will, dann schaffen wir in Eiligkeit was Neues für seine Heiligkeit. Ich werde eine Aria komponieren, die der heilige Laurentius auf dem Rost singt. ‹O weh, wie muß ich leiden, nun braten mich die Heiden, der Himmel wird mich trösten, soviel sie mich auch rösten...›»

«Sie spotten aus Zorn, Mozart, und ich kann es Ihnen nachfühlen.»

Der Papst blieb vier Wochen in Wien und erreichte nichts. Kaiser Joseph legte seinen Standpunkt dar und Pius den seinen. Die Unterredungen verliefen außerordentlich höflich – ja, die beiden hohen Herren schienen einander sogar recht sympathisch. Der liberale Kreis am Hof rieb sich die Hände und feierte den Kaiser wie einen Helden.

Auf Mozart machte der Papstbesuch keinen Eindruck. Was nicht unmittelbar mit seinem Metier, seiner Familie oder seinen Freunden zu tun hatte, interessierte ihn kaum. Weit mehr berührte ihn, daß der von ihm so verehrte Johann Christian Bach in London gestorben war. Bei einem seiner Sonntagskonzerte teilte ihm Baron van Swieten die traurige Nachricht mit.

«Ja, lieber Mozart, der Londoner Bach ist im Januar gestorben, gerade sechsundvierzig Jahre alt. Sie haben ihn ja gekannt.»

Sofort schossen ihm Tränen in die Augen. Van Swieten wandte sich pietätvoll ab und ging ans Fenster.

«Er war – er war mein großes Vorbild – damals in London. Erst sechsundvierzig... Dabei war er der jüngste Sohn des großen Bach.»

«Sein Vater wurde fünfundsechzig.»

Sechsundvierzig, dachte er, das ist doch zu wenig, viel zu wenig. Da kann ja gar nicht alles heraus, was man im Kopf hat. So alt wie Gluck muß man werden, der hat schon vierzig Opern geschrieben... Wem Gott ein Talent schenkt, dem muß er doch auch die Jahre zugestehen, es zu nutzen... Der arme Bach – vielleicht hat er mit sechsundvierzig schon gesagt, was zu sagen war. Wieder wurden seine Augen feucht, und das Schluchzen war nicht zu unterdrücken, es kam ganz von unten herauf, aus dem Zwerchfell, ließ den ganzen Körper erzittern.

Van Swieten, mit seinem ernsten, feingeschnittenen Gesicht, dessen große Augen zu leuchten begannen, wenn er große Musik hörte

– van Swieten war ein Kavalier alter Schule, von strengen Ehrbegriffen, wahrhaft, hilfsbereit, aber auch hart und abweisend, wenn man seine Güte ausnutzte oder ihn hinterging.

Als sie sich näher kannten, fragte ihn Mozart: «Was halten Sie eigentlich vom Wiener Musikleben, Herr Baron?»

Van Swieten war kein spontaner Mensch, seine Antworten kamen überlegt und bedächtig.

«Da werden unsere Meinungen nicht sehr weit auseinandergehen. In Glucks Werk findet sich viel taubes Gestein, aber darunter sind einige Diamanten. Seine große Zeit ist vorbei, er ist alt und ausgebrannt, die Kerze flackert nur noch. Salieri – nun ja...»

Mozart lächelte anzüglich. «Ein bisserl wenig, was Sie da über den Liebling Seiner Majestät zu sagen haben.»

«Ich hab's nicht so mit der italienischen Musik, das wissen Sie ja. Ein tüchtiger Komponist, ganz ohne Zweifel, aber offenbar nicht fähig, gute Instrumentalmusik zu schaffen. Etwas einseitig, würde ich sagen, etwas zu dürftig für meinen Geschmack.»

«Was ist mit Umlauff, Bonno, Starzer und den anderen?»

«Gebrauchskomponisten – gute Handwerker. Verglichen mit Ihnen, Mozart –» Van Swieten wedelte mit der Hand, als scheuche er diese Namen wie Fliegen weg. «Einer, der schön schreiben kann, ist noch lange kein Dichter. Sie verstehen, was ich meine.»

«Ich nehm's als Kompliment.»

«So war es auch gemeint.»

Der April verging, der Mai verzauberte den Prater in einen Frühlingsgarten, lockte die Müßiggänger, die Sonnenhungrigen, die Kindermädchen mit ihren Wägen aus den Häusern, den Winterhöhlen.

Aus Salzburg erschienen regelmäßig die väterlichen Briefe, doch sie enthielten nicht das, was Mozart sich wünschte. Es kamen nur trockene Töne, Fragen, Anordnungen, Empfehlungen, Hinweise, Verweise. Auch Spott. Ja, auch Spott, weil der Traum vom «Sicheren» noch immer ein Traum blieb. Kein Amt, keine Stellung, nichts Festes in Aussicht. Er, der Papa, hatte sein Festes, beim Großmufti, dem unmusikalischen Despoten. Lieber hungern! Lieber darben! Lieber ein winziges Zimmer und nur eine Mahlzeit am Tag, lieber arm in Wien als das Sichere in Salzburg.

Aus dem Gegrübel und den quälenden Gedanken an Constanze riß ihn Philipp Jakob Martin, ein junger rühriger Konzertunternehmer aus Regensburg, der seit einigen Monaten in Wien von sich reden machte. Er war ein rechter Hansdampf in allen Gassen und arrangierte unter anderem wöchentliche Amateurkonzerte in der «Mehlgrube» auf dem neuen Markt. Das war ein weitläufiges Palais gegenüber der Kapuzinerkirche, geeignet für allerlei und sehr unterschiedliche Lustbarkeiten. Da gab es kleine Cafés für stille Zeitungsleser und Schachspieler, da waren schummerige Beisln für Weindudler, es gab Räume für Billard und Kartenspiel, wobei insgeheim – obwohl es verboten war – auch um Geld gespielt wurde.

Martin, jung, frisch, unverzagt und auch frech, wo es sein mußte, ging bei dem, was er vorhatte, nicht zum Schmiedl – er ging gleich zum Schmied. Er wandte sich mit einer Eingabe an den Kaiser, in der er darlegte, wie sehr es bei den Vergnügungen im schönen Augarten doch an musikalischer Unterhaltung fehlte. Da Joseph II. immer gleich die Ohren spitzte, wenn es um Musik ging, gab er gerne die Erlaubnis für ein Sommerarrangement von zwölf morgendlichen Freilichtkonzerten und vier großen Nachtmusiken.

Für Mozart war es die Rettung. Seine Gedanken ließen ab von Constanze, vom Jammer der immer wieder verschobenen «Entführung». Er war gefragt und gefordert, und der junge, agile Martin gefiel ihm ausnehmend gut. Und es war ja nicht umsonst. Es war etwas Sicheres, wenn auch nur für einen Sommer.

Diese Konzerte wurden ein großer Erfolg von Anfang an. Erzherzog Maximilian Franz, der jüngste Sohn von Kaiserin Maria Theresia, klatschte lange Beifall und rief immer wieder: «Bravo, Maestro, bravo Mozart!»

Der junge Erzherzog war schon länger ein glühender Verehrer des gleichaltrigen Mozart. Das Haus Habsburg hatte ihn früh für den geistlichen Stand bestimmt, und mit seinem blassen Milchgesicht und der sanften Stimme sah er aus wie ein Novize. Er verehrte Mozart schwärmerisch und versuchte, seinen geringen Einfluß für ihn geltend zu machen.

Gleich nach dem Augartenkonzert ersuchte er um Audienz beim

Kaiser. Der nannte seinen jüngsten Bruder spöttisch Abbé oder Mönchlein und zeigte recht deutlich, daß er den Knaben nicht ernst nahm.

«Nun, Brüderchen Abbé, was führt Sie zu mir?»

Auf dem bleichen Milchgesicht brannten rote Flecken. Sein Atem ging schnell, als sei er zu diesem Treffen gerannt.

«Sire, ich war heute im Augartenkonzert und hörte eine C-Dur-Symphonie von Mozart, war ergriffen und begeistert...»

«Langsam, Mönchlein, langsam. Auch ich schätze unseren Mozart und bin ja nicht ganz unschuldig an diesen Konzerten. Aber bitte kommen Sie mir nicht wieder mit der Kapellmeisterstelle, das geht im Augenblick nicht. Soll ich Bonno, Salieri oder sogar Gluck entlassen? Wie stellen Sie sich das vor?»

Maximilian schüttelte seinen Kopf. «Darum geht es heute nicht. Mozart hat sich bei mir beklagt, daß er seine ‹Entführung› nicht proben kann, weil ihm der Rosenberg keinen Termin im Theater gibt. Warum läßt man den Mozart hängen, wenn der Kaiser selbst ihm den Opernauftrag erteilt hat? Das sieht so aus, als hätten Sie an der Aufführung kein Interesse mehr.»

Kaiser Joseph hatte häufig Grund, sich zu ärgern, aber sein Zorn war meist kalt, sein Tadel ironisch – nur selten erhob er dabei die Stimme. Jetzt aber flammte grelle Wut in ihm auf, nicht, weil Mozart warten mußte, sondern weil man eine seiner Anordnungen ignorierte. Er hatte befohlen, daß Anfang Mai die Proben beginnen sollten. Joseph sprang auf. Seine scharf hervorspringende Nase stieß vor wie der Schnabel eines angreifenden Raubvogels.

«Wie kann dieser Rosenberg es wagen...», rief er, setzte sich wieder und redete in seiner üblichen Tonlage weiter: «Nein – das machen wir anders. Warum soll ich meine Zeit dafür opfern, wo mein Brüderchen sich schon so engagiert.»

Er nahm ein Kärtchen vom Tisch und schrieb einige Zeilen darauf. «Da! Gehen Sie damit zu Rosenberg oder gleich zu Salieri. Ich wünsche, daß die Proben augenblicklich beginnen, und zwar innerhalb einer Woche. Heute, Sonntag, ist der 26. Mai. Wenn die Proben nicht spätestens am Montag, den 3. Juni, begonnen haben, fliegt der Verantwortliche raus, und Mozart kriegt seinen Posten.»

Das blasse Gesicht strahlte. «Danke, Sire. Ich fände es recht schön, wenn Mozart an die Stelle des Grafen Orsini-Rosenberg käme. Dann wäre es innerhalb weniger Tage mit der Stümperei vorbei, und Leute wie Umlauff würden von den Bühnen verschwinden.»

Der Kaiser lächelte müde und melancholisch. «Ach Max, auch der hat seine Verdienste, mögen sie noch so klein sein. Die Welt wäre viel konfuser, würde es nur lauter Genies geben.»

Aber der junge Erzherzog hörte kaum noch hin. Nochmals stieß er ein «Danke, Sire!» heraus und verschwand.

Am nächsten Tag machte er sich auf die Suche nach Graf Rosenberg, doch der hatte auf einem seiner Landgüter zu tun. Nachlaufen werde ich ihm nicht, dachte Erzherzog Maximilian und bestellte Salieri zu sich. Der war da. Der war immer da.

Salieri konnte sich auch in Wien meist seiner Muttersprache bedienen, die jeder Gebildete beherrschte, und eben deshalb waren seine Deutschkenntnisse schlecht, obwohl er sich schon viele Jahre hier aufhielt.

Der sonst eher sanfte Abbé Max, der gewiß niemanden ärgern oder inkommodieren wollte, redete heute mit Antonio Salieri deutsch, und er empfand dabei eine unchristliche Freude. Der Maestro verneigte sich tief, rief emphatisch: «Altezza, i mei saluti umilissimi...»

Der junge Erzherzog unterbrach ihn. «In der Haupt- und Residenzstadt des Deutschen Reiches sollten wir auch dessen Sprache benutzen, meinen Sie nicht? Um so mehr, als wir kein musikalisches Fachgespräch führen werden.»

Wieder verneigte sich Salieri, seine dunklen unsteten Augen streiften blitzschnell das Gesicht des Erzherzogs, und ein leises Unbehagen ergriff ihn, als er eine kleine, doch unübersehbare Zornesfalte auf der hohen blassen Stirn entdeckte.

«Naturalmente, Altezza – eh – Hoheit, werde ick deutsch spreken, falls es gewunschen ist.»

Wider Willen mußte das Mönchlein lachen, die Zornesfalte verschwand, kehrte aber sofort wieder zurück.

«Warum, Maestro, haben die Proben zu der neuen Opera unseres Mozart noch nicht begonnen? Der Kaiser hatte sie doch für Anfang Mai befohlen.»

Salieris Hände flogen in einer Geste des Unwissens und der Unschuld in die Höhe. «Aber Altezza – Hoheit, da trefft mick kein Schuld! Il direttore del teatro – no, scusate Altezza, die Direktor von Theater ist der Conte Orsini-Rosenberg. Non mi ha dato un ordine – hat mir nickt befohlen, die Opera zu proben. Der Conte ist mein Capo, verstehen Altezza? Nur, wenn er sagt, Salieri mach' dies oder das, dann ich obedire – ich gehorchen.»

«Mag sein, aber Graf Rosenberg ist im Augenblick leider nicht verfügbar. Nun, Salieri, wie Sie dem Direktor zu gehorchen haben, so muß dieser die Wünsche des Kaisers ausführen. Das ist nun nicht geschehen – Gott weiß warum –, aber diesmal erteilt der Kaiser selbst Ihnen den Befehl, innerhalb einer Woche dem Maestro Mozart das Theater für seine Proben zur Verfügung zu stellen.»

Salieris Augen huschten gehetzt hin und her, als suche er verzweifelt einen Ausweg. Der Erzherzog hielt ihm den Zettel unter die Nase. Wider Willen redete er dabei italienisch.

«Di propria mano, Salieri!»

Der verbeugte sich vor dem Zettel, als stehe der Kaiser selber dahinter.

«Wer nicht gehorcht, wird entlassen», fügte Maximilian noch genüßlich hinzu.

Salieri krümmte sich unter diesen Worten, als habe ihn ein Schlag getroffen. Er warf die Hände hoch und rief: «Altezza, ick gehorche! Naturalmente! Con piacere! Subito! Subito!»

«Gut, Maestro. Mozart wird mich auf dem laufenden halten.»

6.

Fast gleichzeitig mit dem Schreiben seines Gönners, des jungen Erzherzogs Maximilian, erreichte Mozart die Nachricht aus dem Burgtheater, der Probenbeginn sei auf den 3. Juni angesetzt. Salieri leistete sich die kleine Bosheit, ihn bis zum letzten Tag warten zu lassen.

Mozart hatte jede Note seiner Opera im Kopf. Jede einzelne saß wie gestochen in seinem Gedächtnis. So ein Gedächtnis hatten andere nicht. Die Sänger patzten, die Musiker patzten. Mozarts kleine Gestalt flog hin und her, er sprang auf die Bühne, sang vor, setzte sich ans Klavier und spielte vor, schäumte auf wie warm gewordener Champagner. Jeder falsche Akkord tat ihm so weh, als stieße man ihm ein Messer ins Herz, jedes Entgleisen der Sänger drückte ihm den Atem ab, ließ ihn nach Luft schnappen. Krankheiten gegenüber war er wenig empfindlich, eher gleichgültig, aber falsche Töne rührten sein ganzes Wesen auf, die Gutmütigkeit fiel von ihm ab, seine Augen begannen zu funkeln, sein blasses Gesicht rötete sich, sein Kopf glühte, das Herz raste, sein Atem ging schnell, die Stimme wurde hoch und schrill. Allein die Ouverture mußte bei der ersten Probe fünfmal wiederholt werden. Mozart klopfte erregt ab.

«Forte und piano!» rief er mit sich überschlagender Stimme. «Forte und piano müssen einander hörbar ablösen! Hörbar! Deutlich! Und beim forte muß man die türkische Musik heraushören, daß jeder merkt, aha, diese Opera spielt im Türkenland. Also, da capo!»

Mit munterem Presto setzte die Ouverture ein, begleitet und untermalt von den dumpfen Schlägen der großen Trommel, dem fröhlichen Klingen des Triangels, den Gewittern des Beckenschlags.

Dann kamen die Streicher und Holzbläser dazu, leiteten ohne Pause über zur Auftrittsarie des Belmonte.

Da Mozart die Proben viel Zeit und Kraft gekostet hatten, waren seine Besuche bei den Weberischen seltener geworden. Ein paar Tage vor der Premiere stand er vor der Wohnung «im Auge Gottes» und zog die Klingel. Er wollte Constanze sein Geschenk zu Füßen legen – endlich, endlich. Das Brautgeschenk. Und danach wurde geheiratet. Auch ohne Segen des verstimmten Papas.

Die Tür ging auf. Sophie lächelte ihn kurz an, legte aber dann sofort einen Finger auf den Mund. «Mama ist sehr schlechter Laune», flüsterte sie, «am besten wäre es, Sie gehen gleich wieder...»

«Wo ist Constanze?» flüsterte Mozart zurück.

Sophie schaute verblüfft. «Das – das wissen Sie nicht?»

«Was ist los? Wer ist es?» schrillte die wohlbekannte Stimme, und da trat sie auch schon auf den Flur, die Madame Weber, in ihrer ganzen Leibesfülle. «Mozart – Sie? Sie wagen es noch –»

«Mama!» flehte Sophie, «doch nicht zwischen Tür und Angel.» Sie zog Mozart am Ärmel herein und schloß die Tür.

Ärger stieg in ihm hoch. «Was ist los? Warum schreien Sie so?» fragte er scharf.

Wie in einem Bühnendrama rang Madame Weber ihre Hände, wankte in die Stube und ließ sich ächzend in einen Sessel fallen.

«Entführt mir meine Tochter, dieser Herr», keuchte sie, «entführt sie aus meinem Haus und besitzt die Dreistigkeit zu fragen, was denn los sei.» Anklagend hob sie ihren wuchtigen Arm, streckte den Wurstfinger aus. «Ich werde Sie arretieren lassen – Sie – Sie Wüstling – ich werde – werde die Polizei –» Mit einem dramatischen Schluchzen preßte sie die Hände vors Gesicht.

Mozart wandte sich an Sophie. «Können Sie mir nicht erklären, worum es geht? Und wo ist Constanze?»

Sophie schüttelte verwundert den Kopf. «Ja, wissen Sie es denn wirklich nicht? Sie ist vor drei Tagen zur Baronin Waldstätten gezogen, Hals über Kopf, ohne uns etwas zu sagen. Und Mama glaubt, daß Sie das alles arrangiert haben.»

«Das gibt es doch nicht...», murmelte Mozart.

Ohne Gruß verließ er die Wohnung, bestieg den nächsten Fiaker und ließ sich hinausfahren zur Leopoldstadt.

«Mozart!» Die Baronin kam ihm mit ausgestreckten Armen entgegen. Ihrem Gesicht war nichts abzulesen. «Wo haben Sie nur gesteckt? Vorgestern wollte ich Sie aufsuchen, Sie waren nicht da, ich habe beim Portier ein Billett hinterlassen...»

In seinem Kopf schwirrte es. Vorgestern? Ein Billett. Vage erinnerte er sich, daß der Hausbesorger ihm etwas nachgerufen hatte; er war so in Eile, in Gedanken...

«Wo ist Constanze – warum hat sie...»

«Jetzt beruhigen Sie sich wieder. Constanze ist bei mir, es geht ihr gut. Sie hilft ein wenig in der Küche, ich werde sie holen. Jetzt kommen Sie erst einmal in den Salon, setzen sich hin und machen ein freundliches Gesicht.»

Seine Verwirrung legte sich, er atmete ein paarmal tief ein und aus, wischte sich den Schweiß von der Stirn. Draußen zog ein Gewitter auf, das Zimmer versank in Dämmerung, als fiele die Nacht ein. Aus dem Westen, vom Wienerwald her, grummelte es leise, als räuspere sich ein Sänger vor seinem Auftritt hinter der Bühne.

Da erschien Constanze, trug noch ihre Schürze, lief auf ihn zu. Mozart stand auf, sie umarmten und küßten sich.

«Stanzerl, Stanzerl, was machst du nur für Sachen?»

Die dunklen Augen schwammen in Tränen. «Ich hab's nicht mehr ausgehalten! Tag für Tag haben sie auf mich eingehackt, die Josepha, die Mama. Eine sitzengebliebene Braut haben sie mich geheißen, eine geprellte Jungfer, eine dumme Gans, die einem Musikus aufgesessen ist. Und du hast nichts hören lassen, warst verschwunden, unerreichbar...»

«Aber Constanze, ich hatte doch meine Proben! Dann die Schüler, die Konzerte; die Gräfin Thun wollte meine Opera hören, auf dem Klavier, Akt für Akt, da konnte ich nicht nein sagen, diese Leute hängen an mir, an meiner Musik, sie fördern mich...»

«Aber ich hänge auch an dir! Wir gehören doch zusammen!» Sie schneuzte und trocknete ihre Augen. «Jedenfalls hab' ich's nimmer ausgehalten und bin von daheim weg, Hals über Kopf. Die Frau

Baronin war so freundlich, so hilfsbereit. Wo hätte ich denn hin sollen?»

Er streichelte ihre Wange. «Du hast es schon richtig gemacht. Heute ist Samstag – am Dienstag wird meine Opera aufgeführt, unwiderruflich. Die Theaterzettel sind gedruckt, der Vorverkauf hat längst begonnen.» Er kramte in seiner Tasche, zog einen Zettel hervor. «Mein Brautgeschenk, Constanze, wie versprochen, wenn auch etwas verspätet.»

Das Gewitter war an der Stadt vorbeigezogen, draußen hatte es sich aufgehellt. Constanze ging ans Fenster und las:

DIE KAISERL. KÖNIGL.
NATIONAL-HOF-SCHAUSPIELER WERDEN HEUTE
DIENSTAG DEN 16. JULY 1782 AUFFÜHREN
(ZUM ERSTENMAL)
DIE ENTFÜHRUNG AUS DEM SERAIL.
EIN SINGSPIEL IN DREI AUFZÜGEN,
NACH BRETZNERN FREY BEARBEITET UND FÜR
DAS K. K. NATIONALTHEATER EINGERICHTET.
IN MUSIK GESETZT VON
HERRN KAPELLMEISTER MOZART.

Sie blickte auf. «Hat der Kaiser dich –? Hier steht Herr Kapellmeister Mozart.»

Er zuckte die Achseln. «Das schreiben sie nur so hin, weil es besser ausschaut. Aber eines Tages werde ich es wirklich. Dann haben wir etwas Sicheres. Aber was ich jetzt verdiene, langt schon für uns zwei.»

Sie senkte den Kopf. «Und wenn wir drei werden – oder vier?»

«Dann langt es auch. Und wenn's nicht reicht, nehme ich ein paar Schüler mehr. Alles reißt sich um meinen Unterricht, weißt du. Dann haben wir die Augartenkonzerte, die Privatakademien; außerdem werden meine Noten verlegt, das bringt nicht viel, aber wenn du es zum übrigen rechnest...»

Sie küßte ihn fest auf den Mund. «Ich vertraue dir. Wann darf ich mein Geschenk besichtigen?»

«Nicht bei der Premiere, da bin ich abergläubisch. Am 19. Juli ist die zweite Aufführung. Die Gräfin Thun lädt dich in ihre Loge ein.»

«Wann heiraten wir?»

«Gleich danach, vielleicht schon in der letzten Juliwoche.»

Die Einwilligung aus Salzburg war nicht gekommen, doch davon wollte er jetzt nicht reden. Zu Hause kämpfte er mit sich – sollte er es ein letztes Mal versuchen? Er brachte es nicht fertig. Seine Hand gehorchte nicht, als er ihr befahl, die Feder aufzunehmen. Sie blieb beharrlich liegen, diese Hand, wie ein totes Tier, rührte und regte sich nicht. Da war die Feder, da das Papier, daneben die Tinte in ihrem bronzenen Faß mit den drei zierlichen Löwenklauen.

Jetzt sehe ich dich erst richtig, du Fäßchen auf drei Beinen. Warum drei? Jedes Wesen hat zwei oder vier. Aber nicht drei. Könntest du laufen, dann würde die Tinte überschwappen. Doch das kannst du nicht, genausowenig wie die Feder von sich aus schreiben kann. Dazu braucht sie eine Hand. Meine Hand. Meinen Kopf. Papa, cher – mein Kopf ist leer, schreiben fällt schwer, komm' doch her. Komm' her! Komm' her! Wenn du siehst, wen ich heirate, wird dein Sinn sich ändern. Constanze möchte deine zweite Tochter sein – stoße sie nicht zurück. Sie ist anders als die anderen Weberischen. Wir gehören zusammen, sie und ich. Ach Papa, lieber Papa, sei nicht so störrisch! Ich bin doch dein Sohn, dein einziger. Wir haben uns immer so gut verstanden, aber seit ich in Wien bin und du in Salzburg, verstehen wir uns nimmer. Wenn du kommst, singe ich dir vor dem Schlafengehen noch einmal unser Liedchen vor und küsse dich aufs Nasenspitzl. Einmal noch, ein einziges Mal –

Mozart fuhr aus seinen Gedanken auf. Nein, cher Papa, damit ist's vorbei. Ich bin kein kleiner Bub mehr, stehe auf eigenen Füßen. Er räumte das Papier weg, steckte die Feder zurück, schloß das Tintenfaß. Zuerst die «Entführung» – dann das andere.

Kaiser Joseph hatte sein Erscheinen bei der Premiere zugesagt. Er war bekannt dafür, gegebene Versprechen zu halten. Das war manchmal nicht einfach, wenn Unvorhergesehenes eintrat und seine Anwesenheit dort wichtiger schien als hier.

Einfach war es auch diesmal nicht. Zwar hatte sich Joseph diesen

Abend freigehalten, und frei war er noch immer, aber sein Kopf war übervoll, und er wußte schon jetzt, daß ihm die Konzentration, die Laune für Musik fehlte.

Er machte sich Sorgen, große Sorgen. Seine Umgebung ging auf Zehenspitzen, um ja nicht die Aufmerksamkeit des hohen Herrn auf sich zu lenken. Etwas Schlimmes war geschehen: Johann Günther, sein vertrauter Privatsekretär, gerade er, den Joseph für den Treuesten und Unbestechlichsten gehalten hatte, sein lieber Günther war in den Verdacht geraten, Geheimpapiere kopiert und an den preußischen Hof verkauft zu haben. Joseph hatte in letzter Zeit zwar bemerkt, daß der Hof in Berlin so verdächtig gut informiert war und der alte Spötter Friedrich oft schon im voraus wußte, was in Wien noch geheim war.

Wieder einmal hatte ihn ein Mensch enttäuscht, nicht durch Trägheit, Dummheit oder Unfähigkeit – das war für Joseph längst Alltag –, nein, durch Verrat, durch schnöden Verrat.

So saß er in seiner Loge – zerstreut, abwesend, sorgenvoll. Sein verschlossenes Gesicht zeigte kein Lächeln, auch als Mozart sich in Richtung auf die kaiserliche Loge verbeugte. Graf Rosenberg flüsterte dem Kaiser etwas ins Ohr, doch der verstand es nicht und winkte nur unwillig ab.

Die schmissige Ouverture mit ihren Sätzen presto – andante – presto entführte ihn für kurze Zeit in die Zauberwelt der Musik. Der Kaiser hatte sich auf ein deutsches Singspiel eingestellt, mit einfacher, ins Ohr gehender Musik und einer knappen, übersichtlichen Handlung, doch nun führte man ihm eine ausgewachsene Opera buffa vor mit anspruchsvollen Arien und einer Musik, die alle Register zog, die konzentrierte Aufmerksamkeit erforderte. Kaiser Joseph erkannte wohl, daß hier ein genialer Komponist am Werk war, aber sein zerstreutes, von Sorgen gepeinigtes Gemüt fühlte sich dem heute nicht gewachsen.

«Das soll ein Singspiel sein?»

Graf Rosenberg, der hinter dem Kaiser saß und sein Ohr so nahe wie möglich hielt, war entzückt. Das würde dem Mozart die Flausen austreiben! Hatte nicht Gluck mit seinen «Mekkapilgern» schon eine Türkenoper geschrieben?

«Wollen Sie sich zurückziehen, Sire?»

Das hätte der Graf nicht fragen sollen, aber er glaubte, die Stimmung seines Herrn erraten zu haben. Kaiser Joseph, ungeheuer empfindlich, wenn er sich gegängelt glaubte, schlug sofort zurück. Er hatte tatsächlich bald gehen wollen, aber diese anmaßende Frage wandelte seinen Sinn.

«Ich werde bleiben bis zum Finale, das bin ich unserem Mozart schuldig. Und Sie bleiben auch, damit Sie unterscheiden lernen zwischen welschem Geklimper und genialer bodenständiger Musik.»

Die «Türkenmusik», wie sie im Janitscharenchor beim Auftritt des Bassa Selim erklang, erinnerte den Kaiser wieder an seine Sorgen, und von neuem begann er zu grübeln, was der Verrat seines Sekretärs bewirken könnte. Wenn die Geheimkorrespondenz zwischen ihm und Zarin Katharina in Friedrichs Hände fiele, könnte der boshafte und zynische Preuße davon dem Sultan Mitteilung machen, und das in einem Augenblick, da die österreichische Armee noch mitten im Aufrüsten war. Der Kaiser spürte einen Schauer über den Rücken laufen, nicht weil ihm das Quartett der Hauptfiguren im zweiten Akt so gefiel – er hörte kaum hin –, sondern weil er eine militärische Katastrophe fürchtete. Schon längst bereute er, daß er sich bei seinem Besuch in Petersburg von dem listigen Frauenzimmer zu einem Bündnis gegen die Türken hatte überreden lassen – ein Bündnis, das nur den Russen Gewinn brachte.

Beim Schlußchor der Janitscharen lehnte der Kaiser sich zurück. Es war überstanden. Große Musik, gewiß, aber für seine heutige Stimmung nicht das richtige. Er ließ Mozart in seine Loge kommen.

«Er hat uns da eine Opera beschert, lieber Mozart, denn was hier zu hören war, geht über ein Singspiel weit hinaus. Fast zu schön für unsere Ohren – und gewaltig viel Noten.»

Er weiß es nicht besser, dachte Mozart, und schon lag ihm das Herz auf der Zunge, und er konterte: «Gerade so viel Noten, Euer Majestät, als nötig sind!»

Der Kaiser lächelte melancholisch. «Nun, Er ist der Compositeur und weiß es besser. Am Ende war der Beifall nicht schlecht; vielleicht wird diese Opera noch ein langes Leben haben.»

Er sagte es aus Höflichkeit, ohne daran zu glauben. Graf Orsini-Rosenberg lächelte maliziös. Auch er glaubte nicht daran. Mit Mozart hatte der Kaiser aufs falsche Pferd gesetzt, das merkte er nun wohl selber. In zehn Jahren würde der Name dieses Möchtegerngenies vergessen sein – vergangen wie Rauch.

Der Staatskanzler, Fürst Kaunitz, ein exzellenter Musikkenner, aber flüsterte seiner Begleitung zu: «Talente wie dieser Mozart kommen nur alle hundert Jahre zur Welt.»

Mozart war häufig sehr zerstreut, vergaß seine Mahlzeiten, seine Mietzahlung, seine Gläubiger, seine Schuldner und noch so mancherlei, aber ein gegebenes Versprechen vergaß er niemals. So erschien in der Spiegelgasse ein Bote und hinterlegte für Doris ein Theaterbillett zur zweiten Aufführung der Opera am 19. Juli.

An diesem Tag wollte er Constanze sein Brautgeschenk zu Füßen legen. Das Theater war voll, besetzt bis auf den letzten Platz. In Wien hatte es sich herumgesprochen, daß um dieses Singspiel, diese «Türkenoper», etwas Wunderbares sei, daß hier neue Töne zu hören seien, un-erhörte Töne. Mozart besaß in Wien einen großen Verehrerkreis, der sich geschlossen einfand, auch Freunde mitbrachte und deren Freunde.

Constanze saß in der Loge der gräflichen Familie Thun-Hohenstein. Comtesse Wilhelmine, Mozarts treue Freundin, Gönnerin und Helferin – sie hatte schon vorher die ganze Opera auf dem Piano gehört – betrachtete seine Braut von der Seite, als auf der Bühne Belmontes Liebes-, Sehnsuchts- und Huldigungsarien erklangen. Dann schaute Mozart aus dem Orchestergraben zu ihr hinauf, nickte, lächelte ihr zu, und sie nickte und lächelte zurück, doch der kurzsichtige Mozart sah es nicht, für ihn war ihr Gesicht nur ein helles, verschwommenes Oval.

Die Arien gingen ihr ans Herz, wenn auch die übrige Musik für sie neu und verwirrend war. Nach dem Finale stand Mozart auf, und ein frenetischer Schlußbeifall umbrandete die kleine schmächtige Gestalt.

Während alles sich dem Ausgang zudrängte, kamen sie sich ganz nahe, Doris und Constanze, lächelten sich sogar an, weil sie so hoffnungslos eingekeilt waren und nichts vorwärtsging. Ein nettes

Mädchen, dachte Constanze. Eine sympathische Frau, dachte Doris.

Am 3. August wurde die «Entführung» zum fünften Mal aufgeführt, eine weitere Vorstellung war für den 6. angesetzt. Mozart freute sich auf die beiden Ruhetage dazwischen, wollte früh zu Bett gehen und sich einmal richtig ausschlafen. Er kam gerade vom Abendessen zurück und zog seinen Hausrock an, als es klingelte. Seufzend schlüpfte er in seinen Frack und ging an die Tür. Die neue Magd der Madame Weber stand draußen und streckte ihm ein Päckchen hin.

«Das soll ich für Sie abgeben, Herr Mozart.»

«Komm' Sie nur herein. Was ist es?»

Er schnürte das Paket auf. Ah – seine restlichen Musikalien, die er bei den Weberischen gelassen hatte.

«Und die Madame wünscht eine schriftliche Bestätigung», sagte die junge Magd schüchtern.

«Kann sie haben, kann sie haben. Mir wäre es überhaupt lieber, wenn ich künftig mit Frau Weber nur mehr schriftlich verkehren könnte.»

Das sollte ironisch klingen, aber das Mädchen ging nicht darauf ein, druckste herum, trat von einem Fuß auf den anderen.

«Was hat Sie denn? Ist noch etwas?»

«Ja, Herr Mozart. Die Sophie – Mamsell Sophie hat mir aufgetragen, Ihnen etwas auszurichten – ganz heimlich!»

Mozart lächelte und blickte sich um. «Aber Sie sieht doch, wir sind allein, und niemand kann uns belauschen.»

«Die Mamsell hat geweint, als sie es mir sagte.»

«Geweint? Warum? Also nun heraus damit!»

«Die Mamsell läßt Ihnen sagen, Sie sollen die Constanze nach Hause schicken, bald – nein, gleich oder sofort –, weil die Madame Weber sonst die Polizei schickt.»

Mozart riß die Augen auf. «Die Polizei? Zur Baronin? Ist die Weberin jetzt übergeschnappt? Sie kann doch nicht die Polizei auf ihre eigene Tochter hetzen? Hat Sie das wirklich recht verstanden?»

Die Magd zog eine Schnute. «Freilich, Herr Mozart, ich bin ja nicht dumm.»

«Ja, ja, ich glaub's schon – muß es wohl glauben.» Er drückte ihr zehn Kreuzer in die Hand. «Sage Sie der Mamsell Sophie, ich hab's verstanden und lasse mich bedanken.»

Kaum war das Mädchen draußen, lief Mozart zum Schreibtisch und schrieb mit fliegenden Händen einen Brief an die Baronin Waldstätten. Er schilderte in wenigen Worten die Situation und fühlte, wie der Zorn ihn übermannte.

...Darf denn hier die Polizei gleich in jedes Haus? Vielleicht ist es auch nur ein Locknetz, um sie nach Hause zu bringen. Wenn das aber geschehen könnte, so wüßte ich kein besseres Mittel, als die Constanze morgen früh – wenn's sein kann, heute noch – heiraten. Denn dieser Schande möchte ich meine Geliebte nicht aussetzen, und meiner Frau kann das nicht geschehen.

Er siegelte den Brief, lief auf die Straße, hielt den nächsten Fiaker an.

«Bring' Er diesen Brief auf dem schnellsten Weg zur Baronin Waldstätten in der Leopoldstadt. Es ist das Haus Nummer 360 in der Jägerzeile. Hat Er alles verstanden?»

«I bin net bläd, gnä' Herr!» sagte der Fiaker, nahm Brief und Geld und fuhr los.

Kurz vor Mitternacht kam die Antwort.

Lieber Mozart, Sie brauchen sich keine Sorgen zu machen. Thorwart ist verständigt, er macht für Constanze den Trauzeugen und bringt einen zweiten mit. Verständigen Sie den Ihren. Morgen um ein Uhr treffen wir uns alle bei Madame Weber wegen des Ehekontrakts. Die Hochzeit findet übermorgen um elf Uhr im Dom statt. Für das Hochzeitsmahl werde ich sorgen.

Er atmete ein paarmal tief aus und ein. Was täte er nur ohne die Baronin? Sein Trauzeuge stand längst fest, es war der Arzt Franz Gilowsky, den er schon von Salzburg her kannte. Vom Papa empfohlen. Nun denn. Der oder ein anderer. Übermorgen im Dom. Frau Constanze Mozart. Frau Mozart. Stanzerl.

Es war nur eine kleine Hochzeitsgesellschaft, die an diesem sonnenklaren Augusttag in den Dom einzog. Herr Thorwart, der Vormund, führte die Braut, und wie immer, wenn etwas Wichtiges geschah, setzte er eine würdevolle Miene auf und schaute dabei sehr dumm drein. Madame Weber führte den Bräutigam, der von ihrer mächtig wallenden Gestalt fast erdrückt wurde. Dahinter schritten Sophie und die beiden Trauzeugen. Josepha war ferngeblieben.

«Einer muß ja das Haus hüten!» hatte Madame Weber mit schriller Stimme bekanntgegeben und dabei gelacht, doch das Lachen klang falsch. Mozart vermißte weder Josepha noch den Papa, hätte auch gerne auf die anderen Nebenfiguren verzichtet. Constanze und er – das war genug. Er freute sich, daß dieser dummstolze Thorwart sie heute zum letztenmal berühren durfte, freute sich, daß seine Frau nicht mehr zu den Weberischen zurück, sich nicht mehr bei der Baronin verstecken mußte.

Ich hätte nicht so lange warten sollen, dachte er, hätte Papas Bannstrahl aus Salzburg ignorieren sollen, wie auch Madame Webers Gekeif und Thorwarts Drohungen.

Dann zergingen diese Gedanken wie Rauch, und er kniete an ihrer Seite vor dem Priester, der sich über den Altar beugte und das Graduale der Brautmesse betete:

> «Uxor tua sicut vitis abundans in lateribus domus tuae. Filii tui sicut novellae olivarum in circuitu mensae tuae.»

Mozart lächelte still. Ja, die schöne alte Liturgie – oft genug hatte er sie in Töne gesetzt.

> «Dein Weib ist wie der fruchtbare Weinstock an den Wänden deines Hauses. Und Ölbaumpflänzchen gleichen deine Kinder rings um deinen Tisch.»

Es war eine stille Messe, die Brautleute mußten sparen. Sonst hätte Mozart im Geist seine Musik dazu gehört, doch sein inneres Ohr war heute taub, lauschte nur den Worten des Priesters.

Nach dem Schlußsegen brach Mozart in Tränen aus und Constanze mit ihm. Er fühlte sich so aufgewühlt und geborgen zugleich, wußte nun, was es bedeutet, wie auf Wolken zu schreiten. Wie die Heiligen auf den Bildern und Fresken über die Wolken schreiten, von feuriger Aura umstrahlt. Der Priester weinte auch, und auch Madame Weber weinte ihre falschen Theatertränen und das Schwesterchen Sophie ihre echten, ganz neidlos, die gute Sophie. Die beiden Trauzeugen betupften aus Höflichkeit ihre Augen, nur Thorwart ließ sich nicht rühren – er hielt das mit seiner Würde für unvereinbar.

7.

Die kleine Hochzeitsgesellschaft fuhr hinaus in die Leopoldstadt, wo das Festmahl ihrer harrte. Sie ließ sich nicht lumpen, die Baronin Waldstätten, bereitete ihrem «lausigen Liebhaber» ein Mahl, das ihrer Wertschätzung seiner Person und seiner Genialität entsprach. Ein wenig bedauerte sie ihn auch. Hatte sich wieder so ein Simpel einfangen lassen, um einem unversorgten Mädchen ein Nest zu bereiten. Aber Mozart brauchte eine Frau, einen Ruhepunkt, ein festes Zuhause. Sie kannte sein unstetes Leben und hatte sich in letzter Zeit oft gefragt, wie lange sein schmächtiger Körper diese Belastung aushalten würde.

Sie hatte noch einige Freunde geladen, die Mozart als Musiker kannten und schätzten und die im stillen hofften, seine Schaffenskraft würde vom künftigen Familienleben nicht allzusehr beeinträchtigt werden.

Madame Weber verhielt sich sehr manierlich, aber dies war nicht ihr Terrain, und so konzentrierte sie sich auf die Freuden der Tafel, beäugte mit begehrlich glitzernden Augen die von den Lohndienern hereingebrachten Schüsseln und Platten, wobei ihr Doppelkinn erregt zitterte. Es gelang ihr, mit Behendigkeit und nicht ohne zierlichen Anstand, eine unglaubliche Menge des Gebotenen in sich hineinzuschlingen. Sie wirkte dabei keineswegs gierig, sondern nur tief zufrieden, und ihre listigen Augen wanderten dabei hurtig herum, damit ihr ja nichts entging. Und immer wieder streifte ihr Blick die Köstlichkeiten dieser fürstlich zu nennenden Tafel: Forelle, Wildbret, Backhähnchen, dazu köstliche Tunken, als Beilage Gemüse, Salate, Obst, nicht zu vergessen die erlesenen Weine und natürlich Champagner, den die Baronin über alles liebte.

Thorwart, der gewesene Vormund, aß mit hochgezogenen

Brauen und umständlichen Bewegungen. Mozart, der seit seiner Kindheit an Fürstentafeln diniert hatte, speiste wie ein Aristokrat, während ihn Constanze von der Seite betrachtete und seine Manieren nachzuahmen versuchte.

Sophie, die selten unter fremde Menschen kam, war etwas schüchtern, aß wie ein Spatz und hing mit hungrigen Blicken an ihrer bräutlichen Schwester.

Sie wünscht sich in ihre Rolle, dachte die Baronin, sie wünscht es sich, und zugleich fürchtet sie sich davor. Mit leisem Lächeln betrachtete sie die mit vollen Backen kauende Madame Weber, die im selben Moment aufschaute. Ihre Blicke trafen sich, und in der Baronin – die sonst mit Frauen nicht viel anzufangen wußte – regte sich leiser Respekt für die mit Töchtern «gesegnete» mittellose Witwe, die nichts anderes tat, als ihre Familie mit Anstand durchzubringen, und sich dabei selbst nichts abgehen ließ. Die Baronin hob ihr Glas, Madame Weber tat es ihr nach. Wortlos tranken sie sich zu – Madame Weber mit einem hurtigen «ex!», die Baronin nippte nur. Constanze schaute den beiden lächelnd zu, erkannte mit weiblichem Instinkt das momentane Einvernehmen dieser sonst durch eine tiefe Kluft getrennten Frauen, hob auch ihr Glas und gesellte sich als dritte hinzu. Etwas Mesmerisches geisterte durch den Raum, etwas wie Elektrizität, die mit ihrer Spannung drei Pole umschloß, wenn auch nur für Augenblicke. Mozart bemerkte davon nichts.

Später setzte er sich ans Klavier, spielte einiges aus der «Entführung» und sang mit seiner hell klingenden Altstimme die Aria des Belmonte.

«Hier soll ich dich denn sehen,
Konstanze, dich mein Glück!
Laß, Himmel, es geschehen…»

Trunken von Wein, Champagner, Musik und seiner Hochzeitsfeier fuhr Mozart mit Constanze nach Hause. Sie schaute ihn von der Seite an. Er wirkte krankhaft blaß, auf seiner Stirne perlte der Schweiß. Wenn er sich auch müde, verschwitzt und abgespannt fühlte, so trübte es nicht seinen heiteren Sinn.

Der Abend senkte sich über die hitzetrunkene Stadt, ein ganz leiser kühlender Wind kam auf. Der Hausbesorger händigte ihm einen Brief aus. Mozart brauchte nicht hinzusehen, um zu wissen, woher er kam.

«Vom Papa aus Salzburg», sagte er matt, und seine Blässe verstärkte sich. Er steckte ihn ein.

Misch' dich heute nicht ein, Papa, dachte Mozart, heute bleibst du draußen. Dieser Tag gehört allein uns beiden, Constanze und mir. Wir brauchen keinen Dritten. Der Brief knisterte in seiner Tasche, als er die Wohnungstür aufsperrte. Knistere du nur, ich achte nicht darauf.

Laut, wie um etwas zu übertönen, rief Mozart: «Heut' fängt ein neues Leben an!»

«Fühlst du dich nicht wohl? Du schaust so blaß aus.»

Mozart lächelte mühsam. «Eine Hochzeit nimmt einen schon her. Dann die Hitze, das viele Essen, der Champagner...»

«Leg' dich ein bißchen hin. Ich mach' inzwischen die Fenster auf, damit etwas frische Luft hereinkommt.»

Er ließ sich in einen Sessel fallen und streckte die Füße aus. Wieder raschelte der Brief. Ja, ja, ich hör' dich schon! Er schlüpfte aus dem Frack und warf ihn über die Lehne. Dabei fiel das Schreiben aus der Tasche und lag nun auf dem Boden – eine hell schimmernde Mahnung. Seufzend bückte er sich.

«Was schreibt der Herr Vater?»

Also gut. Er brach das Siegel, und es knackte böse, als breche ein dürrer Zweig oder ein dünner Knochen.

«Lies ihn mir vor», bat sie.

«Ach, der ist so lang, vieles davon interessiert dich nicht...»

Er begann zu lesen, runzelte die Stirn, lächelte bitter, wendete das Blatt, nickte, sagte plötzlich: «Da! Da steht es:

...also sende ich dir meine Einwilligung und meinen väterlichen Segen. Das Weitere muß ich dir selbst überlassen und bitte Gott, daß er dir meinen Segen angedeihen lasse und dir seine göttliche Gnade nicht entziehe. In den letzten Monaten habe ich wieder einmal deine Hauptfehler erkannt. Einerseits bist du geduldig, bequem, vielleicht manchmal zu stolz, dann wieder wirst du schnell ungeduldig, bist hitzig, kannst nicht abwarten. Du kennst kein Mittelmaß...

Jetzt weißt du, wie mein Vater über mich denkt. In einem Satz der väterliche Segen, danach, viel ausführlicher, geht er auf meine vermeintlichen Fehler ein. Er wird nicht müde, es zu tun, ich kenne seine Vorwürfe schon bis zum Überdruß, kenne sie auswendig, wie meine Opera.»

Constanze setzte sich auf seinen Schoß und streichelte seine Wangen. «Geht es mir besser mit Mama? Sie sind blind für ihre eigenen Schwächen, sehen aber die unseren übergroß. Ich glaube, alle Eltern sind so.»

«Meine Mutter war nicht so.»

«Mein Vater auch nicht.»

Mozart küßte Constanzes Hals, doch seine Gedanken waren woanders. Das Thema ließ ihn nicht los.

«Vielleicht ist es so, daß der Elternteil, von dem wir die meisten Fehler erben, sie uns am häufigsten vorwirft? Aus schlechtem Gewissen...»

Constanze sprang auf und sagte munter: «Ich bin nicht mit deinem Vater und du nicht mit meiner Mutter verheiratet. Zum Glück, Wolfgang, zum Glück!»

Von draußen drangen gedämpft die nächtlichen Straßengeräusche herein, Stimmengemurmel, ein leises Lachen, ein zorniger Ruf, das kurze Bellen eines Hundes, das metallische Klappern eines vorbeitrabenden Pferdes, der ellenlange Fluch eines Fiakers, das Klirren eines herabfallenden Schlüsselbundes.

Constanze hatte im Schlafzimmer schon die Betten aufgeschlagen, und ehe er sich's versah, blies sie die Kerze aus und schlüpfte unter die Decke. Mozart mußte an Doris denken, und das erregte ihn mächtig. Ihren nackten Körper kannte er, den von Constanze nicht. Draußen war Neumond, nur der schwache Schein der Straßenlaternen erhellte den Raum schemenhaft. Er kleidete sich aus und kroch zu seiner Gemahlin ins Bett. Die Ehefrau, die Gemahlin, die Gattin, das Gespons – sein Weiberl. Wie kühl sich ihre Haut anfühlte in der warmen Sommernacht. Aber ihre Wangen waren heiß und etwas feucht. Weinte sie?

«Weinst du, Constanze?»

Sie kicherte. «Warum sollte ich? Ich weine nicht, ich warte...»

Mozart fühlte, wie das Blut in seine Lenden schoß, wie alle Kraft in seiner Körpermitte zusammenströmte, und es war wie damals, als die leise lockende Stimme aus dem Schatten der Pestsäule kam. Beide waren sie bereit und ungeduldig und voll Leidenschaft, und Constanze gab ihre Zurückhaltung auf, ihr Körper entkrampfte sich und folgte dem uralten Rhythmus, der die Menschen bewegt, das Leben erhellt und erhält.

Für den nächsten Tag hatte er die Klavierstunden bei dem dicken Fräulein von Aurnhammer abgesagt. Sie wußte natürlich, daß ihr verehrter Meister bald heiraten würde, sie wußte aber nicht, wie bald. Und sie hatte ihre Anstrengungen verdoppelt und verdreifacht, glänzte schon gelegentlich bei öffentlichen Konzerten, war – wie der Meister gerne eingestand – seine beste Schülerin. Aber ihr Talent, ihr begabtes Spiel, ihre Auftritte änderten nichts daran, daß sie nach wie vor aussah wie ein praller Mehlsack, ihr Köpfchen war dafür zu klein und wirkte wie ein Apfel, der oben auf dem Sack lag. Schnell rötete sich das Köpfchen, wenn die Mamsell erregt war – und sie war es oft –, und dann begann sie zu schwitzen, und man roch es und hielt gerne Abstand.

Der Maestro durfte das nicht, denn er mußte hinter ihr stehen oder neben ihr sitzen, und dann wogte der Busen, das Köpfchen wurde rot, der Schweiß durchtränkte das sommerlich leichte Kleid, der säuerliche, durchdringende Geruch wehte übers Piano, breitete sich aus über die Möbel, kroch an den Wänden hoch und krallte sich in Mozarts Nase, entfachte stumme Bittgebete, die Stunde möge bald zu Ende sein.

«Kein Unterricht, keine Einladung, kein Besuch, keine Proben – heute bin ich nur für dich da! Wir fahren in den Prater und feiern unseren ersten Hochzeitstag.»

Aber der Papa fuhr mit, und diesmal war es Constanze, die ihn rief. «Es gehört sich einfach, daß ich deinen Vater und die Nannerl bald kennenlerne. Wir sollten noch heuer nach Salzburg fahren.»

«Warum nicht? Ein schöner Anlaß wäre der 15. November, da hat Vater seinen Namenstag.»

«Gut – also im November.»

«Ja, und jetzt schicken wir den Papa wieder nach Salzburg zurück. Ich möchte heute mit dir allein sein.»

Constanze lächelte. «Husch – husch, Herr Schwiegervater, fort mit Ihnen nach Salzburg! Dort sehen wir Sie im November.»

«Weißt du, daß meine Opera morgen eigens auf den Wunsch von Meister Gluck aufgeführt wird?»

«Der alte Gluck?»

«Es gibt nur einen – den großen Gluck.»

Sie setzten sich vor einer der Limonadenhütten in den Schatten, bestellten zwei große Gläser «Markise» und ließen einander nicht aus den Augen. Constanze schüttelte den Kopf, als glaube sie nicht, wer da bei ihr saß: «Mein Mann...», sagte sie staunend, «mein Mann...»

«Ja, das geht alles so schnell. Da wurstelt man sich jahrelang einschichtig durchs Leben, und plötzlich ist man verheiratet.»

Sie lächelte ihn zärtlich an. «Hast auch schon Gescheiteres geredet.»

«Am Hochzeitsmorgen muß man nicht gescheit sein. Außerdem hab' ich Hunger.»

«Ich auch!»

«Kein Wunder, wir waren ja recht fleißig heut' nacht.»

Constanze errötete. «Red' nicht so daher.»

Mozart bestellte eine kalte Platte mit Wurst, Huhn und Käse. Er nahm sich zuerst vom Hendl, seiner Lieblingsspeise, fieselte andächtig einen Knochen ab und warf ihn dem Straßenköter zu, der seit einiger Zeit um sie herumschlich.

«Schleichst di net glei, du Mistviech! Allwei meine Gäst' belästigen!» Schon griff der Wirt nach einem Besen.

Constanze hielt ihn zurück. «Aber lassen Sie ihn doch, Herr Wirt. Das Viecherl wird halt hungrig sein.»

«Zu wem gehört denn der?»

«Der g'hört niemand, treibt si halt hier rum. Na, wenn die Hundefänger ihre nächste Tour machen, geht's ihm an den Kragen.»

«Aber geh, das Hunderl freut sich doch auch am Leben», sagte Constanze mitleidig. Als hätte er sie verstanden, wedelte der kleine rauhhaarige Straßenköter mit dem Schwanz und blickte seine Verteidigerin so lieb an, daß sie die Hand ausstreckte und seinen Kopf streichelte. Das Wedeln verstärkte sich, und der Hund winselte leise.

«Der ist sicher noch ganz jung», meinte Constanze.

«Ja, aber schon eine seltsame Mischung. Der hat was vom Spitz, vom Pinscher, vielleicht ist sogar ein Dackel mit drin – schau nur die krummen Stelzen an.»

Constanze lachte. «Und seine spitze Schnauze hat er von der Fledermaus.»

Der Wirt mischte sich ein. «Is scho a greislichs Viech, gnä Frau, da müßt ma mir was zahln, und i tät'n net nehmen.»

«Grad solche sind die liebsten und treuesten.»

Der kleine Straßenköter, mit Hendlknochen, Wurst und Käserinden reichlich gefüttert, legte sich zu Füßen seiner Gönner unter den Tisch.

«Geh' bringen'S ihm doch ein Schalerl Wasser, Herr Wirt.»

Der tat es, auch wenn er unwillig brummelte. Als sie zahlten und zum Fiakerplatz gingen, trottete der Hund ihnen nach.

«Ich glaube, der will bei uns bleiben», sagte Constanze.

«Möchtest ihn haben?»

«Und du?»

Mozart schupfte die Achseln. «Unsere Wohnung ist groß genug.»

«Lieb ist er ja wirklich.»

Der Hund sprang mit in den Fiaker, als wüßte er genau, daß er von nun an dazugehörte.

«Putzig ist er schon», sagte Constanze.

«Dann taufen wir ihn gleich Putzi.»

Als hätte er es verstanden, blickte Putzi von einem zum anderen und ließ ein kurzes freudiges Bellen hören.

«Das kleine Hunderl hat ja eine Stimme wie eine Pauke.»

Constanze streichelte ihn. «Bist halt unser Putzipaukerl.»

Bei diesem Namen blieb es dann, und Putzipaukerl, die Promenadenmischung aus dem Prater, wurde im Haus «Zum roten Säbel» heimisch.

Das große Ereignis an diesem lauen Sommerabend war nicht, daß der hochberühmte Compositeur Christoph Willibald Gluck eine Aufführung der Mozart-Oper besuchte, sondern daß der greise, halbgelähmte und völlig zurückgezogen lebende Mann überhaupt noch aus dem Haus ging. Im Jahr zuvor hatte er einen schweren Schlaganfall erlitten, und kaum hatte er sich halbwegs davon erholt, warf ihn eine Lungenentzündung nieder, die er nach langem Krankenlager überwand.

Trotz seines zurückgezogenen Lebens war etwas von Mozarts Ruhm in sein stilles Wiedener Haus gedrungen, und er war zu sehr Musiker, um nicht neugierig zu werden. So hatte er Graf Rosenbergs Vorschlag zu einer Neuaufführung der «Pilger von Mekka» unwillig beiseite gewischt.

In seiner durch den Schlaganfall verursachten stockenden Sprache sagte er wegwerfend: «Unsinn! Keine gute Opera! Habe Besseres gemacht – Leichen soll man ruhen lassen. Will Mozart hören!»

Da man einem Gluck nichts abschlagen konnte, wurde am 6. August die «Entführung» ihm zu Ehren aufgeführt, und er selber wohnte ihr in seiner Loge bei. Das randvolle Burgtheater toste vor Begeisterung, als Mozart vom Klavier aufstand, sich umwandte und zu Glucks Loge hinaufwies. So durften die Wiener an diesem Abend zwei große Musiker beklatschen. Gluck war in seinem Leben so oft mit Beifall überschüttet worden, doch diesmal galt er einem anderen, und nach dem, was er gehört hatte, gönnte er ihn Mozart von Herzen. Er winkte ihn mit zittriger Hand herauf in seine Loge.

«Bravo, junger Mann! Da kann unsereins beruhigt sterben, wenn man die Musik in solchen Händen weiß. Sie haben meine ‹Mekkapilger› nicht nur übertroffen, Sie haben diese Opera durch die Ihre zu Grabe getragen.»

Mozart wollte etwas einwenden, doch Gluck hob seine Hand. «Nein – sagen Sie nichts. Ich bin dem Tod zu nahe, um Sie, mich oder die Musikwelt zu belügen. Sie haben ein Meisterwerk geschrieben, lieber Mozart, das für alle Zeiten bestehen wird.»

Das Reden strengte den Kranken sichtlich an, und Madame Gluck machte dem entschlossen ein Ende.

«Für heute ist's genug, meine Herren. Wir laden Sie und Ihre liebe Frau übermorgen zu Tisch, und da kann das Gespräch fortgeführt werden.»

Seit der Meister so hinfällig geworden war, wachte Frau Marianne Gluck über seinen Tageslauf. Sie waren seit über dreißig Jahren verheiratet, und ihrer hohen Mitgift hatte er es zu verdanken gehabt, daß er nie mehr um Fürstengunst buhlen mußte, sondern ganz nach seinem Gusto schaffen und arbeiten konnte – verantwortlich nur noch seinem musikalischen Gewissen und den Ansprüchen seines Publikums. Gluck hatte alle Höhen und Tiefen eines Musikerdaseins gekostet; sein Talent, sein Fleiß, seine kompromißlose Ehrlichkeit hatten ihm einen Platz in der Musikwelt erobert, der ihn weit über seine Zeitgenossen emporhob. Seine Opern wurden in ganz Europa gespielt, in alle Kultursprachen übersetzt, von allen geschätzt und verstanden.

Seit seinem schweren Schlaganfall hatte Gluck aufgehört zu komponieren. Da blieb viel Zeit, um nachzudenken, denn die Krankheit hatte nur den Körper, nicht den Geist getroffen.

Die Diener hoben seinen schweren Körper in die Kutsche, schlossen die Tür, die Pferde zogen mit einem Ruck an.

Gluck, von jähem Temperament, begann sofort loszuschimpfen. «Lernt dieser Dummkopf es nie, sanfter anzufahren? Der prescht so ungestüm los, daß ich jedesmal fast von der Bank falle.»

«Beruhige dich, Christoph, wir fahren ja nur noch selten aus. Aber dieser Abend war es wert, nicht wahr?»

Ein Lächeln flog über das schlaffe, mürrische Greisengesicht. Ungeschickt tätschelte er die Hand seiner Frau.

«Mozart ist nicht nur ein großer Komponist, er setzt – ohne es vielleicht zu wissen – meine eigenen Bemühungen fort. Seine ‹Entführung› ist eine Absage an die steifen Opern der neapolitanischen Schule, wo die Sänger nur wie verkleidete Marionetten herumwanken und tragische Arien herunterleiern. Ich habe mich zeitlebens bemüht, lebendige Menschen auf die Bühne zu bringen, die Handlung – auch wenn es eine mythologische ist – lebenswahr zu gestalten und meine Musik dem anzupassen.»

Erschöpft lehnte er sich zurück.

«Nur ruhig, mein Lieber. Darum hast du am Ende auch über Piccini gesiegt, weil das Publikum seine gekünstelten Opern satt hatte.»

Gluck lachte leise. «Gut gesagt, Marianne, doch nicht alles war bei ihm schlecht. Aber Mozart ist es nun, der auf seine Weise meine Arbeit fortführt. Mein Gott, wenn ich nicht so alt und krank wäre... Nach dem heutigen Abend reizt es mich, das Notenpapier hervorzuholen und es wieder zu versuchen. Erinnerst du dich an die Konstanze-Aria ‹Ach ich liebte, war so glücklich...?› Selbst wenn die Cavalieri nicht gesungen hätte, so drückte allein die Musik aus, was zu sagen war. Oder die Kampf-Aria des Pedrillo oder die Triumph-Aria des Osmin – da sprach die Musik genau aus, was der Mensch empfand. Als ehrlicher Künstler weiß man stets, daß man seinem Ideal nur nahekommt, es aber niemals erreicht. Mozart ist eine Ausnahme – er hat es erreicht, und das werde ich ihm sagen, wenn er unser Gast ist.»

Er lehnte sich zurück und schloß die Augen. Seine Stirn glänzte feucht, sein Atem ging schnell. Nun hat er sich wieder aufgeregt, dachte Madame Gluck, und das kann sein Tod sein, meint der Arzt. Gluck öffnete die Augen. «Ich weiß, was du denkst, Marianne. Aber meine Aufregung bedeutet Freude und ist zugleich Anregung. Lieber möchte ich tot sein, als nichts mehr empfinden zu können.»

Das Diner bei der Familie Gluck verlief ein wenig steif, aber der Meister war sehr freundlich und würdigte noch einmal Mozarts großes Talent. Doch er sprach wenig, reihte ein halbes Dutzend Sätze aneinander, um dann wieder in ein Schweigen zu versinken, das weder hochmütig noch unhöflich war, das er offenbar brauchte, um neue Kraft zu schöpfen. Dann verschleierten sich seine Augen, die Lider schlossen sich halb, und er schien nach innen zu lauschen, auf Töne, die nur er hörte, die nie ans Licht kamen, weil der Meister das Komponieren aufgegeben hatte.

Da wagte niemand ein lautes Wort, da herrschte eine weihevolle Stimmung wie im Hochamt vor der Wandlung, bis der Meister wieder zur Sprache fand und die Unterhaltung von neuem in Gang kam. Constanze sprach wenig, machte ein andächtiges Gesicht und errötete leicht, als Gluck sie einmal ansprach.

Dann waren sie endlich befreit, saßen in der Kutsche und fuhren auf der nächtlichen Wiedener Straße stadteinwärts.

«Puh!» sagte Constanze und atmete tief durch. «Recht viel länger hätte ich's nicht mehr ausgehalten. Das war so feierlich wie bei einer Kaiserkrönung.»

Mozart lachte laut und herzlich. «Ob ich später einmal auch so werde – wenn ich sechzig oder siebzig bin?»

«Nein, mein Schatz, ich sorge schon dafür, daß es bei uns nicht gar so steif hergeht.»

«Er ist halt schon alt und krank.»

Constanze nickte. «Ja, und sollte schon längst dran denken, seinen Platz für andere frei zu machen. Er übt doch sein Amt als Hofcompositeur gar nicht mehr aus, außerdem hat er genug Geld und kann leicht auf sein Salär verzichten. Wir bräuchten's nötiger...»

«Hast ja recht, Stanzl, doch so etwas kann man höchstens denken, aber nicht davon sprechen. Gluck ist das musikalische Monument von Europa, das steht fest wie ein Fels, und niemand wagt, daran zu rühren. Na, wer weiß, vielleicht denkt der Kaiser schon an seine Nachfolge.»

«Dabei sollte ein Engel ihm deinen Namen ins Ohr hauchen.»

«Ich fürchte, dieser Engel haucht einen anderen Namen, einen italienischen.»

«Du meinst Salieri?»

«Sie sind dicke Freunde, er und Gluck. Salieri ist ein schamloser Schmeichler, wenn er etwas erreichen will. Ich kann das nicht.»

«Das brauchst du nicht! Wir kommen auch so durch.»

Mozart kuschelte sich an sie. «Mit dir zusammen schon. Lieber weniger Geld, dafür jung und gesund. Ist im Grunde ein armer Teufel, der Meister Gluck – alt und den Tod vor Augen.»

«Denk' nicht mehr dran!»

Madame Weber erwartete von den Neuvermählten regelmäßige Besuche, das hatte sie schon am Hochzeitstag mit Nachdruck verlangt. Gut, es sollte also einmal pro Woche sein, am Samstag, zum Mittagstisch. Just an diesem Tag erschien aber gegen zehn der gute Freund Valentin Adamberger, der sich augenscheinlich überzeugen wollte, wie das junge Paar so lebte. Er selbst war schon länger verheiratet, und ein wenig trieb ihn die Neugier, wie es bei den Mozarts zuging.

Sie lagen noch im Bett, doch der gefeierte Darsteller des Grafen Belmonte wurde begeistert im Haus «Zum roten Säbel» empfangen. Constanze fuhr aus dem Bett, schlüpfte in ihren Morgenmantel und sauste in die Küche. Adamberger breitete die Arme aus und sang:

«Konstanze – dich wiederzusehen!»

«Sie frühstücken doch mit uns, lieber Freund?»

Der Sänger nickte. «Möcht' halt auch a bisserl an eurem Glück teilhaben.»

Mozart, mit noch vom Schlaf zerzausten Haaren und hastig, deshalb verkehrt zugeknöpftem Hausmantel, eilte ans Klavier.

«Sie wollten doch immer eine Bravouraria von mir haben – hier ist sie! Ich singe Sie Ihnen gleich vor.»

Nach einem kurzen Vorspiel begann Mozart zu singen. «Per pietà, non ricercate...»

Als Constanze mit dem Kaffee erschien, sangen die beiden Männer im Duett, und sie mußte ein paarmal rufen: «Pausa – signori! Pausa – signori! Il pranzo!»

Das vergnügte Frühstück dehnte sich aus, Adamberger erzählte von den nicht nachlassenden Bemühungen Salieris, die «Entführung» bald abzusetzen.

«Aber damit trifft er nirgends auf Verständnis. Das Theater ist noch immer voll; die letzte Aufführung – es war immerhin schon die neunte – hat wieder über tausend Gulden gebracht.»

«Wenn ich nur auch etwas davon hätte...»

Adamberger nickte betrübt. «Es ist eine Schande, daß der Komponist an seinem Erfolg nicht teilhaben kann. Für Sie kommt es aufs gleiche hinaus, ob die ‹Entführung› einmal oder hundertmal über die Bühne geht. Haben Sie wenigstens schon ein Arrangement für Harmoniemusik geschrieben?»

«Bin gerade dabei, muß schließlich jede Möglichkeit nützen, aus der Opera Geld zu ziehen. Vorgestern hat mich der preußische Gesandte aufgesucht, er will eine Kopie der Partitur für eine Berliner Aufführung. Inzwischen habe ich das Original nach Salzburg geschickt, damit mein Vater es sich in Ruhe anschauen kann. Er wird für die Kopie sorgen, dann sehen die Preußen, was wir hier in Wien für eine Musik machen. Nun muß ich Ihnen noch etwas zeigen.»

Mozart kramte auf seinem Arbeitstisch in einem Wust von Notenblättern, Zetteln und Briefen.

«Wo ist der verflixte Artikel nur? Constanze, hast du den Ausschnitt aus der ‹Leipziger Zeitung› gesehen? Den habe ich dir doch gestern vorgelesen... Halt – hier ist er ja. Warten Sie, ich lese es Ihnen vor. Also:

Ein gewisser Mensch namens Mozart in Wien hat sich erdreistet, mein Drama ‹Belmonte und Konstanze› zu einem Operettentext zu mißbrauchen. Ich protestiere hiermit feierlichst gegen diesen Eingriff in meine Rechte und behalte mir Weiteres vor. Christoph Friedrich Bretzner»

Adamberger lachte schallend. «Er protestiert feierlichst! Ja, was will denn dieser Mensch? Schließlich steht sein Name doch auf dem Theaterzettel, und Stephanie war so ehrlich, sich als Bearbeiter nicht einmal nennen zu lassen. Der kann sich alle zehn Finger ablecken, daß ein Mozart seinen Text vertont hat.»

«Ich verstehe ihn schon», meinte Constanze. «Sein Text wird vertont, und Stephanie steckt für das bißchen Bearbeiten hundert Gulden ein.»

Adamberger zuckte die Schultern. «So sind halt die Bräuche, und jeder muß schauen, wo er bleibt.»

Constanze sprang auf. «Um Gottes willen! Es ist schon fast halb eins, und wir sollten schon längst bei der Mama sein!»

«Ui jegerl», jammerte Mozart, «das wird einen Ärger geben!» Dabei zwinkerte er Adamberger zu, der nur die Schultern hob und feixte.

Schließlich wurde es halb zwei, als sie im Haus «zum Auge Gottes» eintrafen. Josepha empfing sie mit giftigem Gesicht.

«Das Fleisch ist verbraten, das Gemüse verkocht, und die Mama heult vor Zorn.»

Schrille Töne machten die Luft erzittern, als sie die Stube betraten. Das Doppelkinn schlug stürmische Wellen.

«Für eine Abendeinladung seid ihr noch zu früh dran», legte sie los, «aber meines Wissens habe ich euch zu Mittag gebeten! Zu Mittag! Ist halb zwei noch Mittag? Du hättest diesen Menschen nicht heiraten sollen, Constanze, er reißt dich hinab in die Tiefen eines ungeordneten und unordentlichen Lebens. Und wie du wieder aussiehst! Dein Brusttuch sitzt schief, das Band an deinem linken Ärmel hängt lose, und frisiert bist du auch sehr schlecht. Du hättest diesen Menschen nicht heiraten sollen!»

Jetzt geriet auch Mozart in Zorn. «Constanze, wir gehen! Ich muß mir das nicht anhören von einer Frau, die mir die Polizei auf den Hals hat hetzen wollen. Man kann sich seine Mutter nicht aussuchen, Madame Weber, aber mit Ihnen hat Constanze kein gutes Los gezogen.»

«Wolfgang! Du beleidigst Mama!»

«Nein, sie beleidigt mich und dich dazu. Wir gehen!»

Und sie gingen. Schon draußen lachten sie wieder los, als Mozart seine Schwiegermutter imitierte und mit schriller Stimme rief: «Du hättest diesen Menschen nicht heiraten sollen!»

Sie aßen in einem Gasthof gemütlich zu Mittag, holten Putzipaukerl aus der Wohnung und fuhren in den Augarten. Der Herbst hatte schon da und dort seinen Pinsel angesetzt und den Buchen, Ahorn- und Kastanienbäumen bunte Tupfer verliehen, aber die Luft war noch sommerlich warm. Es gab nicht viele Menschen hier; die Wiener bevorzugten den Prater, doch bei dem morgigen Sonntagskonzert würde es wieder ein Gedränge geben.

Bei ihrem Putzipaukerl hatten sie beobachtet, daß er immer ganz unruhig wurde, wenn sie sich umarmten, und je derber sie sich anfaßten, um so energischer legte sich der Hund ins Zeug. Und immer wieder machten sie sich einen Spaß daraus, das Tier herauszufordern, weil es halt gar so lustig war, wie prompt es reagierte.

«Schlag' mich!» rief Mozart und lief einige Schritte voraus.

Putzipaukerl blieb stehen und kläffte. Da boxte Constanze ihren Mann in die Seite, der grapschte ihre Hand und schlug sie mit weitausholender Geste aufs Hinterteil. Das war dem Hündchen zuviel, das konnte es nicht dulden. Knurrend und erregt bellend fuhr es dazwischen, schnappte nach Mozarts Wade; doch der ließ sofort Constanze los.

«Wie lange seid ihr jetzt verheiratet?» tönte eine helle Stimme dazwischen.

«Oh – Majestät!» Constanze versank in einen tiefen Hofknicks.

«Noch gar nicht lange, Majestät, ein paar Wochen halt.»

«Und schon schlägt Er seine Frau, und sie schlägt wacker zurück, wie ich deutlich gesehen habe.»

War der Ernst des Monarchen gespielt, oder war er echt?

«Aber Majestät –»

Joseph lächelte melancholisch. «Nun ja, es wird wohl Spaß gewesen sein. Auf diese Weise lerne ich einmal Madame Mozart kennen – enchanté, Madame!»

Constanze knickste wieder.

Der Kaiser zog den Hut. «Morgen beim Augartenkonzert bin ich zur Stelle. Adieu ihr beiden – und vertragt euch wieder!»

Constanze war noch ganz verdattert. «Glaubt der – glaubst du wirklich, Seine Majestät waren der Meinung...»

«Ach was! Er hat den Spaß schon verstanden.»

«Aber daß der Kaiser hier ganz allein herumspaziert, wie irgendein Bürger?»

«Das ist so seine Art. Wenn er seine Ruhe haben will, kommt er hierher ins Augartenpalais, wandert auch gern im Park herum und wird oft nicht erkannt.»

«Ein netter und freundlicher Herr.»

Mozart lachte und küßte sie schnell auf die Wange. «Er kann auch anders sein. Aber Musiker mag er besonders, und wenn einer so ein Weiberl hat wie dich...»

«Paß auf, gleich kriegst wieder eine drauf!»

«Das dürfen wir dem Putzipaukerl nicht antun. Wo ist er denn?»

«Der treibt sich irgendwo in den Büschen herum, wird gleich wieder da sein.»

8.

Die Salzburgreise hatten sie auf den elften November festgesetzt.

«Die Koffer sind schon gepackt. Jetzt braucht's nur noch losgehen. Was ist denn – warum schaust so grantig?»

Mozart hatte Putzipaukerl auf den Arm genommen und stand am Fenster. «Ich schau doch nicht grantig.»

«Aber irgendwas paßt dir nicht –?»

«Ja, mir paßt nicht, daß ich jetzt wegfahren soll, wo ich eh nicht mehr weiß, ob ich ein Manndl oder ein Weiberl bin. Letzte Woche sind zwei meiner Schülerinnen vom Land zurückgekommen, die Zichy und die Rumbeke; wenn ich nicht da bin, nehmen die sich vielleicht einen anderen Lehrer. Da ist gleich ein Dutzend Dukaten beim Teufel. Und den da» – er hob Putzipaukerl hoch – «müßten wir auch allein lassen.»

Constanze lächelte. «Dann nehmen wir ihn halt mit und machen unsere Reise zu viert.» Mozart setzte den Hund zu Boden und blickte sie erstaunt an. «Zu viert? Wen willst du sonst noch mitnehmen? Vielleicht gar deine Mama?»

«Tschapperl! Natürlich nicht. Ich hab' dir doch schon vor ein paar Wochen gesagt, es könnte schon sein, daß bald was Kleines kommt. Und jetzt bin ich sicher!»

«Stanzl! Aber dann – aber dann können wir ja eh nicht fahren. Das ist zu gefährlich für dich in deinem Zustand.»

«Aber Wolfgang, das macht mir doch nichts aus. Wie viele Frauen, glaubst du, sind schon im siebten und achten Monat durch halb Europa gereist? Ich bin doch kein Mimoserl, spür' ja auch noch gar nichts.»

«Nein! Das lass' ich nicht zu! Ich tät es mir nie und nimmer verzeihen...»

Constanze hielt ihm ihre Hand vor den Mund. «Jetzt spiel' nicht den erzürnten Osmin und denk' daran, was ihm Blonde für ein Lied gesungen hat: ‹Doch mürrisches Befehlen, und Poltern, Zanken, Plagen, macht, daß in wenigen Tagen, so Lieb als Treu entweicht.› Also – morgen geht's los, und in ein paar Wochen sind wir zurück. Deine Schülerinnen werden dir treu bleiben, weil sie wissen, was sie an dir haben.»

Mozart war wieder ans Fenster getreten. «Ich glaube, das Wetter schlägt um. Vom Westen ziehen schwarze Wolken auf, das sieht nicht gut aus.»

«Morgen wird's wieder vorbei sein.»

Doch es war nicht vorbei. Alle Wetter hatten sich gegen die Reise nach Salzburg verschworen; mit Regen, Schnee und Sturmwind trat der Winter auf die Bühne und eröffnete seine kalte Saison.

Constanze erwachte zuerst und ging ans Fenster. Ui jegerl, das schaute aber schlimm aus. Auf Zehenspitzen ging sie zu ihrem schlafenden Gemahl und suchte eine Stelle, um ihn mit einem Kuß aufzuwecken. Doch sein Gesicht war ins Kissen vergraben, sein schmächtiger Körper fest in die Daunendecke gewickelt. Behutsam schob sie seine Haare am Hinterkopf hoch und küßte ihn auf den Nacken. Er brummte nur. Als sie ihn noch einmal küßte, drehte er sich um.

«Was ist denn los, Stanzi?»

«Steh' auf und schau aus dem Fenster, dann weißt es.»

Er streckte sich, seufzte tief. «Wird ja eh schon Zeit sein...»

Sie zog ihm die Decke weg und kitzelte ihn, bis er aufstand. Lange schaute er aus dem Fenster.

«Da hätten wir uns ein schöneres Reisewetter gewünscht.»

«Sonst fällt dir nichts ein?»

Freilich hätte er noch sagen können: Gott sei Dank, jetzt brauchen wir nicht zu fahren, oder: der Himmel hat sich meiner noch rechtzeitig erbarmt, aber nun wollte er gerade nicht zeigen, wie froh ihn dieses Sauwetter stimmte, und spielte vor Constanze den braven Sohn.

«Wir haben die Plätze schon reserviert, außerdem erwartet uns mein Vater. Nein, nein, da gibt es jetzt kein Zurück.»

«Geh, Wolfgang, du glaubst doch nicht im Ernst, daß die Post bei dem Unwetter losfährt?»

«Ich werde anfragen lassen.»

Der Hausbesorger schickte einen Boten, doch der war schnell zurück. Die ganze Postverbindung sei eingestellt, und man warte nun den Nachmittag ab.

Am Nachmittag regnete es noch immer; Mozart nahm seinen Parapluie und lief hinüber zur Poststation, doch dort zuckte man nur die Schultern. Schon der erste Wagen sei steckengeblieben und habe wieder umkehren müssen. Für heute gebe man es auf, er solle morgen noch einmal anfragen.

Am nächsten Tag waren natürlich alle Plätze besetzt, und dann schneite es wieder, und schließlich rückte die Reise immer weiter weg, und sie redeten kaum noch davon. Statt des jungen Ehepaares ging ein Brief auf den Weg nach Salzburg, und in ihm konnte der Papa genau lesen, wie alles gekommen war und daß sie – Wolfgang und Constanze – nicht die geringste Schuld daran trugen. Im übrigen würde der Papa bald Großvater sein, und niemand könne es der armen Stanzl zumuten, sich und den künftigen Enkel zu gefährden. Das verstehen Sie doch, cher Papa?

Er wußte ja manchmal selber nicht mehr, wo ihm der Kopf stand! Es war ja so viel los! Er strampelte sich ab wie ein Wilder, bis es Constanze zu viel wurde und sie darauf bestand, daß er sich nach dem Mittagessen etwas ausruhte. Und das war nun die Stunde nach Tisch, da er sich hinlegte, mit Constanze plauderte, nachdachte oder auch schlummerte. Ja, meistens schlief er nach wenigen Minuten ein, lag da wie ein erschöpftes Kind mit blassem Gesicht und Schatten unter den Augen.

Fleißig ist er schon, dachte Constanze, nur seltsam, daß uns so wenig bleibt. Die Gulden rollen nur so dahin, und die neue Wohnung kostet auch einen guten Batzen mehr.

Die Mozarts hatten nämlich im Dezember ein neues Quartier bezogen, «auf der Hohen Brücke», im Haus des Herrn von Wetzlar, ein paar Häuser von ihrer früheren Wohnung entfernt, aber halt um einiges größer. Wenn das Kind kam, brauchten sie ohnehin ein Zimmer mehr und für die Kinderfrau oder die Magd auch eines. Die neue Wohnung hatte fünf Zimmer und eine große Küche. Da wirkte nichts mehr vollgestopft, da verloren sich die wenigen Möbel, die das junge Paar besaß.

Am zehnten Dezember dirigierte Mozart die vierzehnte Aufführung seiner so erfolgreichen Opera. Danach bat ihn Graf Rosenberg in seine Loge, was bei dem Gedränge nicht einfach war.

«Mozart – da sind Sie ja endlich! Ihre Opera läuft immer noch superbe, mein Kompliment! Wir haben uns gedacht – auch der Kaiser teilt diese Meinung –, Sie müßten an Ihrem Erfolg anknüpfen und eine welsche Opera schreiben. Immer nur deutsche Singspiele, das könnte auf die Dauer – nun, ich meine, das trifft vielleicht nicht jeden Geschmack.»

«Bis jetzt schon», sagte Mozart trocken, «das Haus ist voll, das Publikum jubelt. Was will man mehr?»

«Sie dürfen da nicht stehenbleiben, mein Lieber! Für Singspiele ist immer noch Zeit, aber eine italienische Opera bietet ganz andere Möglichkeiten. Hat sie Erfolg, geht sie über alle europäischen Bühnen und macht Sie bekannt von Petersburg bis Neapel, von Madrid bis Prag.»

«Denken Sie an einen bestimmten Stoff?»

Das faltige, greisenhafte Gesicht des Grafen belebte sich. «Es gibt hundert Stoffe – tausend! Ich werde Ihnen aus Italien ein paar Dutzend Libretti kommen lassen. Bis dahin adieu, mein Lieber.»

Draußen erwartete ihn die Gräfin Thun. «Ich habe Sie von unten in Rosenbergs Loge gesehen. Was will denn der alte Intrigant von Ihnen?»

«Eine neue Opera, diesmal eine welsche.»

«Will man Sie denn umbringen, Mozart? Sie haben doch schließlich auch nur einen Kopf und zwei Hände. Außerdem sind Sie jung verheiratet – der alte Griesgram soll Sie vorerst in Ruhe lassen. Jetzt kommen Sie zu uns, trinken ein Glas Champagner, erholen sich ein wenig, und dann bringt Sie unser Kutscher nach Hause.»

Was sollte er darauf sagen? Ich bin müde, Frau Gräfin, und mir wäre es lieber, Sie brächten mich gleich nach Hause. Das ging nicht. Nicht bei einer Gräfin Thun, die sein Panier hochhielt und viel, sehr viel, für ihn getan hatte.

«Ergebensten Dank, Frau Gräfin, ein Glas Champagner wäre jetzt genau das richtige.»

«Na sehen Sie – ich kenne doch meinen Mozart.»

Und dann kam, was kommen mußte. Das Palais Thun wimmelte vor späten Gästen. Mozart wurde mit Freuden begrüßt und hatte kaum sein Glas Champagner geleert, als man ihn schon sanft in Richtung auf das Klavier hin drängte. Und dann saß er plötzlich auf dem Hocker, die Gespräche verstummten, Mozart spielte eine Kurzfassung seines neuen Klavierkonzerts, das Anfang nächsten Jahres zur Aufführung kommen sollte. Die Gäste klatschten.

«Aus der ‹Entführung›», rief eine junge reizende Frau, die ihn an Constanze erinnerte. Mein Gott, sein Weiberl saß allein zu Hause, und er unterhielt hier die Gäste. Plötzlich wurde es ihm schwarz vor den Augen, er griff in die Luft, suchte einen Halt, und der am nächsten stehende Graf Palffy war es, der ihn auffing. Der kräftige Mann trug den kleinen Mozart wie ein Kind zum nächsten Diwan. Die Gräfin entfernte das Halstuch, öffnete sein Hemd, da kam er schon wieder zu sich.

«War wohl etwas zuviel heute.»

«Ja, mein Lieber, die Schuld liegt bei mir, ich hätte Sie gleich nach Hause bringen sollen.»

Das wurde dann schleunigst nachgeholt, und wieder einmal – wie schon so oft in seinem Wiener Leben – mußte er dem Hausmeister das «Sperrsechserl» bezahlen. Dieser Obolus wurde auf kaiserlichen Befehl von jedem erhoben, der nach zehn Uhr Einlaß begehrte.

Constanze schlief bereits, und sie wachte nicht auf, als er sich neben sie legte. Sie drehte sich um und murmelte etwas Undeutliches.

«Schlaf' nur Weiberl, schlaf' nur», flüsterte er, selbst schon halb schlafend.

Am nächsten Tag machte Constanze einen Besuch bei ihrer Mutter. Kurz nach ihrem Weggang ließ sich Mozarts heutige Schülerin entschuldigen. Sollte er eine Partie Billard spielen? Lustlos kleidete er sich an. Plötzlich hatte er keinen Gusto mehr auf Billard, auch keinen zum Arbeiten. Wie schon öfter in letzter Zeit fiel ihn eine plötzliche Melancholie an. Wenn Constanze oder Freunde um ihn waren, dann wirkte das wie ein Schutzwall, und die trüben Gedanken mußten draußen bleiben, aber wenn er allein war, dann konnte es sein, daß er fürchtete, es stehe einer hinter ihm und starre ihn an. Einer wie Myslivecek, mit der schrecklichen Fratze. Dieses Gesicht mahnte an den Tod, doch was ging das ihn, den Siebenundzwanzigjährigen an? Aber seine trüben Gedanken kreisten nicht oder nicht nur um den Tod. Manchmal quälte ihn auch das Gefühl der Vergeblichkeit, und er fragte sich: Warum mühe ich mich ab, von früh bis spät, schöpfe unentwegt aus dem Meer der Töne, das in meinem Kopf brandet und sehe doch nur bei ganz wenigen ein echtes Verständnis, eine erkennbare Resonanz. Die Gräfin Thun, die dicke Mamsell Aurnhammer, die Baronin Waldstätten, ein paar befreundete Sänger und Musiker – es sind nicht viele, die wirklich hören können. Das ist ein besonderes Hören, eine Art sechster Sinn, und der muß wohl angeboren sein.

Er rappelte sich auf und ging hinunter auf die Straße. Plötzlich bekam er Lust auf eine Tasse Kaffee. Da brauchte er ja nur in den «Trattnerhof» zu gehen.

«Ah – der Herr von Mozart! Sie haben mir lange nicht mehr die Ehre gegeben, dabei sind Sie so oft in der Gegend.» Doch es klang eher freundlich als vorwurfsvoll.

«Meine Zeit ist immer so knapp; ich weiß selber nicht, wo sie hinkommt. Kaum ist eine Sache zu Ende gebracht, wartet schon die nächste. Aber heute tue ich nichts, das habe ich mir ganz fest vorgenommen.»

«Und ich bringe eine Kanne Kaffee – ist es recht?»

Mozart nickte. «Und ein großes Glas Branntwein dazu – wie damals.»

Als der Wirt zurückkam, trug er in der einen Hand die Kaffeekanne, in der anderen das Schnapsglas, und im Mund hielt er einen Zettel. Zuerst schenkte er sorgfältig ein, rückte Zucker und Milch daneben, dann griff er nach dem Zettel.

«Hab's nicht vergessen, das Gedicht.»

«Welches Gedicht?»

«Na, wissen Sie's nimmer? Das Veilchen!» Er deutete auf das Spinett im Hintergrund. «Dort haben Sie die erste Strophe vertont. Mehr fiel mir damals nicht ein. Jetzt hab' ich das ganze Gedicht und weiß auch, wer's geschrieben hat. Ein Herr von Goethe.»

«Ah – Gedichte schreibt der auch?»

Der Wirt schaute verwundert. «Wie meinen Sie das? Was soll ein Dichter sonst noch schreiben?»

«Ich habe von ihm eine Novelle gelesen, ‹Die Leiden des jungen Werther›, aber das ist auch schon eine Weile her. Das Buch hat mich sehr beeindruckt, das könnte ich glatt als Opera seria vertonen. Wenn der Selbstmord nicht wäre, müßt's eher eine Opera buffa sein. Wie der Kerl das Mädchen anhimmelt und sich nichts sagen traut, das ist schon kurios.»

Der Wirt ging nicht drauf ein. «Hier haben Sie jedenfalls das ganze Gedicht. Erinnern Sie sich noch an die Melodie?»

Mozart sprang auf und lief zum Spinett. «Lesen Sie es mir vor, dann kommen die Töne auch wieder.»

«Ein Veilchen auf der Wiese stand
Gebückt in sich und unbekannt;
Es war ein herzigs Veilchen.
Da kam eine junge Schäferin...»

«Jetzt hab' ich's!»

Mozart spielte die Melodie, grapschte nach dem Zettel und sang halblaut die zweite Strophe.

«Ach! denkt das Veilchen, wär' ich nur
die schönste Blume der Natur...»

Die dritte Strophe sang er dann laut, so daß die beiden Gäste sich erstaunt umwandten.

«Ach! aber ach! Das Mädchen kam
Und nicht in acht das Veilchen nahm,
Ertrat das arme Veilchen.
Es sank und starb und freut' sich noch...»

Mozart hielt plötzlich inne, nahm die Finger von den Tasten und flüsterte: «...und freut' sich noch... und freut' sich noch...» Er blickte auf. «Gibt's denn so etwas, daß sich wer freut, wenn er stirbt?»

«Aber es ist doch nur ein Gedicht.»

«Ja, da ist alles symbolisch gemeint. Wie sollte sich ein Veilchen auch freuen können, nicht wahr? Darf ich's behalten?»

Der Wirt nickte. «Wenn Sie die Noten dazu gemacht haben, kriege ich eine Abschrift?»

«Aber natürlich, mein Freund, Sie haben mich ja darauf gebracht.»

Er trank den Kaffee aus, leerte das Schnapsglas, fühlte, wie ihm warm und leicht wurde. Jetzt hatte er doch wieder Lust zum Arbeiten, wollte noch ein paar Libretti überfliegen, wegen der welschen Opera, die Graf Rosenberg sich wünschte.

Als er die Straße betrat, herrschte dichtes Schneetreiben, die bizarre Gestalt der Pestsäule verschwamm wie ein Schemen hinter dem lustigen weißen Wirbelvorhang.

Mozart stand da, fühlte die Schneeflocken wie kleine kalte Küsse im Gesicht und überlegte, ob er einen Fiaker nehmen sollte. Zu Fuß war es zu weit und zu kalt. Dann saß er in der Kutsche, zog die dicke schmuddelige Decke über die Beine und summte halblaut die Melodie zum «Veilchen». Ein hübsches Liedchen ist draus geworden, dachte er, vielleicht kommt dieser Goethe einmal nach Wien, dann spiele ich es ihm vor.

9.

Mozart plante für den März drei «Fastenkonzerte», wovon zwei im Burgtheater stattfinden sollten. Konzerte auf Subskription – versteht sich, aber der in Gelddingen sorglose und leichtfertige Mozart hatte die Saalmiete schon im voraus beglichen, während das Geld für die Eintrittskarten halt nur tröpferlweise hereinkam.

«Kannst ja einen Wechsel aufnehmen», riet Constanze.

«Einen Wechsel? Wenn der Papa das – ich meine …»

«Mein Papa hat es öfter gemacht», sagte Constanze schnell.

Das sind halt so die Weberischen Methoden, dachte Mozart, aber damit läßt sich's auch leben, und wen geht's was an? Er nahm den Wechsel auf, einen kurzfristigen mit hohen Zinsen. Da aber gerade die reichen Leute sehr zögerlich zahlten, kam das Geld nicht schnell genug herein. Der Wechsel drohte zu platzen. Ein Eilkurier machte sich auf den Weg in die Leopoldstadt, zu Frau von Waldstätten. Da konnte die Baronin lesen, wie schlimm es ihrem Schützling ging und wie sehr er in der Bredouille steckte.

Ich bitte Euer Gnaden um Himmels willen, helfen Sie, meine Ehre und guten Namen nicht zu verlieren.

Ein Kind ist er, dachte die Baronin, ein Kind in allem, was nicht seine Musik betrifft. Deine Ehre magst du in den Augen der Welt verlieren, wenn man dich ins Schuldgefängnis steckt, aber deinen guten Namen? Gibt es überhaupt einen besseren? Ist dein Name nicht schon wie eine Sonne, vor der all die anderen Lichtlein verblassen müssen? Mein Gott, warum ist dieser wiedererstandene Orpheus, dieses musikalische Mirakel, dieser Gigant der Töne so untüchtig für alles Praktische? Müssen Genies so sein? Sie blickte auf die Bücherreihen an der Wand mit den goldgeprägten Titeln und den schönen dunklen Lederrücken.

Nun, es gab ja recht Lebenstüchtige unter ihnen, wie diesen Voltaire, der es durch geschickte Spekulationen zum Gutsbesitzer brachte, oder den Minister von Goethe, der in Dichtkunst wie in Staatskunst gleichermaßen brillierte. Freilich, da waren auch die anderen, die nur mit einem Fuß auf der Erde standen, wie der Feuerkopf Lessing, der nirgends eine Heimat fand und nirgends glücklich war, oder der junge Schiller, der wegen seiner «Räuber» nach Mannheim hatte fliehen müssen.

Sie blickte auf den Brief. Man muß die Hand über ihn halten, muß ihn abschirmen gegen alles, was seinen Sinn verstören, ihn am Schaffen hindern könnte. Sie klingelte ihrem Sekretär, gab ihm eine Anweisung an ihre Bank. «Erledigen Sie es bitte noch heute, die Angelegenheit verträgt keinen Aufschub.»

Die ersten beiden Konzerte waren so erfolgreich, daß der Kaiser sich für das dritte am 23. März ansagte. Das Burgtheater platzte aus allen Nähten, in den Logen saßen und standen doppelt so viele Menschen als eigentlich Platz hatten. Gut, es war eine der wenigen Möglichkeiten, wo jedermann den Kaiser sehen konnte, der sonst öffentlichen Vergnügungen wenig zugetan war, aber es war auch wegen Mozart, dessen Verehrerkreis von Monat zu Monat wuchs.

An diesem Tag war Mozart schon ganz früh aufgestanden, weil am Vormittag noch geprobt werden sollte. Constanze, der die Schwangerschaft zusetzte und die jetzt etwas launisch war, schlief noch, und er ließ sie schlafen. Sie hatten für die gröberen Arbeiten eine Magd eingestellt, weil er nicht wollte, daß sie in ihrem Zustand einkaufen ging oder Holz heraufschleppen mußte.

Da lag sie nun, den dunkellockigen Kopf seitlich ins Kissen gedrückt und barg in ihrem süßen Leib seinen Sohn oder seine Tochter. Er setzte sich an den Schreibtisch und schrieb auf einen Zettel:

Guten Morgen, liebes Weibchen!

Ich wünsche, daß Du gut geschlafen habest, daß Dich nichts gestört habe, daß Du nicht zu jäh aufstehst, daß Du Dich nicht erkältest, nicht bückst, nicht streckst, Dich mit Deinen Dienstboten nicht erzürnst, im nächsten Zimmer nicht über die Schwelle fällst. Spare häuslichen Verdruß, bis ich zurückkomme. Daß Dir nur nichts geschieht!

Er legte ihr das Billett neben den Spiegel am Pudertisch, weil er wußte, daß sie hier nach dem Aufstehen Platz nehmen würde.

Wenn auch die Subskription ein glänzender Erfolg war, so hatte Mozart von dem Geld, das so nach und nach hereinkam, schon einen guten Teil verbraucht. Der leidige Wechsel war mit Hilfe der Baronin eingelöst, aber nun schuldete er ihr das Geld. Nur flüchtig wehten ihn diese Gedanken an, denn es war etwas anderes, bei der Frau von Waldstätten Schulden zu haben als bei einem Wucherer. Seine Sorgen verflogen, und dann erfuhr er im Burgtheater, daß der Kaiser für ihn fünfundzwanzig Dukaten an der Kasse hinterlegt hatte. Ja, auf den Kaiser war Verlaß! Jetzt konnte er die dringendsten Schulden bezahlen, und die Magd kriegte auch ihren rückständigen Lohn. Dann verdrängte Wichtigeres die leidigen Geldsorgen, und er konnte sich einmal hinsetzen und seinem Vater einen herzensfrohen Brief schreiben.

«Mon très cher Père!

Ich gratuliere, Sie sind Großpapa! Gestern früh, den 17. um halb 7 Uhr ist mein liebes Weib glücklich mit einem großen, starken und kugelrunden Buben entbunden worden. Um halb 2 Uhr nachts fingen die Schmerzen an, folglich war es in dieser Nacht um alle Ruhe und Schlaf für uns beide getan. Um 4 Uhr schickte ich um meine Schwiegermutter und dann um die Hebamme – und um halb sieben Uhr war alles vorbei. Meine Schwiegermutter bringt nun all das Üble, was sie ihrer Tochter ledigerweise zugefügt hat, nun wieder mit allem Guten herein.»

Und so war es auch. Madame Weber trat in jener Nacht auf, als sei sie verwandelt worden. Leise, sanft, umsichtig, ohne Pathos und Exaltation ging sie der Gebärenden zur Hand, so daß die Hebamme brummte, da hätte man sie ja gar nicht zu holen brauchen.

Der Name des Kindes stand schon vorher fest. Ein Mädchen sollte nach Constanzes Mutter Maria Cäcilia heißen, wobei Mozart im stillen hoffte, seine Tochter würde nicht die schrille Stimme erben. Bei einem Buben gab es gar keine Diskussion – der mußte Leopold getauft werden, nach seinem Großpapa.

Aber dann kam der Hausherr zum Gratulieren, beugte sich über die Wiege, sagte da-da-da und geriet in schieres Entzücken.

«Ihrem Buben mache ich gerne den Gevatter, Mozart», sagte der Baron Raimund Wetzlar von Plankenstein, und weil er ein Musiknarr war und die Mozarts seit einigen Monaten mietfrei wohnen ließ, konnte niemand etwas dawider sagen.

«Es ist uns eine Ehre, Herr Baron.»

Da freute sich der künftige Gevatter, nahm den Buben aus der Wiege, küßte den alsbald laut Greinenden auf beide Backen und sagte feierlich: «Da haben wir nun einen jungen Raimundl...»

Mozart zuckte zusammen, Constanze in ihrem Wochenbett lachte nervös, aber so war es nun einmal geschehen, und der Name des Großpapas wurde als zweiter angefügt.

Nun war das Kind da, der Sommer nahte, und die Briefe aus Salzburg wurden dringlicher. Zum ersten wegen des noch ausstehenden Besuchs und dann wegen der c-Moll-Messe. Weil ihm wieder einmal das Herz auf der Zunge lag, hatte Mozart dem Papa von einem Gelübde berichtet, das er im Vorjahr ablegte, gequält von den Irrungen und Wirrungen in den Wochen vor der Hochzeit. Eine große Messe wollte er komponieren und sie in Salzburg aufführen lassen, wenn alles gutging und Constanze die Seine würde. Das war sie nun, und der Papa erinnerte ihn daran, in jedem seiner Briefe, daß er, Wolfgang Amadé, ein Gelöbnis zu erfüllen hätte.

Und gerade weil er immer wieder daran erinnert wurde, fiel ihm, der sonst mit schneller leichter Hand schuf, die Arbeit an diesem Werk so schwer. Immer noch fehlten Agnus und Benedictus, und nun, da die Reise vor der Tür stand, war sein Kopf wie taub. Er konnte sich hinsetzen und aus dem Stegreif eine Aria oder ein kleines Konzert komponieren, aber zu dieser Messe fiel ihm nichts mehr ein. Dabei war er dankbar und froh, daß er verheiratet und Vater eines Sohnes war. Die Tage gingen hin, die Reise rückte näher, sollte Ende Juli stattfinden. Aber er konnte doch nicht ohne die Messe vor den Vater hintreten, noch dazu, wo ihre Aufführung in Salzburg schon angekündigt war.

Zwei Tage vor der Abreise griff Mozart zur Feder und nahm die Musik des Kyrie für das Agnus Dei, das Benedictus entlieh er einer früheren Messe und gestaltete es leicht um. Dann atmete er auf. Die große c-Moll-Messe war vollendet, er konnte sein Gelübde erfüllen.

Dann gab es keinen Grund mehr, die Abfahrt zu verzögern. Er selbst war gesund, Constanze und der Bub auch, den sie einer Amme in Pflege gaben. Den Putzipaukerl sollte die Sophie inzwischen hüten. Die Schülerinnen hatten sich allesamt mit ihren Familien auf die Sommersitze begeben, der Kaiser erholte sich in Laxenburg, die Baronin Waldstätten war nach Klosterneuburg gezogen, wo sie ein Sommerhaus besaß. Kein Konzert stand in Aussicht, es gab nicht den geringsten Grund, die Abreise weiter zu verzögern.

Am vorletzten Julitag trafen sie in Salzburg ein. Über der Stadt hing ein schweres Gewitter, die schwüle Luft lag bleiern über den Dächern, grau und fahl wirkten Menschen, Tiere, Straßen und Häuser. Das muntere Geplauder der Eheleute war nach St. Gilgen verstummt, betäubt von der schläfrig-schwülen Gewitterstimmung und der bedrohlichen Nähe von Salzburg.

Der Papa und die Nannerl kamen gleich vors Haus, als sie die Kutsche hörten. Der Vater umarmte ihn, und über seine Schulter sah er das «Tanzmeisterhaus» mit seiner schlichten Fensterreihe im oberen Stock; genau elf waren's, er hatte sie als Bub gezählt. Das wirkte wie ein Zwergenhaus in einer Zwergenstadt, beherrscht vom knauserigen Oberzwerg in seiner Zwergenresidenz, die kaum halb so groß war wie der «Trattnerhof» in Wien.

Jetzt gaben sich die beiden Damen behutsame Küsse auf die Wangen; die Nannerl sagte: «Liebe Schwägerin, wie ich mich freue!»

Constanze schaute verwirrt und schüchtern drein, als der Papa freundlich vor sich hin brummte: «Jetzt habe ich eine zweite Tochter, sollst in meinem Haus willkommen sein.»

Es war halt alles noch ein wenig steif, dachte Mozart, aber das wird sich mit der Zeit geben. Doch es gab sich nicht, besonders was die beiden Frauen betraf. Mozart erkannte nun erst richtig, wie viel Nannerl von der Wesensart des Vaters geerbt hatte und wie wenig er. Sie war nun zweiunddreißig, etwas dick geworden, beobachtete ihre Umgebung mit kritischer Pedanterie und war – so blitzte es durch seinen Kopf – eine sauertöpfische alte Jungfer geworden. Sie brachte ihre Tage mit Klavierunterricht hin, galt als vorzügliche und begehrte Lehrerin und beherrschte, wie sich der Bruder überzeugen konnte, noch immer vorzüglich ihr Instrument.

Wenn Vater und Sohn – selten genug – allein waren, so bemühte sich Wolfgang redlich, das alte herzliche Verhältnis wiederherzustellen, doch wie das bei älteren Menschen so ist, hatten sich auch beim Papa verschiedene Charaktereigenschaften verstärkt und verhärtet. Seine Ratschläge klangen wie Befehle, seine Ansichten standen felsenfest, duldeten keinen Widerspruch. Zum Glück waren sie nicht oft allein, denn im «Tanzmeisterhaus» herrschte ein stetes Kommen und Gehen der Mozartschüler. Vater und Tochter ließen Constanze spüren, was sie von den Weberischen hielten, ohne es in deutlichen Worten auszusprechen. Einmal sagte der Papa:

«Nun, Constanze, Ihre Frau Mutter wird sich ja gefreut haben, daß wieder eine Tochter aus dem Haus ist. So eine Witwe mit drei unverheirateten und unversorgten Mädchen hat es gewiß nicht leicht.» Er blickte seinen Sohn spöttisch an. «Ich kann mir schon vorstellen, wie sie dir zugesetzt hat, die Madame Weber...»

Das ging sogar Wolfgang zu weit. «Mir hat niemand zugesetzt, lieber Papa, auch wenn es mancherlei Wirrnisse gab. Wir haben aus Liebe geheiratet, Constanze und ich, und wir hätten es so oder so getan, gegen alle Hindernisse.»

Constanze saß da, mit Tränen in den Augen, und wußte nicht, was sie sagen sollte. Wolfgang stand auf.

«Komm' Stanzl, machen wir einen Besuch. Ich kenne ein Haus, wo wir besser gelitten sind als hier.»

«Aber Wolfgang, der Vater hat es doch nicht so gemeint», versuchte die Nannerl zu beschwichtigen.

«Ich weiß, wie es gemeint ist», sagte Wolfgang steif.

Constanze sah ihn an und erhob sich zögernd.

«Komm' nur, wir werden den kranken Haydn besuchen, hab's ihm eh schon lang versprochen.»

«Haydn!» sagte der Papa mit leiser Verachtung. «Du weißt ja hoffentlich, woher seine Krankheit kam. Er befaßte sich zu sehr mit der Weinflasche anstatt mit seinen Noten. Nun, vielleicht kann er deinen Trost brauchen.»

«Wenn ich in Salzburg geblieben wäre, hätte ich es vielleicht nicht anders gemacht.»

«Ein ehrliches Wort, Wolfgang, da wissen wir ja alle, wie du über deine Heimatstadt denkst.»

«Kann ich anders denken, nach dem, was geschehen ist? Es ist übrigens nicht schön von Ihnen, Papa, Michael Haydn herabzusetzen. Oft genug ist er für uns eingesprungen, wenn wir auf Reisen waren, ohne ein Extrasalär, ohne darüber zu murren. Wir sollten ihm eher dankbar sein – ich jedenfalls bin es.»

Der Papa zuckte nur die Schultern und wandte sich ab. «Kannst ihm ja meine Genesungswünsche übermitteln.»

Michael Haydn wohnte bei der Peterskirche zu Füßen des Burghügels.

«Er wartet schon so lange auf Ihren Besuch, lieber Mozart.» Maria Magdalena Haydn, eine frühere Hofsängerin, strahlte über ihr rundes gutmütiges Gesicht.

«Wir sind ja erst zwei Wochen hier, Madame Haydn. Das ist meine Frau Constanze.»

Haydn saß in einem bequemen Sessel am Fenster und blickte den Besuchern entgegen. Sein breites, etwas derbes Gesicht mit den wachen klugen Augen und dem schmalen empfindsamen Mund war eingefallen, die Haut glänzte in einem fahlen wächsernen Ton. Er wollte aufstehen.

«Mozart – endlich! Nie habe ich einen Gast sehnlicher erwartet.»

«Bleiben Sie sitzen, mein Freund, ein Genesender muß sich schonen.»

Er ließ sich zurücksinken und blickte auf Constanze. «Sie sind Mozarts Frau?»

Constanze knickste. «Es freut mich, Sie kennenzulernen, Meister Haydn.»

Er brachte ein mühsames Lächeln zustande. «Mit dem Meister ist es zur Zeit nicht weit her. Ich hab's versucht, doch dieser Kopf ist leer, ich bringe nichts zustande.» Er schlug mit der Faust an seine Stirn, es war eine erbarmungswürdige Geste.

«Liebe Frau Mozart, Sie müssen es mir verzeihen, wenn ich mit Ihrem Mann eine Weile allein bleiben will, aber es geht um Musikalisches – ein Fachgesimpel, das Sie nur langweilen würde. Maria, zeig doch Frau Mozart den Garten; da draußen ist es ohnehin schöner wie in dieser muffigen Stube.»

Kaum hatte sich die Tür geschlossen, sagte Haydn: «Mozart,

nehmen Sie den Stuhl und setzen sich ganz nahe her. Meine Stimme ist noch schwach, außerdem möchte ich nicht, daß die Frauen uns hören. Lieber Freund, ich bin verzweifelt.»

Seine hagere Hand griff nach Mozarts Arm, und der fühlte einen kraftlosen Druck.

«Wenn ich etwas für Sie tun kann...»

«Ja, das können Sie. Wir beide haben uns immer gemocht, ich schätze Sie als Mensch wie als Musiker gleichermaßen, das wissen Sie, und ich habe nie einen Zweifel daran gelassen, daß Sie, der zwanzig Jahre jüngere, mir musikalisch überlegen sind.»

«Aber Maestro Haydn», sagte Mozart verlegen, «davon soll doch jetzt nicht die Rede sein.»

«Doch, doch, denn ich muß Sie um einen großen Gefallen bitten. Seine Hochfürstliche Gnaden hat schon vor drei Monaten zwei Violin-Viola-Duette bei mir bestellt, aber ich bringe nichts zustande; dieser Kopf da ist so leer, als habe der viele Wein jede Note herausgewaschen. Ja, ich weiß, ich habe immer zu viel getrunken, meine arme Frau hat es mit mir nicht leicht gehabt. Aber jetzt, wo ich nichts mehr trinke und, wie der Arzt meint, auf dem Wege der Besserung bin, fällt mir nichts mehr ein. Herrgott, dabei bin ich doch immer fleißig gewesen, habe über zwanzig Messen komponiert, dazu viel geistliche und weltliche Musik, und ich weiß auch, daß Sie einiges davon schätzen.»

«Wie kann ich Ihnen helfen, lieber Haydn?»

«Mit Einfällen, Mozart, mit Einfällen. Es ist traurig, wenn ich es ausspreche – aber bitte helfen Sie mir beim Komponieren.»

«Haben Sie schon angefangen?»

«Ja – nutzloses Zeug. Da, sehen Sie es sich an.» Er wies auf einige beschriebene Notenblätter.

Mozart überflog sie. «Wo sind Tinte und Feder?»

«Drüben am Schreibtisch.»

Das wenige war mehr als dürftig, Haydn hatte schon recht. Mozart griff das vorgegebene Thema auf, wandelte es um, bereicherte und variierte es, erfand Neues dazu, kombinierte es mit weiteren Themen, und die Welt um ihn versank, seine kleine schmale Hand huschte wie ein Schatten über das Notenpapier, dabei summte er vor sich hin, pfiff manchmal einen Ton, doch da war kein Zögern, kein

Nachdenken, kein Verweilen. Haydn begriff, was da vor sich ging, und hielt sich mucksmäuschenstill.

Wieviel Zeit war vergangen – zwei Stunden, drei Stunden? –, als Mozart die Blätter zusammenraffte und sie Haydn auf den Schoß legte.

«Schauen Sie es sich an, vielleicht taugt es etwas.»

«Danke, Mozart, da brauche ich gar nicht hinzusehen.»

«Das zweite Duo schreibe ich bei meinem nächsten Besuch, und Sie setzen darüber: Haydn fecit und schmeißen es dem Großmufti vor die Füße.»

Mit Salzburg freundete sich Mozart wieder an, war es doch die Stadt seiner Kindheit und Jugend, aber im Elternhaus wurde er nicht mehr heimisch. Er konnte sich nicht damit abfinden, daß Constanze nach wie vor eher wie ein geduldeter Gast denn wie eine liebe Verwandte behandelt wurde. So nutzte er auch jede Möglichkeit, von dort wegzukommen. Sie besuchten alte Freunde, machten Ausflüge in die Umgebung, erwanderten gemeinsam die Salzburger Hausberge, und Mozart zeigte seinem Weiberl, wie das Bölzelschießen vor sich ging, von dem er ihr schon so oft erzählt hatte.

Manchmal nahmen sie die Schwester mit, die sich in Abwesenheit des Vaters viel gelöster gab und sich bemühte, der Schwägerin näherzukommen. Mozart wünschte sich, die Zeit möge schneller vergehen, besonders wenn Constanze vom Raimunderl sprach und sich ausmalte, wie sehr der Bub bei ihrer Rückkehr schon gewachsen sein würde.

«Wir gehören nach Wien, Stanzl, du siehst ja selber, daß uns hier nichts mehr hält. Wenn die Messe aufgeführt ist, fahren wir ab – gleich am nächsten Tag.»

«Dein Vater wird es dir übelnehmen.»

«Das kann er halten, wie er will», sagte Wolfgang hart, und es klang fast gleichgültig.

Am 26. Oktober erklang die c-Moll-Messe in der Peterskirche. Constanzes schöner, klarer, wenn auch wenig geschulter Sopran überstand diese Bewährungsprobe ohne größere Schwierigkeiten. In seiner tiefen Dankbarkeit hatte sich Meister Haydn eifrig bemüht, die Frau Mozart in den Kirchengesang einzuführen. Nannerl gratulierte der Schwägerin herzlich, ungeachtet der spöttischen Miene des Herrn Vaters, der nur dazu bemerkte: da könne sie ja bald in die Fußstapfen ihrer Schwester Aloysia treten...

«Nein», sagte Wolfgang, «das wird sie nicht. Wie wenig so etwas einer Ehe bekommt, sehe ich nur zu oft. Meine Stanzl bleibt daheim, hütet unsere Kinder und soll für mich dasein, wenn ich sie brauche.»

Constanze schaute ihren Mann von der Seite an und sagte, wenn auch mit leisem Spott: «Vielleicht ist mir das sogar lieber...»

Leopold Mozart war zugleich enttäuscht und erleichtert. Enttäuscht, weil es ihm nicht gelungen war, seinen Kopf durchzusetzen und dem Sohn die Weberische auszureden. Aber auch erleichtert, da er den Sohn glücklich sah und – auch wenn er es sich nicht eingestand – ihm aus vollem Herzen dieses Glück wünschte. Und sich grämte, daß es seiner Nannerl bisher nicht beschieden war. Aber das Mädchen würde entweder gar nicht oder einen Mann seiner Wahl heiraten. Bei ihr würde es nach seinem Kopf gehen!

Mozart hielt sein Wort. Am Tag nach der Messe reisten sie in der Frühe um halb zehn Uhr ab, und weder er noch Constanze gab sich viel Mühe, ihre Erleichterung zu verbergen. Drei Monate waren genug, mehr als genug, wenn sie auch nicht hingereicht hatten, Constanze dem Vater näherzubringen. Aber das macht nichts, dachte Mozart, sie ist meine Frau, ich muß sie mögen, und ich mag sie – ich mag sie sehr.

10.

Mit jeder Meile, die sie sich von Salzburg entfernten, stieg Mozarts gute Laune. Da mußte er gleich wieder den Kasperl spielen, Faxen machen, daß Constanze aus dem Lachen nicht mehr herauskam. Jetzt sang er halblaut:

> «In der Salzburger Residenz
> lebt ein seltsames Pack,
> das trägt untèrm Frack
> lauter lange Schwänz'.
> Die tun sie fein zierlich
> und mit Anstand raffen.
> Das wirkt recht possierlich,
> und doch sind's lauter Affen...»

«Hör' auf!» japste Constanze, «ich kann nicht mehr – gönn' uns eine Pause, Wolferl...»

Mozart straffte seine schmale Gestalt, sein Gesicht wurde ernst.

«Hast recht, Stanzl, wir müssen unsere Contenance wiederfinden. Die brauchen wir nämlich in Linz, weil der Graf Thun dort keinen dummen August erwartet, sondern einen veritablen, aimablen, respektablen Compositeur.»

Dieser Graf Thun war der Schwiegervater von Mozarts Schülerin und unterhielt – musiknärrisch wie sein in Wien lebender Sohn – eine eigene Kapelle. Er hatte Mozarts Reise nach Salzburg verfolgt und ihm dorthin einen respektvollen Einladungsbrief geschrieben.

«Maestro! Endlich! Wir warten schon gut vierzehn Tage auf Sie...»

«Salzburg hat mich festgehalten – wider Willen: ich hätte diese zwei Wochen lieber in Linz verbracht.»

Der alte Graf Thun lachte erfreut. «Schau, schau, der Maestro weiß Komplimente zu machen. Ich kann Ihnen sagen, Mozart, meine Musiker sitzen schon wie auf Kohlen, und zugleich zittern sie. Wir werden Anfang November zu Ihren Ehren eine große Akademie veranstalten...»

«Halt, Herr Graf, halt!» Mozart hob lachend die Hände und öffnete sie. «Was sollen wir spielen? Ich habe nichts dabei, meine ganzen Noten sind in Wien. Maestro Haydn hat mir eine kleine Symphonie verehrt, die könnten wir aufführen.»

«Aber Herr Mozart», sagte der Graf vorwurfsvoll, «wir wollen etwas von Ihnen hören.»

Mozart ließ ihn ein wenig zappeln. «Aber wo soll ich etwas hernehmen? Um eine neue Symphonie zu komponieren, brauche ich mindestens zwei Wochen. Da sollten wir längst in Wien sein; Ihre Frau Schwiegertochter und meine anderen Schülerinnen warten dort schon auf mich.»

Die Gesichter wurden lang.

«Jetzt sind Sie enttäuscht, nicht wahr? Aber es war nur ein Spaß. Wir werden bleiben, und ich werde etwas komponieren, das mir und Ihnen Ehre macht. Lassen Sie den besten Notenkopisten von Linz kommen, ich möchte heute nachmittag noch anfangen.»

«Aber unsere Akademie ist schon für den vierten November geplant. Sie können doch nicht in drei Tagen...»

«Ich kann, ich kann!» sagte Mozart unbekümmert, «und wir werden sogar noch Zeit zum Proben haben.»

Der Notenkopist, ein dürres Männchen mit flinken Augen und noch flinkeren Fingern, erlebte die bewegendsten Stunden seines sonst nicht sehr aufregenden Daseins.

«Sie setzen sich mir gegenüber, ich reiche Ihnen Blatt um Blatt – Sie brauchen es nur abzuschreiben.»

«Aber Maestro, Sie werden doch noch daran feilen müssen, korrigieren, abändern...»

«Dazu haben wir keine Zeit. Also frisch ans Werk!»

Vor den staunenden Augen des Kopisten entstand in knapp zwei

Tagen eine viersätzige Symphonie, und die Notenblätter dazu waren so schnell vollgeschrieben, daß er kaum mit dem Abschreiben nachkam.

Mozart ging die Arbeit so leicht und frei von der Hand, die Töne flogen ihm nur so zu, und so dachte er: Wenn ich schon etwas Neues mache, soll es auch etwas Neues bringen. So begann er eine Symphonie zum ersten Mal mit einer gravitätischen Adagio-Einleitung, ging aber dann zum gewohnten Allegro über, und für den zweiten, langsamen Satz verwendete er Trompeten, was er noch nie getan hatte.

Er hielt inne und schaute den Kopisten an. «Ein bißchen gar zu feierlich, bis jetzt! Was sagen Sie dazu? Nach diesem poco adagio muß etwas Lustiges, Beschwingtes folgen.»

«Wie Sie meinen, Maestro», sagte der Kopist nur respektvoll mit leiser behutsamer Stimme, als wolle er den schöpferischen Akt nicht stören.

«Ich setze ein Menuetto drauf, habe da noch eine Melodie aus einem Bauerntanz im Ohr. Den spielten sie auf einem Dorf im Salzburger Land – ich höre ihn noch genau.»

Am dritten November wurde im Linzer Theater geprobt, wobei die Kapelle des Grafen Thun sich selbst überbot. Der Ehrgeiz ihres Brotherrn spornte sie an, das Feuer und die Begeisterung dieses kleinen schmächtigen Mannes, der ein so großer Meister war, riß sie mit. Die «Linzer Symphonie» wurde zum musikalischen Ereignis der Saison.

Der alte Graf umarmte gerührt seinen Gast. «Mozart, Sie haben heute Musikgeschichte gemacht. Ach, könnten Sie nur hierbleiben! Sie würden sich nicht schlechter stellen als in Wien, darauf haben Sie mein Wort!»

So verlockend es auch klang, Wien war das «Klavierland», in Wien lebte der Kaiser, warteten seine Verehrer und Freunde. Doch sie blieben drei Wochen in Linz, gehegt und gepflegt als hochgeehrte Gäste.

Sophie erwartete sie schon in ihrer Wohnung, und Putzipaukerl schoß los, als er die Kutsche hörte, überschlug sich die Treppe hinunter, sprang jaulend und kläffend auf seine Herrschaft los. Constanze nahm den vor Aufregung Zitternden auf den Arm. Sophie stand in der Wohnungstür und heulte gleich los.

Mozart stutzte. «Aber Sopherl, was ist denn? Freust dich so, weil wir zurück sind?»

Constanze erstarrte, setzte langsam den Hund ab und sagte mit kleiner Stimme: «Der Raimunderl – es ist was mit dem Kind...»

Sophie nickte nur stumm. Sie gingen in die Wohnung. Dann kam es heraus. Das Buberl war schon im August gestorben, ganz plötzlich, Constanze erbleichte und setzte sich langsam auf einen Stuhl.

«Aber – aber – warum hat denn niemand – warum hat uns keiner benachrichtigt?»

«Niemand hat sich getraut, euch nach Salzburg zu schreiben – es hätte ja eh nichts geändert, nur ihr wärt traurig gewesen... Ein hitziges Fieber soll es gewesen sein, sagt die Amme. Am Morgen lag er noch gesund und munter in seinem Betterl, gegen Mittag fiel ihn das Fieber an, und am Abend – am Abend –»

Wieder brach Sophie in Tränen aus, ihr versagte die Stimme. Putzipaukerl blickte von einem zum anderen und winselte ganz leise, als hätte er verstanden, um was es ging.

Sie besuchten das Grab am nächsten Morgen, Constanze legte einen schönen Tannenzweig auf den winzigen Hügel, doch sie weinte nicht, versuchte sogar ihren Mann zu trösten. «Schau, so schlimm ist es auch wieder nicht. Deine Mutter hat auch von sieben Kindern fünf hergeben müssen, das ist halt der Lauf der Welt.»

«Ich mach' dir ein neues», sagte Mozart zärtlich und streichelte ihren Arm.

«Ja, Wolferl, gemacht ist es gleich, aber das Austragen dauert neun Monate und ist nicht immer schön. Dann kommt's unter Schmerzen auf die Erde, und jetzt liegt's wieder drunter. Und das alles nur für ein paar Wochen Leben.»

«Es ist ein Jammer, Stanzl, aber im großen Schöpfungsplan war es sicher richtig, sonst hätte es der Herrgott nicht zugelassen.»

Sie sagte nichts, schüttelte nur stumm den Kopf. Später meinte sie noch: «Weißt, ich hab' dieses Kindl gar nicht richtig kennengelernt, hab's eigentlich nur geboren und verloren. Zum Liebgewinnen war da keine Zeit. Geboren und verloren.»

Als Constanze sich im neuen Jahr wieder schwanger fühlte, war der kleine Raimund Leopold vergessen – die Gedanken der Eltern richteten sich auf die Zukunft, auf das neue Leben.

Zum Jahresbeginn wechselten sie die Wohnung, weil das Haus «an der Hohen Brücke» doch ein wenig abseits war, aber auch, weil Herr von Trattner dem Klavierlehrer seiner Frau ein interessantes Angebot machte.

«Da schlagen Sie zwei Fliegen mit einer Klappe, lieber Mozart», lockte ihn der rührige und tüchtige Unternehmer.

«Damit wir uns richtig verstehen, Herr von Trattner: Sie überlassen mir zu einem fixen Preis für ein halbes Jahr Wohnung und Musiksaal, und ich kann dort nach Belieben Subskriptionskonzerte veranstalten?»

«So ist es, Maestro, und ich wünsche Ihnen allen Erfolg.»

Mozart nahm in diesen Monaten viel Geld ein, aber die Gulden rollten ihm so schnell wieder aus dem Beutel, daß es nicht zu glauben war. Im Frühjahr hatte er sich ein Pferd angeschafft, weil der Arzt meinte, das Reiten sei der beste Ausgleich für seine anstrengende Tätigkeit.

«Ihr Beruf bringt es mit sich, daß Sie zu wenig Luft bekommen, Herr Mozart. Sie komponieren in geschlossenen Räumen, und dort wird Ihre Musik auch aufgeführt. Sie müssen hinaus in die Natur, aber nicht nur bequem mit der Kutsche, sondern es soll Sie anstrengen. Nach einem zweistündigen Ritt haben Sie einen Teil der üblen Säfte herausgeschwitzt.»

Mozart folgte dem Rat des Arztes, doch der Spaß kostete Geld, wie auch die Magd, die Constanze nicht entlassen wollte, die vielen Kutscherfahrten dahin und dorthin und nicht zuletzt das gastfreie Haus, das die Mozarts führten. Und jetzt hatte Constanze noch eine Köchin eingestellt, weil sie – wie sie sagte – mit der Arbeit nicht mehr nachkam. Aber, wie gesagt, dies alles kostete viel Geld, und in Wien war das Leben ohnehin doppelt so teuer als anderswo.

Constanze war, schon vom Elternhaus her, eine erfahrene Hausfrau. Sie wußte in all diesen Tätigkeiten Bescheid, konnte kochen, backen, nähen, flicken, einkaufen und hatte früher, wie es Mozart ja häufig erleben mußte, auch schwere Arbeiten verrichtet. Dies tat sie als Constanze Weber, als gutmütige Schwester und folgsame Tochter, und wie oft hatte sich Mozart über ihre ungerechte Behandlung erzürnt. Nun aber, da sie Frau Mozart war, fiel die Vergangenheit von ihr ab, und in Constanze ging eine Wandlung vor. Mozart merkte davon nichts, wie ihm so vieles entging, das sich nicht im musikalischen Bereich bewegte.

Doch sein Schwager Joseph Lange klärte ihn auf. Man wollte gemeinsam auf eine Faschingsredoute gehen, und während die Damen sich ihrer zeitraubenden Ankleidezeremonie unterwarfen, tranken die Schwäger ein Glas Wein.

Mozart war nervös, wie meist, wenn er auf etwas warten mußte, das nichts mit Musik zu tun hatte. Seine Finger tanzten auf dem Tisch wie auf einer Klaviertastatur, dazu summte er etwas, schüttelte den Kopf, wollte gerade zum Piano hinübergehen, als Lange sagte:

«Jetzt bleib' einmal sitzen, Wolfgang, die halbe Stunde ohne Musik wird dich nicht umbringen. Wir sehen uns ohnehin so selten. Heute habe ich unsere Frauen verglichen, wie sie beieinanderstanden, und da ist mir aufgefallen, wie sehr sie sich ähneln – äußerlich.»

«Nun, sie sind Schwestern, im Alter nur zwei Jahre auseinander...»

Lange hob sein gutmütiges, ausdrucksvolles Gesicht und schaute Mozart fest an. «Nein, darum geht es nicht; die äußere Ähnlichkeit ist letztlich ohne Belang. Viel bedeutsamer scheint mir die innere Verschiedenheit unserer Frauen und wie wenig sie sich beide auch in der Ehe verändert haben.»

Mozart hob die Hand. «Halt – halt! Für Constanze gilt das aber nicht! Aus dem Weberischen Aschenputtel ist eine lustige, selbstbewußte Frau geworden, und wenn ich daran denke...»

«Wolfgang, bitte hör' auf. Du bist zwar ein Meister im Charakterisieren von Opernfiguren, aber was um dich herum vorgeht, nimmst du häufig nicht oder nur durch einen Schleier wahr. Deine Constanze war unter den Webertöchtern die gutmütigste und anpassungsfähigste, und darum wurde sie von allen ausgenutzt, wurde, wie du sagst, zum Aschenputtel. Jetzt, da sie deine Frau ist, hat sie ihr Wesen keineswegs verändert, ist immer noch bemüht, sich anzupassen, aber jetzt dir, ihrem Mann. Die Aschenputtelrolle muß sie nicht mehr spielen, jetzt mimt sie die sorglose Musikerfrau, tut scheinbar – aber nur scheinbar! – genau das Gegenteil von früher. Sie steht spät auf, zieht sich erst mittags an, läßt ihre Köchin für den Haushalt sorgen, während eine Magd die gröberen Arbeiten verrichtet. Aber sie tut es, Wolfgang, weil du es wünschst! Sie paßt sich dir an, sie ist nicht nur Mozarts Frau geworden, sie ist Frau Mozart, deine Gemahlin und Zwillingsschwester. Nur ihre äußeren Umstände haben sich verändert, sie ist vom Wesen her geblieben, was sie schon vorher war – umgänglich, gutmütig, anpassungsfähig. Wärst du ein Pedant wie dein Vater und würdest deinen Tag Punkt sieben Uhr beginnen, um dann Punkt zwölf Uhr zu speisen, so wäre Constanze dein Ebenbild an Pünktlichkeit, Sparsamkeit und Korrektheit.»

Mozart schwieg nachdenklich, sagte dann stockend: «So – so habe ich es noch nicht gesehen, aber deine Überlegungen sind nicht von der Hand zu weisen. Nur ist mir Constanzes Rolle an meiner Seite tausendmal lieber als ihre frühere als Aschenbrödel.»

Joseph Lange lächelte leise. «So soll es ja sein, einer von beiden muß sich anpassen in einer guten Ehe, und wenn es, wie bei Constanze, auch noch ihrem Wesen entspricht, ist das geradezu ideal. Ich habe da leider weniger Glück gehabt.»

Er hielt inne, weil man aus dem Ankleidezimmer der Frauen laute Stimmen und Lachen hörte, doch dann sprach er weiter. «Bei Aloysia ist es im Grunde genauso. Sie war die ehrgeizigste und begabteste der Webertöchter; manche sagen auch, sie sei die hübscheste gewesen, aber darüber läßt sich streiten. Papa Weber hat früh ihr Selbstbewußtsein gestärkt, sie war sein Liebling und Augapfel und hat sich immer bevorzugt gefühlt. Dies alles hat sie mit in die Ehe gebracht, und ich muß damit fertig werden. Das bessere Los hast du gezogen, Wolfgang – danke dem Himmel, daß Aloysia dich damals nicht erhört hat.»

Die letzten Worte hatte Lange nur noch geflüstert, immer mit dem Blick auf die Tür.

Dann erschienen die beiden Damen – Constanze als Columbine und Aloysia als phantastische Indianerprinzessin, mit hohem Federschmuck und einem fransengeschmückten kurzen Rock.

Mozart, noch ganz unter dem Eindruck dessen, was Lange gesagt hatte, umfing die schlanke liebliche Gestalt der Constanze-Columbine, fühlte, wie Liebe und Zuneigung in ihm aufstiegen wie eine heiße Woge, und er gab seinem Schwager recht – tausendmal recht, daß er, Wolfgang Amadé, das bessere Los gezogen hatte.

«Na – seid ihr soweit?» fragte Aloysia, und es klang recht herrisch. Dieser Ton erweckte in Mozart Widerstand und stärkte zugleich sein Verlangen nach Constanze.

«Geht ihr schon voraus, es sind ja nur ein paar Schritte. Mir ist noch etwas Wichtiges eingefallen, wir kommen dann gleich nach.»

«Aber Constanze könnte doch –»

«Nein, Aloysia», unterbrach sie Mozart mit ungewohnter Härte, «Constanze bleibt und geht mit mir!»

Lange zwinkerte seinem Schwager zu und schob seine Frau zur Tür hinaus. Constanze stand da, zwischen Neugier und Schmollen, und schaute ihren Mann fragend an. Mozart stand auf und nahm sie in seine Arme.

«Ich liebe dich so sehr und wollte eine Weile mit dir allein sein.»

Und er begann am Columbinengewand zu nesteln, zog an Bändern, öffnete Knöpfe und Schleifen.

«Aber Wolferl – doch nicht jetzt, schau, die anderen warten auf uns, die Redoute fängt gleich an…»

«Wir machen unsere eigene Redoute», sagte er, küßte ihre Brüste, strich zärtlich über die kühlen schlanken Schenkel, bis Constanze sich seufzend – wohlig seufzend – seiner Werbung ergab.

An diesem Januarabend zeugten sie ihr zweites Kind, und Constanze spürte, daß sie empfangen hatte. Zur Redoute erschienen sie verspätet und gaben sich zuerst etwas müde und lustlos, aber dann tauten sie auf, und es wurde eine lange vergnügte Nacht.

In diesem Frühjahr kam mit Barbara von Ployer eine neue, sehr begabte Schülerin dazu. Ihr Vater war ein rechter Musiknarr, der in seinem Döblinger Landhaus wie in der geräumigen Stadtwohnung häufig Konzerte veranstaltete.

Ansonsten plagte sich Mozart noch immer mit seinen Opernbüchern herum. Nachdem er «L'oca del Cairo» ad acta gelegt hatte, versuchte er sich mit «Lo sposo deluso» und schob bald auch dieses Libretto beiseite. Das waren Dutzendopern, wie sie von Halbkomponisten auf der ganzen Welt zu Hunderten komponiert – nein, gemacht wurden.

Inzwischen ging die «Entführung» in ganz Europa über die Bühnen, wurde jetzt hier im Kärntnertortheater gegeben und brachte noch immer ein volles Haus. Darauf konnte man keine «Gans von Cairo» oder einen «Getäuschten Brautigam» setzen. Er hatte ja wirklich alles probiert, hatte Libretti gelesen, bis ihm der Kopf brummte. Da war noch diese Opera buffa «Regno delle Amazzoni», wo ein gelehrter Archäologe auftrat, der sich ins Amazonenreich verlief. Lustlos komponierte Mozart hundert Takte und ließ es dann liegen. Ja, er würde seine italienische Opera schreiben, aber es durfte für ihn und seine zahlreichen Verehrer keine Blamage sein. Und überhaupt wollte er jetzt etwas Ruhe gewinnen, da die Sommersaison begann und alle Welt aufs Land fuhr.

Dann kam der wichtige Brief aus Salzburg, in dem der Papa mitteilte, daß die Nannerl einem Baron die Hand zum Ehebund reichen würde. Einem Baron? Ja, dem Freiherrn Johann Baptist Franz Berchtold von Sonnenburg, zweimal verwitwet und Vater von fünf unmündigen Halbwaisen. Der Papa ließ nichts aus, berichtete genau, unterschlug nichts. Arme Nannerl. Hast so lange warten müssen, bis der «Rechte» kam, und der Rechte, Nannerl, ist der Schlechte. Der d'Yppold durfte es nicht sein, weil er sich selber geadelt hatte, der Johann Josef Adam nicht, weil er nur Kammerdiener beim Großmufti war. Mozart lächelte spöttisch. Aber warum nicht, Herr Papa? Er ist doch mit mir an der Hoftafel gesessen, zusammen mit den Silberputzern, Köchen und Musikern. Wünschst du dir für deine Tochter etwas Besseres als für den Sohn? Da blieb dann nur der zweifache Witwer mit den fünf Kindern.

Arme Nannerl, Schwesterlein, Jugendgespielin, Reisegefährtin, Wundermädchen am Klavier, hast unter Papas Aufsicht in Salzburg bleiben müssen, bis der richtige Freier kam. Ich sitze hier und schneide Speck, und wer mich liebhat, holt mich weg. Dein Bruder hat die Falsche gefreit, und so ist der Segen des Herrn Vaters erst nach der Hochzeit eingetroffen. Ein Sohn hält das aus, bei einer Tochter geht's halt nicht, Frau Baronin von Sonnenburg. Möge die Sonne in deine Burg scheinen, Nannerl von Sonnenburg.

Schnell ein paar Zeilen.

Ma très chère sœur!

Potz Sapperment! Jetzt ist es Zeit, daß ich schreibe, wenn ich will, daß Dich mein Brief noch als eine Vestalin antreffen soll! Ein paar Tage später, und – weg ist's. Meine Frau und ich wünschen Dir alles Glück und Vergnügen zu Deiner Standesveränderung…

Et cetera – et cetera – et cetera.

Daß die brave Nannerl diesen Brief dem Vater vorlesen würde, war sonnenklar. Für sie kam der Papa noch immer nach dem lieben Gott. Arme Nannerl. Hätte ich ihr raten sollen: Warte, bis ein Musiker um dich anhält? Dann kannst du unser Metier in Ruhe weiterpflegen, das bedeutet doch auch dir sehr viel. Aber wer weiß, wie dein künftiger Gemahl zur Musik steht? Wie der Herr, so's Gscherr! Und er ist doch fürstlich-erzbischöflicher Pfleger von St. Gilgen, dein zweifacher Witwer, nicht wahr. Aber soll ich dir im Ernst einen Musiker zum Gemahl wünschen? Einen wie mich, ohne festes Amt, ohne das Sichere, dafür wohlgelitten bei der Noblesse und sogar beim Kaiser, dafür aber mit unsicherem Einkommen, das so schwankend ist wie Schilf im Wind. Nein, Nannerl, einen solchen wünsche ich dir nicht, dafür ist mir meine Schwester zu lieb.

Zurück zum Papa, der diesen Brief vermutlich als erster liest, zurück zum Papa, der künftig allein im «Tanzmeisterhaus» leben wird. St. Gilgen liegt zwar nur ein paar Meilen von Salzburg entfernt, und wir haben mit dem Papa früher ganz andere Strecken zurückgelegt, aber jetzt ist halt alles anders. Die Kinder sind verheiratet, der Papa ist fünfundsechzig und sitzt allein in Salzburg als Vizekapellmeister seiner Hochfürstlichen Ungnaden.

Also, Nannerl, hör' zu!

Wir bedauern nun nichts mehr als unseren lieben Vater, welcher nun so ganz allein leben soll. Freilich bist Du nicht weit von ihm entfernt, und er kann öfters zu Dir spazierenfahren… Wenn ich aber an meines Vaters Stelle wäre, so würde ich es so machen: Ich bäte den Erzbischof – als ein Mann, der schon so lange gedient hat – mich in Ruhe zu setzen, und dann ginge ich zu meiner Tochter nach St. Gilgen…

Er hielt inne. Nein, das ist nicht gerecht, alles einfach der Nannerl zuschieben, die sich schon fünf Kinder angeheiratet hat. Aber nach Wien wird der Papa nicht gehen, schon weil er mich damals davor gewarnt hat und nicht der Mensch ist, gegen seinen eigenen Rat zu handeln. Also weiter im Ton:

Wollte der Erzbischof auf meine Bitte nicht eingehen, so begehrte ich meine Entlassung und ginge zu meinem Sohn nach Wien. Darum möchte ich Dich hauptsächlich bitten, daß Du Dir Mühe geben möchtest, ihn zu überreden...

Et cetera – et cetera. Er wird es nicht tun, wird in Salzburg bleiben und über seine undankbaren Kinder schmollen.

Im Juli stellte Mozart seinen Klavierunterricht ein, wollte ihn erst Ende September wieder aufnehmen. Er hatte so viel Eigenes begonnen und nicht zu Ende geführt, war daheim nur mehr ein flüchtiger Gast gewesen, weil ihn die Noblesse von Konzert zu Konzert, von Souper zu Souper herumreichte und weil er niemanden benachteiligen wollte. Keine ruhige Minute war ihm vergönnt, von früh bis spät auf den Beinen, am Klavier, an der Abendtafel.

Auf seinem Pferd ritt er jetzt fast täglich in den Prater, die frühen kühlen Morgenstunden verbrachte er mit Constanze im Augarten. Sie watschelte jetzt wie eine Ente und mochte gar nicht mehr unter die Leute. Da schimpfte er sie aus:

«Das wär' ja noch schöner! Schwangerschaft ist ein von Gott gesegneter Naturzustand, und es gibt keinen Grund, sich dafür zu schämen. Solange es dir Spaß macht, durch den Augarten zu gehen, solange werden wir es tun.»

«Aber ein schöner Anblick bin ich nicht. Mit Flecken im Gesicht, schwerfällig wie eine fette Gans...»

Mozart lachte sie zärtlich an. «Aber ein fettes Ganserl ist doch etwas Gutes!»

«Dir fällt auch nichts G'scheites ein», sagte Constanze, aber sie war glücklich und beneidete die Nannerl nicht um ihren Baron.

Am 23. August sollte Paisiellos Dramma comico «Il Re Teodoro in Venezia» über die Bühne gehen. Giovanni Paisiello war vor einigen Wochen in Wien erschienen; Mozart kannte ihn aus Italien, sie trafen sich, redeten von den alten Zeiten, aber einen Stich gab es ihm doch, als er hintenrum erfuhr, daß der Kaiser dem Komponisten für seine Opera zweihundert Dukaten bezahlt hatte. Immerhin doppelt soviel wie für die «Entführung».

«Werde also sehen, ob sie auch doppelt so schön ist, diese Opera», bemerkte er zu Constanze, und es klang bitter.

«Ach, mach' dir nichts draus! Der Paisiello ist eben schon bekannter wie du, und der Kaiser honoriert das. Eines Tages wirst du genausoviel bekommen.»

«Schön wär's, Stanzl, schön wär's. Aber gegen den Paisiello habe ich nichts, gönne ihm von Herzen seinen Erfolg. Er zählt zu den Besten seines Faches.»

Natürlich herrschte im Burgtheater eine Sauhitze, und schon nach ein paar Minuten klebten Mozart die Kleider am Leib, daß er nach Luft schnappte. Seinen Überrock hatte er an der Garderobe abgegeben, und nun fror er in dem patschnassen Zeug, daß ihm die Zähne klapperten zum Takt der wirklich vorzüglichen Musik. Endlich kam die Pause, er zwängte sich hinaus zur Garderobe, da hatten die Theaterdiener alle Fenster und Türen geöffnet, und es zog erbärmlich. Er schlüpfte in den Rock, begann sofort wieder zu schwitzen und stand den Rest der Opera als ein halb Bewußtloser durch. Constanze erschrak, als er hereintaumelte. «Wolferl – wie schaust denn aus!»

Sein Kopf glühte, der Körper fror, ein hohes Fieber hielt ihn fest in seinen heißen Krallen, und gegen Abend begann er zu phantasieren. Zuerst war das ganz angenehm; der Körper schwebte federleicht empor, in eine warme Woge gehüllt, Klangfetzen geisterten durch den Raum, ungeordnet, chaotisch, nicht eigentlich unschön, aber doch wilde, ungezügelte Klänge, die der Ordnung bedurften, die ihn quälten und beunruhigten.

Nach einer unruhigen, fieberglühenden Nacht wich plötzlich die Hitze aus seinem Körper, machte einer lähmenden Kälte Platz, fast eine Totenstarre, alles in ihm zog sich zusammen, verkrampfte sich und mündete in eine schreckliche Kolik, die den schmächtigen Körper im Bett herumwarf wie einen Ball. Mozart begann zu stöhnen, zu schreien, Constanze schickte um den Arzt.

Dr. Sigmund Barisani, ein Salzburger Jugendfreund, erschien sofort. Er legte seinen Rock ab und krempelte die Hemdsärmel hinauf.

«Einen großen Topf heißen Wassers, dazu ein paar Handtücher!» befahl er knapp. Als die Kolik nachließ, erkannte Mozart den Freund. «Barisani! Du hier? Was ist, was machst du –?»

«So eine Frage! Hast du Lust auf ein paar weitere Koliken? Wir gehen jetzt deiner Krankheit zu Leibe.»

Sie zogen ihn nackt aus, und da lag der schmächtige, blasse Knabenkörper mit krankhaft aufgetriebenem Bauch und begann sich zu winden, als eine neue Kolik aufzog. Der Arzt legte kochendheiße Tücher auf, immer wieder, bis die Krämpfe nachließen, und dann mußte Mozart aus dem Bett und mit des Freundes Hilfe kräftig auf und ab hüpfen.

«Damit der Stein sich löst, verstehst du. Solange der zwischen Niere und Harnleiter festklemmt, wirst du deine Schmerzen nicht los. Mehr kann ich im Augenblick nicht tun.»

Er wandte sich an Constanze. «Am Abend ein heißes Bad, und immer trinken – viel trinken, soviel er hinunterbringt.»

Zwei Tage später löste sich der Stein und fiel klirrend in den Nachttopf. Ein Klang, der ihn entzückte, auf den er sehnsüchtig und ungeduldig gewartet hatte. Ein Zauberklang. Ein magischer Klang. Ein hoher heller Ton wie von einem Triangel. Ting! Kling! Ein lieblicher Ton. Daraus ließe sich eine kleine Komposition machen, etwa unter dem Titel «Frohe Empfindung beim Fallen des Nierensteins in ein Potschamperl». Seine Gedanken kobolzten schon wieder herum, doch die Genesung schritt nur langsam voran, der schwache, gequälte, von Arbeit ausgelaugte Körper brauchte viel Zeit, um die Krankheit zu überwinden.

Dr. Barisani setzte sich an das Krankenbett und hielt ihm eine kleine Predigt. «Mein lieber Wolfgang, die Sache hat sich zum Guten gewendet, der Stein ist draußen, und in ein paar Tagen darfst du aufstehen. Wenn du willst, daß dir das nicht ein zweitesmal zustößt, dann mußt du dein Leben ändern.»

Die blaßblauen, kurzsichtigen Augen blickten verständnislos. «Mein Leben ändern? Wie meinst du das?»

«Du mußt Ruhe und Ordnung in dein Dasein bringen. Dieses atemlose Hetzen von Konzert zu Konzert, von Salon zu Salon hält dein Körper nicht mehr lange aus, und so hat er dir jetzt ein schmerzliches Signal gegeben, das du beachten mußt.»

Er tippte Mozart auf die hohe blasse Stirn. «Das da drin treibt Raubbau mit dem übrigen, als sitze dort ein Marionettenmeister, der den Körper nach Belieben, nach Lust und Laune tanzen läßt. Du bist kein Automat, Wolfgang, den man schmiert, neu aufzieht, und schon geht es lustig weiter. Dein starker Geist geht über die Schwächen des Körpers einfach hinweg, so mir nichts dir nichts. Dieser Bauch, dieses Herz, diese Arme und Beine, haben zu gehorchen – basta! Der arme Aurnhammer hat auch gemeint, das kann ewig so gehen: von Termin zu Termin hetzen, kein Geschäft auslassen und es allen recht machen wollen – und plötzlich fiel er um und war tot. Also, Wolfgang, teile dir deine Zeit vernünftig ein, und achte darauf, daß täglich mindestens zwei Stunden für dich selber da sind, zum Reiten, zum Spazierengehen, einfach zur Muße. Es könnte sonst sein, daß ich – und das täte ich sehr ungern – hinter deinem Sarg hergehen muß.»

Mozart lächelte schwach. «Für einen Arzt eine recht lange Rede.»

«Die war bitter notwendig.»

«Ich werd' sie mir merken.»

«Das hoffe ich, mein Lieber.»

11.

Mozart stand noch sehr wacklig auf den Beinen, da mußte Constanze sich ins zweite Kindbett legen. Wieder war es ein Bub, aber diesmal nicht so kugelrund und gesund wie der erste. Eher wirkte er zart und schwächlich, doch um so stärker klammerte er sich ans Leben und überstand die gefährlichen ersten sechs Wochen ohne Schaden.

Herr von Trattner bot sich als Pate an, und Mozart fühlte sich sehr geehrt, denn er schätzte den tüchtigen und freundlichen Mann, der von Musik gar nicht soviel verstand, aber jeder Form von Kunst hohen Respekt entgegenbrachte. So wurde der Kleine auf Constanzes Wunsch Karl und nach dem Paten Thomas getauft.

Der Vertrag mit Trattner war inzwischen ausgelaufen, doch Mozart wollte ihn nicht erneuern, weil er die Mahnungen seines Arztes noch im Ohr hatte. Außerdem war die Wohnung zu klein geworden für eine dreiköpfige Familie mit Kind, Köchin und Magd. So zogen sie in die Große Schulerstraße gleich hinter dem Dom, in eine schöne Beletage-Wohnung mit vier großen Zimmern und einigen Nebenräumen.

Diesmal hatte sich Mozart gründlich umgesehen, denn er war nicht gesonnen, das erstbeste Rattenloch zu akzeptieren, sondern wollte mit seiner Familie angemessen und repräsentabel logieren. Da er doch schon in so vielen Schlössern, Adelspalästen und reichen Stadthäusern musiziert, gewohnt und gespeist hatte, wollte er auch etwas von diesem Glanz im eigenen Hause haben – und den fand er in dieser Wohnung.

Da waren die Decken stuckiert und bemalt, da gab es den schönen, großen, fünffenstrigen Erker und vor allem diesen einen Raum, der ihn sofort entzückte und den er schon bei der Besichtigung zu seinem Arbeitszimmer ernannte. Lange blieb er stehen und betrachtete die schön bemalten Stukkaturen. An der Decke schwebte die von Putten umspielte Ruhmesgöttin mit dem Lorbeerkranz in Händen, umgeben von goldenem Sterndekor.

«Das ist aber prächtig», murmelte er, doch die ihn begleitende Hausbesitzerin hatte es gehört.

«Ja, Herr von Mozart, diesen prachtvollen Stuck hat der Vater meines seligen Mannes gefertigt, Meister Albert Camesina. Er war Hofstukkateur und hat viele Kirchen und Paläste dekoriert.»

Mozart deutete auf das Relief über der Tür. «Stammt das auch von ihm?»

«Freilich, das ist Kaiser Karl VI., der Meister Camesina zum Hofstukkateur ernannte.»

«Ich nehm's!» sagte Mozart entschlossen.

Und noch eines freute ihn an dieser Wohnung. Sie lag in unmittelbarer Nachbarschaft zum Deutschordenshaus, wo er in dem elenden Kammerl mit dem blinden Spiegel und dem zerschlissenen Stuhl auf die gnädigen Winke des Großmufti warten mußte, wo er ganz unten an der Lakaientafel saß, wo Graf Arco ihn mit einem Fußtritt verabschiedet hatte. Ja, diese Nachbarschaft freute ihn, weil sie ihn daran erinnerte, daß er sein Leben nicht vertan, daß er sein Talent genutzt hatte.

Das war nun auch die geeignete Wohnung, um den Vater nach Wien zu laden. Ihm wollte er vorführen, wie Wien, das goldene Klavierland, seinen Sohn verwöhnte. Es geht aufwärts, verehrter Papa, und Ihre ganzen Kassandrarufe vor drei Jahren sind nicht das Papier wert, auf dem sie geschrieben standen.

Vor dem Wohnungswechsel hatte ihn Herr von Trattner zu einem Gespräch unter vier Augen gebeten. Wie es seine Art war, ging er geradewegs auf das Ziel los.

«Lieber Mozart, Sie sind nun an einem Punkt angelangt, da man Ihren Namen in den entsprechenden Kreisen mit Respekt und Verehrung nennt. Das Jahr neigt sich dem Ende zu, und wir sind der Ansicht, daß Sie noch heuer als Lehrling bei uns eintreten sollten.»

Mozart lachte unsicher. «Als Lehrling? Und ich dachte, ich hätt's schon zum Meister gebracht.»

Trattner blieb ernst. «Ich spreche auch nicht von Ihrem Metier, sondern von den Freimaurern. Ich bin befugt, Ihnen folgendes zu sagen: Unser Logenmeister, Baron von Gemmingen-Hornberg, Sie kennen ihn aus Mannheim, sowie die Grafen Thun und Esterhazy würden Ihre Aufnahme in die Loge ‹Zur Wohltätigkeit› befürworten, wobei ich noch anmerken möchte, daß auch kein anderer unserer Brüder etwas gegen Sie hat. Ihre Aufnahme würde also einstimmig erfolgen. Ein Mann wie Sie, Maestro Mozart, ist bei den Freimaurern gut aufgehoben. Dort trifft sich die Elite unseres Landes, und Sie, mein Lieber, gehören dazu.»

Diese Anfrage kam nicht ganz überraschend, denn auch Graf Thun hatte schon Andeutungen gemacht.

«Wenn man mich haben will...»

Trattner wurde lebhaft. «Aber das ist doch nicht das Wichtigste! Natürlich wollen wir einen Mann wie Sie haben. Aber der Wunsch, Mozart, muß von Ihnen ausgehen.»

«Es gibt für mich keinen Grund, Ihr ehrenvolles Angebot auszuschlagen.»

Trattner zeigte sich erfreut und schlug Mozart auf die Schulter. «Ich wußte es! Sie werden noch im Dezember als Lehrling aufgenommen; den genauen Tag werden Sie noch erfahren.»

Am zweiten Adventsonntag war Mozart zu einer kleinen festlichen Soirée ins Ployersche Stadthaus geladen. Mozart spielte zusammen mit Barbara Ployer seine vierhändige Klaviersonate in B und durfte wieder erleben, wie seine begabteste Schülerin das dreisätzige Werk fehlerlos und mit Bravour meisterte. Nach dem Schlußsatz stand Mozart auf und beklatschte seine Mitpianistin.

«Meine Schwester Nannerl hat auch nicht besser gespielt», lobte sie Mozart, und Barbara wußte, daß dies ein großes Kompliment war. Ihre Eltern strahlten, und Herr von Ployer meinte, dies läge nicht zuletzt am besten Klavierlehrer von Wien. Madame Ployer war zerstreut und blickte immer wieder zur Tür, Ployer zog Mozart beiseite.

«Wir erwarten noch einen wichtigen Gast, aber der kommt von auswärts, und da weiß man um diese Jahreszeit nie, ob das Wetter nicht einen Strich durch unsere Pläne macht.»

«Wer ist es denn?»

Ployer lächelte verschmitzt. «Das soll eine Überraschung werden.»

Eine Stunde verging und noch eine halbe, und dann öffnete ein Diener die Tür und kündigte an: «Seine Wohlgeboren, der fürstlich Esterhazysche Kapellmeister Joseph Haydn!»

Mozart kannte den älteren Kollegen nur von einigen flüchtigen Begegnungen, doch er hatte sich sehr intensiv mit seiner Musik befaßt und hielt die sechs «Russischen Quartette» für unübertroffene Meisterwerke. Davon beeinflußt, arbeitete er seit einem Jahr an einem Zyklus von Streichquartetten, die er ihm widmen wollte.

Joseph Haydn trat ein. Er trug eine sorgfältig gepuderte Perücke und Kleidung von altmodischer Eleganz. Eine gewaltige Nase beherrschte das längliche, knochige Gesicht – ein Antlitz von ansprechender Häßlichkeit, gütig und klug. Das Ehepaar Ployer begrüßte ihn als Gast, den, wie der Hausherr meinte, er keinem mehr vorzustellen brauche.

«Wer kennt nicht unseren Meister Haydn, der sich leider in Wien so rar macht und den wir gerne länger bei uns hätten.»

Haydn lächelte. «Ich weiß – ich weiß, das sind die Schattenseiten des Fürstendienstes, der aber auch sein Gutes hat. Herr Mozart wird da Bescheid wissen.»

Mozart räusperte sich. «Ja, Maestro, ich weiß allerdings Bescheid, vor allem über die Schattenseiten. Colloredo war leider kein Fürst Esterhazy, und darum bin ich hier.»

«Was wir durchaus zu schätzen wissen», meinte Ignaz von Ployer, «aber es ist geradezu eine Sternstunde der Musik, zwei solche Meister unter einem Dach zu wissen.»

Mozart stand auf. «Ja, und da gehört es sich, daß der Jüngere den Älteren willkommen heißt.»

Er ging zum Piano und spielte verschiedene Themen aus Haydns «Russischen Quartetten», die er längst auswendig wußte.

Dann verbeugte er sich. «Das ist mein Willkommensgruß, ich wüßte keinen schöneren.»

Haydn neigte leicht sein kantiges Haupt. «Es ehrt mich, wenn Sie das sagen, lieber Mozart.»

Nach dem Souper wurde noch ein wenig musiziert, dann vertieften sich die beiden Musiker in ein Gespräch, und jeder der Gäste hielt Abstand, keiner wollte die Unterhaltung der beiden Meister stören.

«Das ist schon kurios», meinte Haydn, «wir haben uns schon öfters in Wien gesehen und nie ergab sich die Möglichkeit zu einem längeren Gespräch.»

«Dafür habe ich längst einen Ersatz gefunden. Ich unterhalte mich stundenlang mit Ihren Streichquartetten und lerne dabei viel – sehr viel.»

Haydn blickte erstaunt. «Sie lernen von mir? Was bin ich gegen Sie, Mozart? Meine Opern werden nie auf eine größere Bühne kommen, und kaum einer weiß, daß ich davon schon ein Dutzend geschrieben habe.»

Mozart winkte ab. «Das sind Auftragsarbeiten für Ihren Fürsten – schnell geschrieben, schnell vergessen, wie meine Münchner Faschingsopern. Aber Ihre Instrumentalmusik, Maestro – ich kenne keine bessere.»

Haydn verbeugte sich. «Danke sehr, aber Sie vergessen Ihre eigene.»

Mozart lachte. «Dann sind wir eben beide gut – Punktum, basta!»

Haydn faßte seinen Arm. «So wird's wohl sein. Kommen Sie, die guten Ployers haben uns nicht geladen, damit wir Geheimkonferenzen abhalten.»

Am Abend des vierzehnten Dezember betrat Mozart das Logenhaus der Freimaurer; Johann von Trattner begleitete ihn. Zuvor hatte er ihm noch eingeschärft: «Sie schweigen, Mozart, bis man Sie auffordert zu reden.»

Trattner nahm seine rechte Hand; sie durchquerten einen dunklen Raum, und dann öffnete sich eine Tür wie von Geisterhand, und Mozart erblickte einen hohen gewölbten Saal, schwarz ausgeschlagen und nur schwach erhellt. Im Hintergrund stand ein Tisch, darauf lag ein von zwei kleinen Kerzen flankierter Totenschädel.

«Warten Sie hier», flüsterte Trattner und verschwand.

Als sein Begleiter wiederkam, trug er schwarze Kleidung und flache schwarze Schuhe mit Silberschnallen. Unter dem Frack schaute die weiße Maurerschürze hervor. Von ferne hörte Mozart den Klang von Stimmen, dazwischen laute Rufe, zuletzt etwas wie einen

Chorgesang. Dann öffnete sich eine weitere Tür zu einem hellerleuchteten Raum, und drei rituell gekleidete Männer erschienen. Der in der Mitte trug einen blanken Degen in der Hand, trat vor, hielt eine kurze Ansprache über die Ziele und Absichten der freien Maurer. Dann halfen sie ihm aus Frack und Weste, öffneten sein Hemd und zogen vom linken Fuß Schuh und Strumpf. Sie legten eine Binde über seine Augen, und er hörte eine Stimme sagen:

«Ich nehme jetzt alles an mich, was Metall ist, deinen Degen, deine Uhr, deinen Ring.»

Plötzlich fühlte er eine Degenspitze auf der nackten Brust und hörte die Stimme in drohendem Ton fragen: «Was willst du hier?»

Mozart war instruiert und antwortete: «Ich will in die Gemeinschaft der Freimaurer aufgenommen werden.»

«Dein Wille soll geschehen – magst du es auch später bedauern.»

Sie betraten einen Saal, und er spürte, daß er von Wärme, Licht und vielen Menschen umgeben war. Sie drehten seinen Körper in eine bestimmte Richtung, und eine bekannte Stimme fragte ihn:

«Frecher Eindringling! In welcher Absicht erscheinst du hier? Etwa aus Neugier, um unser Geheimnis zu ergründen? Zittere! Zittere! Du Unglücklicher stehst am Rand eines Abgrunds, der dich ins Verderben führt. Nun antworte – hat schnöde Neugier dich hierhergeführt?»

«Nein!»

«Deine Worte genügen nicht als Beweis, Bruder Aufseher, lege die Spitze deines Degens an das Herz dieses Unverschämten! Laß ihn auf der Suche nach dem Licht den Weg von Westen nach Osten zurücklegen, und wenn er sich sträubt, dann durchstoße sein verräterisches Herz!»

Mozart spürte es klopfen, dieses Herz, und blitzschnell zog ihm der Gedanke durch den Kopf, ob dies nicht doch ernst gemeint war. Immerhin spürte er jetzt deutlich, wie die Degenspitze seine nackte Haut berührte und sich schmerzhaft ins Fleisch bohrte. Er zuckte zurück, eine Hand griff nach der seinen und führte ihn durch den Saal. Er ahnte die Anwesenheit von vielen Menschen, hörte das Rascheln von Kleidung, das leise Knarren von Schuhen, aber es fiel kein Wort. Während er durch den Saal ging, erklangen verschiedene Befehle:

«Verneige dich!»

«Bücke dich!»

«Hebe den Fuß!»

«Bleib stehen!»

«Geh' weiter!»

Aus der Ferne vernahm er etwas wie Geschrei und Waffengeklirr, als finde draußen ein Scharmützel statt, dann ertönte ein laut hallender Hammerschlag, und Stille trat ein. Die Stimme meldete sich wieder:

«Führt ihn zu jenem schrecklichen Ort, dem auch wir uns nur zitternd nähern, und laßt ihn die Wirkung des Feuers erfahren. Er soll die Gewalt der Elemente erkennen, und wenn er zittert, dann werft ihn in den Abgrund!»

Mozart spürte nahe an seinem Gesicht eine offene Flamme, doch er wich nicht zurück.

«Er ist mutig!» tönte es aus dem Hintergrund.

Dann kam der Befehl: «Beuge das Knie, lege deine Hand aufs Evangelium, nimm diesen Zirkel und setze seine Spitze auf dein Herz.»

Er tat es, doch seine Hand zitterte leicht. Sie werden es nicht merken, hoffte er.

«Sprich' jetzt die Eidesformel nach: Ich schwöre, vor dem höchsten Gott, dem Baumeister der Welt...»

Mozart schluckte, räusperte sich und wiederholte mit fester Stimme: «Ich schwöre vor dem höchsten Gott, dem Baumeister der Welt, bei meiner Seligkeit und meiner unbescholtenen Ehre, daß ich die Geheimnisse der Freimaurer mit dem größten Eifer wahren werde. Ich schwöre, solange ich lebe, keinen Anlaß zu bieten, daß die Geheimnisse in die Öffentlichkeit gelangen, weder durch Wort noch durch Schrift oder eine andere Weise. Ferner schwöre und gelobe ich...»

Die monotone Stimme sprach ihm Satz für Satz vor, und Mozart wiederholte laut und deutlich jedes Wort. Die geheimen Riten setzten sich noch eine Weile fort und endeten mit einem lauten Hammerschlag. Seine Augenbinde fiel.

«Wie entscheidest du dich?»

«Für das Licht!»

Der Meister vom Stuhl erhob sich und sagte mit freundlicher Stimme: «Mein Bruder, du bist als Lehrling bei uns aufgenommen. Wenn es nottut, werden diese gezückten Waffen zu deinem Schutz verwendet.»

Die Degen verschwanden, und Mozart blickte in lauter freundliche Gesichter. Viele davon waren ihm bekannt. Da standen die Grafen Esterhazy und Thun-Hohenstein; und da vorne, schau, schau, das war doch Doktor Barisani, der nie ein Wort von den Freimaurern erwähnt hatte. Vom Schwager Lange wußte er es, auch Ludwig Fischer, der Osmin-Sänger, hatte etwas angedeutet. Es wurde ihm so warm ums Herz. Er war von lauter Freunden umgeben, Menschen, die ihn schätzten und verstanden, die seine Ansichten teilten und billigten.

Bei dem anschließenden Festmahl sagte Mozart zu seinem Schwager Joseph Lange: «So wie in unserer Loge sollte sich die ganze Menschheit begegnen – als Brüder und Schwestern. Dazu bedürfte es keiner geheimen Zeremonie, keines abgeschlossenen Tempels. Die ganze Welt als Loge...»

«Ach, Wolfgang, das ist vorerst eine Utopie. Wir Freimaurer stehen am Anfang dieser Entwicklung, und ich wage keine Vorhersage, wie weit sie einmal gehen wird.»

Einige Wochen später wurde auf Mozarts Vorschlag auch Joseph Haydn in die Loge aufgenommen.

Was würde der Papa dazu sagen? Würde er es gutheißen? Der Vater war fromm, aber niemals bigott, gab sich gerne als aufgeklärter und vorurteilsloser Mann – war es wohl auch, zeigte es aber nicht gern. Auf Mozarts Vorschlag, nach Wien zu gehen, war der Papa nicht eingegangen. Er hatte weder ja noch nein, hatte gar nichts gesagt.

Constanze kam nach Weihnachten auf dieses Thema zurück.

«Fürs nächste Jahr müssen wir deinen Vater einladen – das sind wir ihm schuldig.»

«Ihm schuldig? Ich weiß nicht... Habe mir in letzter Zeit oft überlegt, ob ich ihm etwas schuldig bin. Zwar habe ich von ihm gelernt, was zu lernen ist, aber in der Komposition war ich ihm als Zwölfjähriger schon über. Außerdem habe ich – zusammen mit der Nannerl – während meiner Kindheit das Geld für unsere Familie verdient. Von Leopold Mozart wollte niemand etwas wissen. Gut, er war der Herr Papa, hielt alles zusammen, stand für ein geringes Salär im Dienst Seiner Ungnaden, aber ich habe unseren Beutel mit Dukaten und Gulden gefüllt, mir wurden die goldenen Dosen und Uhren verehrt. Wo sind diese Schätze – was habe ich davon? Das Geld ist verbraucht – Geld muß in die Welt, das ist richtig und gut so, aber die Dosen und Uhren hütet der Herr Papa in Salzburg, und daß er nichts davon herausrückt, hast du ja gesehen. Mit welchem Recht tut er das? Ich werde ihn ja sowieso einmal beerben, hat er geäußert, aber eine Uhr will getragen, eine Dose benutzt sein. So liegen diese Dinge in einer festen Truhe beim Papa im ‹Tanzmeisterhaus›, und niemand hat etwas davon.»

Constanze hatte geduldig zugehört. «Das mag alles stimmen, mein Lieber, aber wir sind es ihm trotzdem schuldig, daß wir ihn hierher einladen. Dir müßte es doch eine Genugtuung sein, ihm zu zeigen, wie weit du's gebracht hast. Der halbe Wiener Adel verkehrt mit dir von gleich zu gleich, du speist an seiner Tafel, unterrichtest seine Töchter. Was du ihm in deinen Briefen schreibst, hält er nach wie vor für Übertreibung – nein, Wolfgang, er soll sich hier mit eigenen Augen von der Wahrheit überzeugen. Außerdem ist es nur recht und billig, daß er uns einen Gegenbesuch macht.»

Es tat sich was. Wien umarmte seinen talentierten Sohn, preßte ihn so liebevoll an sich, daß ihm fast die Luft ausging. Der Umzug aus dem «Trattnerhof» in die Schulerstraße hatte leider nicht die erwartete Entlastung gebracht. Das gehetzte Leben ging weiter mit sechs Freitagskonzerten in der Fastenzeit, mit Lektionen, Privatakademien, Einladungen an ihn und solchen, die er gab, und wieder war es ein Hinundherhasten zu Fuß und mit der Kutsche, vom Burgtheater zum «Mehlgrubensaal», vom Palais Thun zum Palais Esterhazy, von der Leopoldstadt in die Wiedener Straße, bei Regen, Schnee, Sturm und bitterer Kälte, wie ein Ochse im Joch, angetrieben von Ehrgeiz, Geldnot und natürlich von der Musik, die unablässig in seinem Kopf brodelte. Ja, Frau Musica hatte ihn ins Joch gespannt, hielt die Zügel fest in Händen und ließ ihn traben, traben, traben.

Manchmal hatte er ein Gefühl, als stünde er mitten in einem Platzregen: die Akkorde prasselten auf ihn ein, nicht nur von oben, von allen Seiten, von rechts und links, doch dieses Ereignis fand in seinem Innern statt, im Kopf stürmte und tobte es, da gab es kein Wehren dagegen, da half kein Widerstand, das war ein Naturereignis, diese Musikstürme und Notengewitter, dieser Melodienhagel aus Geigen und Posaunen, Klavier und Flöten, Klarinetten und Celli. Er war aufgerufen, dieses Chaos zu ordnen und – eine gehaßte Arbeit – aufs Papier zu bringen.

Was das Publikum in den Konzerten hörte, war nicht der schrille Gebärschrei, sondern der vollkommene Körper des fertigen, schöngestalteten Kindes, seines Kindes, seiner Musik, Mozarts Musik. Wie es dazu kam, ging das Publikum nichts an. Sie waren nicht dabei, wenn das dauernde Klingen ihn begleitete, wenn die Rhythmik seinen Körper zum Tanzen und Beben brachte, ihn durch die Straßen jagte, durch die Wohnung hetzte, auf den Abtritt begleitete, seine Mahlzeiten störte, seine Briefe diktierte, sein Reden und Denken bestimmte, ihn zu Constanze ins Bett scheuchte, wo er ihren Körper diesem Rhythmus unterwarf, ihr den Zwang auferlegte, musikalisch zu zeugen, Constanzes Körper als ein Instrument zum Klingen zu bringen – ja, ihr Körper als Instrument, er dachte es nicht, aber er fühlte es – fühlte, wie die ganze Welt zum Instrument wurde, auf daß er sie zum Tönen bringe, alles in Musik verwandle, Mensch und Tier, Stein und Pflanze, Wasser, Luft, Erde und Feuer – ihnen allen ist Musik gegeben, man muß nur den richtigen Hebel finden, und schon setzt sie ein, die Weltsymphonie, die seit Urzeiten erklang, wenn auch nur wenige sie hörten – Bach, Haydn, Gluck, Paisiello, ja, die hörten sie, waren als Schöpfer beteiligt, und noch ein paar Dutzend hörten sie auch, und nicht nur für diese wenigen schuf er, unermüdlich und rastlos, nein, er selber brauchte es wie das tägliche Brot, wäre verhungert, verdurstet, verfault und verdorrt ohne einen Tag Musik. Sie war seine Kraft und sein Leben, seine Aufgabe, sein Daseinszweck – sein ein und alles.

12.

Leopold Mozart blieb eine Woche in München und traf am Tag von Wolfgangs großem Konzert in Wien ein. Er war so müde und durchgefroren, daß Constanze ihm ein heißes Bad bereiten ließ und ihn dann ins Bett packte, ganz fürsorgliche Schwiegertochter. Der Papa war ungewöhnlich sanft gestimmt, ließ alles mit sich geschehen, sagte ein paar bewundernde Worte über die Wohnung, küßte den kleinen Karl Thomas und vergrub sich in sein Bett.

«Möchte heute abend frisch sein zu deinem Konzert», bemerkte er noch, drehte sich um und begann zu schnarchen. Mozart war gerührt. Das war der alte nette Papa, wie er ihn von den Reisen in Erinnerung hatte, immer bemüht, die Arbeit des Sohnes aufmerksam zu verfolgen.

Am Abend war er wieder frisch; sie fuhren bei dichtem Schneetreiben und beißender Kälte in die «Mehlgrube», wo ein erwartungsvolles Publikum den Maestro mit Hochrufen empfing. Leopold Mozart war der Stolz auf den Sohn anzusehen. Hocherhobenen Hauptes verfolgte er in seiner Loge das Konzert, und als der Beifall aufbrandete, verbeugte er sich, als gelte er ihm.

«Hast uns wieder alle Ehre gemacht», bemerkte der Papa später so nebenher. Mit «uns» meinte er sich und den Sohn, denn noch immer sah er sich selber als die eigentliche Ursache von Wolfgangs Erfolg an – als Erzeuger, Lehrer und Begleiter durch Kindheit und Jugend.

Das Ereignis am nächsten Tag goß neues Wasser auf seine Mühle. Wolfgang hatte Joseph Haydn zu einem musikalischen Abend in seine Wohnung geladen, dazu einige vorzügliche Amateurmusiker, mit denen er drei seiner dem verehrten Meister gewidmeten Quartette aufführen wollte. Dem Papa war ein Violinpart zugedacht, Wolfgang spielte die Bratsche.

Mein Gott, dachte Leopold, nun wird mir erst klar, was Wolfgang immer gemeint hat, wenn er Wien als Musikland bezeichnete. Hier geschieht in einer Woche mehr als in Salzburg während eines Jahres. Das dachte er nur, aber er sagte es nicht, um den Sohn nicht hoffärtig zu machen. Aus Gründen der Pädagogik sozusagen, denn daß Wolfgang weiterhin eine leitende Hand brauchte, davon war er fest überzeugt. Der Schwiegertochter fehlte diese Hand, das wußte er schon seit ihrer ersten Begegnung. Wenn Wolfgang den Kasperl spielte, mahnte sie ihn nicht zum Ernst, sondern übernahm gleich den weiblichen Part und spielte hingebungsvoll die Gretl. Daß bei all diesem Unernst eine solche Musik gedeihen konnte, ging ihm nicht in den Kopf. Alles war ein Provisorium, ein einziges Durcheinander.

Als sie gestern zu dem Konzert fuhren, saß der Kopist noch über den Noten, und Wolfgang mußte den Schlußsatz, das Rondo, auswendig spielen. Aber am Ende ging immer alles gut – erstaunlicherweise. So auch heute. Zum Üben hatten sie kaum Zeit gehabt, und trotzdem trugen sie die drei Quartette – von ein paar kleinen Patzern der Amateurmusiker abgesehen – recht passabel vor. Der weichherzige Haydn kämpfte sichtlich mit seiner Rührung und suchte nach den geeigneten Worten.

«Also Mozart – ich weiß nicht, wie ich es sagen soll – ich – ich empfinde es fast als unverdient, daß Sie mir diese Quartette dedizieren wollen.»

«Unverdient? Da muß ich Ihnen aber heftig widersprechen. Ohne Ihr Vorbild wären sie gar nicht entstanden. Sie sind quasi der Mitschöpfer.»

Haydn schüttelte nur stumm den Kopf und drückte Mozart so fest die Hand, daß er leise aufschrie, doch der Freund und Logenbruder merkte es nicht.

Er wandte sich an den Papa, zog ihn in eine stille Ecke, erkundigte sich nach dem Ergehen seines Bruders in Salzburg und sagte dann mit fester Stimme: «Ich muß etwas über Ihren Sohn bemerken. Ich sage Ihnen vor Gott, als ein ehrlicher Mann, Ihr Sohn ist der größte Komponist, den ich von Person und dem Namen nach kenne.»

Leopold Mozart bedankte sich artig für das Kompliment. Er empfand es als durchaus verdient, wunderte sich aber, daß ein Haydn es aussprach. Nun, auch unter den Musikern gab es ein paar ehrliche Burschen. Sein Stolz auf den Sohn wuchs.

Papa Mozart hatte gehofft, wenigstens dann und wann etwas Ruhe zu finden, aber dieser Zustand trat in Gesellschaft seines Sohnes nie ein. Hätte ihn nicht in der zweiten Woche ein schwerer Rheumaanfall ans Bett gefesselt, so hätte er dieses Möbel nur sehr selten benutzen können, denn vor ein Uhr nachts kam er hier nie zur Ruhe. Freilich, Sohn und Schwiegertochter standen selten vor elf Uhr auf, aber er selber – der sonstige Frühaufsteher! – paßte sich bald diesem Rhythmus an; etwas anderes blieb ihm gar nicht übrig, wenn er mittun wollte. Und das wollte er, von ganzem Herzen.

Daß Constanze als Hausfrau den Vergleich mit seiner Nannerl nicht aushielt, war ihm schon in Salzburg klargeworden, aber hier wurde der Unterschied überdeutlich. Ihre Aufgaben als Hausfrau und Mutter überließ sie weitgehend dem Dienstpersonal. Dafür saß sie stundenlang vor dem Toilettenspiegel, ließ keine Möglichkeit aus, sich zu amüsieren, und wenn sie einmal ausnahmsweise in der Küche mithalf, dann hörte man bald das Klirren von zerbrechendem Geschirr. Und der Sohn lachte dazu und bemerkte nur nachsichtig:

«Daheim bei ihrer Mutter war sie in diesen Dingen geschickter. Aber jetzt ist sie eine richtige Musikerfrau geworden, und das ist mir auch lieber so. Für das Grobe haben wir schließlich die Köchin und eine Magd.»

Der Papa sagte nichts, lächelte nur spöttisch. Für das Grobe, dachte er, das ist schön gesagt und gut gemeint, aber es kostet ja auch Geld, das Grobe – viel Geld. Freilich, er war Zeuge, daß viel Geld einging, denn jeder Subskribent der «Mehlgruben»-Konzerte mußte drei Dukaten bezahlen. Zuerst hatte es Leopold nicht geglaubt. Drei Dukaten für ein Konzert! Das sind schließlich dreizehn und ein halber Gulden! Für drei Stunden Musik! Als er den Betrag hörte, fragte er den Sohn: «Ist das nicht doch ein bißchen zu hoch gegriffen?»

«Doch, Papa, das ist es. Aber die Leute hören ja nicht irgendein Konzert, sie hören Musik von Mozart. Und dafür sind sie bereit, drei Goldstücke zu bezahlen.»

Ganz schön selbstbewußt war der Bursche in Wien geworden, aber daß er kein Aufschneider war, bewiesen die vollen Säle.

Und immer schneller drehte sich der Reigen, dem Papa schwindelte es. Allmählich wurde es ihm doch zuviel, zudem fühlte er sich ein wenig wie das fünfte Rad am Wagen. Ständig machte man ihm Komplimente zu diesem genialen und hochtalentierten Sohn – keinen, aber wirklich keinen interessierten seine eigenen Werke, eher noch sprach man ihn als Autor der «Violinschule» an. In Wien gab es halt nur einen Mozart, den Mozart, und das war Wolfgang Amadé. Aller Glanz fiel auf den Sohn – nun, das war ihm schon recht, machte ihn stolz, aber in all dieser Hektik spürte Leopold mehr und mehr sein Alter, und er begann sich nach Hause zu sehnen, nach Salzburg, ins «Tanzmeisterhaus». Er fühlte sich hier überflüssig, und er war es ja auch, obwohl weder Constanze noch Wolfgang es ihn fühlen ließ. Wegen des schlechten Wetters hatte er die längst fällige Abreise immer wieder verschieben müssen. Kleinigkeiten begannen ihn aufzuregen. Einmal, als die Köchin frei hatte und er Constanze um eine Tasse Kaffee bat, konnte sie die Dose nicht finden, und als die endlich zur Stelle war, suchte sie vergebens nach der Mühle. Statt dessen brühte sie ihm eine Tasse Tee auf, der aber so bitter schmeckte, daß ihm grauste. Den Honig zum Süßen fand sie auch nicht, oder er war ausgegangen. Ein Augiasstall! Aber nicht seine, Leopold Mozarts, Aufgabe war es, ihn auszuräumen. Das mußte schon der Herr Sohn tun. Der aber kümmerte sich nicht darum, schien zufrieden mit dem, wie es war.

Die Stimmung kühlte sich ab. Bissige Bemerkungen des Vaters gegenüber Constanze nahm der Sohn nicht einfach so hin, sondern gab Widerworte, die von Mal zu Mal deutlicher wurden. Der Papa fühlte sich beleidigt, redete von Abreise.

Nein, in einer solchen Stimmung mochte Wolfgang nicht vom Vater scheiden. Da kam ihm die rettende Idee, den Papa bei den Freimaurern einzuführen. Wider Erwarten zeigte er sich begeistert; fühlte sich erhoben und anerkannt, als er am 6. April zum Lehrling und schon zehn Tage später zum Gesellen und kurz vor seiner Abreise zum Meister ernannt wurde.

Gewiß, ein schöner Abschluß, aber – allen Versuchen zum Trotz – der alte herzliche Ton zwischen ihm und dem Papa wollte sich nicht mehr einstellen.

Constanze und er begleiteten den alten Herrn in der Kutsche bis Purkersdorf – nicht weiter. Der Vater hatte gehofft, sie würden wenigstens bis Linz bei ihm bleiben, aber da gab es so viele Gründe, es nicht zu tun. Es kränkte ihn, aber er sagte nichts. So trug jeder von ihnen eine Last mit heim, die er besser abgeladen hätte. Dafür war es nun zu spät. Leopold Mozart kehrte in die lähmende Stille – nach Wien spürte er sie erst recht – Salzburgs zurück, Constanze und Wolfgang stürzten sich von neuem in ihr hektisch-buntes Leben, das sie liebten, auch wenn es ihm, der die Hauptlast trug, manchmal zuviel wurde.

Nun, der Sommer brachte etwas Erleichterung, Mozart fand Zeit für Ausritte und Ausflüge, doch durch das Fehlen der Lektionen wurde auch die Kasse leichter, und die Mozarts borgten sich bei Freunden zusammen, was fehlte.

Die Pläne für eine neue Opera hatte er fast schon aufgegeben, es gab ja auch so genug zu tun. Leider hatte er es versäumt, die Klavierauszüge seiner «Entführung» rechtzeitig für die Notendruckerei fertig zu machen. Das hätte ein schönes Zubrot bringen können, doch nun taten es andere.

Dafür hatte er den vom Kaiser hochgeschätzten Hoftheaterdichter Lorenzo Da Ponte kennengelernt. Ihm übergab Mozart das Theaterstück «Der tolle Tag» von Beaumarchais, dessen Charaktere und schnelle lebendige Handlung es ihm angetan hatten. Es strotzte vor Witz, Ironie, zeigte menschliche Stärken und Schwächen bei aller Deutlichkeit, doch ohne Übertreibung. Lange hatte Da Ponte nichts mehr hören lassen, doch dann platzte er plötzlich in eine Abendgesellschaft beim Baron Wetzlar.

«Buona sera, amici!» tönte es, und er begrüßte ein paar Bekannte mit einer emphatischen Umarmung.

«Maestro Mozart! Lei è qui! Una bella sorpresa! – Il cielo vi salvi, Maestro!»

Mozart ließ die verbalen Stürme geduldig über sich ergehen und fragte dann trocken: «Haben Sie das Libretto gelesen, Signore Da Ponte. Was ist damit?»

Ungläubiges Erstaunen zeigte sich auf seinem Gesicht, und zwar so übertrieben, daß es wirkte wie eine aufgesetzte Theatermaske.

«Ein Mann, ein Wort, Maestro! Natürlich habe ich es gelesen, und ich muß sagen, ich bin davon angetan – sehr sogar! Ein heikler Stoff, gewiß, aber Ihre Musik wird ihn zähmen, veredeln, und ich mache ein Libretto daraus, daß alle Welt staunen wird.»

Baron Wetzlar sperrte den Mund auf. «Aber – aber, das Stück sollte doch heuer im Winter aufgeführt werden, und der Kaiser hat es verboten. Ganz Wien kennt die Geschichte.»

Da Ponte nickte gewichtig. «Richtig – damals hat es Seine Majestät verboten. Aber was damals galt, gilt nicht für alle Zeiten. Ich werde das Stück entschärfen und eine spritzige funkelnde Opera buffa daraus machen.»

Hals über Kopf stürzte Mozart sich in die Komposition. «Dramma giocoso in quattro atti», hatte Da Ponte auf sein Textbuch geschrieben, ein heiteres Drama in vier Akten. Da agierten Menschen, nicht verkleidete Heroen, Menschen mit echten, jedermann verständlichen Gefühlen. Zorn, Eifersucht, Tücke, Zweifel, Frohsinn, Ironie – alles war vorhanden, was zum Dasein des Menschen gehörte, aber nicht aufgesetzt und erkünstelt, sondern gewachsen aus der jeweiligen Situation. Wenig nur mußte geändert werden, es schien, als hätte schon Beaumarchais sein Stück als Oper angelegt. Zu opernhaft vielleicht, zu pompös, zu altmodisch mit diesen komischen kleinen Einlagen, die den Fluß der Handlung nur störten.

Je weiter Mozart in den Text eindrang, desto mehr erkannte er, daß sein Reiz gerade im Theaterhaften, in der ungestüm vorwärtsdrängenden Handlung lag. Lange Arien hielten dabei nur auf, schmälerten die «azione», die Bewegung. Arien, überlegte Mozart, sind Monologe und stemmen sich dem Fluß der Handlung entgegen. Ich muß also das Gespräch, die «conversazione», in den Vordergrund rücken, entweder im Seccorezitativ, also fast ohne Musik, oder im Duett und Terzett. So ergab es sich wie von selber, daß Susanna im ersten Akt keine Arie bekam, dafür aber an drei Duetten und einem Terzett teilnahm.

Da Ponte war begeistert. «Das ist es, Mozart, genau das ist es! So erhalten Sie dem Stück die Würze und die Wirkung. Das ist in Musik gesetztes Theater! Bei Ihnen hat man nicht das Gefühl, als Schauspieler dilettierende Sänger ergehen sich in endlosen, gefühlvollen

Monologen; Sie lassen die Personen miteinander reden, und zwar wie Menschen.»

Mozart faßte ein großes Vertrauen zu Da Ponte, weil hinter all dem Unsteten und Schillernden ein kenntnisreicher, talentierter Literat steckte, ein «letterato professionista» mit großer Erfahrung und fundiertem Wissen. Wenn er einen Vorschlag machte, dann war es ein reiflich überlegter, wohlbegründeter.

Mozart haßte jedes Dilettantentum im Musik- und Theatermilieu, und Bemerkungen wie: Es wird schon gehen oder: Das merkt eh keiner, brachten ihn zur Weißglut.

So war seine Zusammenarbeit mit Da Ponte nicht nur fruchtbar und harmonisch – das war sie mit dem eher trockenen Stephanie auch –, sondern anregend und amüsant, denn Da Ponte würzte jede Begegnung mit Anekdoten, hatte eine große Begabung, Menschen und Stimmen nachzuahmen. Er hatte eine abenteuerliche Laufbahn hinter sich, war Priester und Professor für Rhetorik gewesen und hatte wegen Ehebruchs aus Venedig fliehen müssen. Von diesen Dingen sprach er wenig, und wenn, dann tat er sie mit Witz und Leichtigkeit ab, als seien es nur Bagatellen.

Nun ließ er schon zwei Tage lang nichts hören, erschien dann plötzlich zur Unzeit bei Mozart, der sich gerade zur heiligen Mittagsruhe hingelegt hatte.

Constanze versuchte ihn abzuwehren. «Er braucht das so nötig, Signore Da Ponte, kommen Sie doch eine Stunde später.»

Da Ponte zog schwungvoll seinen schwarzen breitrandigen Hut und verneigte sich tief. «Donna Constanza! Madame Mozart, es gibt nun einmal Dinge, die selbst ein Philosoph als unaufschiebbar bezeichnen würde, Dinge, die nicht warten können.» Er klopfte sich mit der Faust auf die Brust, daß es dumpf hallte. «Da steckt etwas drin, das muß heraus, cara Donna Constanza, weil sonst mein Herz zerspringt. Dann falle ich tot um, und das wollen Sie doch nicht, Madame?»

Da Pontes laute Stimme hatte Mozart aufgescheucht. Er schlüpfte in seinen Hausmantel und erschien an der Tür. «Da Ponte – endlich! Sie waren beim Kaiser?»

«Ja.»

«Und – und?» drängte Mozart.

Da Ponte beugte sich herab, hob den schmächtigen Mozart wie eine Puppe hoch und küßte ihn auf beide Wangen. «Ja!» rief er. «Ja – ja – ja!»

«Ich wußte es! Constanze, sei so lieb und brühe uns einen Kaffee auf.»

Da Ponte ließ sich in einen Fauteuil fallen und streckte die langen Beine aus. «Einfach war es nicht», sagte er und blickte Mozart mit seinen großen dunklen Augen abwartend an. Er wollte gefragt werden. Mozart verstand. «Also, Da Ponte, nun bitte ich Sie um eines: erzählen Sie der Reihe nach, von Anfang an, und lassen Sie nichts aus. Ich muß alles wissen, verstehen Sie – alles!»

Da Ponte lächelte. «Hoffentlich haben wir noch Zeit dazu. Der Kaiser will sich noch heute von Ihnen vorspielen lassen; sein Bote kann jeden Augenblick erscheinen.»

Mozart erschrak zuerst, dann zeigte er auf den Notenstapel beim Klavier. «Ich bin gerüstet! Die beiden ersten Akte sind fertig komponiert, das übrige habe ich hier.» Er klopfte an seine Stirn.

«Auf Sie ist Verlaß, das weiß ich. Also hören Sie. Die erste Frage Seiner Majestät lautete natürlich: ‹Warum soll ich jetzt ein Stück erlauben, das ich noch vor kurzem untersagt habe? Hat Er so viel daran geändert, daß es nun unbedenklich erscheint?› Das war eine heikle Frage, aber ich konterte sofort: ‹Majestät, ich habe alles weggelassen, was gegen Anstand und Sitte ist, was bedenklich sein könnte in einem Theater, das von Eurer Majestät mit Ihrer Anwesenheit beehrt wird. Im übrigen wird Mozarts Musik vergessen lassen, was noch anstößig sein könnte.› – ‹Und was soll das sein?› fragte der Kaiser. ‹Nur anstößig oder besser ärgerlich für eine gewisse Schicht, aber gewiß nicht für Sie selber, Majestät, und noch weniger fürs Volk. Anstößig ist es zum Beispiel, daß ein spanischer Graf in unserem aufgeklärten Jahrhundert auf dem *jus primae noctis* beharrt. Denn gerade Eure Majestät haben ja eine Reihe von Gesetzen gegen die Macht und die Willkür des alten Feudaladels erlassen. So hat dieses Stück eine höchst moralische Wirkung, denn unsere Wiener sehen, was in Spanien vielleicht noch grassiert, ist hier, im Deutschen Reich, dank der fortschrittlichen Einstellung Eurer Majestät, längst überwunden.›

Sie kennen ja den Kaiser, Mozart, und wissen, daß er Schmeicheleien sonst nicht mag. Doch er brummte etwas Zustimmendes, sagte dann: ‹Ich verlasse mich auf Ihn, Da Ponte. Jetzt zur Musik. Mozart soll sofort hier erscheinen und mich etwas hören lassen. Ist seine Musik so, daß sie den im ganzen doch noch etwas bedenklichen Text vergessen läßt, so soll die Opera meinetwegen auf die Bühne. Mag dann das Publikum entscheiden.› Dann hörte ich noch im Hinausgehen, wie der Kaiser seinen Sekretär rief.»

Der Kaffee kam, Constanze schenkte ein, setzte sich auch dazu. «Wenn ich euch beide so ansehe, dann erscheint ihr mir wie zwei Lausbuben, denen ein Streich geglückt ist.»

Da Ponte lachte schallend. «Ein trefflicher Vergleich, Madame, ja, der Streich ist geglückt!»

In seine letzten Worte hallten die Schläge des Türklopfers. Da Ponte nickte zufrieden. «Der Bote des Kaisers.»

Mozart sprang auf. «Constanze, meinen Galafrack! Schnell!»

Gemeinsam fuhren sie zur Hofburg, wurden sofort empfangen. Der Kaiser stand schon neben dem Klavier.

«Also, Mozart, leg' Er gleich los, wir wollen keine Zeit verlieren.»

Mozart spielte sich in seiner virtuosen Art durch den ersten Akt, sang auch manchmal dazu, unterschlug bei der Kavatine des Figaro den Text, sang dafür die Sopranarie des Cherubino mit viel Gefühl, auch die an Cherubino gerichtete Arie des Figaro gab er zum besten. «Non più andrai...» Die gefiel dem Kaiser ganz besonders.

«Superbe, Mozart, ganz superbe! Diese Melodien gehen gewaltig ins Ohr, man wird sie bald auf der Straße pfeifen.»

«Danke, Majestät! Soll ich nun den zweiten Akt...?»

«Nein, nein, das ist nicht nötig, laß Er mir eine Abschrift schikken. Also, meine Herren, an die Arbeit! Im nächsten Jahr, gleich nach der Fastenzeit, muß die Opera auf die Bühne.»

Aber dann kam doch etwas dazwischen. Herzog Albert von Sachsen-Teschen, der Generalgouverneur der Niederlande, sagte sich mit seiner Gemahlin Maria Christina – einer Schwester des Kaisers – zum Besuch an. Mozart erfuhr es von Gottlieb Stephanie, der ihn gerade noch am Vormittag erwischte, als er zu einer Schülerin fahren wollte.

«Mozart, der Kaiser hat einen Auftrag für Sie!»

«Aber – aber – ich schreibe doch schon an einer Opera.»

Stephanie wischte den Einwand mit einer knappen Geste weg. «Darum geht es jetzt nicht. Der Kaiser will seinen Gästen in Schönbrunn zwei Opern bieten – eine deutsche und eine italienische. Die deutsche sollen Sie nach meinem Libretto komponieren, die italienische natürlich Salieri nach dem Text von Casti. Ein Wettbewerb also, aber mir soll's recht sein. Unser Singspiel heißt ‹Der Schauspieldirektor›, und es geht darin hauptsächlich um die Kabalen der Theaterleute.»

Mozart las das Libretto zu Hause durch.

«Constanze! Komm' her und hör' dir das an. Also, der Direktor hat die Konzession zu einer Gastspielreise erhalten. Der Schauspieler Buff teilt es ihm mit. Jetzt hör zu:

‹Wir haben die Permission, Herr Direktor!›

‹Wo, lieber Buff?›

‹In Salzburg!›

‹In Salzburg? Dem Vaterland des Hanswursts!›

Jetzt Buff: ‹Keine Grillen! Seien Sie froh, daß wir irgendwo unterkommen. Wenn die Kunst nach Brot geht, muß es ihr gleich sein, welche Türe ihr offensteht.›

‹Welche Bedingungen sind dabei?›

‹Sie müssen lustige Stücke und Ballette und Opern geben.›

‹Ballette, Opern! Die sind doch teuer. Wie soll ich die Ausstattung bezahlen?›

‹Indem Sie die billigsten Schauspieler engagieren. Die sind die besten...›»

Mozart ließ das Blatt sinken. Er lachte Tränen und stieß hervor: «Die – die – billigsten – sind – sind – die – die – besten... Und dann das mit Salzburg! Das Vaterland des Hanswursts... Ja, ja, der Stephanie weiß, wie ich drüber denke. Fünfzig Dukaten sind auch nicht schlecht, was? Die können wir gerade gut gebrauchen.»

Constanze seufzte. «Ach, Wolferl, die gehören uns doch schon gar nicht mehr. Wir haben Schulden bei Wetzlar, bei der Baronin Waldstätten, beim Hauswirt, beim Kohlenhändler...»

Er sprang auf und umarmte sie. «Wird jetzt alles bezahlt! Wenn die Not am größten, ist die Hilf' am nächsten.»

Von nebenan hörten sie den einjährigen Karl Thomas «Mama Mama...» rufen.

«Der hat Hunger», vermutete Constanze.

Mozart hob das Kind aus dem Laufstall. «Papapapa...», krähte der Kleine und griff ihm an die Nase.

«Ja, Karli, dein Papa hat heut' schon wieder viel Geld verdient. Fünfzig Dukaten!» Er tanzte mit dem Buben im Zimmer herum und sang: «Fünfzig Dukaten sind zweihundertfünfundzwanzig Gulden, da kann man viel kochen und braten, hätten wir nur keine Schulden...»

«Leiser!» zischte Constanze, «sonst hört dich die Magd.»

«Kriegt die auch noch Geld?»

«Ich glaube schon. Gib mir jetzt den Buben.»

«Hab' keine Angst, Stanzi, wir verhungern schon nicht. Einen neuen Scholaren hab' ich jetzt auch, den kleinen begabten Hummel, der mit seinen acht Jahren schon mehr Klaviergefühl in den Fingern hat als andere mit achtzehn.»

Dann kam der Fasching, und die Mozarts stürzten sich kopfüber in den Trubel und machten neue Schulden. Dann war der Fasching vorbei, und es verging der März, ohne daß Mozart am «Figaro» weitergearbeitet hatte.

Anfang April donnerte Da Ponte herein, den schwarzen Mantel zur Toga geschlungen, riß sich den breitkrempigen Hut vom Kopf und warf ihn Mozart vor die Füße. «Ende April soll Premiere sein, und Sie sind noch immer nicht fertig! Soll Ihr Ruf zuschanden werden, wollen Sie mich ruinieren – sich und mich?»

Mozart duckte sich unter diesen Donnerworten. «In drei Wochen haben Sie den Rest», versprach er.

Und so geschah es auch. Er hatte seinen Teil getan, aber nun setzten die Intrigen ein. Auch Salieri und Righini hatten Opern geschrieben, und jeder von ihnen wollte den Vortritt. Natürlich hatte Salieri als Hofkapellmeister die besten Aussichten, aber diesmal entschied sich der Kaiser gegen ihn – und das hatte seinen Grund.

Der berühmte Hofkomponist des Fürstbischofs von Breslau, Karl Ditters von Dittersdorf, war in Wien zu Gast, wo sein Oratorium «Hiob» aufgeführt wurde.

Bei einer Audienz fragte ihn der Kaiser: «Was hält Er von Mozart?»

Ohne zu zögern, sagte Dittersdorf: «Er ist unstreitig einer der größten Originalgenies, und ich habe bisher noch keinen Komponisten gekannt, der einen so erstaunlichen Reichtum an Gedanken besitzt.»

So entschied Kaiser Joseph sich für Mozart. Salieri zog den Schwanz ein und kuschte. Gegen die kaiserliche Entscheidung konnte er nichts tun, durfte Mozart keinen Stein mehr in den Weg legen. Dafür aber verstreute er Steinchen, ließ eines hier fallen, eines dort, und zwar so geschickt, daß er nicht dabei zu erwischen war. Immer wieder gab es Gründe, die Proben zu verschieben. Einmal war ein wichtiges Orchestermitglied erkrankt, dann war ein Sänger indisponiert oder nicht rechtzeitig benachrichtigt worden.

«Das ist Salieris Methode, ich kenne das», sagte Mozart resignierend, und Da Ponte fügte hinzu:

«Und mein lieber Kollege Casti tut auch das Seine, steckt mit Salieri unter einer Decke. Aber wenn es nur das wäre! Der Inspizient, dieser scheelsüchtige Bussani, ist darauf gekommen, daß ich zur Auflockerung ein kleines Ballett eingefügt habe. Nun läuft dieser Esel zum Grafen Rosenberg, und der hat mich heute früh gleich kommen lassen. Er nahm die Notenblätter aus dem Buch und zerriß sie – einfach so.»

Als Mozart aufbrauste, von Kabalen und Intrigen sprach und gleich zum Kaiser gehen wollte, beruhigte ihn Da Ponte. «Lassen Sie mich nur machen.»

Bei der zweiten Probe hatte sich der Kaiser angesagt. Mozart und Da Ponte setzten sich ganz hinten in eine dunkle Ecke.

Der Librettist lachte leise und flüsterte: «Jetzt passen Sie gut auf, mein Lieber.»

Als die Stelle des Balletts gekommen war, traten ein paar Schauspieler auf und führten stumm und ziemlich ungeschickt ihren ländlichen Reigen vor.

Nach einer Weile war die hohe, etwas heisere Stimme des Kaisers zu hören, der unwillig fragte: «Was soll diese Pantomime? Warum schweigt die Musik? Also – ich verlange eine Erklärung!»

Da Ponte erhob sich und ging gemächlich nach vorn.

«Da sind Sie ja!» rief der Kaiser. «Jetzt erklären Sie mir bitte, was dieser Spuk bedeutet.»

Da Ponte lächelte leise und legte dem Kaiser die Noten vor.

Der sagte verwirrt: «Aha – und warum treten die Tänzer nicht auf?»

Da Ponte wies stumm auf den Grafen Rosenberg. Der stand auf, stotterte etwas von fehlenden Tänzern, weil Seine Majestät kein Ballett unterhalte.

Der Kaiser schüttelte den Kopf. «Aber das ist doch lächerlich! Dann soll man die Tänzer eben von anderen Theatern holen.»

Mozart hielt sich nur noch mit Mühe in seiner finsteren Ecke. Am liebsten wäre er aufgesprungen und hätte gerufen: Sieg – Sieg – Sieg über die Intriganten, aber er beherrschte sich und trat erst vor sein Orchester, als die Probe – nun mit den Tänzern – fortgesetzt wurde.

Der Kaiser klatschte und rief: «Ausgezeichnet, bravo, so gefällt es mir!»

Während der Probenarbeit verliebte sich Mozart in Nancy Storace, die Darstellerin der Susanna. Die schlanke hübsche Einundzwanzigjährige lebte getrennt von ihrem Ehemann, der wegen Gattenmißhandlung das Land hatte verlassen müssen. Ein armes Hascherl also, das Schutz und Zuwendung brauchte und außerdem seiner Constanze recht ähnlich sah. Und die war schon wieder schwanger, mußte geschont werden. Ein Hundsfott, wer das nicht tat – auch wenn's schwerfiel. Ein Weiberl zum Anbeißen! Ums Leben gern hätte er mit ihr ein Pantscherl angefangen, jetzt, da Constanze ohnehin der Schonung bedurfte. Mozart umgurrte die schöne Nancy wie ein verliebter Täuberich. Dabei sang sie so gut, daß es fast nichts zu tadeln gab. Nancy aber war keineswegs ein armes Hascherl, doch ihm zuliebe tat sie so, und sie genoß es, wie der kleine Komponist um sie herumsprang, gurrte und schnurrte, und sie tat geschmeichelt, rückte ihm näher, ließ sich Hand und Wangen küssen und manchmal auch die Lippen – und hielt doch auf Abstand.

13.

Bei der Premiere am ersten Mai erwies es sich, daß die Probenzeit zu kurz gewesen war. Die Sänger patzten, die Musiker patzten. Mozart tobte. Da Ponte suchte ihn zu beruhigen.

«Nein – Mozart – nein! Diesmal sind es keine Intrigen, sondern nur die Folgen davon. Ihre Musik ist nicht einfach, ganz im Gegenteil. Das sind alles tüchtige und gutwillige Leute, die ihr Bestes geben. Sie selber haben ja unserem Benucci bei der Generalprobe Ihr höchstes Lob erteilt. Können wir uns einen besseren ‹Figaro› wünschen? Na also! Warten Sie die nächsten Aufführungen ab.»

Da Ponte hatte recht. Schon bei der zweiten Aufführung hagelte es Da-capo-Rufe, und die Zeitungen überboten sich in Lobreden. Die «Wiener Realzeitung» schrieb begeistert:

«...man würde sich offenbar entweder zur Kabale oder Geschmacklosigkeit bekennen, wenn man eine ganz andere Meinung behaupten wollte, als daß die Musik des Herrn Mozart ein Meisterstück der Kunst sei. Sie enthält so viele Schönheiten und einen solchen Reichtum an Gedanken, die nur aus der Quelle des geborenen Genies geschöpft werden können.»

Der «Figaro» wurde bis in den Herbst neunmal aufgeführt und mußte dann der Erfolgsoper «Una cosa rara» des spanischen Komponisten Vincente Martini weichen. Ein geschwindes, gefälliges Stück, das es auf über hundert Aufführungen brachte.

Da Ponte zuckte die Achseln. «Was wollen Sie da machen? Champagner ist halt auf die Dauer nichts fürs Volk, das viel lieber Bier trinkt und es gleich krügeweise in sich hineinschüttet.»

Während der achten Aufführung am 15. November starb Johann

Leopold, das dritte Kind des Ehepaares Mozart. Der Bub war nur vier Wochen alt geworden. Sie trösteten sich mit dem zweijährigen Karl Thomas, der gesund und munter heranwuchs. Aber Wien war Mozart plötzlich verleidet.

Dann kam ihm England in den Sinn. Hatten sie dort nicht Triumphe gefeiert und viel Geld verdient? Hatte nicht der verehrte Johann Christian Bach dort sein Glück gemacht? War dort nicht Händel wie ein Gott verehrt worden?

«Wir gehen nach England!» Dieser Gedanke setzte sich fest, war nicht mehr zu vertreiben.

Constanze, für neue Pläne immer zu haben, stimmte freudig zu, kaufte Lehrbücher und studierte mit dem Gemahl die englische Sprache. Das war sehr lustig, und immer gab es dabei viel Gelächter. Ernst wurde es, als Mozart seinen Vater bat, die beiden Kinder für einige Zeit zu sich zu nehmen. Während er diesen Brief schrieb, lebte der kleine Johann Leopold noch. Der Papa lehnte ab – kurz und kalt. Dann starb der kleine Bub, und die Englischlektionen wurden eingestellt.

Inzwischen war der «Figaro» auf Betreiben des Grafen Thun in Prag aufgeführt worden. Die Oper war ein ungeheurer Erfolg und gehörte von da an zum festen Repertoire des Nationaltheaters.

Dann kam die Einladung von Johann Joseph Graf Thun, zusammen mit der Frau Gemahlin nach Prag zu kommen als sein Gast und dort zu bleiben, so lange es ihm gefiele. Der Graf legte einen Zeitungsausschnitt bei und da konnte Mozart schwarz auf weiß lesen:

«Kein Stück hat je so viel Aufsehen gemacht als die italienische Oper ‹Die Hochzeit des Figaro›... von unserem berühmten Herrn Mozart. Kenner, die diese Oper in Wien gesehen haben, wollen behaupten, daß sie hier weit besser ausfalle...»

«Na, was sagst du jetzt? Ist das ein Angebot? Mich und die Frau Gemahlin? Hat die Frau Gemahlin einen Gusto auf Prag?»

Constanze fiel ihm um den Hals. «Und ob! Wann fahren wir?»

«Gleich! Sofort! Lieber frieren wir uns die Allerwertesten ab, als diese Reise aufzuschieben. Mir fällt Wien zur Zeit auf den Kopf – ich muß raus – raus! Raus aus dem Haus, auf die Straßen hinaus, nach Prag mit Gebraus!»

Constanze sah, wie ihr in letzter Zeit verdüsterter Mann wieder der alte wurde, der liebenswerte Faxenmacher, und so schien ihr diese Reise wie eine Rettung.

Wien klirrte vor Kälte, als sie am 8. Januar ihre Reise antraten. Sie fuhren nicht allein; gute Freunde hatten sich angeschlossen, darunter der Geiger Franz Hofer und der Klarinettist Paul Stadler.

Auch ein neuer Hund fuhr mit, denn Putzipaukerl war bei einem der Umzüge abhanden gekommen. Der Guckerl sah seinem Vorgänger sehr ähnlich und mußte wegen der Kälte in eine Decke gewickelt werden, aus der er sofort herausfuhr, wenn er draußen Hundegebell hörte.

Die Menschen aber bekämpften die Kälte mit einer großen Korbflasche Kremserwein, die schon in Brünn durch eine neue ersetzt werden mußte.

Mozart schämte sich fast, weil er auf dieser Reise etwas Ähnliches spürte wie damals auf der Rückfahrt von Salzburg – nämlich Freude, Erleichterung und eine zunehmend gute Laune, der auch die Kälte und die anstrengende Kutschfahrt – klapp-klapp-klapp-ting-ting-ting – nichts anhaben konnten.

Der alte Graf Thun empfing die Mozarts freudestrahlend. «Ich kann's noch gar nicht glauben, daß ich Sie in meinem Haus habe. Sie werden hier Triumphe erleben, Maestro.»

«Vielleicht...», meinte Mozart.

Graf Thun lächelte. «Ich sehe, Sie wollen mir nicht recht glauben – in einer Woche werden Sie mir recht geben müssen.»

Während der nächsten Tage zeigte ihnen ihr Gastgeber die Schönheiten Prags, ließ sie auf der Karlsbrücke aussteigen und das herrliche Panorama mit dem Hradschin und dem Veitsdom bewundern, führte sie in die berühmten Sammlungen, zeigte ihnen die schönen Adelspaläste auf der Kleinseite. Von diesen sahen die Mozarts eine ganze Reihe auch von innen, denn täglich gab es Einladungen zu Diners, Soupers und Bällen.

Dann kam der Tag der «Figaro»-Aufführung. Es hatte sich schnell herumgesprochen, daß der Maestro ihr in der Loge des Grafen Thun beiwohnen werde, und so standen die Menschen mit dem Rücken zur Bühne und warteten gespannt auf sein Erscheinen.

Der Graf schob die kleine schmächtige Gestalt vor sich her, trat einen Schritt zurück und rief in den Saal: «Mozart!»

Für einen Augenblick herrschte Totenstille, dann brauste es los und rief durcheinander: «Bravo! Bravissimo! Maestro! Mozart! Mozart! Mozart!»

Mit einer zaghaften Gebärde hob er die Hände, als wollte er sagen: Ja, ich bin's, vielleicht habt ihr euch einen anderen vorgestellt, einen größeren, schöneren, imposanteren Menschen, aber es ist nun einmal so, Gott verteilt die Anmut des Körpers wie auch Talente nach Belieben, aber selten, ganz selten, vereint er beides in einer Person.

Mitten in den Beifall hinein begann die Ouverture; kaum war ihr letzter Ton verklungen, kam wieder heftiger Applaus, und nach Ende der Opera gelang es dem Grafen Thun nur mit Mühe, seinen gefeierten Gast nach draußen in die Kutsche zu bringen. Er faßte Mozart um die Schulter.

«Zufrieden? Das war genau die richtige Einführung für Ihr morgiges Konzert. Hat Sie bisher schon halb Prag verehrt, jetzt kennt Sie die ganze Stadt.» Er wandte sich an Constanze. «Sie sind zu beneiden, Madame, Ihr Gemahl hat die Musik unserer Zeit auf eine Höhe gebracht, die keiner je erreichen wird. Sie dürfen stolz sein!»

Constanze, noch ganz benommen von dem Jubel und der frenetischen Verehrung für ihren Wolfgang, nickte. «Ja, Herr Graf, das bin ich. Das werden wir den Pragern niemals vergessen.»

Graf Thun, weitgereist, lebenserfahren und ein Menschenkenner, dachte bei sich: Stolz bist du, das glaube ich dir gern, welche Frau wäre es nicht. Aber ob du weißt, wer da wirklich neben dir sitzt? Du bist nicht mit einem simplen Komponisten verheiratet, du lebst an der Seite des größten Musikers unserer Zeit, und das wird wohl noch für die nächsten hundert Jahre gelten. In diesem kleinen Menschen mit dem blassen Gesicht, den schwachsichtigen Augen und der bedeutenden Nase hat Gott oder die Natur oder die Vorsehung oder wer auch immer allen musikalischen Reichtum vergangener und künftiger Zeiten vereint, quasi in einen Topf geworfen, und dieser Topf brodelt nun heftig und kocht die wundersamsten Melodien zusammen, so einmalig, so betörend und manchmal von so jenseitigem Klang, daß man an ihrem irdischen Ursprung zweifelt.

Der alte – er hatte kürzlich sein fünfundsiebzigstes Jahr vollendet –, welterfahrene, nüchterne und unsentimentale Johann Joseph Graf Thun-Hohenstein kämpfte mit den Tränen. Er war ein tadelloser Repräsentant seines adeligen Standes, hielt sein Familienbanner hoch und ahnte doch in diesem Augenblick, wie wenig dies alles bedeutete: adlige Geburt, Reichtum, hohe Ämter, der Glanz eines alten Namens, und wie sehr dieser Mozart ihn und seinesgleichen überragte, wie sehr dessen Name wachsen und glänzen und alle überstrahlen würde.

Einige Tage später gab es ein großes Konzert, bei dem Mozart seine vorsorglich für England verfaßte große D-Dur-Symphonie aufführte. Er nannte sie von nun an seine «Prager Symphonie».

Als der letzte Ton verklungen war, blieb Mozart für einige Sekunden unbeweglich sitzen, der Saal verharrte in lähmender Stille, und flüchtig zog es durch seinen Kopf: sie werden mir doch das fehlende Menuetto nicht verübeln? Mit einem Ruck stand er auf und verbeugte sich tief. Fast gleichzeitig setzte ein orkanartiger Beifall ein, die leicht erregbaren Böhmen klatschten, trampelten, sprangen in die Höhe und schrien durcheinander.

Mozart hob beide Arme, und sofort verebbte der Beifall. Er setzte sich ans Pianoforte und phantasierte auf die ihm eigene Art, die das Publikum in seinen Bann zog, süchtig machte, wie Kinder die dem Rattenfänger folgen. Nach einer halben Stunde stand er auf und verbeugte sich knapp. Der einsetzende Beifallssturm hielt ihn fest, nagelte ihn auf die Bretter der Bühne, fesselte ihn wie mit Stricken an das Instrument, hinderte sein Weggehen. Wieder setzte er sich, Grabesstille trat ein, er hob die Hände, und da hörte er aus dem Publikum eine Stimme: «Aus dem ‹Figaro›!»

Mozart lächelte und begann sein Potpourri mit Figaros berühmtester Arie «Non più andrai farfallone amoroso...» Und das war wie ein musikalischer Zauberritt durch den betörenden Melodienreigen des «Figaro».

Und wieder versuchte der frenetische Beifall ihn festzuhalten, doch Mozarts Kraft war erschöpft. Eine grünliche Blässe überzog sein kleines rundes Gesicht, der Schweiß perlte von seiner Stirn, und als er langsam aufstand, fühlte er den Boden unter sich schwanken. Der Abend war zu Ende, endgültig, und Mozart hatte die Herzen der Prager gewonnen – für alle Zeiten.

Pasquale Bondini, der Leiter des Prager Nationaltheaters, nahm an der kleinen Nachfeier im Palais Thun teil. Er hob sein Glas.

«Sie haben heute Musikgeschichte gemacht, Maestro, und – warum soll ich es nicht sagen – einen ansehnlichen Gewinn dazu. Die ganze Stadt hat bravissimo gerufen, aber damit wollen wir es nicht bewenden lassen.»

Er blickte den Grafen Thun vielsagend an, straffte sich und sagte zeremoniös: «Signore Mozart, ich habe die Ehre, Sie um die Komposition einer Opera buffa für unser Nationaltheater zu bitten. Sie soll noch heuer im Oktober anläßlich des Besuchs Seiner Durchlaucht des Prinzen Anton Clemens von Sachsen aufgeführt werden.»

Mozart errötete vor Freude. Endlich ging sein Glücksstern auf!

«Es wird mir ein Vergnügen sein! Sobald wir zurück sind, werde ich… Das Thema darf ich frei wählen?»

«Aber natürlich, Maestro!»

Von da an hielt es ihn nicht mehr in Prag. Graf Thun konnte noch so verlockende Einladungen oder Konzerte in Aussicht stellen, doch Mozart sagte nur: «Ich darf die Prager nicht enttäuschen, ich muß nach Hause.»

In seinem Beutel klingelten über tausend Gulden, und in seinem Kopf klang der Triumph nach, den diese Stadt ihm bereitet hatte, als er sich noch ein paarmal in der Kutsche umdrehte, bis der Hradschin in der winterlichen Landschaft versank. Er nahm Constanzes Hand und drückte sie.

«Schon in acht Monaten werden wir den umgekehrten Weg fahren.»

«Ich freue mich, Wolferl, ich freue mich so.»

Er aber seufzte gespielt wehleidig. «Du mußt ja auch nicht in aller Eile eine Opera komponieren.»

Als erstes trug er Da Ponte den Plan vor. Der strahlte.

«Das kommt wie gerufen!» donnerte er und kramte auf dem Tisch herum. «Da – der ‹Don Juan›! Ein bewährter Theaterstoff, ideal für eine Opera buffa in der Form eines Dramma giocoso.»

Mozart las es, war begeistert und stürzte sich kopfüber in die Arbeit.

Seine Schaffensfreude verdüsterte sich, als er von Nannerl hörte, daß der Vater schwer erkrankt war. Was sie trennte, war plötzlich wie weggeblasen. Er bereute, in letzter Zeit so selten geschrieben zu haben, empfand Trauer und Sorge. In einem langen Brief versuchte er, den Vater zu trösten, und schrieb über den Tod:

…daß sein Bild nichts Schreckendes mehr für mich hat, sondern recht viel Beruhigendes und Tröstendes… Ich lege mich nie zu Bett, ohne zu bedenken, daß ich vielleicht – so jung als ich bin – am nächsten Tag nicht mehr sein werde…

Die Sorge ließ ihn selber krank werden, und wieder stand Doktor Barisani an seinem Bett. Er schüttelte den Kopf.

«Wolfgang ich fürchte, du hast meine Ratschläge wieder einmal nicht befolgt und arbeitest zu viel.»

«Die Opera für Prag…»

«Kann warten! Du hast noch über ein halbes Jahr Zeit.»

«In zwei Wochen ziehen wir um, nehmen eine Wohnung im Grünen, dann erhole ich mich schnell. Hier ist zuviel Trubel, kann mich nicht konzentrieren…»

Barisani stimmte eifrig zu, aber er wußte, daß Mozart die schöne Wohnung an der Schulerstraße nicht wegen dem Trubel verließ, sondern weil er sie nicht mehr bezahlen konnte.

Kaum hatten sie sich dort eingerichtet, kam die Nachricht vom Tod des Vaters. Ganz plötzlich sei er gestorben, schrieb die Nannerl. Sie sei bis Anfang Mai bei ihm gewesen, und mit dem Frühjahr habe sich eine Besserung eingestellt, dann sei sie nach St. Gilgen zurückgereist, und ein paar Tage später…

Mozart stand am Fenster und starrte hinaus in den kleinen Garten, wo Constanze Gemüse und Kräuter zog, um Geld zu sparen, doch sie hatte keine rechte Hand dafür.

Wenn der Alte einmal hinübergeht, hatte er manchmal schlechten Gewissens gedacht, dann wirst du erleichtert sein: der Fels in Salzburg – schwer, kantig, unverrückbar. Keine Vorwürfe mehr, keine Mahnungen, keine Anweisungen und Ratschläge, kein Gängeln und Herumdirigieren. – Jetzt bist du dran, denn die Eltern stehen nicht mehr zwischen dir und dem Tod. Du wirst der nächste sein, aber das hat zum Glück noch viel Zeit.

Wie unter einem Zwang blätterte Mozart im Libretto, bis er die Stelle im zweiten Akt gefunden hatte, wo der *Compositore* – Mozart erschrak. Warum hatte sein Kopf *Compositore* gedacht, wo doch deutlich *Commendatore* dastand? Wo also der Steinerne Gast dem Don Giovanni die Hand hinstreckt und mit hohler, grausig hallender Stimme fordert: «Denk' an den Tod, bereue!» – «Nein, nein, du alter Schwätzer!» antwortet störrisch-kühn sein Mörder. Und wieder: «Bess're dich!» – «Nein!» – «Bess're dich!» – «Nein!»

Bessere dich! schallte es herüber aus Salzburg, und aus Wien kam das «Nein» zurück, nicht als freches Widerwort, sondern in Form einer stillen Verweigerung. Der arme Papa... wäre er doch nach Wien gekommen, so hätte er nicht allein zu sterben brauchen. Aber er ist nicht gekommen, und – ohne es voreinander einzugestehen – beide waren sie darüber nicht unglücklich, Wolfgang und Constanze.

Aber nun schob er den «Don Giovanni» beiseite, mochte ihn vorerst nicht mehr anrühren. Anderes trat in den Vordergrund, wie die von Graf Esterhazy angeregten Händelkonzerte, deren Leitung Mozart übernahm.

Nun, da er den Trubel vom Hals hatte, sehnte er sich wieder danach. Er mußte jetzt nicht oft die stille Wohnung an der Landstraße verlassen, denn die abendlichen Konzerte und Einladungen waren rar geworden. Der Kaiser verhandelte in Rußland mit Zarin Katharina über die Strategie des Türkenfeldzuges, und viele der Adeligen waren mit ihm gezogen. Das musikalische Leben in Wien brannte auf ganz kleiner Flamme, nur van Swieten hielt eisern an seinen Sonntagsmatineen fest. Aber das brachte kein Geld ins Haus.

Dann erkrankte Sigmund Barisani schwer, und Mozart besuchte den Jugendfreund.

«Daß ein Arzt überhaupt krank werden kann...»

Barisani, sein bleiches Gesicht mit den fieberglänzenden Augen tief im Kissen vergraben, lächelte schwach. «Ich wundere mich ja selber. Aber sprechen wir lieber von dir. Was macht die Opera?»

«Sie ruht.»

«Und warum?»

«Seit Papa gestorben ist, mag ich sie nicht mehr anrühren. Vielleicht fehlt mir sein Rat.»

«Den du nicht brauchst.»

«Nein, ich brauche ihn nicht, aber seine Ansicht zum ‹Don Giovanni› hätte ich gerne gehört. Seit er tot ist, bin ich wie gelähmt.»

«Denk' an deinen eigenen Tod, und schau mich an! Wir wissen niemals, wieviel Zeit uns noch bleibt. Mach' deine Opera fertig, so schnell du kannst.»

«Was soll das heißen? Du wirst nicht sterben und ich auch nicht. Mein Vater war schließlich ein alter Mann.»

Zwei Wochen später geleitete Mozart den Freund zum Grab und setzte am selben Tag seine Arbeit an der Oper fort. Die Geschichte des Don Juan, dieses Unersättlichen, der trank und trank und immer durstiger wurde, übte auf ihn eine seltsame Faszination aus. «Ich taumle von Begierde zu Genuß, und im Genuß verschmacht' ich nach Begierde.»

Dann im Oktober die Reise nach Prag und in der Kutsche die Arbeit an den letzten Auftritten des zweiten Akts. Wegen der Proben hatten sich die Mozarts am Kohlmarkt eingerichtet, wo man vom Fenster aus auf die Rückwand des Nationaltheaters sah. Es war ein unruhiges Quartier, dauernd wollten die Prager etwas von ihm, dem Hochgeschätzten, und so nahm er die Einladung der Duscheks an, eine Zeitlang draußen auf ihrem Gut «Bertramka» zu wohnen.

Die Sängerin Josepha Duschek kannte er schon von früher, ihr Mann, ein Musikpädagoge, zählte zu seinen glühendsten Verehrern. Das war eine Insel der Stille, in dem weitläufigen, am steilen Hang gelegenen Garten wetteiferten die Eschen, Eichen, Pappeln, Birken,

Kastanien und Ahornbäume, wem der Herbst das schönste, das bunteste Kleid geschenkt habe.

Oben am Hang, hoch über dem Haus, stand ein steinerner Tisch unter hohen Kastanien, hier vollendete Mozart seinen «Don Giovanni», und seine Gastgeberin gab die strengste Anweisung, daß niemand ihn stören dürfe.

Constanze amüsierte sich darüber. «Ach, Frau Duschek, wenn Sie wüßten, wie gern er sich stören läßt. Fast alles, was er in den letzten Jahren komponiert hat, ist in Lärm und Trubel entstanden.»

Josepha Duschek, selbstbewußt, energisch und gewöhnt, daß man ihr gehorchte, widersprach. «Diesmal braucht er Ruhe. Der ‹Don Giovanni› ist schwierig, sehr schwierig. Und die Ouverture hat er noch nicht einmal begonnen.»

Inzwischen war Da Ponte nach Prag gekommen, um Mozart bei den Proben beizustehen. Er schnitt ein finsteres Gesicht.

«Die Sänger werden ihr Bestes tun, aber das Orchester ist Ihrer Musik nicht gewachsen. Viel guter Wille, doch es hapert am Können.»

Mozart, verunsichert, richtete an den Kapellmeister Kucharz die bange Frage: «Was halten Sie von meiner Musik zum ‹Don Giovanni›? Wird sie den Pragern so gefallen wie die zum ‹Figaro›?»

Kucharz strahlte. «Aber Maestro – wie können Sie zweifeln! Es ist eine andere Musik, aber ebenso schön, tief und originell.»

Und er hatte recht. Eine Prager Zeitung gab tags darauf die Stimmung wieder.

«Kenner und Tonkünstler sagen, daß zu Prag ihresgleichen noch nicht aufgeführt wurde. Herr Mozart dirigierte selbst, und als er ins Orchester trat, wurde ihm ein dreimaliger Jubel gegeben...»

Lorenzo Da Ponte durfte an dem Erfolg nicht teilnehmen, denn ein dringender Brief Salieris hatte ihn wenige Tage vor der Premiere nach Wien zurückbeordert.

«Eine Unverschämtheit – echt Salieri», empörte sich Mozart.

Da Ponte zuckte die Achseln. «Es paßt ihm nicht, daß ich hier bei Ihnen bin, während er seinen ‹Axur› vorbereitet, zu dem ich ja auch das Libretto schrieb. Kindische Eifersüchteleien, aber da muß ich mich wohl fügen.»

Vor der Aufführung hatte es noch allerlei Mißhelligkeiten gegeben. Die geplante Premiere mußte ausfallen, weil die Oper noch nicht genügend einstudiert war – statt dessen gab man den «Figaro» unter Mozarts Leitung. Der «Don Giovanni» wurde um zwei Wochen verschoben, aber einen Tag vor der Premiere fehlte noch immer die Ouverture.

Der Operndirektor Bondini rang die Hände. «Caro Maestro – Sie können uns jetzt doch nicht hängenlassen! Sollen wir die Opera vielleicht mit der Introduzione des ‹Leporello› beginnen?»

Mozart spielte den Verlegenen. «Ich weiß, es ist schrecklich, aber ich habe drei Ouverturen im Kopf und kann mich einfach nicht entscheiden.»

Bondini erstarrte. «Im Kopf? Nichts auf dem Papier?»

«Nein, mein Freund – leider.»

Der Direktor erbleichte. «Maestro – Maestro – ich flehe Sie an...»

Mozart schrieb die Ouverture in der Nacht vor der Premiere. Der Kopist war um sieben Uhr früh bestellt und er schaffte es, die Noten dem Orchester noch am Vormittag zu übergeben.

Dann folgte eine Aufführung der anderen, ganz Prag war hingerissen. Die Mozarts waren jetzt ganz zu den Duscheks gezogen, und wer den gefeierten Komponisten sehen wollte, mußte zur Villa «Bertramka» hinausfahren.

Auf Josephas Bitten schrieb Mozart für sie eine Konzertarie mit besonders schwierigen Passagen. Er scherzte.

«Wenn Sie die Aria nicht fehlerfrei vom Blatt singen, werfe ich sie ins Feuer.»

Sie schaute ihn mit ihren großen schmachtenden Augen an. «Darauf lasse ich es ankommen. Aber wir gehen hinauf in den Pavillon, ich will nicht, daß jemand zuhört.»

Dort sang sie, und Mozart überhörte die Fehler.

«Die Aria gehört Ihnen.»

Sie küßte ihn auf den Mund, und da sie nun die Musik hatte, wollte sie den Komponisten als Dreingabe. Mozart zögerte.

«Hier stört uns niemand», sagte sie und schlug ihre Röcke zurück. Sie hatte keinen besonders guten Ruf, die Josepha Duschek, aber daran dachte Mozart nicht; er fühlte sich gefordert und begehrt und geehrt und nahm, was ihm so freigebig dargeboten wurde. Don Juans Geist beflügelte ihn, ließ ihn kühn und leichtsinnig werden. Das «Bessere dich!» des Komturs galt nicht ihm, hatte er etwa über zweitausend Frauen verführt? Seine Strecke war weit schmäler, die Zahl blieb einstellig. «Ich aber, leise nach alter Weise, führ' mein Feinliebchen ins Kämmerlein.» So sang Don Juan, der alte Schwerenöter.

Josepha ordnete ihre Kleider, als hätte sie nur ein loses Strumpfband festgemacht.

«Sie sind mir schon einer! Lockt mich hier herauf, nützt schamlos die Gelegenheit... Ihnen ist wohl der Wüstling ‹Don Giovanni› zu Kopf gestiegen?»

«Vielleicht...», sagte er galant und verbeugte sich.

Josepha Duschek war keine Frau, der man leichtfertig widersprach. Er dachte an Constanze, die arglos unten in der Villa auf ihn wartete.

«Constanze darf aber niemals erfahren...»

Josepha lächelte etwas boshaft. «Sie tun der Armen ja nur einen Gefallen. Sie ist im achten Monat schwanger und hat vermutlich keinen Gusto auf Liebesfreuden. Da springe ich quasi in die Bresche...»

Mitte November reisten sie zurück, und am Tag ihrer Ankunft starb Christoph Willibald Gluck. Der Tod des Schwerkranken war zu erwarten gewesen, und Mozarts treueste Verehrer, die gräfliche Familie Thun, hatte alles getan, um für ihn die Nachfolge zu erwirken. Graf Orsini-Rosenberg und Salieri intrigierten heftig dagegen, aber Kaiser Joseph ließ sich diesmal nichts dreinreden und ernannte Mozart zum Hofcompositeur mit einem Anfangsgehalt von achthundert Gulden.

«Jetzt hast du dein Sicheres», sagte Constanze.

«Das hätte der Papa noch erleben sollen. Manches kommt halt ein bisserl spät im Leben.»

Und wieder zogen die Mozarts um, denn die Wohnung im Grünen war auf die Dauer doch zu abgelegen, und ihre niedrige Miete wurde durch die dauernden Fahrtkosten recht hoch. Sie zogen wieder in ihr altes Viertel im Zentrum der Stadt, in ein Haus an den Tuchlauben. Kaum hatten sie sich eingerichtet, gebar Constanze ein Töchterchen, das sie nach seiner Patin, der Frau von Trattner, Therese nannten.

Trübe kündigte sich das neue Jahr an. Der Kaiser mußte wieder an den Kriegsschauplatz und mit ihm ein Teil des Wiener Adels, somit versiegte Mozarts Haupteinnahmequelle. Es blieb nur das Honorar für den Unterricht und da und dort ein paar Gulden für Gelegenheitsauftritte.

So mußten die Logenbrüder einspringen, wie etwa der reiche Textilfabrikant Johann Puchberg, der immer wieder aushalf.

«Ohne ihn wären wir längst verhungert», sagte Mozart, als Constanze ihm wieder einmal gestand, daß ihr die Schulden beim Bäkker, beim Metzger und beim Kohlenhändler über den Kopf wuchsen. Mozart seufzte, nahm einen Bogen Papier und begann einen neuen Bettelbrief.

Es half alles nichts, die teure Stadtwohnung ließ sich nicht halten, und wieder zogen sie hinaus in die billige Vorstadt, in das Haus «Zu den drei Sternen» an der Währingerstraße. Ja, nun hatte er genügend Zeit, um Neues zu schaffen, denn er mußte nur noch selten in die Stadt.

Der «Don Giovanni» war endlich auch in Wien aufgeführt worden, doch hier gefiel er nicht. Es fehlte nicht an hämischen Bemerkungen, Mozart sei diesmal zu weit gegangen und seine Musik passe überhaupt nicht für eine Opera buffa. Es war zum Verzweifeln!

Dann starb die kleine Therese, und er schlich ins Versatzhaus, um ein paar Gulden für die Beerdigung aufzutreiben. Er fühlte sich von allen verlassen, grübelte über sein Unglück, wurde schweigsam und verdrossen. Manchmal geschah es, daß er in Gedanken ein Blatt Papier nahm und zu schreiben begann: «Mon très cher Père!» Dann erschrak er und wußte, daß man an Tote nicht schreiben konnte. So setzte er, was er sagen wollte, in Noten, komponierte drei große Symphonien in Es-Dur, g-Moll und C-Dur, legte die musikalischen Erfahrungen seines ganzen Lebens in diese Musik, ließ die Trauer dieses Schicksalsjahres mit einfließen, stellte Gegensätzliches nebeneinander: spielerische Grazie neben strengen Kontrapunkt, polyphone Stimmführung neben kantable Linearität, ging bis an die Grenzen seiner Möglichkeiten und seines Könnens, und trotzdem schwebte etwas wie Leichtigkeit über dieser vielschichtigen Musik, doch diese Leichtigkeit war kein Leichtsinn, war nicht oberflächlich oder kapriziös, über ihr lag etwas Unheimliches, Jenseitiges.

Constanze war es nicht gegeben, ihn aus seiner düsteren Stimmung herauszureißen. Wenn es lustig herging, war sie die ideale Gefährtin, aber jetzt fand sie keinen Schlüssel zu seinem Gemüt. Er sah, wie sie sich abmühte, ihn aufzuheitern, und versuchte sie zu trösten.

«Schau, Stanzi, es ist im Leben wie in der Musik, man kann nicht dauernd forte und scherzo und allegro spielen, muß piano, grave und adagio dagegensetzen. Und glaub' mir, wenn man weit unten angelangt ist, geht's nachher wieder hinauf, wie bei der Tonleiter.»

Sie schaute ihn hoffnungsvoll an. «Du meinst, es müßte bald wieder aufwärtsgehen?»

Er lächelte schwach. «So ist's in der Musik – so ist's im Leben.»

«Vielleicht doch nicht immer?» sagte sie mit kleiner, fragender Stimme.

Er küßte sie auf beide Wangen. «Wirst schon sehen!»

Und so kam es dann auch, und wieder einmal – wie damals bei der Einladung nach Prag – ging die Rettung von der Familie Thun aus. Eine Tochter der Gräfin hatte den Fürsten Karl Lichnowsky geheiratet. Der lebte zwar in Wien, war aber preußischer Offizier und in Schlesien begütert, so daß er sich dann und wann in Berlin sehen lassen mußte. Die Reise dorthin war nun fällig, und der Fürst lud Mozart ein, ihn zu begleiten. Sie kannten sich sehr gut, denn sie waren nicht nur Logenbrüder, Lichnowsky nahm seit einigen Wochen bei ihm Unterricht in Komposition.

«König Friedrich Wilhelm ist ein Musikfreund von hohen Graden, er unterhielt schon als Kronprinz eine eigene Kapelle und kennt so ziemlich alles von Ihnen, was bisher verlegt wurde – besonders die Quartette.»

Mozart war wie ausgewechselt. Er kobolzte herum, spielte den Kasperl, neckte Constanze und schrieb ihr zum Trost einen Doppelkanon: «Lebe wohl, wir sehn uns wieder».

Mit den ersten schönen Frühlingstagen ging es los, über Prag nach Dresden, wo Josepha Duschek gerade weilte und bei einem Hofkonzert mit Mozart auftrat. Sie begegnete ihm so zurückhaltend und hoheitsvoll, als habe sie nie lachend und einladend ihre Röcke vor ihm gerafft. Vielleicht habe ich's nur geträumt, dachte Mozart, der jede freie Minute dazu nutzte, seiner Stanzl lange Briefe zu schreiben.

Grüß Dich Gott, Stanzerl! Grüß Dich Gott, Spitzbub – Knallerballer – Spitzignas' – Bagatellerl – schluck und druck! Und wenn ich es wieder hineintue, so lasse ich es so nach und nach hineinrutschen... Gute Nacht, Mauserl, schlaf gesund... Heute ist der 6. Tag, daß ich von Dir weg bin, und bei Gott, mir scheint es schon ein Jahr zu sein.

Während Fürst Lichnowsky sich für seinen Lehrer um eine Audienz am preußischen Hof bemühte, reiste Mozart zwischen Leipzig und Potsdam herum, gab Konzerte, spielte auf Kirchenorgeln, folgte Einladungen.

Mitte Mai rief man ihn nach Berlin, und als er hörte, daß man ihm zu Ehren die «Entführung» auf das Programm gesetzt hatte, hetzte er – noch in Reisekleidern – zum Königlichen Nationaltheater. Er stellte sich ins Parkett und lauschte. Mein Gott, dachte er, warum soll's hier besser gehen? Patzer über Patzer! Falsche Tempi, Schnörkeleien der Sänger, wie sie nicht in der Partitur stehen – es ist zum Verzweifeln. Langsam drängte er sich zum Orchester vor, hörte Pedrillos Aria «Frisch zum Kampfe, frisch zum Streite», und dann hielt er es nicht mehr aus.

«Verflucht! Wollt ihr D greifen! D statt Dis!»

Empörtes Zischen, Unruhe, alles drehte sich nach dem vorlauten Männchen um, doch einige Musiker im Orchester erkannten ihn.

«Mozart? Mozart! Mozart ist da!» ging es raunend durchs Theater, und dann wurde es licht um die kleine Gestalt im staubigen Reisemantel, ein Kreis bildete sich, Bravorufe ertönten, viele klatschten.

Ein paar Tage später spielte er am Hof, und der König erteilte ihm einen Auftrag für sechs Streichquartette und sechs Klaviersonaten.

Sogleich berichtete er nach Wien:

Mein liebstes Weibchen, Du mußt Dich bei meiner Rückkunft schon mehr auf mich freuen als auf das Geld. 100 Friedrichsdor sind nicht 900 Gulden, sondern nur 700...

Dann fielen sie sich auf der letzten Poststation vor Wien in die Arme – Constanze war ihm entgegengefahren.

«Stanzi – Stanzi – gut schaust aus!»

Sie schluckte hinunter: Du aber gar nicht und sagte: «Weilst nur wieder da bist – weilst nur wieder da bist!»

Sein Anblick verstörte sie. Der kleine schmächtige Körper war rundlich geworden, doch das war kein gesunder Speck, wirkte eher aufgeschwemmt, aufgetrieben; sein stets blasses Gesicht hatte etwas durchscheinend Wächsernes angenommen, war immer mit feinem Schweiß bedeckt. Constanze machte sich Sorgen.

Auf Constanze wirkte es wie ein Gesundbrunnen. «Dann reisen wir wieder nach Prag! Ich freue mich so!»

Mozart zog Franz Xaver Süßmayr, seinen begabten Meisterschüler, zur Mitarbeit heran. Der schrieb die Seccorezitative, Mozart die Arien – schrieb, bis ein Krampf seine Hand erfaßte und ihm die Feder aus den Fingern fiel. Aber sie schafften es nicht. Mozart komponierte in der Kutsche nach Prag weiter, skizzierte beim vertrauten ting-ting-ting trapp-trapp-trapp, was er abends in den Gasthöfen ins reine schrieb, und wurde dennoch nicht fertig. Bei den Duscheks in der «Bertramka» schrieb er weiter, sah nicht, wie Frau Josepha mit ihm liebäugelte, und hätte sie – wie seinerzeit – ihre Röcke zurückgeschlagen, er hätte es nicht zur Kenntnis genommen.

Ein bisserl sauer wurde ihm die Arbeit schon, denn mitten aus einer Zauberoper heraus- und in eine knochentrockene Opera seria hineingerissen zu werden war schon recht hart. In seinem Kopf spukte noch der lustige Papageno, er hörte das zarte Tönen des Glockenspiels – laß die Glöckchen klingen, klingen, daß die Ohren ihnen singen –, er vernahm es aus der Ferne, während Vitellia das traurige Rondo sang: «Leid nur erwartet mich auf meinen Wegen, ich geh' entgegen dem nahen Tod.»

Der Komponist eines «Figaro», der Schöpfer eines «Don Giovanni» konnte an den papiernen Figuren des «Titus» keinen Anteil nehmen – er, der die Empfindungen von lebensvollen Gestalten in Musik gesetzt hatte, fand an den Gestalten Titus, Vitellia, Sextus und Annius keinen Gefallen. Doch es war Mozart nicht gegeben, schlechte Musik zu schreiben, aber er ersparte es sich, sie in den Gestalten dieser Oper zu charakterisieren. Es war ein mit Stimmen unterlegtes Konzert, ein schönes Konzert! – aber nicht mehr. Das hochadelige Publikum nahm die Oper gleichgültig auf, spendete kultivierten Beifall und freute sich aufs Souper. Mozart dachte an die zweihundert Dukaten und an die triumphale Neuaufführung des «Don Giovanni» vor einer Woche. Das war seine Opera, die ihn und die Prager mit einem unzerreißbaren Band verknüpfte. Der gespreizte «Titus» gehörte der Noblesse, mochte sie damit anfangen, was sie wollte. Außerdem war ihm die «Zauberflöte» jetzt wichtiger, deren Premiere für Ende September angesetzt war.

Und man schrieb bereits den September, und er war noch immer in der «Bertramka», und die Duscheks taten alles, um ihn zu halten, luden halb Prag ein, um stolz ihren berühmten Gast zu präsentieren.

Gutmütig spielte Mozart mit, doch die Zeit wurde knapp, und als nach einem Souper alles erwartungsvoll seines Spiels am Piano harrte, verdrückte er sich ins Nebenzimmer und schrieb das Quintett für die fünfte Szene im zweiten Akt der «Zauberflöte». Zuerst störte ihn niemand, dann trat leise Josepha Duschek ein, kam näher und wartete bis er aufblickte.

«Verzeihen Sie, Josepha, aber es muß sein.»

«Wenn Sie im nächsten Jahr wiederkommen, lasse ich Sie jetzt gehen.»

«Versprochen. Nirgends reise ich lieber hin als nach Prag, und hier bin ich nirgends lieber als bei Ihnen.»

Auf der Rückreise fiel ihm das Requiem ein, und es befiel ihn ein seltsames Zittern.

«Wolferl – was hast du denn?» Constanze schaute ihn besorgt an.

«Ich – ich fühle mich gar nicht wohl. Mir ist, als hätte ich Gift im Leib. Und dazu dieses elende Geschaukel! Wären wir nur schon in Wien...»

Und immer wieder mußte er daran denken, wie vor der Abreise nach Prag der Graue neben der Kutsche gestanden hatte und ihm warnend zuflüsterte: «Vergessen Sie nur das Requiem nicht, Maestro!»

Nein, nein, er hatte es nicht vergessen, es saß wie ein schwarzer Totenvogel auf seiner Schulter und zischelte ihm ins Ohr: «Vergiß das Requiem nicht!», während er an seinen Opern arbeitete. Doch die «Zauberflöte» war jetzt wichtiger, und kaum waren sie zu Hause, vergrub er sich im Arbeitszimmer, schob alles andere beiseite, empfing niemand, aß kaum etwas, trank Punsch und Kaffee durcheinander, um die ständige Übelkeit niederzukämpfen, und schrieb mit zittrigen schweißigen Fingern nieder, was längst in seinem Kopf gewesen war.

Die Premiere war jetzt endgültig für den 30. September festgesetzt – zwei Tage zuvor schrieb er noch den «Priestermarsch», arbeitete an der Ouverture bis zum Tag der Uraufführung. Schikaneder schwitzte Blut und Wasser, aber – so schwer es ihm auch fiel – er hielt eisern seinen Mund, weil er sah, wie Mozart sich abmühte.

Constanze war bettlägrig, sollte längst wieder zur Kur nach Baden gehen, doch sie wollte die Premiere nicht versäumen. Schikaneder, der Tausendsassa, spielte dafür den Hausdiener, kümmerte sich um die Mahlzeiten, komplimentierte lästige Besucher hinaus, vertröstete Schüler, speiste Gläubiger mit wortreichen Versprechungen ab.

Dann war das Werk vollendet, und Mozart versank in eine abgrundtiefe Melancholie. Wozu das alles? Seine Musik würde den Leuten wieder zu schwer sein, die Sänger würden patzen und das Orchester ständig die falschen Töne greifen. Und ausgerechnet Josepha sang die Königin der Nacht! Sie hatte nicht geruht und gerastet, es ihrer Schwester Aloysia nachzutun, und ihre Stimme war nicht schlecht, das mußte sogar er zugeben. Natürlich hatten sie zu wenig geprobt, weil Schikaneder, dieser Schmierentheaterdirektor, es nicht für nötig hielt. Hätte man mit der Premiere nicht noch einen Monat warten können? Seine Stimme war auch nicht besonders, aber er war der geborene Komödiant, ein idealer Papageno. Aber das würde die Opera auch nicht retten, und Mozart sah schon im Geist die faulen Äpfel fliegen. Denn das Publikum des Freihaustheaters war nicht das beste und würde sich kaum mit Zischen oder Buhrufen begnügen. Ach, Papa, Mama, Myslivecek, Bach, Barisani – ich beneide euch, ihr habt es besser.

Dann wieder setzte er sich zu Constanze ans Bett, scherzte mit ihr, streichelte ihre wehen, angeschwollenen Füße und tröstete sie – er, der selber dringend des Trostes bedurfte.

Und morgen war die Premiere! «Nur ein feiger Tropf verzagt...»

«Schikaneder, brauen wir uns einen Punsch und trinken darauf, daß die Leute unser Kind schön finden.»

Schikaneder atmete auf. Mozart schien sich zu fangen. «Ja, das werden wir tun! Und vergiß nicht, was auf dem Theaterzettel steht: ‹Herr Mozart wird aus Hochachtung für ein gnädiges und verehrungswürdiges Publikum, und aus Freundschaft gegen den Verfasser des Stückes, das Orchester heute selbst dirigieren.›»

Mozart kicherte und schnitt Gesichter wie der dumme August. «Das gnääädige und verabscheuungswürdige Publikum», krähte er mit hoher Stimme und setzte hinzu: «Ich scheiß drauf, scheiß drauf, scheiß drauf!»

Schikaneder lachte herzlich. «Tu es, aber lasse es die Leute nicht merken.»

Am Abend der Premiere setzte sich Mozart ans Hammerklavier und dachte trotzig: Meine Musik ist gut, aber das Publikum ist schlecht, wenn sie ihm nicht gefällt. Seine Kurzsichtigkeit verbarg ihm den Anblick der hier sitzenden Menschen, aber sein Ohr verriet ihm, daß er nicht im Burgtheater saß. Da raschelte Papier, da klirrten Flaschen, da wurde gelacht und gegrölt: Bekannte entdeckten und begrüßten sich über fünf Reihen hinweg und begannen eine lautstarke Unterhaltung, dabei andere nach Kräften überbrüllend.

Die Ouverture setzte ein, nur langsam verstummten die unziemlichen Geräusche, und dann hob sich der Vorhang und Tamino stimmte seine Arie an: «Zu Hilfe, zu Hilfe, sonst bin ich verloren...»

Mozarts feines Ohr registrierte jedes Geräusch. Mit jeder Szene wurde das Publikum aufmerksamer, und Lachen war nur noch zu hören, wenn Schikaneder als Papageno einen seiner derben Scherze machte.

In der Pause sagte er zu Mozart: «Die Leute werden warm, ich spüre es. Kein einziger ist gegangen, sie sind neugierig, wie's weitergeht. Und jeder Platz ist besetzt! Da rollen die Gulden, mein Freund!»

Mozart fühlte sich ausgelaugt, müde, krank. Schikaneder hatte ihn nur trösten wollen. Die Opera würde nach der fünften Aufführung sang- und klanglos untergehen. Aber das mußte jetzt durchgestanden werden.

Dann kam der zweite Akt, die Bühne hatte sich in einen goldblättrigen Palmenwald verwandelt, aus dessen Mitte eine Pyramide ragte. Beim «Marsch der Priester» waren Bravorufe und heftiges Klatschen zu hören. Und das steigerte sich von Szene zu Szene. Mozart wischte sich den Schweiß von der Stirn und lächelte. Sie haben's kapiert – sie hören – sie hören – ja, die Musik geht ihnen unter die Haut wie eine Bienensalbe, macht ihnen warm, läßt ihre Herzen schneller schlagen...

Einige Arien mußten wiederholt werden, die Bravorufe steigerten sich, und als am Ende Mozart zusammen mit dem noch als Papageno gekleideten Schikaneder auf die Bühne trat, flogen ihnen Blumen, Zuckerwerk und Taschentücher um die Ohren, aber keine faulen Äpfel. Mozart fühlte sich zum Umfallen müde, aber nicht mehr krank.

Schikaneder lachte und tanzte hinter der Bühne herum. «Ich hab's euch gesagt – ich hab's euch gesagt: mein Text und Mozarts Musik – dagegen kann nichts anderes aufkommen. Wir werden die ‹Zauberflöte› jeden zweiten Tag geben, und wenn es sein muß täglich. Ja – täglich!» Dann begann er zu singen: «Ein Beutelchen mit Gulden wünscht Papageno sich, o so ein goldnes Häufchen wär Seligkeit für mich...»

Mozart lachte, er fühlte sich plötzlich gut aufgelegt und munter. Seine helle Stimme mit Mühe dunkel färbend, antwortete er mit Sarastros Worten: «Wen solche Lehren nicht erfreun, verdienet nicht, ein Mensch zu sein...»

Schikaneder schlug ihn auf die Schulter. «Champagner! Champagner für alle! Jetzt wird gefeiert!›

Ein paar Tage nach der Premiere ging Constanze nach Baden zurück. Den kleinen Franz Xaver hatten sie bei Mama Weber untergebracht, Karl war in einem Landschulheim untergekommen.

Am liebsten hätte er Constanze zurückgehalten, aber er ließ sich nichts anmerken, spielte den Kasperl, den lustigen, unbekümmerten, und sagte, je eher sie ihre Kur fortsetze, um so eher sei sie zurück.

Der Erfolg der Oper steigerte sich von Aufführung zu Aufführung. Mozart schrieb davon getreulich nach Baden, schrieb von seiner Einsamkeit, seiner Sehnsucht, wünschte dem Weiberl, der Geliebten, der einzig Geliebten, ein schönes Wetter, eine schnelle Genesung und schloß mit den Worten: «...ich küsse dich millionenmal und bin ewig dein – Mozart.»

Die Oper war schon fast ein dutzendmal aufgeführt, da meldete sich Salieri und fragte höflich an, ob er sie – zusammen mit dem verehrten Maestro – einmal hören dürfe. Schau, schau, dachte Mozart, der Herr ist neugierig. Salieri zeigte sich begeistert, sagte bei jeder Arie «bravo» und «bello» und schien es sogar aufrichtig zu meinen. Er drückte Mozart die Hand.

«Da haben Sie etwas ganz Wunderbares gemacht, caro amico. Tanti auguri! Auguri cordialissimi!»

Später erzählte Mozart Schikaneder davon.

«Aber das ist doch sonnenklar! Salieri versteht etwas von Musik, darum muß er die Opera loben, und er kann sie loben, weil ihn das Freihaustheater nichts angeht. Das ist privat, da muß er nicht intrigieren, da leistet er sich den Luxus, einmal ganz ehrlich zu sein.»

Sollte dies ein neuer Anfang sein, die erste Sprosse zu einem Erfolg, wie ihn Gluck gehabt hatte? Die Duscheks hatten ihm geschrieben, daß am Tag der «Zauberflöten»-Premiere in Prag der «Titus» mit ungeheuerem Erfolg neu aufgeführt wurde. Schikaneder hatte recht, er brauchte weder den Kaiser noch die Wiener Noblesse, er würde von nun an fürs Volk schreiben. Sein Hochgefühl erlosch, als er auf dem Schreibtisch das unvollendete Requiem liegen sah. Der Graue hatte nichts mehr von sich hören lassen, aber der Auftrag war erteilt, die Anzahlung längst verbraucht, dahingeschmolzen wie die stetig fließenden Einnahmen aus dem Freihaustheater. Das verschwand alles in den Taschen der Gläubiger, und längst nicht waren alle Schulden getilgt.

Seit Constanze wieder in Baden war, mied er seine Wohnung, so lange er konnte. Dort lag das erst flüchtig skizzierte Requiem, dort gab es nichts als eisige Leere und das bange Warten auf den Grauen, der das bestellte Werk einforderte. Er trieb sich bei Freunden herum, besuchte den kleinen Franz Xaver bei Mutter Weber, trank mit Schwager Hofer einen Punsch in der «Goldenen Schlange» und freute sich, wenn Josepha ihnen hinterherkeifte, die Männer hätten nur zwei Dinge im Kopf: den Weibern hinterherrennen und Alkohol in sich hineinschütten.

«Dabei ist sie gar nicht so übel», verteidigte Hofer seine Frau, «sie hat halt nur das Mundwerk unserer Schwiegermama geerbt.»

Der Oktober brachte warme, sonnige Spätherbsttage; Mozart verbrachte viele Stunden im Augarten oder im Prater und wunderte sich über die Stille in seinem Kopf. Da tobten keine Musikgewitter, da brausten keine Notenstürme, da war nur ein träges Herumtasten am Text zum Requiem, der ein solches Unbehagen in ihm auslöste; aber das half nichts, weil niemand ihm das Dies irae ins Ohr brüllte, weil er es längst im Kopf hatte:

> Laut wird die Posaune klingen
> Durch der Erde Gräber dringen
> Alle hin zum Throne zwingen.
> Schaudernd sehen Tod und Leben
> Sich die Kreatur erheben,
> Rechenschaft dem Herrn zu geben.

Rechenschaft... Ich habe mir nichts vorzuwerfen, dachte Mozart, habe keinem geschadet, immer nur Musik gemacht... Dann hörte er Constanzes beruhigende Stimme: es ist nicht dein Requiem oder meines, du schreibst es für einen Fremden. Constanze! Ich muß ihr einen Brief schreiben.

Der Hausbesorger winkte ihm. «Vor Ihrer Tür wartet einer, Herr von Mozart.»

«Wer ist es – was will er?»

«Wenn aaner nix sagt – i dräng' mi net auf!»

Es war der Graue, mit dem tief in die Stirne gezogenen Hut.

«Wann?» fragte er nur.

Mit zitternden Händen suchte Mozart das Schlüsselloch. «Kokommen Sie herein.»

Der Graue zögerte, trat aber dann auf den Flur. «Also?»

«Ich muß es noch ins reine schreiben, Sanctus und Benedictus brauchen noch –»

«Also wann?»

«Vielleicht Anfang November...»

Der Graue nickte, griff in die Tasche seines weiten Mantels, streckte Mozart einen Beutel hin. «Nehmen Sie keine andere Arbeit an», flüsterte er drohend, «Sie werden noch mehr bekommen.»

Wieder fünfzig Dukaten. Mozart setzte sich an den Schreibtisch und begann die Instrumentierung fortzusetzen. Eine Stunde hielt er es aus, dann lief er auf die Straße, ging schnellen Schritts durch die Weihburggasse über Seilerstätte und Wollzeile zum Stubentor, dann fiel ihm der ungeschriebene Brief ein, und er lief in die Rauhensteingasse zurück, fegte die Notenblätter beiseite und schrieb – noch atemlos von der Lauferei – «Liebstes, bestes Weibchen!», schrieb alles, was er heute erlebt, gedacht und getan hatte, aber er verschwieg, was ihn bedrückte.

Voca me cum benedictis

Mozart fuhr quasi seinem Brief hinterher, den er tags zuvor nach Baden geschickt hatte. Das war kein Leben mehr, so allein in der Wohnung, allein mit den schwarzen Gedanken, allein mit dem Requiem, das auf seinem Schreibtisch lag und ihn unfertig anstarrte.

Karl plapperte unaufhörlich, aber sein Papa war zerstreut und gab nur kurze, manchmal gar nicht passende Antworten.

In der Gegend um Gumpoldskirchen war schon die Weinernte im Gange, und Mozart kaufte am Straßenrand ein Schilfkörbchen mit Trauben, um seinem Sohn den Mund zu stopfen.

In der Badener Renngasse warteten sie schon mit Sack und Pack, Constanze und Sophie.

«Wo ist der Süßmayr?»

«Der hat eine Orgelprobe und läßt sich entschuldigen.»

Er hätte den Kerl nicht mit der Stanzi hierherschicken sollen, da trug man ihm so manches zu, was ihm gar nicht gefiel. Gewohnheitsmäßig alberte er mit den Damen herum, spielte den Kasperl, weil sie es erwarteten, doch es kam ihm nicht von Herzen, die Scherze gerieten daneben, zündeten nicht.

Zu Hause ließ er die Maske fallen. «Ach, Stanzi, mir war manchmal so sterbenselend. Allein in der finsteren Wohnung, keine Ansprache und jedesmal der Schreck, wenn es draußen klopfte, weil ich fürchtete, der Bote wird das Requiem einfordern. Ich bin so froh, daß du wieder da bist.»

«Ich bin auch froh.»

War sie es wirklich? Oder sehnte sie sich zurück nach dem unbeschwerten Badeleben, nach Süßmayrs Gesellschaft? Was war es denn hier schon, in der dunklen, verwinkelten Wohnung, mit einem kranken Mann, der nur herumjammerte, der arbeiten mußte, aber nichts mehr zustande brachte, der sich mit einem Requiem abquälte und nicht vorankam damit. Als Constanze es ihm wegnahm, war er fast dankbar.

«Das muß jetzt warten, bis du dich wieder wohler fühlst», sagte sie energisch.

Da es nichts mehr zu tun gab, blieb er eines Morgens einfach liegen, und als er sich dann doch zum Aufstehen entschloß, konnte er es nicht. Er mühte sich wie ein auf den Rücken gefallener Käfer, aus dem Bett zu krabbeln, aber seine bedenklich angeschwollenen Glieder versagten ihm den Dienst.

Doktor Closset schüttelte den Kopf. «Sie stecken voll Wasser, Herr Mozart, und das müßte heraus.»

«Ich werde nur noch Wein trinken...», scherzte Mozart, aber der Arzt blieb ernst.

«Ich werde Sie auf strenge Diät setzen und Ihnen harntreibende Mittel verschreiben.»

Da wurde es gleich ein wenig besser, auch mit seiner Gemütslage. Er stand wieder auf, komponierte zur Einweihung eines neuen Freimaurertempels die Kantate «Laßt uns mit geschlungenen Händen» und dirigierte sie vor seinen Logenbrüdern.

Am nächsten Tag erbat er sich die Noten zum Requiem. Constanze zögerte.

«Ich bin wieder gesund, Stanzi, und muß jede Stunde damit rechnen, daß der Auftraggeber erscheint. Er hat schließlich schon hundert Dukaten bezahlt.»

Doch die Besserung dauerte nicht lange. Ende November schwollen ihm die Glieder so sehr an, daß Constanze die Knöpfe seines Bettleibchens versetzen mußte. Doktor Closset konnte nicht viel tun, sprach aber draußen lange mit ihr. Mozart hörte ihre gedämpften Stimmen.

«Was hat er dir gesagt? Wie lange lebe ich noch?»

«Tschapperl! Davon war überhaupt nicht die Rede. Er hat über deine Diät gesprochen und gesagt, die Natur wird sich selber helfen.»

14.

Sie wohnten jetzt am Judenplatz, recht bescheiden, dafür aber ganz zentral. Eine Woche später war das Geld weg, draufgegangen für alte Schulden, einen fälligen Wechsel und die rückständige Miete.

Constanze war wieder schwanger, fühlte sich krank und elend, war nicht mehr sein munteres Weibchen, das ihn tröstete, brauchte selber Trost, Zuwendung, brauchte einen Arzt. Der kostete Geld, und das war nicht vorhanden.

Mozart versuchte es mit einem Subskriptionskonzert, das er in der eigenen Wohnung abhalten wollte, quasi im intimen Rahmen, etwas für Kenner und Liebhaber, für Gönner und Verehrer. Er ließ die Liste an all jene übersenden, die früher bei seinen Konzerten zu finden waren; vierzehn Tage machte sie die Runde, und wer stand drauf? Es werden wenige sein, dachte Mozart, wir haben Krieg, der Kaiser ist weg, die Noblesse ist weg, aber auch zwanzig oder zehn oder sogar acht wären mir willkommen. Doch die Liste enthielt nur einen Namen – einen einzigen –, nämlich den von Gottfried van Swieten. Mozart verlor die Fassung, lief in der Wohnung umher wie ein Narr, immer im Kreis, schlug mit der Faust an die Stirn, doch er konnte die Gedanken nicht verscheuchen, die sich festgesaugt hatten wie Blutegel.

Du bist nichts mehr wert! Man hat dich aufgegeben wie einen Todkranken, an den jeder Tropfen Medizin verschwendet wäre. Was ist nur los? Machst du schlechtere Musik wie früher? Ist hier nicht mehr das Musikland? Sollte der Papa am Ende recht bekommen? Du bist leichtsinnig, aufbrausend, verschwenderisch, zu gutgläubig, verantwortungslos, und anstatt ein Mädchen mit Geld, das damit umzugehen weiß, hast du eine besitzlose Weberische geheiratet, der die Gulden nur so davonlaufen.

«Bereue!» spricht der Steinerne Gast, «Bessere dich!» fordert die Stimme aus dem Jenseits, «Beuge dich, bereue!» tönt es aus steinernem Mund, und Don Giovanni-Mozart entgegnet: «Nein, nein, nicht kenn' ich Reue. Nein! Nein! Nein!»

Constanze lag im Bett, mit Wasser in den Beinen, konnte nicht gehen noch stehen, und Doktor Closset hatte dringlich, ganz dringlich eine Kur in Baden angeraten. Den Buben hatten sie schon zu Mama Weber gebracht, er sollte mit dem ganzen elterlichen Jammer nicht belastet werden, war schließlich schon fünf Jahre alt und verstand vieles.

Mozart schämte sich, aber die Sorge um Constanze ließ ihn dann doch wieder an den «liebsten, besten Freund und Ordensbruder» schreiben, an Johann Puchberg, der schon so oft geholfen hatte und es jetzt hoffentlich wieder tat – tun mußte!

Gott! Ich bin in der Lage, die ich meinem ärgsten Feind nicht wünsche. Und wenn Sie, bester Freund und Bruder, mich verlassen, so bin ich Unglücklicher – und unschuldigerweise samt meiner armen Frau und Kind – verloren... O Gott! Anstatt Danksagungen komme ich mit neuen Bitten – anstatt Berichtigung mit neuem Begehren.

Er berichtete dem Ordensbruder von der vergeblichen Subskription, von Constanzes Krankheit, bat ihn um fünfhundert Gulden und schlug vor, sie in Monatsraten von zehn Gulden zurückzuzahlen. Puchberg half.

Mozart begleitete Constanze nach Baden, wo sie nach Doktor Clossets Anweisung in der heißen Schwefeltherme kuren sollte. Drei Tage blieb er in Baden, mühte sich um Constanze wie ein Krankenwärter, gab gutgemeinte Ratschläge, ging allen im Weg um und mußte schließlich dringend nach Wien zurück, weil sein «Figaro» dort wieder auf die Bühne kam, endlich, nach einer Pause von zweieinhalb Jahren.

Das brachte ihm nichts, oder fast nichts, denn die paar Gulden für die Probenarbeit waren schneller ausgegeben, als er sie eingenommen hatte. Wäre nur der Kaiser wieder in Wien! Viel lieber und mit besserem Gewissen hätte er Seine Majestät um eine gnädige Zuwendung gebeten, als immer wieder dem Ordensbruder jammervolle Bittbriefe zu schreiben. Er fühlte, wie die ganze Not sich auf seine Gesundheit schlug. Das nahm ihm den Atem, den Appetit und nachts den Schlaf, während er untertags todmüde herumschlich, mit bohrenden Kopfschmerzen, wachsbleich und einem ständigen, krankhaften Durst. Das viele Trinken schwemmte seinen Körper auf, als könne die Flüssigkeit nicht mehr heraus. Ihm fehlte die Lust zum Arbeiten, zum Spazierengehen, zum Billardspielen – zu allem, was ihm früher Spaß gemacht hatte.

Die einzige Freude in diesem Jammerjahr war Constanzes Gesundung. Jetzt, da sie zurück war, kam die Schaffenslust wieder, aber dahinter stand die bange Frage, für wen schreibe ich diese Sonaten, Quartette und Quintette, da sie niemand haben, niemand hören will?

Im Spätherbst kam der Kaiser zurück, und wenige Tage danach erschien Lorenzo Da Pontes vertraute Gestalt im schwarzen togaähnlichen Mantel mit dem breitkrempigen Hut und seiner exaltierten Mimik.

«Mozart!» Er preßte die kleine Gestalt an sich, daß die Knochen krachten, schob ihn dann weg und setzte eine finstere Miene auf. «Was sehe ich! Sie sind ja dick geworden! Und ich höre dauernd, es ginge Ihnen nicht gut – Sie werden doch Ihren Freunden kein Theater vorspielen?»

Mozart lächelte schwach. «Nein, es geht mir wirklich nicht besonders. Ich habe keinen Appetit und werde trotzdem dick – weiß auch nicht warum. Sie haben sich lange nicht mehr sehen lassen, lieber Freund.»

Donnernd schlug sich Da Ponte an die mächtige Brust: «Mea culpa! Mea culpa! Dafür mache ich es jetzt gut. Ich komme nämlich mit einem Auftrag!»

Da Ponte war kein Schwätzer, und darum war Mozart gleich wie elektrisiert. «Vom Kaiser?»

Er nickte. «Dazu eine Geschichte, die Sie amüsieren wird. Der Kaiser war kaum zurück, als er mich rufen ließ. ‹Da Ponte, ich habe einen Stoff für eine Opera buffa, wie ihn nur das Leben schreiben kann. Höre Er zu! Bei einer etwas feuchten Abschiedsfeier – vor Beginn unseres Feldzugs – wurde ich Zeuge einer Wette. Zwei junge

Offiziere, beide verlobt, hatten gewettet, daß ihre Bräute ihnen auch nach langer Abwesenheit die Treue halten würden. Sie machten die Probe selber, verabschiedeten sich, als ginge es zur Front, blieben aber in Wien und tauchten verkleidet bei einem Faschingsball auf, wo ihre Verlobten zu Gast waren. Jeder machte nun der Braut des anderen den Hof, und siehe da – die Festungen fielen. Die jungen Männer waren empört, gaben sich zu erkennen und lösten die Verlobung. Es bedurfte vieler bräutlicher Tränen und elterlicher Bemühungen, um die fatale Sache wieder einzurenken. Sie müssen es ja nicht genauso darstellen, Da Ponte, verschlüsseln Sie den Casus, und machen Sie etwas Exemplarisches daraus. Mozart soll die Musik dazu schreiben.› Soweit unser gnädiger Kaiser, der ja ein Faible für alles Exemplarische hat. Liegt Ihnen der Stoff?»

Dürftig, dachte Mozart, sehr dürftig. Ob sich der Kaiser das nicht einfach ausgedacht hatte?

«Mein Gott, Da Ponte, der Stoff ist recht lustig und durchaus geeignet, aber ich hätte auch ein Kaufmannsjournal vertont, wenn es sein müßte. Die hundert Dukaten habe ich bitter nötig.»

Der machte wieder sein finsteres Intrigantengesicht «Leider gibt's keine hundert Dukaten.»

Mozart erstarrte. «Aber – aber, es gibt doch für eine Opera immer...»

Da Ponte schlug ihn auf die Schulter. «Ich habe den Kaiser wissen lassen, daß es Ihnen dreckig geht – diesmal zahlt Seine Majestät zweihundert.»

«Dukaten?»

Da Ponte lachte dröhnend. «Nein, Kreuzer, Sie Schafskopf.»

Mozart stand auf, tanzte im Zimmer herum, rief laut nach Constanze, lachte, schlug Da Ponte auf den Rücken.

«Ich dachte, ihr wolltet nicht gestört werden...»

«Etwas Schönes, Herrliches, Wunderbares, Überraschendes ist geschehen!»

Constanze blickte auf Da Ponte, dessen Gesicht nichts verriet, aber sie kannte ihren Mann. «Ein neuer Auftrag?»

«Erraten, erraten, und für zweihundert Dukaten!»

Jetzt lachte auch sie. «Mein Gott, Wolferl, diese Hilfe kommt aber zur rechten Zeit. Jetzt koche ich euch einen Kaffee.»

Da Ponte lächelte. «Die ersten zehn Auftritte habe ich schon fertig, die Sache eilt, der Kaiser will die Opera schon im Januar sehen. Er ist kein besonderer Frauenfreund, darum liegt ihm der Stoff so sehr. Sogar den Titel hat er ausgewählt: ‹Così fan tutte ossia la scuola degli amanti›.»

«‹Così fan tutte – so machen's alle›, klingt ein bisserl ironisch, nicht wahr?»

Da Ponte hatte die Handlung nach Neapel verlegt und trieb den frivolen Spaß so weit, daß die maskierten Kavaliere vor der als Notar verkleideten Zofe den Ehekontrakt unterzeichnen. Na ja, da hatte Da Ponte nicht gerade ein Meisterwerk geschaffen, dachte Mozart, aber in dem Stück war Leben und Handlung.

Am 16. November gebar Constanze wieder ein Mädchen, doch die kleine Anna Maria lebte nur wenige Stunden. Mozart, mitten im eiligen Komponieren, stellte fest, daß kein Geld im Haus war, er fand in seiner Manteltasche nur noch zehn Kreuzer. Nun mußten die Hebamme und die Beerdigung bezahlt werden. Außerdem gab es noch Schulden von Constanzes Badener Aufenthalt. Aber das Honorar für die Oper war erst nach der Premiere fällig.

Wieder ein Bettelbrief.

... und ich gebe Ihnen mein Ehrenwort, daß Sie das Geld zur bestimmten Zeit bar und mit allem Dank zurückhaben sollen ...

Puchberg zahlte.

Da Ponte lieferte sein Libretto in Raten, aber immer pünktlich ab, so daß Mozart zügig weiterarbeiten konnte. Eine kleine Unterbrechung gab es, als für den kaiserlichen Redoutensaal zwölf Menuette und zwölf deutsche Tänze angefordert wurden. Das war nun seine Aufgabe als Hofcompositeur, dafür erhielt er seine achthundert Gulden im Jahr.

So albern die Handlung auch war, Mozart folgte doch gerne den Irrungen und Wirrungen dieser Opera buffa, die ihm – wenn auch weit bescheidener – einen Stoff ähnlich dem «Figaro» bot, mit Eifersucht, Untreue, Tränen, kleinen Triumphen und einem gehörigen Schuß Ironie.

Am Abend vor Mozarts Geburtstag ging «Così fan tutte» über die Bretter des Burgtheaters. Das Publikum rief bravo Maestro – die Opera gefiel. Es war kein stürmischer Jubel, kein Beifallssturm, aber Mozart hatte die Erwartungen seiner Freunde und Verehrer erfüllt. Freilich, es gab auch solche, die hinter vorgehaltener Hand flüsterten, dieses alberne und noch dazu unmoralische Stück sei eines Mozart nicht würdig gewesen, blicke man zurück auf den «Figaro» und den «Don Giovanni». Aber da Seine Majestät der Auftraggeber war, hielt sich die Kritik in Grenzen.

Was sagte der Kaiser zu dieser Opera, an deren Entstehung er so unmittelbar beteiligt war, die ihm ihren Titel verdankte? Die kaiserliche Loge blieb leer, und sie blieb es auch bei den weiteren fünf Wiederholungen im Januar und im Februar.

Joseph II. war schon krank vom Feldzug zurückgekehrt, hatte einen Typhus nur knapp überstanden, dazu kamen Lungenentzündung, Herzbeschwerden, Erstickungsanfälle. Anfang Februar setzten Blutstürze ein, der Leibarzt verordnete strenge Bettruhe. Aber es war zu spät – Kaiser Josephs Lebenslicht begann zu flackern, und ab Mitte Februar gab es keine Hoffnung mehr, man wartete nur noch auf das Verlöschen. Man? Wie Geier standen die Hofschranzen, die Geistlichen, die Sendboten und Abgesandten um sein Krankenlager, und alle wollten etwas von ihm. Angesichts seines nahen Endes, so gab man ihm durch die Blume zu verstehen, sei es wohl angebracht, gewisse Härten zu mildern, diese oder jene Verfügung zurückzunehmen. Man legte ihm Schriftstücke aufs Bett, er blickte zu seinem Hofkaplan, der nickte, und der Kaiser unterschrieb mit sterbensmatter Hand, unterschrieb, unterschrieb, bis er – schon halb in Agonie – «Isoph» anstatt Joseph kaum noch leserlich hinkritzelte.

Leopold von der Toskana, sein Bruder und Nachfolger, stand am Sterbebett, und dann trat der Erzbischof von Wien ein und flüsterte:

«Ich bin gekommen, um Österreich mit Rom und der Kirche zu versöhnen.»

Damit ging das Josephinische Zeitalter zu Ende, und viele Kräfte mühten sich im deutschen Reich, das Rad der Geschichte wieder rückwärts zu drehen.

Frankreich aber war seinen eigenen Weg gegangen, ein halbes Jahr zuvor hatte das Volk die Bastille erstürmt und den König weitgehend entmachtet. Das nahm man in Wien zwar durchaus zur Kenntnis, aber nicht sehr ernst. Hegte Kaiser Joseph vielleicht sogar eine geheime Sympathie für die Ereignisse in Frankreich? Daß die Geistlichkeit dort auf die Verfassung schwören mußte, deckte sich mit seinen eigenen Reformen. Doch sein Tod setzte einen vorläufigen Schlußpunkt, und der «katholische Flitterstaat» begann sich zu restaurieren.

Mozart war so erschüttert, daß er eine Stunde still sitzen blieb und vor sich hin starrte, dabei liefen ihm Tränen über die Wangen.

«Und erst neunundvierzig Jahre... Viel zu früh, viel zu früh... Er hätte noch so viel für die Musik tun können...»

«Vielleicht ist Leopold gar nicht so übel», versuchte ihn Constanze zu trösten und setzte hinzu: «Neue Besen kehren gut.»

Mozart schüttelte nur betrübt den Kopf. «Der nicht. Jedes Kind weiß, daß ihm Musik nichts bedeutet. Da ist kein Opernauftrag zu erwarten, da müssen wir den Gürtel enger schnallen.»

«Noch enger?» fragte Constanze, aber es klang kein Vorwurf durch.

«Ich werde mich um neue Schüler bemühen, wir kommen schon durch.»

In den letzten betriebsamen Jahren hatte Mozart seine Lektionen aufgegeben. Begabte Schülerinnen wie Barbara Aurnhammer oder Babette Ployer gaben schon eigene Konzerte, andere hatten geheiratet oder waren weggezogen. Jetzt aber brauchte er wieder Scholaren, und es fanden sich überraschend schnell welche ein, darunter der wendige und begabte Xaver Süßmayr, der seinen Lehrer sehr verehrte.

Und wieder mußte Constanze nach Baden, wieder konnte sie kaum gehen und stehen. Auch ihm selber ging es nicht besonders, und so fuhr er mit. In seinem Kopf geisterte ein hartnäckiger Schmerz herum, der sich einmal auf die Zähne, dann auf die Ohren oder aufs Hirn schlug und nicht weichen wollte. Er nahm Bäder wie Constanze, schluckte auch das schweflige Wasser, aber es wurde ihm nur übel davon. Während dieser Zeit arbeitete er nur wenig, der Tod des Kaisers hatte seine Schaffenskraft gelähmt. In ihm war kein Ton mehr. Nichts, das ihn drängte, das ans Licht mußte, keine Tongewitter, keine Notenstürme, die ihn herausforderten, ihn bedrängten. Freilich, hätte jemand eine Klaviersonate von ihm verlangt, so hätte er sich hingesetzt und sie komponiert. Das schon, aber da war niemand, der solches verlangte.

So vergingen die Junitage in müßiger Stille. Die Nachmittage verbrachten sie im Garten ihrer bescheidenen Pension, auf bequemen Liegen im Schatten der alten Obstbäume. Constanze schlief, Mozart träumte mit geschlossenen Augen vor sich hin, im Zustand des halben Schlafes, und wieder fühlte er sich in zwei Personen aufgespalten, wobei die wachere Hälfte auf die schläfrige einredete.

‹So kann's nicht weitergehen, mein Lieber! Wie willst du jemals deine Schulden bezahlen, wenn du hier herumliegst und in den Tag hinein träumst?›

‹Das wird sich finden›, murmelte die schläfrige Hälfte.

‹Dazu mußt du etwas tun!›

‹Was soll ich tun? Niemand will etwas von mir.›

Die wachere Hälfte entrüstete sich. ‹Du selbst mußt etwas von dir fordern! Der Welt zeigen, daß du noch da bist! Im Oktober wird der neue Kaiser in Frankfurt gekrönt, willst du da abseits stehen und alles dem Intriganten Salieri und dem Pfuscher Umlauff überlassen? Mach' dich auf die Beine, Wolfgang, und zeige, was in dir steckt!›

Mozart schlug die Augen auf. Der Mahner hatte recht. Er mußte sich den Kaiser geneigt machen, auch wenn der nicht viel von Musik verstand. Er berührte Constanze am Arm.

«Stanzi! Stanzi!»

«Was willst denn?» fragte sie schläfrig.

«Ich gehe im Oktober nach Frankfurt zur Kaiserkrönung.»

«Bist geladen?»

«Nein, aber ich geh' trotzdem.»

«Und wer bezahlt die Reisekosten?»

«Das wird sich finden.»

Der Gedanke ließ ihn nicht mehr los. Sein neuer Schwager, Franz Hofer – er hatte vor kurzem Josepha Weber geheiratet –, bestärkte ihn darin.

«Du wirst die ganze Wiener Noblesse dort antreffen, da ist sicher Geld zu holen. Vielleicht ergibt sich auch eine Möglichkeit, an den neuen Kaiser heranzukommen. Hier in Wien ist das sehr schwierig.»

Franz Hofer war ein gutmütiger Mann und redete seinem Schwager nach dem Mund, um so mehr, als ihn dieser gebeten hatte, die Fahrt mitzumachen. Er war schon bei der ersten Prager Reise dabeigewesen und hatte sich als fideler und kurzweiliger Kumpan erwiesen.

Mozart versetzte frohgemut sein wertvolles Silbergeschirr und beruhigte Constanze. «Wirst sehen, das kriege ich zehnmal wieder herein!» Seine Augen blitzten, über seinem blassen Gesicht lag eine leichte Röte.

Er ist wie im Rausch, dachte Constanze, und hat seinen alten Optimismus wiedergefunden. Sie erhoffte sich von der Reise wenig, aber da sie ihm so viel Schwung verlieh, ihn aus der trüben Stimmung riß, brachte sie es nicht übers Herz, ihm davon abzuraten.

«Suche inzwischen eine größere Wohnung; meine jetzigen Schüler kommen ins Haus, und hier wird's allmählich zu eng.»

Die Ereignisse in Frankfurt wären geeignet gewesen, Mozart wieder dem Trübsinn auszuliefern, aber seine gute Stimmung hielt dennoch an. Er stand am Rande des Geschehens wie irgendein Zuschauer, während Salieri das Hoforchester führte und dirigierte und so tat, als gebe es keinen Hofcompositeur Mozart in wirklichen kaiserlichen Diensten.

Zu seinem Schwager sagte er: «Die Ära Joseph ist zu Ende – aus und vorbei. Kaiser Leopold kennt vermutlich nicht einmal meinen Namen.»

«Dafür wird Salieri schon gesorgt haben», meinte Hofer.

Freilich, da war nicht nur der Kaiser und sein Gefolge, in Frankfurt lebten viele musikinteressierte Menschen, die Mozarts Namen oder ihn selber von früher kannten. Täglich gab es Einladungen,

Hauskonzerte, lange Gespräche von alten Zeiten – aber Geld gab es keines. Wenn dann einer wie der Graf Deym mit dem seltsamen Begehren an ihn herantrat, etwas für eine mechanische Orgel zu komponieren und dafür blanke Dukaten bot, so bedankte er sich artig und nahm den Auftrag an.

Natürlich drängte man ihn dazu, eine große Akademie zu veranstalten, aber solange der Kaiser und seine Festgäste in der Stadt weilten, mochte der Magistrat dazu keine Erlaubnis erteilen. Erst als alles vorbei war, durfte Mozart im Schauspielhaus ein großes Konzert geben, und noch am selben Tag berichtete er an Constanze, die Akademie sei «von seiten der Ehre herrlich, aber in betreff des Geldes mager ausgefallen».

Tags darauf fuhr Mozart ab, am liebsten wäre er schnurgerade nach Wien zurückgekehrt, aber sein Schwager meinte, da sie nun einmal unterwegs seien, könnten sie auch in Mainz und Mannheim ihr Glück versuchen. Es war eine Reise in die Vergangenheit, die etwas Ungutes an sich hatte. In Mainz war dies noch nicht zu spüren – er spielte vor dem Kurfürsten im Schloß gegen ein mageres Salär, reiste am selben Tag nach Mannheim weiter. Die herbstlich gestimmte Stadt war ihm fremd geworden, es lebten kaum noch Freunde hier, und als er im Komödienhaus einer Probe seines «Figaro» beiwohnen wollte, war man dabei, den kleinen unscheinbaren Menschen aus dem Theater zu werfen, hätte nicht Franz Hofer energisch versichert, daß sein Begleiter der wahrhaftige Mozart sei. Schnell weiter nach Augsburg ins «Weiße Lamm» und im Morgengrauen gleich wieder weg, denn auf einen Besuch beim Bäsle hatte er keinen Gusto. Sollte er ihrem Töchterlein – es war so alt wie sein Sohn Karl – schöntun, dessen Vater ein adeliger Pfaffe war? *Tempi passati, tempi passati.* Ein bißchen fühlte er sich auch in ihrer Schuld, weil er sich gar so sang- und klanglos nach Wien davongemacht hatte. Schluß – Punktum – basta – vorbei.

Und in München, wo er so gerne geblieben wäre und wo nie ein Amt für ihn zu haben war, in München, wo Luise ihn spöttisch abgewiesen hatte, in München, wo er dem armen Myslivecek begegnet war und beim Anblick der nasenlosen Todesfratze geweint hatte – in München wollte er diesmal auch nicht lange bleiben. Franz –

Joseph Albert, der Wirt vom «Schwarzen Adler» war im Vorjahr gestorben, sein Sohn Karl strahlte, als er Mozart sah, und da war noch der alte liebe Freund Christian Cannabich, und so ließ er sich bereden, ein paar Tage zu bleiben. Dann die überraschende Einladung zu einem Hofkonzert, das man dem König von Neapel geben wollte, der auf der Rückreise von den Krönungsfeierlichkeiten in München Station gemacht hatte.

«Ausgerechnet der!» maulte Mozart, denn er hatte den amusischen «Nasone» nicht vergessen, der damals in Neapel gelangweilt und ungeduldig in der Oper saß. Cannabich wollte ihn noch ein paar Tage halten, aber Mozart sehnte sich nach Hause.

«Ach, Christian, wenn du Constanze kennen würdest, dann ließest du mich augenblicklich ziehen. Sie ist so lieb und geduldig, so anschmiegsam, beklagt sich nie, wenn's Geld wieder mal nicht langt – ohne sie wäre ich längst verkommen und verludert, ich hab' ihr viel zu verdanken.»

Cannabich gab sich geschlagen. «Wenn du uns dieses Wunderwesen im nächsten Jahr vorführst, lassen wir dich gehen.»

Mozart lachte. «Recht gerne! Einverstanden! Im nächsten Sommer besuchen wir euch.»

15.

«Das hast du großartig gemacht, Stanzi, ich muß dich wieder einmal loben.» Mozart hatte den Arm um sie gelegt und besichtigte die neue Beletage-Wohnung in der Rauhensteingasse. Durch die geräumige Küche ging es ins Wohnzimmer, dessen beide Fenster zwar nur auf den Lichthof schauten, aber gerade deshalb wirkte es so still und behaglich. Dann betraten sie den nächsten Raum, und Mozart rief aus:

«Da ist's ja ganz finster! Kannst nicht das Fenster aufmachen?»

«Wolferl, hier gibt's kein Fenster. Wir nutzen es als Schlafzimmer und lassen einfach beide Türen offen, dann ist es immer gut durchlüftet. Weißt du, es war nicht leicht, eine große Wohnung zu finden, die wenig kosten soll. Die unsere ist halt ein bisserl finster, aber dafür» – mit strahlendem Gesicht öffnete Constanze die Tür zum nächsten Raum – «haben wir ein eigenes Billardzimmer!»

Mozart küßte sie auf den Mund, die Wangen, die Nase, auf Stirn und Hals. «Da und da und da und noch da –»

Constanze schob ihn von sich.

«Aber ich muß dich doch belohnen, und wenn du jedes meiner Busserln für einen Dukaten rechnest, ist das eine anständige Bezahlung.»

«Bist ein alter Kasperl, aber ich bedank' mich untertänigst für das noble Salär. Und jetzt kommt der schönste und wichtigste, der hellste und luftigste Raum – dein Arbeitszimmer. Du siehst, hier gibt's gleich drei Fenster, da hast du genügend Licht über den ganzen Tag.»

Da war auch sein geliebtes Pianoforte, da hing an der Wand die Geige, und zwischen zwei Fenstern stand der Arbeitstisch mit einem Stoß Notenblätter.

Er rieb sich die Hände. «Ich werde mich gleich an die Arbeit machen. Ich glaube, wir müssen die nächste Zeit viele Schulden abzahlen, und ich werde jede Gelegenheit nützen, um Geld zu machen. Wenn's mir auch schwerfällt, aber von nun an unterrichte ich jeden, ob begabt oder nicht, und je dümmer sich einer anstellt, um so höher veranschlage ich mein Honorar.»

Mozart, dem es sonst ein Greuel war, Unbegabte zu unterrichten, schluckte seinen Ärger hinunter und erteilte Lektionen in Klavier, Geige, Generalbaß und Komposition. Kam es gar zu schlimm, murmelte er: «Nur ruhig, Wolfgang, nur ruhig! Es kommen auch andere Zeiten – man wird wieder eine Opera von dir verlangen, es werden sich Subskribenten finden.»

Seine Hoffnung erhielt neue Nahrung, als ihn Joseph Haydn kurz vor Weihnachten zu einem Abschiedsmahl lud. Er wollte tags darauf nach London zusammen mit Johann Peter Salomon, dem berühmten englischen Musikagenten.

Schon an der Tür flüsterte ihm Haydn zu: «Ich habe Salomon neben Sie plaziert, lieber Mozart. Hören Sie sich an, was er zu sagen hat, und seien Sie kein Dummkopf!»

Und Salomon, ein lebhafter und energischer Mann, fackelte nicht lange.

«Was ich Maestro Haydn gesagt habe, gilt auch für Sie – in London kennt und schätzt man Sie und wartet schon ungeduldig darauf, den Maestro selber zu sehen und zu hören. Sie werden dort in zwei Monaten mehr Geld verdienen als hier in zwei Jahren. Wenn Maestro Haydn zurück ist, rechne ich fest mit Ihnen, Herr Mozart.»

Das klang bestimmt und entschlossen. Mozart ergriff die dargebotene Hand, war bereit, *to take a chance*, wie die Engländer sagen, hatte aber zugleich das seltsame Gefühl – ja, fast das Wissen, es könne nichts daraus werden, weil – er dachte nach, doch er fand das geeignete Wort nicht.

Und dieses wehmütige Gefühl hielt an bis zum nächsten Tag, als er Haydn an der Kutsche verabschiedete. Da lag ihm sein Herz auf der Zunge, und er sagte, ohne es eigentlich zu wollen:

«Ich fürchte, wir werden uns das letzte Lebewohl sagen...»

Haydn streckte seinen langen kantigen Schädel aus dem Wagenfenster. «Sie sind ein Kindskopf, Mozart! Die Londoner werden mich nicht umbringen.»

Dann fuhr er ab, Mozart winkte lange und dachte: So war es ja nicht gemeint, Papa Haydn – so nicht.

Aber dann kam Schikaneder nach Wien und fegte wie ein Frühlingssturm in Mozarts winterliche Wehmut. Er hatte das Freihaustheater in der Wiedener Vorstadt übernommen, hatte in wenigen Monaten die begeisterten Wiener mit populären Theaterstücken und Singspielen überrascht, wobei er besonderen Wert auf magischen Kulissenzauber legte. Bei ihm krachte und donnerte, wölkte und rauchte, blitzte und flammte es auf Teufel komm raus.

Emanuel Schikaneder, dieser Vagant und Tausendsassa aus Niederbayern, war ein derber Mann, mittelgroß, stiernackig, mit einem breiten, offenen, etwas bäuerischen Gesicht – ein Theatermensch par excellence. Er schrieb Stücke, sang, tanzte, entwarf Bühnenbilder, ersann Knalleffekte, kassierte Eintrittsgelder, war dazu Direktor, Regisseur und Choreograph und tat dies alles mit Leidenschaft, Humor, Überzeugungskraft, Schlauheit und einer Portion Rücksichtslosigkeit. Mozart hatte ihn vor zehn Jahren in Salzburg kennengelernt, als er noch mit einem Wandertheater durch die deutschen Lande zog.

Und jetzt war er da, platzte zu unchristlich früher Zeit in die Morgenstunde eines frostigen Märztages.

Constanze stieß Mozart an. «Draußen klopft es. Sei so lieb und schau nach.»

Er brummte nur und drehte sich auf die andere Seite. Constanze hatte in einem Anfall von Sparsamkeit die Magd entlassen, und so kroch sie nun seufzend aus dem Bett, schlüpfte in ihren Morgenmantel und öffnete die Tür einen Spalt. Ein breites Gesicht grinste sie an, der Kopf beugte sich zu einer tiefen Verneigung.

«Madame Mozart? Ich bin Emanuel Schikaneder, der neue Theaterdirektor. Ihr Herr Gemahl kennt mich – wo ist er denn?»

Sanft, aber mit Nachdruck schob sich der stämmige Niederbayer durch die Tür. Constanze gefiel dieser geradlinige Mensch, und sie deutete schmunzelnd aufs Schlafzimmer. Der Besucher trat ans Bett und rief mit hohler Bühnenstimme:

«Mozart – wach' auf! Der Tag des Gerichts ist angebrochen.»

Mit einem Ruck fuhr Mozart in die Höhe. «Was – was ist los?»

«Ich bin's – Schikaneder! Schaust aber blaß aus, Bruderherz. Geht's dir nicht gut? Fehlt's an der Gesundheit?»

Mozart lachte. «Nein, es fehlt am Geld.»

«Deshalb komme ich ja. Daran fehlt's mir auch. Wir beide werden diesen leidigen Zustand schleunigst ändern.» – «Aber wie?»

«Ich habe einen hohen Kredit aufgenommen, weil ich mit dir eine Opera machen werde. Eine solche wie den ‹Figaro› mit einer zündenden Musik, die man später auf den Straßen und in den Schenken hören wird, einer Musik, die dem Volk gefällt, die das Kuchelmensch bei der Arbeit singt, die der Schusterbub in der Werkstatt pfeift, die der Straßensänger dudelt, die von Drehorgelwalzen zu hören ist. Verstehst du mich jetzt?»

«Ja – aber...»

Schikaneder ließ ihn nicht zu Wort kommen. «Jetzt ist Schluß mit deinen Kratzfüßen vor der Noblesse! Der neue Kaiser ist unmusikalisch, der Adel wartet ab, weil keiner weiß, wohin der Hase läuft. Aber wir können nicht warten, Mozart, wir brauchen was zum Beißen, und das Volk will sein Vergnügen und trägt uns die Gulden ins Haus. Hörst du, das Volk! Da kommen doch wir beide auch her. Vielleicht hast du das beim Aufspielen in den Palästen vergessen, aber jetzt kommt der Schikaneder und stößt dich mit der Nase drauf, Du kommst aus dem Volk – also schreib' fürs Volk! Und weil du Mozart bist, wirst du keine Gassenhauer komponieren, aber eine Musik, die auch das Waschermadl, der Hausbesorger und der Handwerker verstehen. Dabei ist es mein Ehrgeiz, den Leuten was Gutes zu bieten, sie quasi emporzuziehen – Mozart, wir machen zusammen eine Zauberoper! Eine, wo es blitzt und kracht, wo die Mondgöttin singt und die Sonnenpriester schreiten, wo Geister und Vogelmenschen tanzen...»

«Hast du schon das Büchel dazu?» fragte Mozart trocken.

«Nein, aber ich habe eine Idee.»

«Und hoffentlich auch Geld», sagte Constanze, die sich angekleidet hatte und gerade hereinkam.

«Mozart wird an den Einnahmen beteiligt. Da springt viel mehr heraus als bei einem festen Honorar.»

«Wir brauchen das Geld aber jetzt!»

Schikaneder verneigte sich galant.

«Ihr Wunsch ist mir Befehl, Madame. Beim nächsten Mal bringe ich einen Vorschuß mit.»

So setzten sich die beiden zusammen und zauberten ein Libretto. Sie machten es wie die Alchimisten und holten sich ihre Zutaten aus den verschiedensten Quellen. Das meiste entnahmen sie Wielands Märchensammlung «Dschinnistan», einiges kam aus dem Schauspiel «Thamos, König von Ägypten», aber auch zwei vergessene Opern lieferten dazu Stoff. Über diese Zutaten wölbten sie ein Dach aus der Gedankenwelt ihrer Bruderschaft – auch Schikaneder gehörte einer Loge an –, ohne jedoch dem Publikum mehr über die Freien Maurer zu verraten, als ohnehin bekannt war. Noch nie hatte Mozart so intensiv an einem Libretto mitgearbeitet, doch es machte ihm großen Spaß, weil er den Text nach seinen Melodien und diese nach dem Text formen konnte.

Um durch nichts aufgehalten oder gestört zu werden, arbeiteten sie in einem kleinen Gartenhaus in der Nähe des Theaters, denn Schikaneder hatte schnell erkannt, daß Mozart zwar die musikalischen Einfälle nur so zuflogen, er aber die lästige Niederschrift gerne hinausschob. Am Abend kamen die Freunde und Kollegen aus Schikaneders Theatertruppe; da wurde getrunken und gelacht, deklamiert und schwadroniert, und Mozart war einer der fröhlichsten, wenn es auch Schikaneder manchmal schien, als sei es nur aufgesetzt, dieses Lustigsein, als wolle Mozart diese Tage um jeden Preis genießen, als fürchte er, sie könnte bald enden, diese fröhliche und unbeschwerte Zeit.

«Den ‹Papageno›», bemerkte Schikaneder gleich zu Anfang, «werde ich spielen.»

«Und ich», sagte Mozart leise, «bin der Papageno.»

In Schikaneders derbem fröhlichen Gesicht malte sich ungläubiges Erstaunen. «Was heißt das? Wie meinst du das?»

Doch Mozart verschloß sich. «Ist nicht so wichtig, arbeiten wir weiter.»

Vielleicht ist es die Sorge um seine Frau, dachte Schikaneder, denn Constanze hatte Schwierigkeiten mit ihrer neuen Schwangerschaft und mußte wieder in Baden kuren. Und dann konnte ihn auch Schikaneder nicht mehr in seinem Häuschen halten, Mozart packte Textbuch und Noten zusammen und fuhr nach Baden.

Dort erreichte ihn ein Brief von Lorenzo Da Ponte, der – vom neuen Kaiser entlassen – nach London gehen und Mozart mitnehmen wollte. Er säße, schrieb Mozart dem Freund, gerade an einer neuen Oper, seine Frau erwarte im Juli ihr Kind, mit seiner Gesundheit stünde es nicht besonders, und er sei im übrigen von Salomon für nächstes Jahr nach England bestellt.

Zur Entbindung fuhr Constanze nach Wien, und dort, in der Rauhensteingasse, kam wieder ein Bub zur Welt, den sie Franz Xaver Wolfgang tauften.

Schikaneder drängte, Schikaneder tobte, Schikaneder lockte. Doch Mozart blieb bei seiner Constanze, die er jetzt nicht allein lassen wollte. Er hetzte tagsüber herum, beglich alte Schulden, machte neue, versuchte bei Musikverlagen seine Noten anzubringen, hatte selten Glück, hörte aber immer wieder die Mahnung: «Schreiben Sie etwas Leichtes, Maestro, etwas Gefälliges.»

Über der «Zauberflöte» saß er nachts, alle Fenster seines Arbeitszimmers weit geöffnet. Er war so hungrig nach Luft, nach Kühle, immer stand Schweiß auf seiner Stirn, immer quälte ihn ein seltsamer Durst, und manchmal fühlte er sein Herz rasen, als wolle es heraus aus seiner Brust.

In einer dieser Julinächte pochte es an die Tür, und Mozart dachte, das kann nur Schikaneder sein, der nachschaut, ob ich arbeite. Er freute sich über die Abwechslung, riß weit die Tür auf, aber da stand ein anderer, ein hagerer, in einen grauen Mantel gehüllter Mann, der seinen Hut so tief ins Gesicht gezogen hatte, daß nur Nase und Kinn zu sehen waren.

«Herr Mozart?»

Er nickte.

«Ich habe einen Auftrag für Sie.»

«Kommen Sie herein.»

Der Graue schüttelte den Kopf. «Es geht auch so. Ich möchte bei

Ihnen ein Requiem bestellen – je schneller es fertig wird, um so höher ist der Lohn. Hier haben Sie die Anzahlung.»

Mozart nahm den Beutel und fühlte am Gewicht, daß es Dukaten waren. «Darf ich Ihren Namen wissen?»

Doch der Graue hatte sich schon umgewandt und winkte nur ab, als sei dies ohne Belang.

«Wer war es denn?» hörte er Constanzes Stimme aus dem Schlafzimmer. Mozart nahm den Leuchter und trat an ihr Bett.

«Ein neuer Auftrag. Da – schau!»

Er leerte den Beutel auf das Plumeau. Die sanft schimmernden Goldmünzen fielen leise klingend auf- und übereinander.

Constanze berührte sie sacht. «Eine Menge Geld. Was mußt du dafür tun?»

«Ein Requiem – ich soll eine Totenmesse schreiben.»

Constanze erschrak, suchte es aber zu verbergen. «Ein Requiem?» wiederholte sie mit gespielter Sorglosigkeit, «ein Requiem ist auch nur Musik.»

«So ist es», sagte Mozart, lachte laut und gekünstelt. «Schließlich ist es ja nicht für mich oder für dich oder für einen Freund – ein Fremder will es haben.»

Seltsam ist es schon, überlegte er; ich habe noch nie ein Requiem geschrieben, dabei hätte es weiß Gott genug Anlässe gegeben. Keines für Mama, keines für Papa, keines für Barisani, keines für den Kaiser. Und jetzt für einen Fremden. Seltsam. Na ja, wer zahlt, schafft an, und das Geld brauchen wir ja wirklich.

Und dann kam alles zusammen. Einige Tage nach dem grauen Boten erhielt er aus Prag den Auftrag, zur Krönung Kaiser Leopolds eine prunkvolle Opera seria zu komponieren. Die böhmischen Stände hatten bei dieser Krönungsoper natürlich gleich an Mozart gedacht, und nun eilte es, denn schon am 6. September sollte Leopold zum böhmischen König gekrönt werden.

Der Niederbayer Schikaneder tobte, lockte mit neuen Vorschüssen.

«Der Kaiser geht vor», sagte Mozart kurz, schob «Zauberflöte» und Requiem beiseite und machte sich an die Vertonung von «La clemenza di Tito».

«Ins Grab wird sie mir helfen, das spüre ich genau. Aber das Requiem muß fertig werden!»

Zusammen mit Süßmayr arbeitete Mozart täglich so lange daran, bis er vor Erschöpfung einschlief. Und die Arbeitszeit verkürzte sich von Tag zu Tag.

«Ich hab's zwar im Kopf, möchte es aber wirklich hören. Laß morgen die Sänger für Baß, Tenor und Sopran kommen, den Alt singe ich selber.»

Constanze wollte es ihm ausreden, aber er blieb störrisch.

«Das muß sein, wer weiß, wie lange es noch geht.»

Sterbensmatt fühlte er sich, den Körper gebläht von üblen Säften, in denen sein armes Herz ertrinken mußte, das fühlte er – ertrinken wie ein Vögelchen in einem Faß Jauche. Zwar wehrte es sich und flatterte herum, doch seine Bewegungen wurden schwächer und schwächer. Manchmal preßte er seine Hand auf die Brust, um es schlagen zu fühlen, und da war nichts mehr. Bin ich schon tot? Er rief nach Constanze, brachte aber keinen Laut heraus.

Später kam sie mit den drei Sängern herein; Süßmayr setzte sich ans Piano, und es ertönten die uralten, bedrohlichen und doch trostreichen Worte des Dies irae. Mozart sang mit schwacher Stimme die Altpartie.

«Confutatis maledictis
flammis acribus addictis,
voca me cum benedictis.»

«Schluß jetzt!» rief Constanze. «Sie sehen doch, daß es ihm zuviel wird.»

Als hätte er ihre Stimme nicht gehört, sang Mozart allein weiter, mit schwacher brüchiger Stimme.

«Oro supplex et acclinis
cor contritum quasi cinis,
gere curam mei finis.
La-lacrimosa – Lacrimosa dies...»

Seine Stimme brach. Er ließ die Hand, mit der er dirigiert hatte, sinken, doch sie bewegte sich auf der Bettdecke weiter, als könne sie nicht aufhören. Wieder strömten die Tränen über sein bleiches, schweißnasses Gesicht. Auf einen Wink von Constanze begleitete Süßmayr die drei Sänger hinaus. Mozart hatte die Augen geschlossen, er atmete schwer, rang nach Luft. Sophie kam herein, umarmte Constanze und trat ans Bett.

«Wie geht's ihm?»

«Schlecht», sagte Constanze, «ich glaube, wir sollten Doktor Closset holen.»

Ja, holt ihn nur, er wird mir nicht helfen können. Denk an den Brief, hörte er eine Stimme sagen, und das war der cher Papa. Welcher Brief? Ein spöttisches Lachen, das er so gut kannte. Dein eigener Brief, den du mir zum Trost geschrieben hast. Erinnerst du dich? Vom Tod als Endzweck unseres Lebens und als wahren und guten Freund des Menschen, als Schlüssel zu unserer Glückseligkeit. Na, wie klingt das jetzt, da du selber an der Schwelle stehst? Papa, ach, Papa –

Er öffnete die Augen, es war Nacht geworden, der Leuchter brannte, Constanze saß am Fenster und starrte auf sein Bett. Sophie war auch da. Am Fenster stand ein Mann und blickte hinaus.

«Er soll sich nur umdrehen», sagte Mozart mit klarer, vernehmlicher Stimme.

«Wer soll sich umdrehen, Wolferl?»

«Dort steht er doch, seht ihr ihn nicht?»

«Wer …?»

«Der Böhme, der göttliche Böhme – il divino Boemo …»

Seine Stimme erstarb. Musik klang auf, klar und rein, wie in einem Konzertsaal, er vernahm jedes einzelne Instrument. Und er sang mit, hörte seine eigene Stimme, einen strahlenden kräftigen Alt. Die Musik brach ab, irgend etwas Kaltes berührte seinen Kopf, ihn schauderte – was machen sie da? Er protestierte, bewegte die Lippen, sah zwei Frauen und einen Mann an seinem Bett. Wer sind die drei, was wollen sie, warum stören sie meine Musik? Wieder versank er in den Tönen des Requiems, sang weiter, wo er stehengeblieben war.

«Lacrimosa dies illa
qua resurget ex favilla
judicandus homo reus.

Huic ergo parce, Deus.
Pie Jesu Domine.
Dona eis requiem. Amen.»

Kein Beifall? Wo bleibt der Beifall? Dafür das Licht, die Sonne, der Tag. Ein neuer Tag – einer, der niemals enden wird.